Kyss by rowohlt POLARIS

MARIE NIEHOFF

# THE QUEEN WILL RISE

ROMAN

Kyss

Dieses Buch enthält potenziell triggernde Inhalte. Wenn du dich darüber informieren möchtest, findest du auf unserer Homepage unter www.endlichkyss.de/thequeenwillrise eine Content-Note.

4. Auflage Oktober 2024

Originalausgabe
Veröffentlicht im Rowohlt Taschenbuch Verlag,
Hamburg, Februar 2024

Covergestaltung ZERO Werbeagentur, München
Coverabbildung Shutterstock
Satz aus der Quadraat Pro
bei Pinkuin Satz und Datentechnik, Berlin
Druck und Bindung CPI books GmbH, Leck
ISBN 978-3-499-01176-4

FSC www.fsc.org MIX Papier | Fördert gute Waldnutzung FSC® C083411

Für Anne
Für das hier und noch so viel mehr.

Go forth and set the world on fire.

– ST. IGNATIUS LOYOLA

# PLAYLIST

**Ramsey** – Black and Blue
**Koda** – white dove
**Madalen Duke** – Love into a Weapon
**Red Rosamond** – In The Blood
**Fleurie** – Love and War
**Jess Benko** – Eggshells
**PVRIS** – Monster
**Digital Daggers** – In Flames
**Ramsey** – Bad Bad Bad
**Miki Ratsula** – Wicked
**Ramsey** – Love Surrounds You
**SOFIA** – Evol
**Vanbur** – Through the Dark
**Echos** – Running
**Roniit, Saint Mesa** – Martyr
**SOFIA** – Deadly
**BANKS** – Contaminated
**Mausio, Bibiane Z** – Trapped
**The Rigs** – The Calling (EPIX Remix)
**Lorde** – Everybody Wants To Rule the World
**Roniit** – Somewhere Far Away
**Ramsey** – Goodbye

# KAPITEL EINS

# BLACK AND BLUE

# BENEDICT

Das Knacken von Knochen hallt von den rauen Steinmauern der Zelle wider, dicht gefolgt von einem unterdrückten Wimmern. Das Geräusch ist gleichermaßen befriedigend wie abstoßend, doch ich halte mich nicht damit auf, meine Empfindungen zu hinterfragen. Stattdessen atme ich tief durch.

Die Luft ist stickig. Oder vielleicht kommt es mir auch nur so vor, weil in meiner Brust dieses Feuer lodert, das alles zu verschlingen droht und mir das Atmen schwer macht. Meine Hände finden zitternde Schultern. Ich spüre schweißnasse, kühle Haut unter meinen Fingern und presse meine Daumen mit sanftem Druck in die Stellen zwischen Schulterblättern und Wirbelsäule.

«Du verschwendest meine Zeit», sage ich ruhig und verstärke meinen Griff noch ein wenig. «Fang an zu reden, und das hier hört auf.»

Als Antwort bekomme ich nicht mehr als ein raues Lachen. Es bringt mein Blut nur noch stärker zum Kochen.

«Fick dich», spuckt Valerian aus, und sofort kassiert er von meiner Wache einen weiteren Schlag ins Gesicht. Sein Kopf fliegt zur Seite, doch ich halte seine Schultern eisern fest und lasse in einer stillen Drohung meine Daumen kreisen. Die Berührung ist zu grob, um angenehm zu sein, und dennoch so viel sanfter als alles, was ich ihm gern antun würde.

Ich muss mich bewusst davon abhalten, ihm hier und jetzt das Genick zu brechen. Nur zu gern würde ich meinem Hass auf Valerian freien Lauf lassen. Es bräuchte nicht mehr als das Zucken meiner Finger, um mich zumindest kurzfristig zu fühlen, als hätte ich die Situation unter Kontrolle. Doch was uns dann immer noch fehlen würde, sind Antworten. Antworten, die ich brauche und trotzdem nicht hören will, denn ich möchte alles, was in den letzten sechs Monaten passiert ist, am liebsten verdrängen. Sobald ich auch nur anfange, darüber nachzudenken, kommt es mir vor, als würde ich mich damit selbst von innen heraus in Stücke reißen.

Valerian hebt den Kopf und spuckt Blut aus. Ein angestrengtes Röcheln dringt aus seiner Kehle. Wir sind schon eine ganze Weile hier unten. Dennoch schweigt er. Es ist der vermutlich zweitgrößte Fehler seines Lebens – direkt nach dem Versuch, einen Silberdolch in mein Herz zu rammen. Ich konnte den Kerl noch nie leiden. Gut zu wissen, dass mein Bauchgefühl mich zumindest hier nicht getäuscht hat. Was allerdings eine gewisse andere Person angeht ...

Ich atme tief durch und schiebe den Gedanken beiseite.

«Immer noch nichts?», frage ich kühl. «Das bedeutet wohl, du brauchst die Hand nicht mehr.»

Diesmal warten meine Männer keine Antwort ab. Wieder hallt ein Knacken durch das Kellergewölbe, und sie brechen ihm auch den zweiten Finger. Den dritten. Den vierten. Seinen Daumen heben sie sich bis zuletzt auf.

Valerian beißt die Zähne zusammen und atmet gegen den Schmerz an. Meine Daumen streichen über seine Haut, eine trügerisch sanfte Berührung, während ich mich hinunter zu seinem Ohr beuge. «Weißt du, was das Gute an Vampirblut ist?», raune ich ihm zu. «Es heilt euch Menschen. Lässt eure fragilen Knochen wieder zusammenwachsen. Wir können das hier so lange wiederholen, bis du mir sagst, was ich wissen will. Wie finde ich den Rest deiner Familie?»

Er dreht den Kopf, und ich lasse zu, dass er sein Gesicht direkt vor meines bringt. Die Ähnlichkeit zu Florence ist praktisch nicht mehr erkennbar. Seine Nase ist gebrochen, die Haut auf seiner Wange aufgeplatzt. Ein Auge ist zugeschwollen, das andere blutunterlaufen, wobei das kühle Blau seiner Iris ohnehin einen Kontrast zu Florence' warmem Braun darstellt. Dennoch erinnert er mich an sie. Vielleicht, weil er mich weiterhin mit dieser unbeugsamen Verbissenheit anfunkelt, die so typisch für die Familie Hawthorne zu sein scheint.

«Fick. Dich», wiederholt er stoßweise und versucht allen Ernstes, mir eine Kopfnuss zu verpassen. Mühelos weiche ich ihm aus, umrunde mit zwei zügigen Schritten den Stuhl und schlage ihm diesmal selbst ins Gesicht. Blut spritzt, doch zu seinem Glück verfehlt es meinen teuren Anzug.

Ich packe Valerian an der Kehle und drücke zu. Er röchelt, das Geräusch ebenso erbärmlich wie er selbst. Sein Blick wirkt verklärt, und es sieht so aus, als hätte ich ihm den Kiefer gebrochen. Zugegeben, das macht das Sprechen schwierig, doch es interessiert mich immer weniger. Mit jeder Minute, die ich hier verschwende, überspannt Valerian den Bogen meiner Selbstbeherrschung weiter. Und wenn er mir ohnehin keine Antworten liefert …

Sein Gesicht läuft allmählich blau an. Wieder verspürt ein Teil von mir bei diesem Anblick Genugtuung. Der andere ist angewidert von mir selbst.

Energisch stoße ich Valerian von mir, und er kippt mitsamt dem Stuhl nach hinten. Keine Ahnung, ob er es schafft, den Kopf so zu heben, dass er nicht auf dem harten Steinboden aufschlägt. Es ist mir egal. Jegliches Mitgefühl für ihn wird von dem Lodern in meiner Brust verschlungen. Er schnappt nach Luft, also lebt er offensichtlich noch. Spätestens in zwanzig Minuten wird er sich wünschen, dem wäre nicht so.

Ich stelle mich über ihn, blicke auf ihn hinab und hole seelenruhig ein Taschentuch aus meinem Sakko, um das Blut von meiner Hand zu wischen. Er soll nicht merken, wie sehr es in mir brodelt. Wie erfolgreich er mit seinem Anschlag war, wenngleich er sein eigentliches Ziel verfehlt hat.

Seit dem versuchten Attentat an der Sommersonnenwende habe ich kein Auge zugetan. Die Familie Hawthorne hat ganz London in Aufruhr versetzt. Die Vampire, die ohnehin schon Abneigungen gegen die Menschen hegten, fordern Konsequenzen. Und der *Rote Regen* macht sich ihren Unmut zunutze, stachelt sie noch weiter auf. So sehr, dass jegliche Gesetze an Bedeutung zu verlieren scheinen. Und unschuldige Menschen zahlen dafür.

Ich brauche Verantwortliche, wenn ich die Unruhen in der Stadt beenden will. Blut muss fließen, um die wütende Meute an Vampiren in meinem Rücken zu besänftigen. Und es würde nicht reichen, dafür nur Valerian und Florence herzunehmen. Ich brauche die ganze Familie.

«Weißt du eigentlich, was dein lächerlicher Mordanschlag ausgelöst hat?», frage ich ihn kalt. Er blinzelt benommen zu mir hoch. «Ein Dutzend Morde an deinesgleichen, allein gestern Nacht. Unschuldige sterben für deine Verbrechen. Wer ist jetzt das Monster? Du oder ich?»

Trotz seines Zustands entweicht ihm ein heiseres, abgehacktes Lachen. «Dir ist nicht mehr zu helfen», krächzt er und verzieht schmerzerfüllt das Gesicht.

Eines muss man ihm lassen – er ist zäh. Doch das schürt meine Wut nur weiter, und sie ergreift langsam, aber sicher Besitz von mir. Ich trete zurück.

«Setzt ihn auf», befehle ich meinen Wachen, und sie

zerren Valerian mitsamt dem Stuhl wieder hoch. Er bleckt seine blutigen Zähne, und ich schüttle schnaubend den Kopf. Meine nächsten Worte verursachen mir selbst Übelkeit, dennoch bringe ich sie mit kühler Souveränität über die Lippen.

«Letzte Chance, mir etwas Brauchbares zu erzählen. Ansonsten muss ich diese Unterhaltung wohl mit deiner kleinen Schwester weiterführen.»

Besorgnis blitzt in seinen Augen auf. Dann reckt er wie ein stures Kind das Kinn. «Bevor oder nachdem du sie gefickt hast?», spuckt er mir entgegen.

Mein Schlag ins Gesicht trifft ihn so hart, dass er laut aufstöhnt. Wieder fliegt sein Kopf zur Seite, Blut rinnt aus seinem halb offenen Mund.

Hasserfüllt starre ich ihn an. Mein Blick wandert über seinen nackten, blutüberströmten Oberkörper, und ich spüre den Rest meiner Selbstbeherrschung in Flammen aufgehen. «Bringt mir ein Messer», fordere ich so ruhig, wie meine Stimme es zulässt. «Ein stumpfes. Wenn er schon nicht spricht, will ich ihn wenigstens schreien hören.»

## FLORENCE

Eine modrige Kälte beherrscht den Tower of London und arbeitet sich langsam, aber sicher in jede Faser meines Körpers vor. Hinter dem winzigen Fenster meiner Zelle scheint zwar die Junisonne, doch nichts von ihrer Wärme sickert zu mir durch. Ich zittere immerzu, und obwohl ich mich weit oben in einem der Türme befinde, vermitteln mir die dicken Backsteinmauern das Gefühl, als wäre ich lebendig begraben.

Seit zwei Tagen bin ich hier eingesperrt. Es waren zwei Tage in quälender Ungewissheit, allein mit Scham und Schuld, Wut und Trauer. Mein Kopf hat noch nicht verstanden, was passiert ist. Mein Herz jedoch hängt längst in blutigen Fetzen.

Ich fühle mich so verdammt hilflos. Obwohl mir klar ist, dass mein gesamtes Leben gerade in Scherben liegt, kann ich nichts tun, um das zu ändern. Vermutlich sollte ich schreien, toben, weinen. Doch ich bin seltsam losgelöst von mir selbst, als wäre die echte Florence irgendwo außerhalb dieser Mauern, wo ich sie nicht erreiche.

Meine Finger und Zehen sind taub von der Kälte, mein Kopf ist vernebelt, meine Gefühle sind verheddert. Das Einzige, was klar und deutlich bleibt, wie Salz in einer offenen Wunde, ist die Erinnerung an die letzten Minuten der Sonnenwendfeier. An Benedicts wutentbranntes Gesicht und Vals eiskaltes Lächeln.

Ich muss es nicht verstehen, um zu wissen, was passiert ist. Es gibt nur eine einzige logische Erklärung für das Desaster, das sich an diesem Abend zugetragen hat.

Mein Bruder hat mich verraten.

Valerian hat mir seine Unterstützung zugesichert und im nächsten Atemzug meinen Sekt vergiftet, um an den König heranzukommen. Vermutlich ist der einzige Grund dafür, dass Benedict noch lebt, die Tatsache, dass ich das Glas nur halb ausgetrunken habe. Vielleicht wäre die Betäubung sonst stärker gewesen und der Silberdolch in Vals Hand hätte sein Ziel nicht verfehlt.

Der Gedanke lässt mich erschaudern. Ich bin froh, dass Benedict noch lebt, doch er hat mich kein einziges Mal hier aufgesucht. Ich bin weiterhin eine Gefangene. Und das lässt mich vermuten, dass er mich nie wieder ansehen wird wie früher. Dass alles, was wir hatten, in dieser Nacht zerstört wurde. Dass ich ihn verloren habe, obwohl ich doch eben erst beschlossen hatte, für ihn zu kämpfen.

Ich habe für diesen Mann all meine Überzeugungen hinter mir gelassen. Habe sie schmerzhaft aus meiner Seele seziert, nur für den Hauch einer Chance auf eine Zukunft mit ihm, die mir nun entrissen wurde.

Rückblickend betrachtet schockiert mich nicht mehr, dass ich Benedict liebe, sondern nur, wie lange ich gebraucht habe, um es zu merken. Letztendlich habe ich für ihn nie die Abneigung empfunden, die ich mir eingeredet habe. Ganz im Gegenteil. Und hätte ich nicht bis zur letzten Sekunde an den fehlgeleiteten Überzeugungen meiner Familie festgehalten, wäre vielleicht alles anders gekommen. Dann wäre der König jetzt nicht mein Feind und ich keine Gefangene mit ungewissem Schicksal.

Wenn ich wenigstens wüsste, was sie mit mir vorhaben …

Man sagt, es gibt nur zwei Gründe, aus denen Verbrecher im Tower festgehalten werden statt in einem der moderneren Gefängnisse. Wer hier sitzt, den erwartet entweder Folter oder eine Exekution – nicht selten beides.

Ein weiterer Schauer läuft mir über den Rücken, und ich rolle mich enger auf meiner harten Pritsche zusammen, ziehe mir die dünne Decke über die Schultern. Obwohl ich müde bin, ist an Schlaf nicht zu denken. Meine Gedanken kreisen unaufhörlich, und sobald ich die Augen schließe, holen mich meine Albträume ein.

Mit etwas Glück haben sie keine Beweise gegen mich. Immerhin habe ich nichts getan, außer diesen verdammten Sekt zu trinken. Doch würde Benedict an meine Unschuld glauben, wäre ich nicht hier. Oder …? Vielleicht hat

Eris ihn davon abgehalten, mich zu besuchen, bis sie mehr wissen?

Aber selbst wenn dem so sein sollte ... Vals Schicksal steht außer Frage. Er wird für seine Taten sterben. Sofern er überhaupt noch lebt.

Der Gedanke an ihn füllt mich mit Wut und Verzweiflung gleichermaßen. Nach allem, was passiert ist, hätte ich jeden Grund, meinen Bruder zu hassen. Dennoch schnürt mir die Angst um ihn die Kehle zu, und bei der Vorstellung, dass er irgendwo innerhalb dieser Mauern leidet, brennen erneut Tränen in meinen Augen. Ich kenne Val. Er wird schweigen wie ein Grab, wenn sie ihn verhören, und das wird ihm vermutlich noch mehr Folter einbringen.

Ich hingegen ... Ich weiß nicht, ob ich stark genug wäre, um dichtzuhalten. Zumindest nicht besonders lange. Wie gut, dass meine Familie mir ohnehin stets die wichtigsten Informationen vorenthalten hat. Ich weiß nicht mal, wo sie jetzt sind. Val sollte mich zu ihnen bringen, sobald ich Benedict getötet habe. Und obwohl es die richtige Entscheidung war, das nicht zu tun, bereut ein Teil von mir sie. Denn indem ich Benedicts Leben gerettet habe, habe ich das meiner Familie riskiert.

Auf dem Gang ertönen Schritte, und ich versteife mich unweigerlich. Mir wurde schon vor ein paar Stunden ein Tablett mit Essen gebracht. Sie werden wohl kaum bereits ein weiteres bringen.

Ich widerstehe dem Drang, mich unter meiner Decke zu verstecken, und stehe stattdessen auf. Eine tiefe, unverständliche Stimme ertönt draußen, der Schlüssel klackt im Schloss. Ich straffe die Schultern und recke das Kinn.

Was auch immer jetzt passiert, ich werde mich dem stellen. Etwas anderes bleibt mir gar nicht übrig. Wenn ich mich wehre, schleifen sie mich einfach gefesselt und geknebelt aus dieser Zelle. Aber wenn ich kooperiere, kann ich mir vielleicht Gehör verschaffen und Benedict alles erklären.

Doch als die Tür nun geöffnet wird, fällt all meine Entschlossenheit in sich zusammen. Der Hauch eines vertrauten Dufts umspielt meine Nase. Grüne Augen suchen die kleine Zelle ab. Dann findet Benedicts Blick meinen, und der Schmerz in meiner Brust wird mit einem Mal so heftig, dass er mich beinahe in die Knie zwingt.

Vor mir steht nicht der Mann, den ich kannte, das ist mir sofort klar. Denn hinter seinem so vertrauten Äußeren schimmert etwas gänzlich Fremdes durch. Benedicts Miene ist verzerrt und so hasserfüllt, dass mir kalte Gänsehaut den Rücken emporkriecht. Mein Körper sehnt sich danach, mich in seine Arme zu werfen, doch der König ist zweifelsohne nicht gekommen, um mich zu trösten oder mir gar zu verzeihen.

Im Gegenteil.

Er sieht aus, als wolle er mich verdammt noch mal umbringen.

Ich bleibe regungslos stehen, während sein Blick über meinen Körper wandert. Er mustert das zerschlissene Blutkleid, das ich noch immer trage, und die Abscheu in seinen Augen scheint nur umso heißer zu brennen. Ich kann mir denken, woran es ihn erinnert. An unseren letzten Abend zusammen – und an meinen grausamen Verrat.

Langsam schließt er die Tür hinter sich, macht einen Schritt auf mich zu, und unwillkürlich weiche ich vor ihm zurück.

Ich kann seinen Hass förmlich spüren. Es fühlt sich an, als würde Benedicts Anwesenheit die Luft in Brand setzen und dem Raum sämtlichen Sauerstoff entziehen. Ich kann nicht mehr atmen, wenn er mich so ansieht, also weiche ich seinem Blick aus. Mustere stattdessen sein weißes Hemd.

Die obersten Knöpfe sind geöffnet, so als hätte auch er das Gefühl gehabt, zu ersticken. Doch sonst will der gebügelte Stoff nicht so recht zum Rest seines Erscheinungsbilds passen. Benedict wirkt blass und erschöpft. Er hat sich nicht rasiert, seine Locken sind zerzaust.

Noch vor ein paar Tagen wäre ich zärtlich mit den Fingern hindurchgefahren. Jetzt hingegen kriege ich nicht ein Wort heraus, aus Angst, er könnte die Beherrschung verlieren. Ich stocke, als ich seine Hände bemerke. Ist das ... Blut?

Er kommt noch näher, und mein Puls beginnt zu rasen. Mit einem Mal habe ich die kalte Steinmauer im Rücken.

Ich kann nicht anders, als zu ihm hochzusehen. Benedicts Blick erinnert mich unweigerlich an unsere letzte Begegnung. An den Moment, kurz nachdem Val ihm den Dolch in die Brust gerammt hat und ich Benedict angefleht habe, ihn nicht zu töten. Es war das erste Mal, dass er mich mit Abscheu angesehen hat, doch vielleicht wird es von jetzt an immer so sein. Die sanfte Zuneigung, die der König mir so lange entgegengebracht hat, ist in etwas Dunklerem verloren gegangen. Wurde zu Asche verbrannt von meinem Verrat.

«Benedict, ich ...», setze ich an, doch er überwindet die letzte Distanz zwischen uns. Seine blutigen Finger umschließen meinen Hals und bringen mich zum Schweigen. Er drückt nicht zu, doch sein Griff ist fest genug, um mich an der Wand zu fixieren. Die Wärme seines Körpers mischt sich mit der Kälte des Steins in meinem Rücken, und sein vertrauter Duft nach Wald hüllt mich ganz ein.

«Du sprichst nur, wenn ich es dir sage», befiehlt er, und

sein schneidender Tonfall lässt mich erschaudern. Dennoch kribbeln meine Fingerspitzen. Sehnen sich danach, ihn zu berühren. Ihn näher an mich zu ziehen.

Ich setze zu einem Widerspruch an, doch kaum, dass ich den Mund öffne, verstärkt sich der Griff seiner Finger.

«Ich will es nicht hören!», fährt er mich an, und sämtliche Härchen an meinen Armen stellen sich auf. Er atmet schwer, seine Schultern beben leicht, fast als würde es ihn sämtliche Kraft kosten, sich zu beherrschen.

Ich will nicht daran glauben, dass er mir wehtun könnte. Und gleichzeitig stelle ich mir vor, was passiert, wenn er zudrückt. Wenn er dieser Wut, die offensichtlich in ihm brodelt, freien Lauf lässt.

Ich schlucke, und Benedicts Blick wandert zu meinem Hals. Er atmet tief durch, und sein Daumen streicht kaum merklich über meine Pulsader. Ist er deswegen hier? Für mein Blut? Oder überlegt er nur, wie er mich am besten tötet?

«Willst du von mir trinken?», flüstere ich, und er verzieht das Gesicht.

«Sei still», knurrt er mich an. In seiner tiefen Stimme klingt eine Drohung mit, die mein Herz noch weiter zertrümmert.

«Hör dir doch wenigstens an, was ...»

«Das war ein Befehl!», donnert er, und ich zucke zusammen. Er presst mich fester gegen die Wand, und ich spüre seine Brust an meiner, seinen Atem auf meiner Wange. «Vielleicht solltest du dir angewöhnen, sie zu befolgen. Oder willst du mir noch mehr Gründe liefern, dich zu verurteilen? Nur zu, Florence. Schaufel dir dein eigenes Grab.»

Ich hebe die Hände, streife seinen Bauch, doch als seine Finger an meinem Hals zucken, lasse ich sie eilig wieder sinken. Stattdessen balle ich sie an meinen Seiten zu Fäusten, atme gegen den Schmerz an, der meinen gesamten Körper eingenommen hat. «Wie kannst du mich verurteilen, ohne mir auch nur die Chance zu geben, es zu erklären?», flüstere ich.

Er schüttelt nur schwach den Kopf. «Zwing mich nicht, dir wehzutun.»

Ich weiß, dass es eine Drohung ist. Aber warum klingt es dann so sehr wie ein Flehen?

Hoffnung keimt in mir auf. Wenn auch nur ein Bruchteil seiner Gefühle noch besteht, kann ich ihn vielleicht dazu bringen, mir zuzuhören. Mir zu glauben. Denn was auch immer er gerade von mir denkt – es entspricht nicht der ganzen Wahrheit. Und das ahnt sicher auch Benedict, denn ohne mit mir zu reden, fehlt ihm ein großer Teil des Puzzles. Die Beweise gegen mich bilden lediglich den Rand. Wenn überhaupt, denn wie viele kann er denn überhaupt haben?

Vielleicht hat er den Dolch gefunden. Und vielleicht hat er Val befragt. Vielleicht ist es sein Blut an Benedicts Händen.

Mir wird schlecht. Trotzdem presse ich die Lippen zusammen und schweige. Die Stille zerreißt mich innerlich, doch ich ermahne mich zur Geduld. Es bringt mich nicht weiter, ihn wütend zu machen.

Benedict lockert seinen Griff. Sein Blick fällt wieder auf meinen Hals, und nach einer Sekunde des Zögerns lege ich den Kopf schief, biete ihm mein Blut an. Mein Herz schlägt immer heftiger, je länger er mich so mustert. Ich sehne mich nach seiner Nähe. Nach etwas, das sich wie früher anfühlt, egal in welcher Form. Ich will ihn einfach nur spüren. Will, dass er diesen Funken Hoffnung in meiner Brust weiter schürt, mir etwas gibt, woran ich mich festklammern kann. Denn im Moment fühlt es sich viel zu sehr an, als wäre ich im freien Fall. Und als wäre der Boden schon gefährlich nah.

Doch Benedict kommt nicht näher. Er senkt nicht den Kopf, legt nicht seine Lippen auf meine Haut.

Stattdessen lässt er mich los. Bringt wieder Abstand zwischen uns und wendet sich mit einem frustrierten Schnauben der Tür zu.

Meine Brust wird eng. Ich will nicht, dass er geht. Mich allein lässt mit Reue und Ungewissheit. Was hat Val ihm erzählt? Lebt mein Bruder noch oder hat er ihn getötet? Und wie lange, bevor mir das gleiche Schicksal widerfährt, wenn er mich jetzt nicht sprechen lässt?

Verdammt, der Mann, den ich liebe, scheint verschwunden, und ich kann diesen neuen, fremden Benedict nicht einschätzen. Wird er mich foltern? Mich töten? Oder lässt er mich tatsächlich in dieser modrigen Kälte verrotten, so wie er es an der Sonnenwende versprochen hat?

Er durchquert die Zelle, und ohne nachzudenken, folge ich ihm. «Benedict, bitte!»

Er greift nach dem Türknauf.

«Das war's?», frage ich atemlos und blinzle die Tränen weg, die mir in die Augen steigen. «Was sollte das? Bist du nur hergekommen, um mich zu quälen?»

Er wirbelt zu mir herum, sein Gesicht mit einem Mal wieder wutverzerrt. «Du weißt nicht mal, was dieses Wort bedeutet!», fährt er mich an. «Ich sollte dich auf der Stelle töten lassen, ist dir das bewusst? Die Hölle wäre ohnehin ein weitaus passenderer Ort für dich.»

«Dann tu es doch!», rufe ich aus. «Nur zu, bestraf mich! Mach es dir leicht, indem du dir die Wahrheit nicht mal anhörst!»

«Ich kenne die Wahrheit, Florence.»

«Und wie sieht die deiner Meinung nach aus?»

Er ignoriert mich einfach und wendet sich wieder ab.

«Gib mir wenigstens fünf Minuten, um es dir zu erklären!», flehe ich, doch er umfasst wieder den Türknauf. Ich greife nach seinem Ärmel und will ihn zurückhalten. «Ben!»

Benedict reagiert so schnell, dass ich keine Chance habe, mich zu wehren. Im einen Moment spüre ich den Stoff seines Hemdes unter meinen Fingern, im nächsten hat er mir die Arme auf den Rücken gedreht, fixiert meine Handgelenke mit einer Hand und drückt mich mit dem Gesicht voran gegen die Wand neben der Tür. Mir entkommt ein erschrockenes Keuchen. Unbeholfen drehe ich den Kopf und begegne Benedicts Blick. Sein Griff ist eisern, und in seinen Augen liegt ein Versprechen von Gewalt, das mein ganzes Sein aus dem Gleichgewicht bringt. Mein Herz will mir noch immer einreden, dass er mir nicht wehtun würde. Mein Kopf jedoch realisiert nur allzu deutlich, wie heftig ich gegen die raue Steinmauer geprallt bin und wie schmerzhaft fest er meine Handgelenke fixiert.

Benedict ist mein Feind.

Ob ich es will oder nicht.

Mein Puls rast, und seine Nähe brennt sich wie Feuer unter meine Haut. Wie in Zeitlupe beugt er sich zu mir hinunter. Er hält dabei meinen Blick. Seine Stimme ist nicht mehr als ein Raunen.

«Nenn mich noch einmal so, und ich schneide dir höchstpersönlich deine verlogene Zunge heraus. Verstanden?»

Ich schlucke schwer.

Mein Herz war längst gebrochen, doch nun fühlt es

sich an, als würde Benedict die Scherben weiter zertreten. Er zermahlt jede Einzelne von ihnen unter seinen Sohlen zu winzig kleinen Körnern, und sie schürfen dabei wie Schmirgelpapier über meine schmerzende Seele.

Meine Kehle ist wie zugeschnürt. Gänsehaut überzieht meinen gesamten Körper, und doch kann ich nicht anders, als mich weiter an meiner naiven Hoffnung festzuklammern.

«Das würdest du niemals tun», flüstere ich. «Das bist nicht du.»

Benedict verzieht den Mund zu einem kalten Lächeln.

«Bist du dir sicher?», fragt er leise. «Manchmal sind es diejenigen, die wir am besten zu kennen glauben, die uns am schwersten täuschen.»

Er lässt mich unsanft los, und bevor ich mich wieder zu ihm umdrehen kann, hat er die Zelle bereits verlassen. Mit einem Krachen zieht er die schwere Tür hinter sich zu, seine Schritte entfernen sich draußen auf dem Gang.

Ich stehe da wie versteinert und starre ihm nach. Mein Puls rast noch immer. Mein Atem geht zittrig, und nun laufen mir endgültig Tränen über die Wangen.

Ist das hier das Ende?

Von uns?

Von mir?

Oder doch nur der Anfang meiner Bestrafung?

Ich will es nicht herausfinden.

KAPITEL ZWEI

# WHITE DOVE

# BENEDICT

Ich bin mir nicht sicher, wen ich mehr verabscheue – Florence oder mich selbst. Auf dem Weg zu ihrer Zelle habe ich mir geschworen, ihr nicht zuzuhören. Nicht ein einziges ihrer verseuchten Worte zu glauben, nichts davon an mich heranzulassen. Und doch hat sie kaum mehr als meinen Namen gebraucht, um wieder ihre Krallen um mein Herz zu legen. Nur drei Silben, um mich zu zerstören. Und jede weitere hat mich Stück für Stück zerfleischt und die Mauern meiner Selbstbeherrschung weiter zum Bröckeln gebracht.

Vielleicht will ich sie quälen, ja. Ich will, dass Florence genauso leidet, wie ich es tue. Aber das wird sie nie, weil sie nicht diejenige ist, die einer falschen Liebe zum Opfer gefallen ist. Sie wusste, worauf sie sich einlässt. Die ganze Zeit über hatte sie die Fäden in der Hand, und während ich ihr in meiner liebestrunkenen Naivität allmählich meine Seele zu Füßen gelegt habe, hat sie ihr Netz aus Verrat und Intrigen um mich gesponnen. Ich hätte ihr niemals vertrauen dürfen. Und weil ich es dennoch getan habe, liegt die Schuld für unsere momentane Situation auf meinen Schultern.

Eris empfängt mich draußen vor dem Eingang, und ich sehe die Fragen auf ihrem Gesicht schon von Weitem. Meine Motivation, sie ihr zu beantworten, hält sich jedoch in Grenzen. Nach dem fruchtlosen Verhör von Valerian und dem schmerzhaften Wiedersehen mit Florence kocht mein Blut ohnehin schon. Ich will nicht hören, was meine Rechte Hand zu sagen hat.

«Und?», begrüßt sie mich und fällt mit mir in Gleichschritt, als ich an ihr vorbeigehe. Über das Verhör hat man sie zweifelsohne schon in Kenntnis gesetzt. Unschwer zu erraten, was sie nun von mir wissen will.

Ich balle die Hände an meinen Seiten zu Fäusten und lockere sie wieder, um das unangenehme Gefühl auf meiner Haut abzuschütteln. Ich spüre Florence' Puls noch unter meinen Fingern, und mir ist überdeutlich bewusst, dass Valerians Blut an meinen Knöcheln klebt. Seit Florence' Blick eben daran hängen geblieben ist, kommt es mir vor, als wäre es ätzende Säure, die sich mir langsam einbrennt. Und schon wieder werde ich beinahe rasend vor Wut.

Zügig steuere ich auf die drei Wagen zu, die uns zurück ins Schloss bringen. Die Wachen begleiten Eris und mich bis zur Limousine in der Mitte und öffnen mir die Tür. Ich spare mir jegliche Höflichkeiten und klettere wortlos auf den Rücksitz. Je schneller ich Abstand zwischen mich und dieses Gefängnis gebracht habe, desto besser.

Die Tür auf der anderen Wagenseite wird geöffnet, und Eris setzt sich zu mir auf die Rückbank, statt vorne einzusteigen. Natürlich lässt sie sich nicht so einfach abwimmeln, wie ich es gern hätte. Ich werfe ihr einen finsteren Blick zu, doch sie klopft nur auffordernd gegen die Trennwand zum Fahrer. Ein paar Sekunden später setzen wir uns in Bewegung und sie wendet sich mir zu.

«Benedict.»

Die gleichen drei Silben, mit denen ich schon vorhin entwaffnet wurde. Nur dass sie stets etwas anderes zu bedeuten scheinen, wenn Florence sie sagt. Es ist, als hätte diese Frau meinem Namen einen neuen Sinn gegeben. Mit dem Klang ihrer Stimme, von ihren sanften Lippen gesprochen, hat er mir von Anfang an das Gefühl gegeben, als würde sie einen anderen Benedict sehen als der Rest dieses Landes. Den Mann hinter der Krone. Den Mann, der ich gern wäre, würden meine Verpflichtungen mich nicht anderweitig binden. Hätte ich gewusst, dass alles nur eine Lüge ist, hätte ich ihr niemals erlaubt, meinen Namen zu benutzen. Ihn derart zu ruinieren …

«Hast du von ihr getrunken?», fordert Eris gereizt. Aus dem Augenwinkel sehe ich sie erwartungsvoll die Brauen heben.

«Nein», knurre ich und hefte meinen Blick aus dem Fenster.

«Warum nicht?»

Ich beiße die Zähne zusammen. Ganz egal, was ich antworte, Eris würde es nicht verstehen. Wenn ich ehrlich bin, verstehe ich es ja selbst nicht einmal. Aber allein der Gedanke, Florence so nah zu kommen, ihre Haut unter meinen Lippen zu spüren, ihr leises Keuchen zu hören, ihr Blut auf meiner Zunge zu schmecken …

Es geht nicht.

Das vorhin war schon mehr, als ich ertragen konnte. Ich will diese Frau nicht in meiner Nähe. Ich will sie nie wieder sehen, weil mich allein ihr Anblick von innen heraus zerreißt.

Eris atmet tief durch. Auch sie versucht offenbar, Ruhe zu bewahren, doch in den letzten beiden Tagen fiel ihr das merklich schwerer als sonst. «Wir fragen eine der Bediensteten», entscheidet sie schroff. «Die Sache wird diskret behandelt, niemand muss davon erfahren.»

«Wie oft noch?», fahre ich sie an und drehe den Kopf zu ihr. «Ich breche diesen Eid nicht.»

Ihre braunen Augen funkeln aufgebracht. Mir ist klar, dass Eris nur versucht, ihren Job zu machen. Trotzdem habe ich meine Prinzipien. «Die Alternative hast du soeben hinter dir gelassen!», erinnert sie mich.

«Dann ist es eben so. Ich bin nicht auf frisches Blut angewiesen.»

Eris senkt die Stimme, um sicherzugehen, dass uns der Fahrer nicht hört, doch ihr Tonfall ist dadurch nicht weniger eindringlich. «Ist dir entgangen, was hier gerade passiert?», zischt sie. «Der *Rote Regen* will deinen Kopf!»

«Das ist mir bewusst», knurre ich zurück. «Aber es ist nicht so, als würde ein halbes Jahr einen großen Unterschied machen. Ich trage die Macht von vier Generationen in mir.»

«Deinem Vater hat das auch nicht geholfen!», braust sie auf. «Ich gehe verdammt noch mal kein Risiko ein, Benedict! Und wenn du mich fragst, sollten wir Lyra ebenfalls trinken lassen.»

«Ich habe dich nicht gefragt.»

Eris' Nasenflügel weiten sich. «Benedict.»

Ich sollte mich mehr zusammenreißen, ja. Aber andererseits schlägt sie gerade derart abstruse Dinge vor, dass ich nicht anders kann, als mit Sarkasmus zu reagieren.

«Du hast recht, das ist eine großartige Idee», erwidere ich. «Lass uns die Verbrechen in der Stadt bekämpfen, indem wir unsere eigenen Gesetze brechen.»

«Es ist eine Ausnahmesituation.»

«Ich sagte Nein.»

Eris' Miene verfinstert sich. «Dieser Aufstand hat gerade erst begonnen. Du wirst jedes bisschen Kraft benötigen. Und falls dir etwas passiert, ist Lyra die rechtmäßige Thronfolgerin. Es wird Zeit, dass wir sie darauf vorbereiten. Sonst lässt du dieses Königreich irgendwann schutzlos zurück.»

Ich wünschte, ich könnte ihr weitere Argumente entgegenbringen, doch ich habe keine. Vermutlich hat Eris recht. Seit dem Attentat an der Sonnenwendfeier ist London im Aufruhr. Es war unmöglich, die Geschehnisse unter Verschluss zu halten, und der *Rote Regen* hat seine Chance augenblicklich ergriffen. Noch in derselben Nacht wurden über zehn Morde an Menschen begangen, und die Zahl wächst stetig. Doch vermutlich stecken längst nicht mehr sie allein hinter all den Opfern. Sie haben lediglich das Feuer gelegt, das sich nun durch die Stadt frisst und weitere Vampire dazu bringt, sich aufzulehnen.

Vermutlich hätte ich es ahnen müssen. Meine Beziehung mit Florence war schon lange kein Geheimnis mehr. Wir haben versucht, es möglichst unter Verschluss zu halten, doch es wurden immer wieder empörte Stimmen laut, die sich nun erst recht bestärkt fühlen. Der König mit einem Menschen? Inakzeptabel. Ein Fehler.

Die Hawthornes haben ihresgleichen eigenhändig noch mehr zum Hassobjekt gemacht und erschweren mir gleichzeitig, diesen Hass zu unterbinden. Denn ich habe ohnehin bereits an Autorität eingebüßt. Und wenn ich mich weiterhin für sie einsetze, laufe ich konstant Gefahr, als rückgratlos dazustehen.

Meine eigenen Gesetze zu brechen, ist allerdings auch keine Lösung. Nur dem König ist es erlaubt, von der Vene zu trinken – und zwar ausschließlich von seiner Blutbraut. Mich daran zu halten ist das letzte bisschen Stabilität, das ich meinem Volk noch bieten kann.

«Gibt es neue Erkenntnisse?», wechsle ich das Thema. Eris hat sowohl die königliche Wache als auch die Polizei und den Geheimdienst auf die Aufklärung der Morde angesetzt. Mit mäßigem Erfolg. Ihr Blick sagt alles.

«Drei Verdächtige. Fünf neue Leichen ...»

Unruhig fahre ich mir durch die Haare. Es hört einfach nicht auf. «Wir brauchen Verantwortliche», sage ich ihr zum wiederholten Mal. «Jemanden, an dem wir ein Exempel statuieren können. Die Sache darf nicht noch mehr außer Kontrolle geraten.»

«Ich arbeite daran», erwidert sie zerknirscht.

Ich verkneife mir eine Erwiderung, um meinen Frust nicht noch mehr an Eris auszulassen. Sie macht gute Arbeit, aber die Situation raubt mir sowohl den Schlaf als auch den letzten Nerv. Selbst mit der Bestrafung von Verantwortlichen müssten wir vorsichtig sein. Ist sie zu schwach, wirkt sie nicht abschreckend. Ist sie zu heftig, könnte der *Rote Regen* sie nutzen, um die Leute weiter aufzustacheln. Es würde in einem noch größeren Aufstand enden. Wie wir es auch drehen und wenden – London ist ein Pulverfass, kurz davor zu explodieren.

Es ist erbärmlich. Fünfhundert Jahre war meine Familie an der Macht, und mir gleitet die Krone binnen Tagen förmlich aus den Fingern. All das nur wegen einer guten Schauspielerin und ein paar gehauchten Versprechungen.

«Lyra hat übrigens um eine Eskorte gebeten», lässt Eris mich wissen.

Ich seufze und hefte meinen Blick auf das gegenüberliegende Ufer der Themse, das vor dem Autofenster vorbeizieht. «Ja. Sie hat heute Morgen mit mir darüber gesprochen.»

«Du erlaubst ihr das doch nicht ernsthaft?» Eris klingt ungläubig. Aber was erwartet sie von mir?

«Ich werde es ihr nicht verbieten.»

«Das solltest du aber!»

Gereizt drehe ich mich zu ihr um. «Das wird es auch nicht besser machen!»

Eris hat die Stirn gerunzelt. Sie versteht offenbar wirklich nicht, warum meine Schwester Florence nicht nur sehen will, sondern sehen *muss*. Wie auch. Sie kennt unseren Schmerz nicht, kann ihn nicht ansatzweise nachvollziehen. Für sie war diese Frau nie mehr als die Rolle, die sie in unserem Schloss verkörpert hat. Für Lyra und mich jedoch war sie so viel mehr. Eine Geliebte, eine Freundin, vielleicht auch so etwas wie eine lang ersehnte Schwester. Für uns war sie *alles*. Und das war unser Fehler.

«Es würde sie zumindest von Florence' Lügen fernhalten!», argumentiert Eris weiter. «Bei allem Respekt, aber Lyra ist nicht unbedingt für ihre Rationalität bekannt. Ihre Gefühle verzerren ihre Sicht, und Florence wird das ausnutzen, um euch gegeneinander auszuspielen.»

Ich schüttle den Kopf. «Dieses Problem besteht längst, Eris. Sie hatte ein halbes Jahr Zeit, um sich in Lyras Herz einzunisten. Wenn ich ihr verbiete, sie zu besuchen, wird das Lyras Meinung nicht ändern, sondern sie nur noch weiter von mir entfernen, weil ich sie bevormunde. Ich brauche meine Schwester jetzt auf meiner Seite, und das bedeutet, dass ich ihr einen Vertrauensvorschuss geben muss.» Auch wenn mir nicht wohl dabei ist. Ich habe am eigenen Leib erfahren, wie gefährlich Florence ist.

Eris verzieht das Gesicht. «Es gefällt mir trotzdem nicht. Diese Frau hat schon viel zu viel Macht über euch.»

«Danke für den Seitenhieb», murmle ich und wende den Blick ab. «Möchtest du vielleicht noch einmal betonen, dass du mich gewarnt hast und ich einfach nicht auf dich hören wollte?»

«Würde ich», bestätigt sie kühl. «Aber auch das macht es nicht besser.»

Ich atme tief durch und wende den Blick ab. Vor dem Fenster fließt weiterhin die Themse vorbei. Das Wasser glitzert in der Mittagssonne, die vertrauten Gebäude am anderen Ufer spiegeln sich als verschwommene Kleckse auf der Wasseroberfläche. «Ich hätte auf dich hören sollen», stelle ich leise fest.

«Das Herz folgt nicht immer dem Verstand.» Eris' Stimme ist ebenso leise wie meine. Die Worte scheinen ihr ernst zu sein. «Ich verurteile dich nicht dafür.»

Mir entweicht ein leises Schnauben. «Ich mich aber.»

Das Wohl dieses Landes liegt in meinen Händen. Wenn Blut fließt, habe ich das zu verantworten. Es war meine Aufgabe, den Frieden zwischen Menschen und Vampiren zu wahren. Und ich habe versagt.

Eris setzt zu einer Erwiderung an, doch ihr Handy klingelt, und sie atmet frustriert aus. «Nicht schon wieder», murmelt sie und hebt es an ihr Ohr. «Ja?»

Eine Stimme ertönt am anderen Ende der Leitung, und meine Rechte Hand versteift sich kaum merklich.

«Wo?»

Ich werfe ihr einen fragenden Blick zu, doch sie weicht ihm aus. Ihre Brauen sind eng zusammengezogen.

«Das ist nicht dein Ernst. Es ist helllichter Tag.»

Ein mulmiges Gefühl macht sich in meiner Magengrube breit. Haben sie noch mehr Tote gefunden? Unwillkürlich richte ich mich auf.

«Ich bin gleich da», verkündet sie ihrem Gesprächspartner, und falls möglich ist ihr Tonfall noch ruppiger als eben mit mir. «Versuch bis dahin, die Presse fernzuhalten.» Sie legt auf, steckt das Handy weg und fährt sich durch die kurzen dunklen Haare. Ich kenne sie lange genug, um zu wissen, dass sie gerade überlegt, wie sie diese Information am besten an mich weitergibt.

«Ich komme mit», beschließe ich kurzerhand.

Ihr Blick schießt zu mir, und sie funkelt mich an. «Auf gar keinen Fall!»

Ich ignoriere ihre Widerworte. «Weih mich ein.»

Eris verzieht unzufrieden das Gesicht, doch sie widerspricht mir nicht. «Vier Leichen hängen an der äußeren Schlossmauer.»

Besorgt hebe ich die Brauen. Ich habe zwar mit Toten gerechnet, aber nicht damit, dass sich jemand die Mühe macht, diese *aufzuhängen*. Und schon gar nicht an einer derart abgesicherten Stelle. Die Täter lassen jegliche Vorsicht hinter sich, wenn sie ein solches Risiko eingehen. Das kann nichts Gutes bedeuten. «Wie sind sie an unseren Wachen dort vorbeigekommen?», will ich wissen. Wenn wir schon wieder eine Lücke in unserem Wachsystem haben ...

«Gar nicht», murmelt Eris. «Ich fürchte, die Opfer *sind* unsere Wachen.»

Ich stocke. «Du willst mir sagen, dort hängen keine Menschen, sondern *Vampire?*»

«Offenbar.»

Meine Nackenhaare stellen sich auf, und ich balle die Hände zu Fäusten. Was zur Hölle bedeutet das? Fährt der *Rote Regen* jetzt härtere Geschütze auf? Sonst haben sie sich immer bedeckt gehalten. Es sieht ihnen gar nicht ähnlich, in der vollen Mittagssonne auf offener Straße zu agieren. Und bisher haben sie nie Vampire aus dem Volk angegriffen. Wieso auch? Damit würden sie sich im Inner District unweigerlich Feinde machen, während es ihnen doch eigentlich darum geht, die Leute auf ihre Seite zu ziehen.

«Bring mich hin», fordere ich.

Eris presst die Lippen zusammen, nickt aber knapp. Sie zückt erneut ihr Handy – vermutlich, um zusätzliche Security anzufordern.

Es dauert nicht lange, bis wir die äußere Schlossmauer erreichen, die das Crimson Heart vom Inner District trennt. Doch statt das Eingangstor zu passieren, das uns in den Red Garden und schließlich zum Palast führt, umrunden wir die Anlage.

Ein heilloses Durcheinander aus Polizeiwagen, Wachpersonal und schaulustigen Passanten empfängt uns an der Hinterseite und erschwert uns die Anfahrt. Als wir mit dem Auto nicht weiter vorankommen, weil die Leute die Straße blockieren, steige ich kurzerhand aus, eine fluchende Eris auf den Fersen. Die Wachen aus den beiden Begleitwagen flankieren uns, und gemeinsam bahnen wir uns einen Weg zum Tatort. Ich schiebe unberührt Vampire beiseite, die mir im Weg stehen, und erst als ich die Absperrung vor der Schlossmauer erreiche, halte ich inne.

Das Bild, das sich uns bietet, ist grotesk. Die vier leblosen Körper unserer Wachen wurden mit regelrechten Bolzen im Gemäuer festgenagelt. Zwar lässt sich nicht sicher sagen, ob sie tot sind – immerhin sind es Vampire –, doch die Einstichwunden zwischen ihren Rippen lassen mich befürchten, dass die Täter vorbereitet waren. Es sind gezielte Stiche ins Herz – vermutlich mit einer Silberwaffe.

Ein beklemmendes Gefühl setzt sich in meiner Brust fest. Zwei von ihnen, Travis und Eve, waren gerade mal Mitte zwanzig und kamen letztes Jahr frisch aus der Ausbildung, ihr ganzes Leben noch vor sich. Die Wache auf der linken Seite hingegen, Margery, hat schon jahrelang treu meinem Vater gedient. Und Dalton am anderen Ende der Reihe hat erst vor ein paar Wochen einen Antrag auf Elternzeit eingereicht. Es waren gute, verlässliche Leute. Die Tatsache, dass sie derart grausam und unerwartet aus dem Leben gerissen wurden, schnürt mir vor lauter Hass die Kehle zu.

Und als wäre ihr Tod nicht genug, prangt über den Köpfen der vier eine blutrote Botschaft, die so groß ist, dass man sie selbst von der anderen Straßenseite aus lesen kann.

*Wir sind viele.*

Die Drohung ist subtil und doch wirksam. Gänsehaut überzieht meine Arme, und obwohl sich meine Gedanken eigentlich überschlagen müssten, ist mein Kopf seltsam leer. Mein Blick ist erneut an den leblosen Körpern hängen geblieben. Ein winziges Detail sticht mir wie ein Dorn ins Auge. An jeder ihrer schwarzen Uniformen steckt etwas, das dort nicht hingehört. Ein kleines weißes Büschel auf Höhe der Brusttasche.

Ich klettere über die provisorische Absperrung und steuere auf meine ehemaligen Wachen zu. Blut hat sich zu ihren Füßen in Pfützen auf dem Boden gesammelt und rinnt durch die Fugen des Kopfsteinpflasters. Wäre die Menge hinter mir nicht so laut, könnte man es tropfen hören.

Eris weicht mir nicht von der Seite. «Es wurde bereits eine Großfahndung eingeleitet», lässt sie mich wissen. «Sie suchen den gesamten Inner District und das Ufer der Themse nach auffälligen Personen ab.»

«Das war nicht der *Rote Regen*», murmle ich und bleibe direkt vor Margery stehen. Trotz ihres Alters wirkte sie immer jung und energetisch. Im Tod hingegen ist ihr Gesicht aschfahl und eingefallen. Ihre Augen starren leblos ins Nichts. In meinen Venen beginnt es wieder zu brodeln, noch heftiger als zuvor.

«Wie kommst du darauf?», will Eris wissen.

Mit vor Wut zitternden Fingern ziehe ich das eben noch undefinierbare Büschel aus dem Knopfloch von Margerys Uniformjacke. Es ist ein kleiner Zweig aus dunklem Holz mit lieblichen weißen Blüten daran. Sie ähneln denen einer

Kirsche, nur dass die Staubblätter nicht hell, sondern dunkel sind.

Weißdorn.

Es kostet mich alles, den Beweis nicht in meiner Faust zu zerquetschen. Stattdessen drehe ich mich um und halte ihn Eris mit finsterem Gesicht entgegen.

Ihre Augen weiten sich, als sie zu verstehen beginnt. Es gibt nur eine Familie, die sich so zu erkennen geben würde. Nur eine, die den Weißdorn nicht nur in ihrem Wappen, sondern sogar als ihren Namen trägt.

«Die Hawthornes haben uns eine Botschaft geschickt», spreche ich das Offensichtliche aus und lasse zu, dass Eris mir den Zweig abnimmt, um ihn genauer zu betrachten.

Sie mustert die Blüten mit unverkennbarer Sorge. Langsam schüttelt sie den Kopf und schaut zu mir auf. «Ist dir klar, was das bedeutet?», fragt sie kaum hörbar.

Ich atme tief durch und schließe für einen Moment die Augen. Als ich sie wieder öffne, bohrt sich Eris' Blick mit neuem Nachdruck in meinen, macht mir nur allzu deutlich, was sie mir sagen will.

«Ja», murmle ich. «Das bedeutet Krieg.»

KAPITEL DREI

# LOVE INTO A WEAPON

# FLORENCE

Ich versuche, einen kühlen Kopf zu bewahren. Noch ist mein Schicksal nicht entschieden, und mich von Benedicts Drohungen einschüchtern zu lassen, würde alles nur noch schlimmer machen. Doch als am Morgen nach seinem Besuch zwei Wachen in der Tür stehen, schnürt mir trotzdem lähmende Angst die Kehle zu. Die beiden Männer legen mir Handschellen an, fassen mich grob an den Armen und geleiten mich aus der Zelle, die Stufen des Towers hinunter bis in den Kerker.

Die Luft hier unten ist modrig, und je tiefer wir kommen, desto kälter wird es. Ein unkontrolliertes Zittern nimmt von mir Besitz, doch es liegt nicht an der Temperatur. Egal, wie stur ich das Kinn oben halte, ich bin nicht bereit für was auch immer gleich geschieht.

Wir erreichen eine verwitterte Eisentür, und ich wappne mich für das Schlimmste. Aber entgegen meinen Erwartungen befindet sich in dem Raum keine Folterkammer. Nur ein Tisch mit einem Stuhl. Und Benedict. Er wartet in dem niedrigen Kellergewölbe und mustert mich mit finsterem Blick. Mein Herz zieht sich schmerzhaft zusammen.

Die Wachen bugsieren mich weiter in den Raum hinein. Sie drücken mich auf den unbequemen Metallstuhl, und erst jetzt bemerke ich die zweite Person im Raum. Mein Inneres verkrampft sich noch mehr.

Lyra steht in der Ecke des Raumes. Ihr Gesicht ist unlesbar, ihre helle Haut wirkt blasser als sonst. Sie hat ihre dunklen Locken zu einem langen Zopf gebunden und trägt ein grünes Kleid, das unter normalen Umständen sicher ihre Augen betonen würde. Jetzt jedoch wirkt ihr Blick leer, irgendwie leblos. Benedicts Sakko liegt um ihre zierlichen Schultern und lässt sie so noch verletzter wirken als ohnehin schon.

Ihr Anblick schmerzt auf ebenso viele Weisen wie der von Benedict. Weil ich auch sie verraten habe, obwohl sie doch in all den Monaten nichts als freundlich mir gegenüber war. Weil ich auch sie in den letzten Tagen vermisst habe. Weil ich auch sie vielleicht niemals zurückgewinnen kann, auch sie womöglich für immer verloren habe.

Lyra schweigt, und ich wage es nicht zu sprechen. Stattdessen lasse ich widerstandslos zu, dass die beiden Wachen meine Handschellen an einem Haken in der Mitte der Tischplatte befestigen. Erst als die Tür hinter ihnen ins Schloss fällt, schaue ich von meinen gefesselten Händen auf.

Erneut huscht mein Blick zu Benedict. Er lehnt mit verschränkten Armen an der Wand und beobachtet mich. Diesmal ist er ganz in Schwarz gekleidet, und ich frage mich unweigerlich, ob er mir damit etwas sagen will. Er hat das Hemd ordentlich in seinen Gürtel gesteckt, doch die oberen beiden Knöpfe sind offen, die Ärmel hat er zurückgekrempelt. Darüber, was das bedeuten könnte, will ich lieber nicht zu lange nachdenken.

Endlich löst Benedict sich aus seiner Starre. Er tritt näher an den Tisch heran und umrundet ihn, bis er mir direkt gegenübersteht. Ich muss den Kopf in den Nacken legen, um ihm ins Gesicht sehen zu können, doch sein Blick bleibt steinern. Fremd. Es ist, als trüge er eine Maske. Irgendwie schafft Benedict es, dass ich trotz all unserer gemeinsamen Zeit nicht mehr in seiner Mimik lesen kann. Und schon wieder weiß ich nicht, was ich empfinden soll. Reue? Zuneigung? Angst? Allmählich scheint es keine Emotion mehr zu geben, die dieser Mann nicht in mir auslöst, und sie alle gleichzeitig zu fühlen frisst mich langsam, aber sicher auf. Also konzentriere ich mich auf das, was sie alle überlagert. Den Schmerz in meiner Brust und das Bedürfnis, meine Fehler wiedergutzumachen. Wenn das hier ein Verhör ist, muss er mich auch sprechen lassen. Mir eine Chance geben, mich zu verteidigen.

Benedict stützt sich auf der Tischplatte ab und beugt sich zu mir herunter. Es kostet mich all meine Überwindung, seinem Blick standzuhalten. Die Erinnerung an gestern ist noch zu präsent, sitzt mir wie ein Stachel in der Brust, und ich muss meine Finger ineinander verschränken, um ihr Zittern zu verbergen.

«Ich erkläre dir jetzt, wie das hier funktioniert», sagt er leise, und seine vertraute Stimme, die doch so anders klingt als sonst, jagt mir einen Schauer über den Rücken.

Ich beiße mir auf die Unterlippe, um meine Tränen zurückzuhalten, blinzle vehement gegen sie an. Falls Benedict sie bemerkt, ignoriert er es. Seine Miene bleibt hart. Im Gegensatz zu gestern lodert da nicht mal Zorn in seinen Augen. Er wirkt deutlich gefasster. Aber ist er das wirklich, oder ist es nur Fassade?

«Ich stelle die Fragen», fährt er seelenruhig fort. «Du antwortest. Wenn du die Wahrheit sagst und mir verrätst, was ich wissen will, sind wir in zehn Minuten fertig, ohne dass jemand leiden muss.»

Er lässt den Satz mit einem unheilvollen Unterton ausklingen, und ich schlucke.

«Wenn du mich aber anlügst ...» Benedicts Hände auf der Tischplatte ballen sich zu Fäusten. Der einzige Beweis, dass auch ihm diese Situation nahegeht. «Wenn du mich anlügst, verspielst du auch noch das letzte bisschen meiner Gnade», schließt er.

Ich höre den Stoff von Lyras Kleid rascheln, wage es jedoch nicht, zu ihr zu schauen. Stattdessen fixiere ich Benedict, halte seinen Blick. Wir starren uns an, sein Gesicht immer noch so nah vor meinem, dabei kommt es mir vor, als würden wieder Welten zwischen uns liegen. Sechs Monate lang sind wir immer enger zusammengewachsen, und nun hat uns mein Verrat auseinandergerissen, als wäre nie mehr als Hass zwischen uns gewesen.

Der Mann, den ich liebe, droht mir. Und ich will ihm nicht glauben, dass er mir wehtun würde, doch er gibt sich so überzeugend, dass mir nichts anderes übrig bleibt.

«Hast du das verstanden?», fragt Benedict, seine Stimme mit einem Mal sanft. Sofort wird mein Herz weicher, doch ich bin nicht so naiv, ihm diesen Stimmungswechsel abzukaufen. Er versucht mich zu manipulieren. Und leider funktioniert es, obwohl ich mir dessen bewusst bin. Ich schätze, wenn es um ihn ging, war ich noch nie so stark, wie ich sein sollte.

«Verstanden», flüstere ich. Ich habe noch immer keine Ahnung, wie viel Benedict schon weiß. Ob er den Dolch unter den Bodendielen im Schlafzimmer gefunden hat. Ob Valerian nun geschwiegen hat oder nicht. Aber vermutlich ist es egal. Ich werde die Wahrheit sagen, einen anderen Weg gibt es ohnehin nicht. Selbst wenn ich dabei riskiere, mich noch tiefer in mein Verderben zu manövrieren – die Zeit der Lügen ist vorbei.

Doch was, wenn mir auch die Wahrheit nichts bringt? Wenn er mir nicht glaubt, weil er zu sehr in seiner Wut gefangen ist?

Benedict atmet tief durch, als müsste auch er sich hierfür wappnen. Sein Duft steigt mir in die Nase, und mit ihm fluten tausend Erinnerungen meinen Kopf. An seinen Körper unter meinem, an seine Finger auf meiner Haut und seine leise Stimme an meinem Ohr. An Benedicts seltenes Lachen und dieses Lächeln, das nur mir vorbehalten war. An alles, was ich nie wieder haben werde, wenn ich es nicht schaffe, sein Vertrauen zurückzuerlangen.

«Warum wolltest du als Blutbraut ins Schloss?»

Ausgerechnet diese Frage muss er zuerst stellen. Die vielleicht schlimmste von allen, weil ich die Antwort am liebsten selbst nicht mehr wahrhaben würde.

Ich zögere. Benedict starrt mich nieder. Und mit jeder Sekunde, die ich verstreichen lasse, zweifelt er vermutlich stärker an meiner Glaubwürdigkeit.

«Ich wollte dich töten», sage ich schließlich, und Lyra atmet hörbar aus. «Aber ...»

«Weshalb?», unterbricht er mich. Es ist nur ein einziges Wort, doch Benedicts Stimme klingt nun anders als zuvor. Wut schwingt in ihr mit. Es ist, als würden meine Geständnisse schon jetzt an seiner Beherrschung zehren, die Fassade wieder zum Bröckeln bringen.

«Weil die Menschen unter der Vampirherrschaft leiden», antworte ich ihm leise.

Sein Gesicht verzieht sich flüchtig zu einer Grimasse, bevor er seine Miene wieder unter Kontrolle bekommt. «Also wolltet ihr mich ersetzen?», schlussfolgert er.

«Ich ... weiß es nicht. Du solltest gestürzt werden», weiche ich aus. Unterdessen zieht sich mein Herz bei jedem Wort weiter zusammen.

«Und danach?», fordert er.

Hilflos zucke ich mit den Schultern. «Das weiß ich nicht genau.»

«Verarsch mich nicht. Du hättest nicht dein Leben riskiert, ohne einen Plan für danach zu haben.»

Seine Worte treffen einen wunden Punkt. Mir ist erst in den letzten Tagen klar geworden, wie verdammt naiv ich bisher war. Mein ganzes Leben lang. Ich habe zu wenige Fragen gestellt. Mich mit Vertröstungen statt Antworten zufriedengegeben. Und allein die Tatsache, dass mein Bruder mich derart problemlos hintergehen konnte, zeigt, dass ich meiner Familie zu bedingungslos vertraut habe.

«Bestimmt gab es einen Plan», gestehe ich leise. «Davon gehe ich zumindest aus. Aber ich wurde nie eingeweiht.» Ich hasse mich selbst dafür, dass diese Aussage stimmt. Auf meine Fragen haben meine Eltern immer nur geantwortet, wir würden sehen, was kommt, wenn dieser erste große Schritt hinter uns liegt. Doch je länger ich darüber nachdenke, desto klarer wird mir, dass sie und Val mehr vor mir geheim gehalten haben, als ich realisiert habe. Zu viel. Alles, was ich nicht wissen musste, haben sie mir verschwiegen, und sicher gehörten dazu auch die Pläne für das, was nach der Sommersonnenwende passieren sollte.

Benedict mustert mich. Sein Mundwinkel zuckt unzufrieden, als wäre er sich nicht sicher, was er mir glauben soll. Dennoch lässt er das Thema vorerst ruhen. «Wie wolltest du deine Aufgabe erfüllen? Was war dein Plan, als du ins Schloss gekommen bist? Erklär es mir.»

Meine Augen beginnen zu brennen. Beinahe bringe ich die Wahrheit nicht über die Lippen, weil ich mich so für sie schäme, doch ich zwinge mich dazu, sie auszusprechen.

«Ich sollte dein Vertrauen gewinnen und dich in der Nacht vor der Sommersonnenwende im Schlaf töten.» Meine Stimme zittert, doch ich rede hastig weiter. Benedict und Lyra müssen alles hören. Nicht nur diesen Bruchteil. «Aber ich konnte es nicht! Bitte glaub mir wenigstens das. Seit ich ...»

«Das habe ich nicht gefragt», unterbricht er mich scharf. Sein Gesichtsausdruck ist ihm entglitten. Mit einem Mal wirkt Benedict rasend vor Wut, und ich kann nicht verhindern, dass sich eine Träne aus meinem Augenwinkel löst und mir über die Wange rollt. Ich will sie wegwischen, doch die Handschellen halten mich klirrend zurück. Es ist fast, als wollten sie mich daran erinnern, wie aussichtslos meine Situation ist. Wenn Benedict mich nicht zu Wort kommen lässt, kann ich mich auch nicht verteidigen. Außer ich ignoriere seine Befehle und mache ihn damit noch wütender.

«Woher hattest du den Dolch?», fordert er.

Er weiß also davon. Und nun kommt der Teil, vor dem ich mich schon die ganze Zeit gefürchtet habe. Der, in dem ich nicht mehr nur meinen eigenen Verrat gestehe, sondern auch meinem Bruder noch mehr Schuld zuweise. Vermutlich ist meine Aussage ohnehin nicht mehr als der letzte Nagel in seinem Sarg, aber sie fühlt sich dennoch falsch an. Als wäre ich die schlimmste Schwester der Welt.

«Val hat ihn versteckt», flüstere ich.

«Wann?»

«Ich weiß es nicht genau. Im Winter vermutlich.» Meine Kehle schnürt sich immer enger zu, doch Benedicts Miene bleibt hart.

«Und was hättest du getan, nachdem du mich getötet hättest?»

«Das tut doch nichts zur Sache!», entkommt es mir erstickt, und Tränen tropfen von meinem Kinn auf die raue Tischplatte. «Weil ich es nicht getan habe! Ich konnte – ich *wollte* dich nicht mehr töten! Ich hatte meinen Plan geändert! Das an der Sonnenwendfeier ...»

Benedict schlägt vor mir auf den Tisch und bringt mich

so zum Schweigen. «Zwing mich nicht, die Frage zu wiederholen!», fährt er mich an.

Verdammt, wie kann er so kalt bleiben, während ich kurz vorm Zusammenbrechen bin? Ich hasse es, ihn so hasserfüllt zu erleben.

Mit Mühe schlucke ich meine Erklärungen hinunter. Vorerst. Er darf diesen Raum nicht verlassen, ohne sie gehört zu haben. «Val hätte mich rausgeholt», presse ich hervor und unterdrücke ein Schluchzen. Die Erinnerung an meine letzte Nacht mit Benedict ist besonders schmerzhaft. An diesem Abend war es unmöglich zu übersehen, wie er wirklich ist. Wie rücksichtsvoll, wie zärtlich, wie perfekt. Ich habe ihm meine Liebe gestanden, er mir seine. Und nur wenige Stunden später habe ich über ihm gekniet, einen Dolch in der Hand, die Spitze der Klinge zwischen seinen Rippen.

Ich war so kurz davor, es zu tun. So kurz davor, die Ansichten meiner Familie mein Leben zerstören zu lassen. Und als ich schließlich zitternd wieder in seinen Armen lag, die Waffe sicher unter den Dielen verstaut, seinen gleichmäßigen Atem im Ohr, dachte ich, ich hätte soeben den größten Fehler meines Lebens verhindert.

Aber dem war nicht so. Der Schaden war längst angerichtet, mein Schicksal schon lange besiegelt. Schon seit Benedict mich zu seiner Blutbraut gewählt hat, war ein Happy End unmöglich. Unsere Geschichte hätte immer hier geendet, weil nicht ich diejenige war, die die Entscheidungen getroffen hat, sondern meine Familie.

«Wie hätte dein Bruder dich rausholen sollen?», will Benedict wissen. Trotz seiner nun wieder eisernen Fassade meine ich, Schmerz in seinen Augen durchschimmern zu sehen. Oder bilde ich ihn mir nur ein, weil ich ihn sehen *will*? Weil ich mir so sehr wünsche, dass er noch Gefühle für mich hat?

«Ich weiß es nicht», bringe ich heraus. «Ich sollte eine Kerze ins Fenster stellen und warten.»

Benedict entweicht ein ungläubiges Schnauben, und er schüttelt den Kopf. «Entweder du bist eine furchtbare Lügnerin oder sehr viel naiver, als ich dachte.»

Ich blinzle verwirrt. «Warum?»

«Niemand hätte es geschafft, dich unbemerkt aus diesem Anwesen zu holen. Ich habe sämtliche meiner Wachen darauf angesetzt, dich um jeden Preis zu beschützen. Und du hast ernsthaft gedacht, dein Bruder könne dich retten, nur weil er ein halbes Jahr zuvor, als nur ein Minimum an Wachposten besetzt waren, einen Dolch dort versteckt hat?»

«Ich ...» Benedicts Worte ziehen mir den Boden unter den Füßen weg. Weil er recht hat. Ich habe nicht mal in Erwägung gezogen, dass Val scheitern könnte. Er hat es mir mit einer solchen Überzeugung versprochen, dass ich nicht daran gezweifelt habe. Was, wenn auch das Teil des Plans war? Wenn er nie wirklich vorhatte, mich zu retten?

«Du solltest aufhören zu lügen», knurrt Benedict. «Die Rolle des unschuldigen Opfers kaufe ich dir sowieso nicht ab. Also, wie wollte dein Bruder dich rausholen?»

«Ich weiß es nicht!», sage ich wieder, diesmal energischer. Wut kocht in mir hoch. Wut auf mich selbst. Darauf, dass ich nie auf Antworten bestanden habe. Dass ich mich mit Versprechungen zufriedengab, die man ebenso einem kleinen Kind hätte machen können.

Kein Wunder, dass Benedict mir kein Wort glaubt. Und ich fürchte, wenn ich ihm nicht bald etwas Überzeugendes liefere, wird er sich einen neuen Weg suchen, um Informationen aus mir herauszubekommen.

«Was war der Plan für die Feierlichkeiten an der Sommersonnenwende?», will er nun wissen.

«Ich weiß es nicht genau», höre ich mich schon wieder sagen und kratze verzweifelt alle Informationen zusammen, die ich ihm geben kann. «Ursprünglich sollte ein Attentat auf dich stattfinden, falls ich dich nicht vorher töte. Aber ich habe versucht, Val davon abzuhalten. Ich habe ihm gesagt, dass es der falsche Weg ist und ich meine Meinung geändert habe. Hätte ich gewusst, dass er mich heimlich vergiften würde ...» Meine Stimme bricht. Ja, was dann? Hätte ich Val verraten, um Benedict zu retten? Oder hätte ich einen Weg gefunden, um die Situation friedlich zu lösen? Ich weiß es nicht. Und es ist ohnehin egal, weil es anders kam, also lasse ich den Satz unvollendet. «Ich wollte ihn aufhalten», beteuere ich wieder. «Ich hatte meinen Plan längst geändert! Ich habe den Dolch nicht benutzt, weil ich wusste, dass es ein Fehler gewesen wäre!»

«Längst geändert?», fährt Benedict mich an. «Deine Fingerabdrücke waren auf dem Dolch. Du hattest diese Waffe in der Hand. Vielleicht nur Stunden bevor dein Bruder zu Ende bringen wollte, was du nicht konntest. Du hast deinen Plan nicht *geändert*, Florence, du hast lediglich bemerkt, dass du dir die Hände nicht selbst schmutzig machen wolltest! Und jetzt denkst du, du könntest mir damit deine Unschuld beweisen? Mit deiner eigenen Feigheit?»

Entsetzt schüttle ich den Kopf. «Das stimmt nicht! Ich ...»

«Hör verdammt noch mal auf zu lügen! Wenn du dein wertloses Leben retten willst, dann liefere mir etwas Brauchbares. Wie finde ich den Rest deiner Familie?»

Meine Erklärungen bleiben mir im Hals stecken. *Wertlos.* Das Wort sticht, doch der Schmerz wird von der Panik überlagert, die mich nun einholt. Ich kann diese Frage nicht beantworten. Wenn ich rede ... Wenn ich ihm auch nur den kleinsten Hinweis darauf gebe, wo meine Eltern sind ...

Langsam schüttle ich den Kopf und bringe Benedicts Geduldsfaden damit endgültig zum Reißen. Er schlägt mit der Faust auf den Tisch, und ich zucke zusammen.

«Wo sind sie?», knurrt er und lehnt sich so weit zu mir vor, dass ich fast glaube, seinen Atem auf meiner Haut spüren zu können.

«Das kann ich dir nicht sagen. Tut mir leid», flüstere ich und presse meine zitternden Lippen zusammen.

Benedict stößt sich energisch von der Tischplatte ab. Scheinbar ziellos geht er ein paar Schritte durch den Raum, sein Körper wie gelenkt von einer alles einnehmenden Wut. Lyra streckt ihre Hand nach ihm aus, doch er schüttelt sie ab und fährt wieder zu mir herum.

«Willst du, dass ich dir wehtue?», fragt er scharf. «Denn dazu zwingst du mich hiermit, Florence. Du gibst mir *nichts!*»

Seine Worte lassen mein Inneres zu Eis gefrieren, aber gleichzeitig lodert da auch Wut auf. Wut, weil er mir nicht glaubt. Weil er meine Erklärungen nicht mal hören will. Weil er sich ein so falsches Bild von mir macht, nachdem ich in all den Monaten mühevoll gelernt habe, ihn endlich richtig zu sehen. «Ich habe dir *alles* gegeben!», widerspreche ich heftig. Meine Verzweiflung schwingt deutlich in meiner Stimme mit, lässt jedes Wort ein wenig atemloser klingen als das letzte. «Ich habe mich für dich gegen meine Familie gestellt, ich habe versucht, genau das hier zu verhindern, aber ...»

«Halt den Mund!», donnert er, lauter als eben. «Diese Scheiße soll ich dir glauben? Dass du hierherkommst, um mich zu töten, ohne zu wissen, was deine Eltern planen? Wie sie dich wieder rausholen? Du behauptest, du hättest ihrem Plan nicht mehr zugestimmt, beschützt sie aber gleichzeitig. Also verzeih mir, wenn ich dir deine Märchen nicht abkaufe. Nachdem du mir sechs Monate lang etwas vorgespielt hast, fällt es mir etwas schwer, dir noch zu vertrauen.»

Ich schlucke. Ein dicker Kloß hat sich in meiner Kehle gebildet, meine Sicht verschwimmt in Tränen. «Ich weiß, dass ich zu lange gebraucht habe, um meinen Fehler zu erkennen. Und ich weiß jetzt auch, dass unser Plan der falsche Weg war, aber wir mussten etwas tun! Wir konnten nicht so weitermachen wie bisher! Du verstehst nicht ...»

«Ich will es auch nicht verstehen», fällt er mir abermals ins Wort.

«Ben ...» Lyras Stimme ist überraschend sanft. «Vielleicht sagt sie wirklich die Wahrheit.»

Sein finsterer Blick trifft nun sie. Ungläubig schüttelt er den Kopf. «Hast du ihr eigentlich zugehört? Sie wollte mich töten, und du verteidigst sie allen Ernstes?»

«Ich habe es aber nicht getan!», beharre ich zittrig und lenke seine Aufmerksamkeit damit wieder auf mich. «Ich hätte es tun können, aber ich habe mich dagegen entschieden!»

Benedict wendet sich mir wieder zu, baut sich vor mir auf, und jegliche Hoffnung verlässt mich. Er ist fertig mit dieser Unterhaltung, das sehe ich ihm an. Er wird seine Zeit nicht länger mit simplen Fragen verschwenden. Ich habe meine Chance verspielt.

«Ben», sagt Lyra erneut. Sie löst sich aus ihrer Position an der Wand und durchquert den Raum, bis sie neben ihrem Bruder steht. Sanft legt sie ihm eine Hand auf den Unterarm. «Bitte ...»

Trotz seines finsteren Gesichtsausdrucks wird seine Miene weicher. Der Mann, den ich kenne und liebe, kommt zum Vorschein. Und wenn auch nur ein winziger Teil von diesem mir Gehör schenkt …

«Du warst anders.» Meine Stimme bebt. Mein Herz blutet, meine Worte sind getränkt von siedend heißem Schmerz. «Ich habe mit einem Monster gerechnet, aber du warst so verdammt anders, als ich es erwartet habe. Ihr beide. Und egal, wie sehr ich euch hassen wollte, ich war schon vom ersten Abend an verloren. Ich liebe dich. Das war keine Lüge, Benedict, das war es nie. Ich habe mich …»

«Das reicht!» Er macht sich von Lyra los, und sein Gesichtsausdruck wird wieder kalt, hasserfüllt. «Ich gebe dir etwas Zeit, um nachzudenken. Nächstes Mal lieferst du mir Informationen. Oder ich werde dir zeigen, was für ein Monster ich wirklich bin, Florence.»

Mit energischen Schritten geht er zur Tür, reißt sie auf und wendet sich erwartungsvoll Lyra zu. Diese jedoch bleibt unschlüssig vor dem Tisch stehen und sieht zwischen uns hin und her.

«Eine Minute, bitte», sagt sie leise, und Hoffnung keimt in mir auf.

Benedict presst die Lippen zusammen, und ich fürchte bereits, dass er sie nicht mit mir sprechen lassen wird. Doch entgegen meiner Erwartung verlässt er protestlos den Raum und zieht die Tür hinter sich zu.

Lyra atmet tief durch und verschränkt die Hände vor dem Bauch. Sie mustert mein schmutziges Kleid, meine zerzausten Haare, meine tränenüberströmten Wangen. Der Schmerz in ihren Augen lässt meine Reue nur noch stärker aufflammen. Sie war einer der Gründe, weshalb ich angefangen habe, an den Plänen meiner Familie zu zweifeln.

Nicht nur Benedict hat im vergangenen halben Jahr mein Herz erobert, sondern auch sie. Und gemeinsam haben die beiden mich dazu gebracht, all meine Überzeugungen zu hinterfragen.

«Es tut mir leid», flüstere ich.

Lyras Miene bleibt hart. Zum ersten Mal, seit ich sie kenne, ist die Ähnlichkeit zu ihrem Bruder unverkennbar. Sonst war sie immer der Sonnenschein, das Gegenstück zu Benedicts besonnenem Ernst. Nun jedoch hält auch sie sich mit der Anmut und der Entschlossenheit einer unbeugsamen Königin.

«Was genau tut dir leid?», will sie wissen, löst ihre Finger wieder auseinander und ballt die Hände zu Fäusten. «Dass du unseren Tod geplant hast oder dass du aufgeflogen bist?»

Ich zucke zusammen.

Lyra legt die Arme um sich selbst, was sie in Benedicts Jackett noch kleiner wirken lässt. «Ich dachte, du wärst meine Freundin, Florence.»

«Das bin ich auch», bringe ich hervor.

«Eine Freundin, die mich monatelang belogen hat. Die versucht hat, meinen Bruder zu töten. Ich kenne dich überhaupt nicht.»

Verzweifelt schüttle ich den Kopf. «Du und Benedict kennen mich besser als irgendjemand sonst. Ich bin eine miese Schauspielerin, Lyra, das habt ihr doch gemerkt. Ich habe es nie geschafft, mich wirklich zu verstellen. Weißt du, wie oft ich mich fast selbst verraten hätte? Es war ein Fehler von mir zu denken, wir würden auf unterschiedlichen Seiten stehen. Bitte lass es mich wiedergutmachen! Ich will helfen, wirklich.»

Lyra verzieht das Gesicht. «Weißt du, was das Traurigste ist? Ich würde dir das wirklich gern glauben.»

Ich schlucke, setze zu einer Erwiderung an und schweige dann doch. Vielleicht besteht die Chance, dass Lyra mir wieder vertraut. Aber ich werde sie nicht dazu überreden können. «Lebt Val noch?», flüstere ich schließlich.

Ihre Miene verfinstert sich weiter. «Das darf ich dir nicht sagen.»

Mir wird schlecht. Hat Benedict es ihr verboten, um mich vor der Wahrheit zu schützen? Vor dem, was er meinem Bruder angetan hat? Oder will er mich mit der Ungewissheit quälen?

«Bitte», flehe ich und blinzle gegen neue Tränen an. Ich schließe meine Finger um die Stahlketten, die mich an den Tisch binden, und umklammere sie, so fest ich kann.

Lyra reckt das Kinn. «Ich verrate es dir, wenn du mir die Wahrheit sagst.»

Meine Hoffnung auf Lyras Unterstützung schwindet. Auch ihr kann ich nicht die Antworten geben, die sie gern hätte. Es geht nicht darum, was ich sage, sondern vielmehr darum, was sie hören wollen. «Das war alles die Wahrheit», beteuere ich leise.

Lyra mustert mein Gesicht genau. «Weißt du, wo wir deine Familie finden?»

«Nein», erwidere ich ehrlich. «Und selbst wenn ich es wüsste, würde ich sie nicht verraten, Lyra. Sie haben mir nie gesagt, wo sie sich verstecken wollen. In Anbetracht der Situation vermutlich eine gute Entscheidung von ihnen.»

«Aber haben sie dir gesagt, dass sie Benedict öffentlich den Krieg erklären, wenn er überlebt?»

Ich blinzle verdattert. Lyra hebt erwartungsvoll die Brauen. «Sie haben was?», bringe ich heraus.

«Gestern haben sie vier unserer Wachen ermordet und als Drohung an die Schlossmauer gehängt. Ganz London spricht davon. Nicht unbedingt ideal, wenn man bedenkt, dass in der Stadt seit der Sonnenwendfeier sowieso schon Menschen angegriffen werden. Nichts für ungut, aber ich habe das Gefühl, deiner Familie fehlt eine gute Portion Verstand. Sie spielen dem *Roten Regen* damit nur in die Hände. Statt sie zu bekämpfen, bekämpft ihr uns. Dabei versucht Benedict schon sein ganzes Leben lang, euch zu helfen!»

«Denkst du, das wüsste ich nicht?», frage ich, während mir ein eiskalter Schauer den Rücken hinunterläuft. Noch nie hat meine Familie in der Öffentlichkeit agiert oder es auch nur vorgehabt. Warum ausgerechnet jetzt? Und warum auf diese grausame Art und Weise? «Genau deswegen habe ich ihn nicht getötet! Und was genau meinst du mit *angegriffen*?»

Sie antwortet nicht. Offenbar überlegt sie, wie viel sie mir verraten soll.

«Was passiert da draußen, Lyra?», dränge ich.

Die Prinzessin presst die Lippen zusammen. Dann gibt sie seufzend nach. «Dein Bruder hat mit seiner Aktion für ziemlich viel Wut bei der Vampirbevölkerung gesorgt, und der *Rote Regen* nutzt es für seine Ziele. Sie fangen an, sich unseren Gesetzen öffentlich zu widersetzen, und die anderen machen es nach.»

«Sie machen *was* nach?»

Wieder schweigt sie.

«Lyra.»

«In den letzten Nächten gab es in der Stadt Dutzende Morde an Menschen.»

Ich atme scharf ein. Der Gedanke sickert in mein Bewusstsein, doch er bleibt abstrakt. Unbegreiflich. Etwas in mir sträubt sich dagegen, ihn als real zu akzeptieren, dabei ist es doch genau das, was ich befürchtet habe. Genau das, wovor ich Val gewarnt habe.

Lyra hat das Gesicht verzogen. Sie wirkt betroffen, als würden auch ihr diese Geschehnisse nahegehen. «Benedict versucht, die Morde aufzuklären, die Schuldigen zu bestrafen und wieder Ordnung in die Stadt zu bringen», erklärt sie. «Aber er hat keine Chance, die Menschen zu beschützen, wenn deine Familie sie gleichzeitig noch mehr zur Zielscheibe macht. Verstehst du, was ich meine? Er löscht ein Feuer, und in der Zwischenzeit entfachen sie drei neue.»

Ich glaube, ich muss mich übergeben. «Bist du sicher, dass meine Familie dafür verantwortlich ist?»

«Sie haben sich eindeutig zu erkennen gegeben.»

«Aber das passt überhaupt nicht zu ihnen. Sie würden so ein Risiko nicht eingehen!»

Lyras Blick wird geradezu mitleidig. «Vielleicht kennst du sie einfach nicht so gut, wie du dachtest.»

Widerwillig schüttle ich den Kopf, doch Lyras Worte hallen in mir nach. Ich fürchte, sie könnte recht haben. Aber ... das kann doch nicht sein. Erst Vals Verrat und jetzt das. Ich weigere mich zu glauben, dass ausgerechnet die Menschen, die mir mein Leben lang am nächsten standen, nun solche Fehler begehen. Wofür? Was soll das bringen?

«Vielleicht realisieren sie nicht, wie viel Schaden sie anrichten», wende ich ein. In meiner Stimme schwingt deutlich eine Mischung aus Hoffnung und Verzweiflung mit. «Meine Eltern wissen nicht, dass ich nicht weiter gegen euch vorgehen wollte. Ich habe es nur Val gesagt. Wenn sie wüssten, dass ich anderer Meinung bin ... Wenn sie meine Sichtweise kennen würden ...» Ich bringe die Sätze nicht zu Ende. Denn letztendlich sind und bleiben sie Wunschvorstellungen. Ich habe keine Ahnung, wie sie reagieren würden. Ja … Vielleicht kenne ich sie tatsächlich nicht so gut, wie ich dachte.

Lyra atmet hörbar aus. «Wir würden es ihnen ja ausrichten, aber wir sprechen nicht so viel miteinander, wenn du verstehst.»

Die Reue droht, mich zu ersticken. Der Gedanke, dass die Menschen in der Stadt nun leiden – dass sie *unseretwegen* um ihr Leben und ihre Liebsten bangen müssen und ich nichts dagegen tun kann –, gibt mir den letzten Rest. «Ich wollte das alles verhindern, Lyra, das musst du mir glauben. Ich wollte das nicht. Ich wollte euch nicht verletzen …»

Die Tränen fließen wieder. Ich hasse es, wie wenig ich mich mittlerweile unter Kontrolle habe. Ich will nicht, dass sie denkt, ich würde nur nach Mitleid haschen. Doch zu meiner Überraschung tritt Lyra vor, zieht ein Taschentuch aus ihrer Kleidtasche und legt es mir in die Hand.

«Danke», schniefe ich und beuge mich umständlich über den Tisch, um mir das Gesicht abzutupfen. Gott, wie erbärmlich. Alles an mir. Wie konnte ich es so weit kommen lassen?

«Florence.» Lyras Stimme ist eindringlich und lässt mich den Kopf wieder heben. «Du kennst einen Weg, deine Eltern zumindest zu kontaktieren, nicht wahr? Das ist es doch, was du Ben vorhin nicht verraten wolltest.»

Ich zögere. Wir haben eine Möglichkeit für den Notfall. Die Verbindung zu meinen Eltern führt über so viele Kontaktpersonen, die nichts voneinander wissen, dass sie für meine Familie kein großes Risiko darstellt. Doch die unschuldigen Menschen, die daran beteiligt sind, würden gefährdet, wenn ich diese Information weitergebe. Ich kann Benedict momentan nicht einschätzen. Er wirkt wie ausgewechselt. Ein Mann, der nur noch von Hass und Verzweiflung getrieben wird, und nicht mehr von seinem guten Herzen. Wenn er wüsste, dass er durch diese Menschen womöglich an sein Ziel kommt ... wären sie dann noch sicher?

«Florence», drängt Lyra mich. «Wir müssen etwas tun, verdammt! Bist du nun auf unserer Seite oder nicht?»

Ich umklammere ihr Taschentuch fester. «Bin ich», flüstere ich. «Aber nicht alle, die mit uns in Verbindung stehen, verdienen auch eine Strafe.»

Lyra verzieht das Gesicht. «Ich weiß, Ben wirkt momentan etwas ... grob.»

Ich erschaudere. «Er hatte Blut an seinen Händen, als er gestern bei mir war.» Bei der Erinnerung daran legt sich ein tonnenschweres Gewicht auf meine Brust.

«Ich passe auf diese Leute auf», verspricht sie mir. «Ich rede mit Ben. Oder ... vielleicht besser erst mal nicht. Er muss nicht alles wissen, glaube ich. Im Moment würde er die halbe Stadt auseinandernehmen, um deine Familie zu finden. Aber wenn ich ihnen eine Nachricht von dir zukommen lasse, können wir womöglich das Schlimmste verhindern. Hier, pass auf.» Sie zieht ein zerknittertes Blatt Papier und einen Stift aus ihrer Tasche und platziert beides vor mir auf den Tisch. «Schreib ihnen eine Nachricht, und ich sorge dafür, dass sie sie bekommen.»

Unsicher schaue ich hinunter auf das leere Blatt. Es kommt mir vor, als müsste ich mich zweiteilen, um meinen eigenen Moralvorstellungen gerecht zu werden. Ich will Benedict und Lyra schützen. Ich will die Menschen vor einem Bürgerkrieg bewahren und verhindern, dass sie von blutrünstigen Vampiren abgeschlachtet werden. Doch ich will auch meine Familie nicht verraten. Ich will, dass sie mich respektieren. Meine Meinung über die Krone und unsere Pläne akzeptieren. Mir endlich zuhören. Und wie soll das jemals gehen, wenn sie mich für meinen Verrat verachten?

Aber ich kann auch nicht hier herumsitzen und darauf hoffen, dass sie ihren Fehler von sich aus einsehen. Lyra gibt mir eine Chance, etwas zu tun. Wie könnte ich sie nicht ergreifen? Untätig herumzusitzen und mein Schicksal zu akzeptieren, lag mir noch nie besonders gut.

«Es gibt eine Möglichkeit, sie zu kontaktieren», bestätige ich leise und werfe einen unsicheren Blick zur Tür. «Aber du musst mir schwören, dass niemand verletzt wird.»

«Ich sage Benedict nichts», flüstert Lyra. «Wenn du ihm auch nichts sagst.»

Mir entweicht ein schmerzerfülltes Schnauben. «Er würde mir ohnehin kein Wort glauben.»

«Ich kann es ihm nicht verübeln», gesteht sie.

In meiner Kehle bildet sich erneut ein dicker Kloß. «Ich weiß.» Umständlich rücke ich das Papier zurecht, sodass ich trotz meiner angeketteten Hände schreiben kann, und setze den Stift an. Doch bevor ich anfange, halte ich noch einmal inne. «Was ist mit Val?» Ich muss die Worte beinahe hervorwürgen. «Falls er tot ist ...»

Lyra schüttelt eilig den Kopf. «Er lebt.»

Ich sollte erleichtert sein. Doch ich kann förmlich spüren, dass ihr ein weiteres Wort auf der Zunge liegt.

*Noch.*

Tief atme ich durch. Für den Moment muss mir reichen, dass er noch am Leben ist. Mein Bruder hat sein Schicksal selbst zu verantworten. Und momentan kann ich nichts tun, um ihm zu helfen. Ich schließe kurz die Augen, um mich zu sammeln. Um noch ein letztes Mal darüber nachzudenken, was ich hier tue – und ob es wirklich das Richtige ist.

Dann beginne ich mit zitternden Fingern zu schreiben.

## KAPITEL VIER

# IN THE BLOOD

## BENEDICT

Meine Knöchel sind schon wieder blutig, doch wie bereits gestern bringe ich es nicht über mich, mir die Hände zu waschen. Die dunkelroten Flecken sind eine konstante Erinnerung an mein Versagen. Ein Mahnmal. Sie verhindern, dass ich noch mal zu dem Mann werde, der ich bis vor einigen Tagen war. Zu diesem liebestrunkenen Narren, der sich und sein gesamtes Königreich an der Nase hat herumführen lassen.

Vor dem Fenster meines Arbeitszimmers regnet es in Strömen. Schon seit gestern hängen dunkle Wolken über der Stadt, die immer wieder einzelne Schauer herunterließen. Doch wirklich angefangen zu stürmen hat es erst, als ich vor etwa einer Stunde gemeinsam mit Lyra den Tower verlassen habe. Die Zeit, die sie mit Florence allein verbracht hat, habe ich genutzt, um den Männern einen Besuch abzustatten, die vor einigen Wochen versucht haben, meine Blutbraut umzubringen. Doch die beiden Vampire schweigen immer noch. Sie sind entweder gut trainiert oder schlecht informiert. Und was davon nun zutrifft, ist ebenso ein Rätsel wie bei Florence.

Ihr jedoch kaufe ich die Unwissenheit nicht ab. Es ist eine Sache, wenn eine Organisation wie der *Rote Regen* ihre Handlanger nicht einweiht. Aber dass ihre Eltern die eigene Tochter auf diese Weise benutzt haben sollen, geht nicht in meinen Kopf.

Missmutig starre ich hinunter auf das Blut an meinen Händen. Wenn die anderen mir keine Informationen liefern, bleibt nur Florence selbst. Ich muss sie irgendwie dazu bewegen, mir die Wahrheit zu sagen. Und ich weiß genau, wie dieses *Irgendwie* aussieht. Doch ich bringe es noch nicht über mich. Egal, wie viel Hass ich gerade in mir trage – es ist mir unmöglich, ihr Leid zuzufügen. Die trügerischen Empfindungen für diese Frau umweben mein Herz wie Stacheldraht, machen mich handlungsunfähig. Ihr Plan war ein voller Erfolg.

Mir ist klar, dass es ein Fehler ist, sie zu verschonen. Ich sollte kein Mitleid mit ihr haben, keine Gnade. Letztendlich hat sie beides nicht verdient. Aber ich weiß, was meine Leute mit ihr machen, sobald ich den Befehl gebe. Und ganz egal, was sie getan hat – ich bin verdammt noch mal nicht bereit, mir ihre schmerzerfüllten Schreie vorzustellen. Dafür ist meine Liebe für sie noch zu echt.

Macht mich das zu einem schlechteren König? Ich fürchte schon. Eris hat recht. Florence hat sich viel zu tief in mein Herz gegraben. Und ich muss schleunigst dafür sorgen, dass sie daraus verschwindet.

Es wäre einfacher, würde sie schlechter lügen. Ihre Behauptung, nichts über die Pläne ihrer Familie zu wissen, ist absurd, und doch wirkt sie absolut aufrichtig dabei. Ich kann auch nach all der Zeit mit ihr nicht sagen, welches ihrer Worte heute der Wahrheit entsprach und welches nicht. Aber wie sollte ich, wenn ich sechs Monate lang nicht eine einzige ihrer Lügen durchschaut habe?

Ein leises Klopfen lässt mich den Blick heben. Die Tür zu meinem Arbeitszimmer wird geöffnet, und Lyra steckt den Kopf herein. Heute Morgen haben wir nicht viel gesprochen. Die Luft zwischen uns war zu schwer von Florence' Verrat. Und auch jetzt habe ich zwar das Gefühl, als müsste ich etwas sagen, weiß jedoch beim besten Willen nicht, was.

«Arbeitest du?», fragt meine Schwester zaghaft. Seit der Sommersonnenwende war sie überraschend vorsichtig mit mir. Keine Spur von ihrem sonst so forschen Charakter. Vermutlich hat sie Mitleid.

Ich atme tief durch. «Nicht wirklich …»

«Ah.» Sie tritt ein. «Du brütest.»

Ich hebe eine Braue. «Bitte?»

Lyra schüttelt den Kopf und lässt sich auf den Hocker vor Mutters Harfe sinken. Gedankenverloren zupft sie an den Saiten herum. Sie hat nie Spielen gelernt, dementsprechend klingt es wenig ansprechend. Ich habe es nicht über mich gebracht, ihr das Instrument näherzubringen. Und nun schmerzt der Anblick von ihr an diesem Erbstück noch mehr, als er es früher getan hätte.

Lyra sieht unserer Mutter so verdammt ähnlich. Und nun erinnert sie mich auch noch daran, dass bis vor Kurzem eine andere Frau an dieser Harfe saß. Eine mit dunklen Augen und Lügen auf der Zunge, die mein Herz Tag für Tag mehr in Besitz genommen hat.

Ich schlucke den Gedanken an Florence hinunter, doch der Schmerz bleibt. Ein Stachel in meiner Brust, den niemand mehr dort herausbekommt.

«Warum bist du hier?», frage ich.

Lyra lässt von der Harfe ab und mustert mich. Ihr Blick fällt auf meine Hände und sie verzieht das Gesicht. Schon auf der Fahrt zurück ins Schloss hat ihre Miene deutlich gemacht, was sie von dem Blut dort hält, doch bisher hat sie nichts gesagt. «Ist dir die Seife ausgegangen?», fragt sie jetzt.

«Ich bin nicht in der Stimmung für Scherze», erwidere ich kühl.

Sie zögert. «Von wem ist es?»

Meine Finger zucken. «Das willst du nicht wissen.»

Lyra schaut mir wieder in die Augen, und mein Herz

setzt ein paar Takte aus. Verdammt, ich wünschte, sie würde von diesem Hocker aufstehen. Sie beherrscht sogar denselben tadelnd-enttäuschten Blick wie unsere Mutter.

«Florence macht sich große Sorgen um Valerian», meint meine Schwester.

«Aha», erwidere ich nur und wende den Blick ab. Ich ziehe die Akten, die Eris mir gebracht hat, zu mir heran und schlage sie auf.

«Wirst du ihn töten?»

Meine Kehle wird eng. Was soll dieses Gespräch? Sie will doch nicht allen Ernstes für ihn eintreten, oder? «Vielleicht.» Ich habe noch keine Entscheidung getroffen. Über das Warum will ich nicht zu genau nachdenken.

«Und Florence?»

Mein Herz verkrampft sich, und ich zerknittere versehentlich das Papier zwischen meinen Fingern. «Vielleicht, Lyra», wiederhole ich leise.

Schweigen. Sie zieht zittrig die Luft ein. «Ich glaube, du machst einen Fehler.»

Nicht sie auch noch. «Und ich glaube, Eris hat ein Patent auf diesen Satz. Frag sie lieber erst, ob du ihn benutzen darfst.»

«Sehr witzig.»

«Was soll ich dir sonst antworten? Ich tue, was ich für richtig halte.»

«Hast du über das nachgedacht, was Florence vorhin gesagt hat?»

Widerwillig schaue ich zu ihr auf. Natürlich habe ich das. Aber nicht so, wie meine Schwester es gern hätte. «Du meinst über ihre verdrehten Lügen? Über ihr Talent, uns hinters Licht zu führen? Nein, habe ich nicht. Und das werde ich auch nicht.»

Sie schüttelt erneut den Kopf. «Ich glaube nicht, dass sie lügt, Ben.»

Frustriert atme ich aus. Eris hat mich davor gewarnt, dass das passieren würde. Dennoch schockiert es mich, dass Lyra derart leichtgläubig ist. «Muss ich dich an den Dolch erinnern? Sie wollte mich töten. Sie hat es sogar zugegeben.»

«Und den Rest ignorierst du einfach? Hätte sie den Dolch gegen dich benutzen wollen, hätte sie es getan!», behauptet Lyra. «Und sie wusste nichts von dem Gift! Das war Valerians Schuld!»

Mir entweicht ein Schnauben. «Dass sie ihn nicht benutzt hat, ist noch lange kein Beweis für ihre Unschuld! Und natürlich behauptet sie, sie hätte von nichts gewusst. Friss ihr nicht so aus der Hand!»

«Ich fresse ihr nicht aus der Hand!», empört sie sich. «Aber ich kenne Florence. Sie würde nicht ...»

«Die Florence, die du kennst, ist eine Lüge!», unterbreche ich sie harsch. Lyra zuckt bei meiner Lautstärke zusammen, und ich erschrecke mich vor mir selbst. Scheiße, ich erkenne den Mann kaum wieder, zu dem diese Frau mich gemacht hat. «Ich weiß, es tut weh, aber sieh es verdammt noch mal ein!», fordere ich.

Lyra regt sich nicht.

Ich balle die Hände zu Fäusten und schüttle den Kopf. «Wir müssen jetzt zusammenhalten. Du und ich, wir repräsentieren die Krone. Und sobald sie uns gegeneinander ausspielen, haben wir verloren. Wir können es uns nicht erlauben, schwach und uneins zu wirken. Verstehst du das?»

«Du redest von Zusammenhalt», sagt Lyra leise. «Aber was du eigentlich meinst, ist, dass ich die Klappe halten und einfach machen soll, was du sagst.»

Ich runzle die Stirn. «Das ist nicht wahr.»

«Ach nein?» Lyra steht auf. «Gerade habe ich dir widersprochen. Ich wollte dir erklären, was ich denke, und statt mir zuzuhören, schreist du mich an.»

Ich atme tief durch, bemühe mich um Ruhe. «Es tut mir leid, dass ich laut geworden bin. Aber meine Meinung steht fest.»

«Ich verlange ja nicht, dass du Florence gleich alles verzeihst», fängt Lyra schon wieder an. «Aber du könntest wenigstens in Betracht ziehen, ihr noch eine Chance zu geben. Sie kann uns helfen. Sie könnte mit ihrer Familie sprechen und die Lage beruhigen. Dann hätten wir zumindest die Menschen in unserem Rücken, statt an zwei Fronten gleichzeitig kämpfen zu müssen! Du sagtest doch eben selbst, wie wichtig Repräsentation ist. Florence repräsentiert die Menschen dieses Königreichs, Ben. Was glaubst du, was für ein Zeichen es setzt, wenn du sie im Tower verrotten lässt?»

Mir entweicht ein freudloses Lachen. «Du lässt es klingen, als wäre es meine Schuld, dass sie dort ist, und nicht ihre allein. Und egal, wie lange wir ihr zuhören, egal, wie verständnisvoll wir sind – es macht sie nicht zu der Person, die sie vorgab zu sein. Du bist naiv, wenn du wirklich glaubst, dass die Florence, die du kennst, und die, die in dieser Zelle sitzt, auch nur den Hauch einer Gemeinsamkeit haben.»

Lyra versteift sich. «Ich bin nicht naiv, nur weil ich glaube, dass ein Mensch mehr Facetten haben kann als gut und böse.»

«Ach ja?», entfährt es mir. «Vielleicht änderst du deine Meinung, wenn Florence *dir* einen Dolch ins Herz gerammt hat.»

«Hör auf!», ruft Lyra frustriert. «Sie ist meine Freundin, Ben!»

«Du findest eine neue!»

Lyra stampft mit dem Fuß auf, und noch im selben Moment ist ihr anzusehen, dass sie sich für die impulsive Geste schämt. Das ist meine Schwester. Emotionsgeladen. Unbedacht. Noch immer mehr Mädchen als Frau. Und das wäre in Ordnung, würde gerade nicht so verdammt viel von ihr abhängen. Ihre Wangen sind gerötet. Tränen schießen ihr in die Augen. «Hör auf, mich wie ein Kind zu behandeln!»

«Dann hör auf, dich wie eins zu benehmen!», blaffe ich sie an.

Lyra atmet zischend ein. Ich sehe, wie sie sich tausend Erwiderungen zurechtlegt und jede einzelne davon hinunterschluckt. Dann wirbelt sie auf dem Absatz herum und stürmt aus dem Arbeitszimmer.

Ich folge ihr nicht, bleibe nur still sitzen und starre ihr nach. Ich weiß nicht, wann ich mich das letzte Mal so überfordert gefühlt habe. Ob unsere Eltern wüssten, was zu tun ist? Könnten sie Lyra Vernunft einreden, ohne dass sie sich mit jedem Wort weiter von ihnen entfernt?

Je mehr ich an diesen Fragen verzweifle, desto mehr verfluche ich Florence. Sie hat diesen Keil zwischen Lyra und mich getrieben. Und mir wird zunehmend bewusst, wie viel sie tatsächlich zerstört hat.

Oberflächlich mag zumindest innerhalb des Schlosses alles beim Alten sein. Wir geben den Leuten das Gefühl, als wären die Unruhen nicht mehr als eine vorübergehende Phase, und machen nach außen hin einfach weiter wie zuvor.

Erst, wenn man genau hinsieht, wird klar, dass Florence dieses Königreich in Schutt und Asche gelegt hat. Denn von seinem König hat sie nichts als Trümmer zurückgelassen.

Lyra lässt sich den ganzen Nachmittag nicht noch mal blicken. Nicht mal zu unserem gemeinsamen Abendessen erscheint sie, dabei hat mich mein schlechtes Gewissen längst eingeholt. Ich war ihr gegenüber nicht fair. Rein rational betrachtet, waren Lyras Argumente logisch, vielleicht sogar eine Überlegung wert. Doch Florence' Verrat lässt mich anders handeln, als ich es normalerweise tun würde. Harscher. Rücksichtsloser. Und wenngleich ich nicht stolz auf meine Sturheit bin, kann ich nicht anders.

Florence ist und bleibt in dieser Situation die Schuldige. Sie ist weit davon entfernt, unsere Retterin zu werden, wie Lyra es sich so schön ausgemalt hat.

Aber zugegebenermaßen hätte ich das meiner Schwester netter beibringen können.

«Soll ich das Essen servieren, Eure Majestät?»

Ein Bediensteter ist zu mir an den Tisch getreten, und sein zurückhaltender Tonfall lässt mich ahnen, wie mein Gesichtsausdruck wirken muss. Ich versuche, meine Mimik zu entspannen, und schüttle den Kopf.

«Haltet es bitte noch ein wenig länger warm.»

«Natürlich. Möchtet Ihr vielleicht etwas trinken, während Ihr auf die Prinzessin wartet?»

«Nein, danke. Ich bin gleich wieder da.» Ich erhebe mich aus meinem Stuhl und steuere auf den Flur zu. Es hilft nichts. Sie wird nicht kommen. Und letztendlich bin ich derjenige, der sich bei ihr entschuldigen muss, nicht andersherum.

Mit zügigen Schritten mache ich mich auf den Weg zu Lyras Suite. Vor ihrer Tür angekommen klopfe ich, doch ich kriege keine Antwort.

«Lyra?», rufe ich und bemühe mich, meine Stimme sanft zu halten.

Stille.

Ich muss mich räuspern. «Ich bin's. Machst du bitte auf? Ich will mich entschuldigen.»

Noch immer ist auf der anderen Seite kein Mucks zu vernehmen. Ist sie überhaupt da? Normalerweise würde sie mir deutlich zu verstehen geben, dass sie mich nicht sehen will.

«Lyra, ich komme jetzt rein.»

Auch darauf reagiert sie nicht. Vorsichtig drehe ich den Türknauf und trete ein, doch die Suite scheint leer zu sein. Es brennt kein Licht, das Wohnzimmer ist verlassen. Ihr Bett ist ordentlich gemacht, lediglich ein unordentlicher Haufen Klamotten ziert die Bettdecke. «Lyra?», frage ich trotzdem und gehe hinüber zum Badezimmer. Die Tür ist nur angelehnt, und auch hier ist sie nicht. Großartig. Wird das jetzt ein Versteckspiel?

Aber wenn sie nicht hier ist, wieso stehen dann ihre Wachen ein paar Meter weiter im Gang? Sie sollten ihr eigentlich auf Schritt und Tritt folgen, um sie zu beschützen.

«Das ist nicht witzig», sage ich in die Stille hinein und schaue mich noch einmal um. Widerwillig verlasse ich die Suite wieder und wende mich den beiden Wachen zu. Jameson und Kinsley. Eigentlich zuverlässige Männer, sonst hätte ich nicht zugestimmt, dass sie für Lyras Schutz eingeteilt werden. Die beiden mustern mich mit gehobenen Brauen. «Wo ist sie?», frage ich.

Sie tauschen einen irritierten Blick. «Ähm ... Wir hatten gerade erst Schichtwechsel, Eure Majestät», beginnt Jameson zögernd. Die Verwirrung ist ihm deutlich anzuhören. «Uns hat niemand darüber in Kenntnis gesetzt, dass die Prinzessin nicht in ihrer Suite ist.»

Ich runzle die Stirn. Ein mulmiges Gefühl macht sich in meiner Magengrube breit. Das sollte verdammt noch mal nicht passieren. «Jameson, hol eure Vorgänger her. Kinsley, du holst Briana.» Wenn jemand weiß, wo meine Schwester steckt, dann ihre beste Freundin. Vermutlich findet er Lyra ohnehin bei ihr. Dennoch betrete ich erneut die Suite und suche alles ab. Ich komme mir lächerlich vor, aber ich bücke mich sogar, um unter ihr Bett zu schauen, und öffne ihren riesigen Kleiderschrank.

Als sie klein war, hat sie sich oft dort drin versteckt. Nicht vor mir, sondern vor einer Welt ohne Eltern und einer Zukunft voller Verpflichtungen. Manchmal saß ich stundenlang mit ihr in diesem Schrank, ihre Kleider im Gesicht, meine Knie schmerzhaft verrenkt, meine weinende Schwester in den Armen. Die Erinnerung daran bringt eine seltsame Mischung aus Melancholie, Trauer und Glück mit sich. Wenngleich es keine leichten Zeiten waren, hatten wir immerhin einander. Wir waren uns näher, als wir es jetzt sind. Noch echte Geschwister statt ein König und eine Prinzessin.

Diesmal jedoch finde ich in Lyras Schrank kein trauriges Mädchen, sondern nur ein Chaos aus durcheinandergeworfenen Klamotten.

Als ich zurück auf den Gang trete, kommt Briana soeben um die Ecke, ihren Vater im Schlepptau. Morgans Stirn liegt in tiefen Falten. Vermutlich irritiert es den Schatzmeister, dass ich seine Tochter so plötzlich vom Esstisch herbeordert habe. Er wird wissen wollen, was los ist. Allerdings hätte ich lieber Lyra an Brianas Seite gesehen als ihn.

«Ja?», begrüßt Briana mich etwas verunsichert und schaut fragend von mir zu Lyras Tür. Wieder meldet sich mein schlechtes Gewissen. Sicher hätte die Sache noch ein paar Minuten warten können. Wo soll Lyra schon sein? Vermutlich sitzt sie im Garten zwischen den Rosensträuchern und plant ihre Rache an mir. Doch das ungute Gefühl in meinem Magen lässt mir keine Ruhe.

«Ist Lyra auf deinem Zimmer?», frage ich.

Briana schüttelt den Kopf. «Nein ...»

Sie wirkt, als wollte sie noch etwas sagen, lässt es dann aber doch. Ich mustere sie misstrauisch. «Wann hast du sie zuletzt gesehen?»

«Ähm ... vorhin irgendwann.»

«Irgendwann?», wiederhole ich.

«Vor ein paar Stunden?», erwidert sie unsicher.

«Weißt du, wo sie ist?», hake ich weiter nach. «Oder wo sie sein könnte?»

«Nein», behauptet sie kleinlaut.

Sie weiß irgendetwas. Ich sehe es ihr an. Ich kenne Briana, seit sie ein Baby war, und sie verhält sich gerade eindeutig nicht normal.

«Briana», warne ich sie leise. «Was ist los? Ich mache mir Sorgen.»

Verdammt, es ist mir egal, ob meine Schwester das Abendessen verpasst. Aber aus irgendeinem Grund steht mein gesamter Körper unter Strom.

«Was genau ist denn das Problem?», will Morgan wissen.

«Eure Majestät?» Jameson eilt durch den Gang auf uns zu, zwei weitere Wachen im Schlepptau, die beschämt die Köpfe gesenkt haben. «Es tut mir leid, aber die anderen haben auch keine Informationen darüber, wo Eure Schwester sich aufhält. Niemand hat mitbekommen, wie sie die Suite verlassen hat.»

Ich glaube, ich kriege gleich ein Aneurysma. Das ist einfach zu viel Mist auf einmal. «Euch ist nicht ernsthaft die Prinzessin verloren gegangen?»

«Sie ist bestimmt nur einen Spaziergang machen oder so», versucht Briana, uns zu beruhigen, und ich konzentriere mich wieder auf sie. Sie weiß es. Wenn nur ein verdammtes Mal alle um mich herum die Wahrheit sagen könnten ...

«Ohne Wachen?», erwidere ich frostig.

«Vielleicht wollte sie allein sein.»

Ich mustere sie. Briana weicht meinem Blick aus.

«Wir durchsuchen das Schloss», schlägt Jameson vor und will sich abwenden, doch ich halte ihn am Arm zurück.

«Briana, das reicht. Sag mir, was du weißt.»

Sie verzieht ertappt den Mund. «Sie wollte pünktlich zum Abendessen zurück sein ...»

«Zurück von *wo*?», dränge ich.

Briana reckt das Kinn. «Lyra braucht nur ein bisschen Abstand, okay? Ich bin sicher, es geht ihr gut.»

«Also ist sie im Schloss.»

Sie beißt sich auf die Unterlippe, und meine Brust wird schmerzhaft eng. Das ist doch nicht ihr Ernst, verdammt.

«Ich frage das jetzt nur noch einmal.» Meine Stimme gleicht einem Knurren, weil ich mühsam versuche, sie ruhig zu halten. In meinem Inneren entwickelt sich die Sorge um Lyra zu einem reißenden Sturm. «Wo. Ist. Meine. Schwester?»

Briana schluckt.

Morgan wirkt völlig entsetzt. «Briana.»

«Sie wollte in die Stadt.»

«Und wer ist bei ihr?», entfährt es mir.

«Niemand.»

«Was soll das bedeuten, niemand? Wer beschützt sie, wenn …»

«Benedict!»

Ich wirble herum. Eris kommt mit energischen Schritten auf mich zugeeilt, und ihr finsterer Gesichtsausdruck dreht mir den Magen um.

«Komm mit», fordert sie. «Ein Anruf für dich.»

Einen Moment lang starre ich sie verständnislos an. «Ein *Anruf*?», wiederhole ich.

Eris' Blick schießt zu den Umstehenden. Sie will nicht offen darüber sprechen, also muss es von einer gewissen Wichtigkeit sein. Trotzdem liegen meine Prioritäten gerade anders.

«Ich habe jetzt keine Zeit für Anrufe, Eris. Lyra ist verschwunden.»

Doch sie lässt nicht locker. Stattdessen legt sie mir eine Hand auf den Arm, und Mitleid huscht wie ein Schatten über ihr Gesicht. «Ich weiß», sagt sie leise. Und in mir zerbricht etwas.

Ein eisiger Schauer läuft mir über den Rücken. Panik reißt mir förmlich die Brust auf, macht das Atmen zu einer Herausforderung.

«Eris», bringe ich heraus, meine Stimme schon fast ein Flehen. Doch sie schüttelt nur den Kopf und zieht mich weg von den anderen, den Gang entlang.

«Ich sage es dir, wenn wir allein sind», murmelt sie und beschleunigt ihre Schritte.

Mir bleibt nichts übrig, als ihr zu folgen. Mein Körper bewegt sich wie von allein, während meine Gedanken sich die schlimmsten Horrorszenarien ausmalen.

«Sag mir, dass es ihr gut geht», fordere ich, doch Eris'

Blick begräbt meine Hoffnungen unter sich wie eine Lawine. «Eris», entfährt es mir, und ich kann nicht anders, als meine verzweifelte Bitte zu wiederholen. «Bitte sag mir, dass es Lyra gut geht!»

Sie festigt ihren Griff an meinem Arm und schüttelt schwach den Kopf. «Tut mir leid, Benedict. Ich fürchte, das kann ich nicht.»

## FLORENCE

Das Krachen der Zellentür reißt mich aus dem Schlaf. Panisch fahre ich von meiner Pritsche hoch und blinzle gegen die Dunkelheit der Nacht an. Schwaches Licht fällt vom Gang zu mir herein und erhellt die Silhouetten zweier Männer. Bevor ich gänzlich realisiert habe, dass das hier kein Albtraum ist und ich wirklich wach bin, stehen sie über mir und zerren mich auf die Beine.

«Was ...», setze ich an, bringe den Satz jedoch nicht zu Ende. Ich bin so verwirrt, dass ich nicht einmal weiß, was ich fragen soll. Mein Kopf fühlt sich immer noch benebelt an, mein Puls rast. Ich werde aus der Zelle bugsiert und stolpere auf den Gang. Barfuß lasse ich mich die Treppe nach unten führen, nicht sicher, ob ich mich nun wehren soll oder nicht. Doch wenn ich schreie ... wer würde mir hier helfen? Wen würde es überhaupt interessieren?

«Wohin bringt ihr mich?», stoße ich aus.

Keine Antwort. Natürlich.

Tief hole ich Luft, ringe um Fassung. «Ich will wissen ...»

«Sei ruhig!», fährt mich der Mann zu meiner Rechten an und zerrt noch ein wenig fester an meinem Arm. Aus dem Augenwinkel bemerke ich ihre Uniformen. Wachen?

Ungefähr auf halbem Weg nach unten kommt uns ein weiterer Mann entgegen. Er wirft nur einen flüchtigen Blick auf mich und nickt den anderen beiden auffordernd zu. «Beeilt euch. Er ist mies drauf.»

Er? Was zur Hölle passiert hier? Es ist mitten in der Nacht, die Gänge sind nur spärlich beleuchtet, im Rest des Towers ist es still. Werde ich entführt?

Doch zumindest diese Theorie erübrigt sich, als sie mich die Treppe in den Kerker hinunterzerren.

Meine Nackenhaare stellen sich auf, und Angst kriecht mir bis in die Fingerspitzen.

Benedict sagte, er gebe mir Zeit zum Nachdenken. Ich hatte mit ein paar Tagen gerechnet. Nicht mit ein paar Stunden! Doch offenbar hat er sich umentschieden. Auch, was seine Methoden angeht, denn sie führen mich ein Stockwerk tiefer als heute Morgen.

Bereits beim Betreten des Ganges dreht sich mir der Magen um. Der Boden ist voller dunkler Flecken. Getrocknetes Blut ziert den rauen Stein, lässt aus ihm eine unübersehbare Drohung werden. Es stinkt nach Verwesung, Erbrochenem und Fäkalien.

Erst jetzt bemerke ich, wie sehr ich Benedict noch vertraut habe. Ich war mir sicher, er würde mich nicht foltern, mir nie wehtun. Ganz egal, wie dringend er diese Antworten will – er ist ein sanfter Mann, kein grausamer.

Doch während wir auf eine offene Tür am Ende des Flurs zusteuern, zweifle ich immer mehr an dieser Überzeugung. Es war naiv von mir zu glauben, er würde mich aus reiner Gutherzigkeit verschonen. Er ist der König. Egal, was zwischen uns war – das wird immer an erster Stelle stehen. Und es zwingt ihn dazu, zu handeln.

Ich war diejenige, die ihn verraten hat. Bei der er gelernt

hat, zu vertrauen, und die ihn anschließend lehrte, es zu bereuen. Ich war es, die sein Herz erst eroberte und dann in Brand steckte. Die sein Blut vergießen wollte, während er es so bereitwillig für mich geopfert hat.

Ich habe uns zerstört.

Und nun zerstört er mich.

Ich nutze die letzten Meter, um mich zu wappnen. Mache mich bereit für den Schmerz, für die Erniedrigung, vielleicht für das Ende.

Doch es reicht nicht aus.

Nichts auf der Welt hätte mich darauf vorbereiten können, was mich in dieser kleinen Kammer erwartet.

«Nein», stoße ich aus, und Tränen schießen mir in die Augen. «Bitte nicht!»

Ich winde mich, aber die beiden Männer schieben mich unnachgiebig vorwärts. Drängen mich immer weiter in diesen Albtraum.

Valerian sitzt mit hängendem Kopf auf einem einsamen Stuhl in der Mitte des Raumes. Er ist geknebelt, seine Handgelenke gefesselt, sein ganzer Körper blau und blutig geschlagen. Benedict steht hinter ihm, eine Hand auf Vals Schulter.

Obwohl es mitten in der Nacht sein muss, trägt er noch den Anzug von heute Morgen. Sein Jackett fehlt. Das Hemd ist zerknittert. Sein Körper scheint bis zum Zerreißen angespannt. Er mustert mich finster, und der Ausdruck in seinen grünen Augen lässt mich erschauern.

Er sieht aus wie der Tod höchstpersönlich. Und wenn ich ihn so sehe, ist es, als wäre all die Zärtlichkeit, die Benedict früher an den Tag legte, nicht mehr als ein grotesker Witz.

«Was hast du vor?», flüstere ich.

«Muss ich dir das wirklich erklären?», erwidert er kalt.

Val hebt den Kopf, und sein Blick findet meinen. Sein Gesicht ist geschwollen, und seine Bewegungen sind schwerfällig, als wäre er zutiefst erschöpft. Dennoch reckt er das Kinn. Seine Augen sprechen klare Worte.

Ich soll schweigen. Koste es, was es wolle.

Ich blinzle gegen meine Tränen an. «Bitte tu ihm nicht weh», flehe ich.

Benedicts Miene verzerrt sich vor Wut, doch er geht nicht darauf ein. «Du hast Lyra Informationen gegeben», stellt er fest, und in mir gefriert alles zu Eis. «Was hast du ihr gesagt?»

Verdammt. Wie viel hat sie ihm erzählt? Ich schlucke und presse hilflos die Lippen zusammen.

«Antworte mir!», brüllt er, und ich weiche erschrocken zurück. Die beiden Wachen stoppen mich. «Was hast du ihr gesagt?», wiederholt er donnernd. Seine Stimme hallt viel zu laut in meinen Ohren, und ich kann nicht einen klaren Gedanken fassen. Ich bin so überfordert mit der Situation, dass ich keine Ahnung habe, was ich tun soll.

«Bitte ...»

Benedict drückt zu. Ich sehe, wie sich die Muskeln in seinem Arm anspannen und seine Finger sich in Vals Schulter graben. Mein Bruder stöhnt schmerzerfüllt auf, das Geräusch gedämpft von dem Knebel in seinem Mund. Dann ertönt ein Knacken.

«Hör auf!», entfährt es mir. Wieder setze ich mich in Bewegung, diesmal auf Benedict zu. Aber die Wachen packen mich und halten mich eisern fest.

«Fang an zu reden!», fordert der König harsch. Sein Blick durchbohrt mich, und er zuckt nicht einmal mit der Wimper, während er Vals Schulter weiter unter seinen Fingern zermalmt. Valerian legt stöhnend den Kopf in den Nacken und schließt die Augen.

Das Blut rauscht in meinen Ohren. Soll ich schweigen, lügen oder die Wahrheit sagen? Er foltert meinen Bruder – meinetwegen. Val weigert sich zu schreien, doch eine Träne rinnt aus seinem Augenwinkel. Ich weiß nicht, wann ich Val zuletzt weinen gesehen habe. Es muss in unserer Kindheit gewesen sein, bevor er entschieden hat, sich von nichts in dieser kaputten Welt mehr beeindrucken zu lassen. Aber jetzt ...

Benedict zieht Vals gebrochene Schulter nach hinten, und nun brüllt er doch vor Schmerzen. Mir dreht sich der Magen um. Meine Knie werden weich.

«Sie wollte eine Nachricht an meine Familie übermitteln!», sprudelt es aus mir heraus, und Benedict hält inne.

Mein Bruder öffnet schwerfällig die Augen und funkelt mich an. Sein Körper ist schweißüberströmt, er atmet schwer, und mir ist klar, dass er mich gleich hassen wird. Aber das ist mir egal. Ich kann das nicht. Ich kann nicht der Grund dafür sein, dass er leidet.

«Details», fordert Benedict. «Sofort!»

Ich versuche, nicht daran zu denken, wie viele Menschen ich gerade verrate. Wie viele noch leiden werden, weil ich jetzt spreche. Ich fange einfach an und stolpere in meiner Hektik über meine eigenen Worte.

«Im Easton's Pub gibt es einen Mittler. Sie sollte sich auf den hintersten Barhocker am Tresen setzen, zwei Whisky bestellen und warten.»

«Wozu?», blafft er.

«Um meine Nachricht weiterzugeben.»

Er nickt dem Mann zu meiner Rechten zu. «Sag Eris Bescheid.»

Dieser lässt mich augenblicklich los und eilt aus dem Raum.

«Tu ihnen nicht weh!», flehe ich. «Diese Leute wissen nicht, für wen sie arbeiten!»

«Dann hätten sie nachfragen sollen!» Er drückt erneut zu und bringt Val damit zum Aufschreien.

«Was machst du?», stoße ich aus. «Ich habe dir geantwortet!»

«Wir sind noch nicht fertig.» Ich höre einen weiteren Knochen brechen, und mir entkommt ein Wimmern, das in Vals Stöhnen untergeht. Das hier ist so verdreht. So *kaputt*. «Wo könnten deine Eltern sich verstecken?»

«Ich weiß es nicht!», rufe ich.

«Ich glaube dir kein Wort!» Benedict legt beide Hände an Vals Kopf, als wolle er ihm das Genick brechen, und ich kreische auf.

«Ich weiß es nicht!», schreie ich aus voller Kehle und verschlucke mich an einem Schluchzen. «Bitte, ich weiß es wirklich nicht! Ich habe keine Ahnung!»

Benedict beißt die Zähne zusammen und befreit Val grob von dem Knebel.

«Sprich», fordert er.

Mein Bruder keucht und würgt im selben Moment ein heiseres Lachen hervor. «Im Leben nicht.»

Der König packt Val und zieht ihn auf die Beine. Bevor er sein Gleichgewicht finden kann, hat Benedict ihn bereits mit dem Rücken an die Wand gedrückt. Er hält ihn an seiner verletzten Schulter aufrecht und schlägt ihm mit der anderen ins Gesicht. Vals Kopf fliegt zur Seite, und Benedict holt erneut aus.

«Hör auf!», brülle ich heiser, doch er beachtet mich gar nicht.

Bei seinem nächsten Schlag spritzt Blut.

Ich reiße mich so heftig aus dem Griff der Wache, dass sie mich überrascht loslässt, und stürze auf Benedict zu. «Hör auf», schreie ich, wieder und wieder, während ich mich zwischen ihn und meinen Bruder dränge. «Hör auf, hör auf, hör auf!» Ich umklammere Benedicts Handgelenk, als könnte ich ihn so aufhalten. Als wäre er nicht hundertmal stärker als ich. Als könnte er seinen Hass, seine Wut, seine Gewalt nicht jeden Moment gegen mich richten.

Benedicts Blick bohrt sich in mich, sein Gesicht völlig verzerrt. Er sieht aus, als wäre da nichts Menschliches mehr in ihm, nur noch unbändiger Hass und ein Wunsch nach Vergeltung. Er lässt Val los, der hinter mir kraftlos zu Boden sackt, und presst stattdessen mich an die Wand. Mein Rücken stößt unsanft gegen den harten Stein. Benedicts heißer Körper rahmt meinen ein, und ich bin mir sicher, dass er mein Zittern spürt. Meinen rasenden Puls. Meinen viel zu flachen Atem.

Er senkt den Kopf, und einen Moment lang glaube ich fast, er würde mich küssen wollen. Dann hält er plötzlich inne. Zögert. *Hadert.*

So, wie Benedict mich an der Wand einkeilt, kann ich mich kaum rühren. Trotzdem lockere ich meinen Griff um sein Handgelenk keinen Millimeter. Mit tränenverschleierter Sicht halte ich Benedicts Blick und schlucke gegen meine vom Schreien schmerzende Kehle an. «Bitte hör auf», flehe ich.

Benedicts Atem streift meine Lippen. Sein Herzschlag donnert an meiner Brust. Doch gerade, als ich bereitwillig das Kinn hebe, weicht er zurück und entreißt mir grob seinen Arm.

Der Ausdruck auf seinem Gesicht wandelt sich zu Abscheu, und er atmet tief durch, lockert seine zur Faust geballten Finger.

«Zwei Minuten», sagt er tonlos. «Dann gehen wir.»

Verwirrt sehe ich dabei zu, wie er sich abwendet und die Wache aus dem Raum schickt. Seine Berührung brennt noch auf meiner Haut nach. Mein ganzer Körper glüht förmlich und sehnt sich nach mehr. Es ist mir egal, dass er mir aus Hass statt aus Zuneigung so nah gekommen ist. Ich will ihn einfach wieder spüren, diese klaffende Wunde schließen, die die Distanz zwischen uns aufgerissen hat.

«Wohin?», flüstere ich.

Der harte Zug um Benedicts Mundwinkel wirkt, als wäre er endgültig dort eingemeißelt. «Ins Schloss. Du wirst verdammt noch mal in Ordnung bringen, was du angerichtet hast.» Ohne mich eines weiteren Blickes zu würdigen, lässt Benedict uns allein und zieht die Tür hinter sich zu. Seine Schritte verklingen auf dem Gang, doch ich schiebe sämtliche Fragen, die sich in mir auftun, beiseite und lasse mich hastig neben Val auf die Knie sinken. Er lehnt mit dem Rücken an der Wand und hat Mühe, die Augen offen zu halten.

«Hey», schluchze ich und fahre ihm vorsichtig über die Stirn. Seine Haut ist schweißnass, sein Blick glasig, Tränenspuren zeichnen sich auf seinen Wangen ab. Ich traue mich kaum, ihn zu berühren. Trotzdem rutsche ich so nah an ihn heran, wie ich kann, taste nach seiner Hand und vergrabe mein Gesicht in seinen Haaren. «Es tut mir so leid …»

Val drückt meine Finger. Ein raues, bitteres Lachen entkommt ihm. «Guter Fang, Florence. Du hattest recht, er liebt dich wirklich. Er hat nur eine interessante Art, das zu zeigen.»

Seine Stimme trieft vor Sarkasmus, und seine Worte reißen mein Herz nur noch mehr in Stücke. «Sei einfach still», flüstere ich. Warum ist er so? Warum kann ich nicht wenigstens einen Moment mit meinem Bruder haben, ohne dass er mich für etwas verurteilt?

«Hättest du einfach deine Aufgabe erfüllt, wären wir jetzt nicht hier», presst er hervor.

«Und hättest du einfach auf mich gehört, wären wir es auch nicht!»

«Ich höre nicht auf Verräterinnen.»

«Du bist so ein Arschloch», stoße ich aus, löse mich von ihm und wische mir schniefend die Tränen weg.

«Wenigstens bin ich nicht der Grund dafür, dass wir umsonst sterben.»

«Doch, bist du!», fahre ich ihn an und schluchze schon wieder auf. «Du hast alles ruiniert, verstehst du das nicht?»

Val hebt die Mundwinkel, doch er lächelt nicht. Er *be*lächelt mich. «Was habe ich ruiniert?», krächzt er. «Deinen großartigen Plan, ihn zu heiraten und ein paar süße Monsterkinder mit ihm zu zeugen? Du hättest auf ewig sein willenloses Spielzeug sein können. Eine Schande, dass ich das verpasse.»

Ich keuche entsetzt auf. «Du ...», setze ich an, verwerfe den Satz jedoch und stehe ruckartig auf. «Was ist nur aus dir geworden?»

Er schüttelt nur schwach den Kopf. «Weißt du, warum wir dir keine Informationen gegeben haben?», fragt er rau.

Ich balle die Hände zu Fäusten und starre auf ihn herab, unfähig, ihm zu antworten.

Val spricht dennoch weiter. Er lässt mir gar keine andere Wahl, als seine Anschuldigungen zu ertragen. «Weil uns immer klar war, dass du das schwächste Glied bist. Ich habe von Anfang an geahnt, dass du uns verraten würdest.»

Seine Worte drohen, mich unter sich zu zerquetschen.

Ich bekomme keine Luft mehr, die Tränen fließen unaufhaltsam. Er ist mein Bruder. Das hier ist unser vielleicht letzter gemeinsamer Moment, und er muss ihn nutzen, um mich zu verletzen.

Nicht mit mir. Ich werde ihm nicht auch noch die Genugtuung geben, unter seinen Anschuldigungen zusammenzubrechen. Also straffe ich die Schultern und hebe das Kinn.

«Du kennst mich gar nicht», bringe ich hervor, und im selben Moment wird die Tür geöffnet. Die Wachen von eben kommen herein und nicken mir auffordernd zu.

Mir ist klar, dass sie kein zweites Mal fragen werden. Wenn ich mich nicht bewege, werden sie mich zwingen.

Ich werfe meinem Bruder einen letzten Blick zu und schüttle schwach den Kopf. «Aber ich weiß, wer ich bin, Val. Und am Ende ist das alles, was zählt.»

Mit diesen Worten wende ich mich ab und verlasse die Kammer.

KAPITEL FÜNF

# LOVE AND WAR

# FLORENCE

Benedict erwartet uns am Ausgang vor den geschlossenen Flügeltüren. Jemand hat ihm offenbar sein Jackett gebracht, und er hat es sich fein säuberlich gefaltet über den Arm gelegt. Es bildet einen fast absurden Kontrast zu dem zerknitterten Hemd mit den Blutflecken. Würde man ihn nicht kennen, ginge wohl niemand davon aus, dass er der König dieses Landes ist. Er wirkt gefährlich, und seine Ausstrahlung kommt einer Warnung gleich. Auf der Straße hätte ich einen großen Bogen um diesen Mann gemacht, und auch jetzt zögere ich, mich ihm zu nähern.

Was eben in der Zelle geschehen ist, hat meine Wahrnehmung von Benedict endgültig erschüttert. Er hat meinen Bruder vor meinen Augen gefoltert und mir mehrmals angedroht, mir ebenfalls wehzutun. Vielleicht war er sogar kurz davor. Vielleicht war der Moment, in dem er mich gegen die Wand drückte und ich dachte, er würde mich küssen wollen, eigentlich der, in dem er in Erwägung zog, mich zu verletzen.

Und trotzdem hat sich seine Berührung angefühlt, als wäre sie meine Luft zum Atmen. Trotzdem sehne ich mich nach ihm. Und das ist genau der Grund, weshalb ich nun am liebsten wieder eine schwere Zellentür zwischen uns hätte. Ich kann mich auf nichts mehr verlassen. Nicht auf ihn, nicht auf meine Familie, nicht mal auf meine Instinkte.

Widerwillig trete ich an Benedicts Seite. Seine Miene bleibt hart, und ich habe das Gefühl, als würde mein Herz unter seinem hasserfüllten Blick immer weiter in sich zusammenschrumpfen. Ich konzentriere mich auf seinen Hemdkragen, um ihm nicht weiter ins Gesicht schauen zu müssen, und kralle die Finger in mein schmutziges Kleid, um ihr Zittern zu verbergen.

Wie in Zeitlupe löst Benedict seine Aufmerksamkeit von mir und mustert stattdessen die Wachen, die mich hergeführt haben. Es sind dieselben, die mich vorhin aus meiner Zelle geholt haben. Die mich festgehalten haben, während er …

Ich schließe die Augen, um die Erinnerung aus meinem Kopf zu vertreiben. Doch das sorgt nur dafür, dass Vals Schreie noch lauter in meiner Erinnerung nachhallen.

«Alles, was sich hier zugetragen hat, ist vertraulich. Verstanden?» Benedicts Stimme ist ruhig. Dennoch schafft er es mühelos, dass eine deutliche Drohung in ihr mitschwingt. Verwirrt schaue ich wieder zu ihm auf. Sein Blick fixiert noch immer die beiden Männer, und aus dem Augenwinkel sehe ich sie nicken.

«Ja, Eure Majestät», bestätigen sie ihm gleichzeitig.

«Ihr seid die Einzigen, die mit diesen Informationen betraut sind, also schützt sie gut.»

Mir entgeht nicht, wie die Wachen sich bei diesen Worten versteifen. Kein Wunder. Benedict hat sich zwar sehr formell ausgedrückt, doch der Subtext war deutlich. Er hat ihnen soeben klargemacht, dass er sie persönlich verantwortlich machen wird, falls Details nach außen dringen. Was sich mir allerdings nicht erschließt, ist, worum genau es geht. Hat es etwas damit zu tun, was Benedict nun mit mir vorhat? Nur was ist das?

Ehrlich gesagt habe ich nicht daran geglaubt, den Tower lebend zu verlassen. Erst recht nicht, um ins Crimson Heart zurückzukehren. Wozu auch? Benedict müsste mich nicht ins Schloss bringen, um mich verschwinden zu lassen. Und er müsste die Geschehnisse von eben nicht verheimlichen, wenn er mich dort nur in eine weitere Zelle sperrt. Was also hat er mit mir vor?

Die Wachen lassen abermals ein «Ja, Eure Majestät» erklingen, und Benedict scheint zufrieden. Er nimmt das Sakko von seinem Arm und breitet es aus. Ich habe damit gerechnet, dass er es anzieht, doch stattdessen ...

Ich schrecke zurück, als er mir das Jackett um die Schultern legen will, und schaue zu ihm hoch. Die Geste trifft mich unvorbereitet, ebenso wie seine plötzliche Nähe, die unweigerlich damit einhergeht. Eben noch hat dieser Mann meinem Bruder die Knochen gebrochen.

«Mir ist nicht kalt», sage ich erstickt.

Benedict hält inne. Sein Blick bohrt sich in meinen, und ich wage es nicht, mich zu rühren. «Du wirst es tragen», stellt er rau klar und verwirrt mich damit nur noch mehr. «Es sind nur ein paar Meter.»

«Wieso? Ein paar Meter wohin?»

«Hör auf, Fragen zu stellen, und bleib einfach an meiner Seite.» Er legt mir erst das Sakko über die Schultern und anschließend seinen Arm. Ich versteife mich unweigerlich noch weiter, doch Benedict hat bereits eine der Flügeltüren geöffnet und schiebt mich nach draußen. Seine merkwürdigen Anweisungen lassen mich fast fürchten, einer Horde Paparazzi in die Arme zu laufen, doch nichts dergleichen ist der Fall.

Frische kühle Nachtluft schlägt mir entgegen, und ich atme sie gierig ein. Es riecht nach Regen. Der Boden ist nass, der Himmel wolkenverhangen. Vor uns im Hof parkt eine kleine Fahrzeugkolonne aus einer Limousine und vier SUVs. Vampire in der vertrauten Uniform der Schlosswache flankieren die schwarz lackierten Wagen und mustern Benedict und mich.

«Keinen Ton», murmelt er kaum hörbar. Er zieht mich ein wenig enger an seine Seite und beschleunigt seine Schritte. Mir bleibt gar nichts anderes übrig, als ihn zu begleiten. Wir steuern auf die Limousine in der Mitte des Konvois zu, und Benedict drängt mich auf die Rückbank. Ich beeile mich, zur Seite zu rutschen, kann aber dennoch nicht verhindern, dass sein Oberschenkel meinen streift, als er sich neben mich setzt. Ich rette mich ans Fenster und Benedict zieht die Tür zu.

Stille hüllt uns ein. Gänsehaut kriecht mir die Arme hinauf. Zwar ist nun ein ganzer Sitz Platz zwischen Benedict und mir, doch sein Sakko liegt noch warm um meine Schultern, und seine Nähe brennt nach, als hätte er mir Säure auf die Haut gekippt. Und nicht nur das. Sie schürt auch wieder dieses schmerzhafte Verlangen in mir. Ich sehne mich mehr denn je danach, zu ihm zu rutschen, mich an Benedicts Seite zu lehnen und seinen Duft zu atmen. Ich will das, was wir waren, wieder, und je näher er mir ist, desto weniger bekomme ich dieses Verlangen aus meinem Kopf. Dabei ist doch mittlerweile deutlich, dass das nicht passieren wird. Mit Vals Folter eben sind die letzten Brücken zwischen uns abgebrannt, und nicht einmal ich glaube mehr daran, dass es noch einen Weg zurück gibt.

Der Wagen setzt sich in Bewegung. Hinter den getönten Scheiben ziehen die Mauern des Tower of London an uns vorbei und bleiben schließlich zurück.

Benedict schweigt, und ich nutze die Stille, um meine Gedanken zu ordnen. Oder zumindest versuche ich es. Sie drehen sich unaufhörlich im Kreis, schwenken hin und her. In einem Moment höre ich wieder Vals schmerzerfüllte Schreie, im nächsten seine hasserfüllten Anschuldigungen. Benedicts Nähe kriecht mir derweil wie frostige Kälte unter die Kleidung, doch jedes Mal, wenn ich aus dem Augenwinkel bemerke, dass er mich ansieht, brennt meine Haut wieder lichterloh. Ich ziehe sein Sakko enger um meinen Körper und bereue es sofort. Ein Hauch seines vertrauten Dufts steigt mir in die Nase, und ich atme frustriert aus.

«Was hast du mit mir vor?», will ich wissen. Ich bemühe mich, meine Stimme fest klingen zu lassen. Versuche, die Mauern wieder hochzuziehen, mit denen ich damals zu ihm ins Schloss gekommen bin.

Benedict regt sich kaum merklich. Er zuckt leicht mit den Schultern, würdigt mich jedoch keines Blickes. «Du arbeitest für mich», sagt er knapp. Als wäre das eine Antwort und nicht der Grund für noch mehr Fragen.

«Was ...?»

Sein Mundwinkel zuckt gereizt, und er wendet sich mir zu. Der Hass in seinen grünen Augen ist selbst in der Dunkelheit des Wageninnenraums deutlich zu erkennen. Es ist derselbe Ausdruck, mit dem er auch Val gefoltert hat. Der Ausdruck, den ich gerade fürchten und hassen lerne.

«Du und deine Familie habt dieses Königreich erfolgreich aus dem Gleichgewicht gebracht», fährt er mich an. «Mein Vater und ich haben unser Leben lang versucht, Sicherheit für euch Menschen zu gewährleisten, und ihr habt es in gerade mal drei Tagen geschafft, all unsere Bemühungen zunichtezumachen. Seit eurem Attentat gab es in dieser Stadt mehr Morde als im gesamten vergangenen Jahr. Aber ich schätze, so weit habt ihr nicht gedacht, was? Familie Hawthorne plant schließlich nicht für *danach*.» Er spuckt unseren Namen förmlich aus, und seine Stimme trieft nur so vor bitterem Sarkasmus. «Komischerweise wirkst du nicht überrascht», stellt er fest. «Ein paar Kollateralschäden waren wohl einkalkuliert.»

«Hör auf, uns dafür verantwortlich zu machen, dass deinesgleichen Morde begeht!», entfährt es mir. «Und ich bin nicht überrascht, weil ich es schon wusste. Lyra hat es mir erzählt.»

Benedicts Gesicht verzieht sich zu einer Grimasse. «War das bevor oder nachdem du sie in den Tod geschickt hast?»

Ich stocke. Mein Herz setzt ein paar Schläge aus. Einen Moment lang hallen Benedicts Worte in mir nach, ohne irgendeinen erkennbaren Sinn zu ergeben. Dann, ganz langsam, rieselt ihre Bedeutung in mich ein und lässt meine Brust eng werden.

*Tod …*

Ein schweres Gewicht drückt auf meine Lunge. Ich kann nicht mehr atmen. Tränen schießen mir in die Augen.

«Sie … was?», bringe ich heraus. «Lyra ist …?»

Ich kann es nicht aussprechen. Mir fehlt die Kraft, das Ende dieses Satzes auch nur in Erwägung zu ziehen. Das kann nicht … Sie darf nicht …

«Noch nicht», knurrt er. «Aber ich bezweifle, dass deine Familie allzu lang warten wird.»

«Meine Familie?», wiederhole ich atemlos. Ich verstehe nichts mehr. Es ergibt alles keinen Sinn.

«Sie haben Lyra entführt, nachdem du sie dazu angestiftet hast, sich in Gefahr zu begeben. Und rate, womit sie drohen.»

Benedicts Worte bringen alles in mir ins Wanken. Das darf nicht wahr sein. Ich wollte nicht, dass Lyra etwas passiert. Ich wollte doch nur helfen.

«Das kann nicht sein», entkommt es mir. «Meine Eltern würden nie …»

Doch. Verdammt, natürlich würden sie. Die Nachricht, die Lyra ihnen überbringen wollte, konnte daran auch nichts ändern. Sie sahen ihre Chance und haben sie ergriffen.

Benedict schnaubt. «Dann habe ich wohl vorhin mit dem Weihnachtsmann telefoniert und nicht mit deinem Vater. Du hörst mir jetzt genau zu, Florence, denn ich erkläre dir das nur einmal. Wir wissen beide, was für eine gute Schauspielerin du bist, also wirst du damit weitermachen. Du spielst weiter deine Rolle als willige Blutbraut. Niemand wird erfahren, dass sich zwischen uns etwas geändert hat. Wir erzählen den Leuten dieselbe liebenswerte Lügengeschichte, die du mir aufgetischt hast. Du hattest keine Ahnung von dem Attentat. Dein Bruder hat dich hintergangen. Dein ganzes Leben war eine Lüge. Er ist der Böse, du der Unschuldsengel, all dieser Mist. Niemand erfährt von dem Dolch unter unserem Bett. Vielleicht hält es die Vampire davon ab, euch Menschen abzuschlachten, wenn rauskommt, was mit Lyra passiert ist. Und falls nicht, gehen diese Morde auf euer Gewissen, nicht auf meines.» Abscheu und Wut mischen sich in seinem Blick und sorgen dafür, dass seine nächsten Worte schmerzhaft in mein Herz schneiden. «Du tust ab jetzt, was ich dir sage, oder dein Bruder wird dafür bezahlen, verstanden?»

Ein kalter Schauer läuft mir den Rücken hinunter. Vielleicht sollte mich diese Drohung nicht interessieren. Nach allem, was Val gesagt und getan hat, sollte ich kein Mitleid mehr für ihn empfinden. Doch ich tue es trotzdem. Die Schmerzen, die ihm bevorstehen, sind zu grausam. Und er ist und bleibt mein Bruder. Ich liebe ihn, auch wenn sich das immer deutlicher als Fehler erweist. Ich will nicht, dass er leidet.

«Wirst du ihn nicht sowieso töten?», frage ich mit zittriger Stimme.

«Vielleicht», erwidert Benedict ungerührt. «Aber es gibt schlimmere Strafen als den Tod, glaub mir.»

Ich schüttle verzweifelt den Kopf. Das ist alles zu viel. Lyra, Val, und nun auch noch dieses Versprechen von Gewalt, das mich alles hinterfragen lässt, was ich je für diesen Mann empfunden habe. Tränen brennen in meinen Augen. «Wer bist du eigentlich?», hauche ich. «Ich erkenne dich nicht wieder, Benedict.»

Ihm entweicht ein Schnauben. «Wie ironisch.» Er wendet sich ab und schaut aus dem Fenster. Als wäre ich es nicht einmal wert, dass er mich anschaut, während er mit mir spricht. «Dasselbe könnte ich dich fragen, würde mich die Antwort noch interessieren.»

Das Schloss wiederzusehen verstärkt das beklemmende Gefühl in meiner Brust nur noch. Es ist seltsam, an diesen Ort zurückzukehren, der in den letzten Monaten zunehmend zu meinem Zuhause wurde und nun mein Gefängnis ist. Doch das ist nicht einmal das Schlimmste. Je länger ich darüber nachdenke, desto klarer wird mir, dass ich kein Zuhause mehr habe – völlig unabhängig davon, ob ich nun frei bin oder nicht. Meine Eltern sind wer weiß wo, und ich bin mir nicht einmal sicher, ob sie mich bei sich haben wollen würden, wenn sie könnten. Mein Bruder hasst mich. Meine beste Freundin wurde entführt und schwebt möglicherweise in Lebensgefahr. Und der Mann, den ich liebe, verabscheut mich mehr als alles andere.

Ich bin allein.

Diesmal wirklich. Denn weder innerhalb noch außerhalb dieser Mauern gibt es noch Rückhalt für mich. Und auch wenn ich alles tun will, um meine Fehler wiedergutzumachen, fühlt es sich an, als wäre es ein Ding der Unmöglichkeit.

Benedict führt mich auf die gleiche Weise ins Schloss, wie er mich auch zum Wagen gebracht hat. Ein Arm um meine Schultern, seine Wärme an meiner Seite, und doch lässt er mich jedes bisschen seiner Abneigung spüren. Kurz vor unserer Ankunft hat er mir die Tropfenohrringe aus Rubin überreicht, die meinen Status als Blutbraut verdeutlichen. Mit meinen zitternden Fingern habe ich es kaum geschafft, sie anzulegen.

Er meint das alles ernst. Wir werden so tun, als wäre ich von jeglicher Schuld freigesprochen, während ich in Wahrheit meine letzten Tage zähle.

Ich begleite Benedict mit gesenktem Kopf ins Schloss und ringe dabei verzweifelt um Fassung. Vermutlich würde unsere Versöhnung nicht besonders überzeugend wirken, würde ich vor aller Augen vor ihm zurückweichen.

Erst als wir in seiner Suite ankommen, löst der König sich von mir. Zwei Dienstmädchen nehmen mich mit besorgtem Blick in Empfang und führen mich ins Badezimmer.

Ich bin so am Ende, dass ich ihre Umsorgungen protestlos zulasse. Sie helfen mir aus dem schmutzigen Blutkleid und in die eingelassene heiße Wanne. Eine von ihnen wäscht meine Arme mit einem weichen Schwamm, die andere nimmt hinter mir auf einem Hocker Platz und bürstet vorsichtig meine zerzausten Haare.

Ich starre stur geradeaus und ringe um Selbstbeherrschung, aber in dieser Suite ist es geradezu unmöglich, meinen Gefühlen zu entkommen. Sie ist bis oben hin voll mit Erinnerungen, die mich nun unweigerlich einholen.

Ich muss daran denken, wie Benedict mir hier vor wenigen Wochen selbst das Blut vom Körper gewaschen hat. Wie wir Nacht für Nacht in seinem Bett lagen und ich in seinen warmen Armen eingeschlafen bin. Wie ich endgültig mein verdammtes Herz verloren habe, obwohl ich das nie wollte.

«Oh, nicht doch, Miss Hawthorne.» Sanfte Finger streichen über meine Wange, und ich blinzle irritiert. Die junge Frau neben mir lächelt mich mitfühlend an und wischt mir noch eine Träne aus dem Gesicht. «Ich bin sicher, die Prinzessin wird wohlbehalten zurückkommen. Seine Majestät wird dafür sorgen.»

Mir entweicht ein unidentifizierbares Geräusch. Es ist irgendwo zwischen einem erstickten Schluchzen und einem Wimmern. Sie denkt, es wäre nur Lyras Entführung, die mich so aus der Fassung bringt. Und die ist schlimm genug, aber es ist so viel mehr als das. In den letzten Tagen habe ich mich mühsam zusammengerissen, mich in Taubheit geflüchtet, aber ich kann einfach nicht mehr. Ein Schluchzen schüttelt meinen zitternden Körper, und ich habe das Gefühl, als würde ich mich im warmen Wasser auflösen.

«Es wird alles gut, Miss», höre ich eine sanfte Stimme hinter mir. «Wir waschen noch Eure Haare, dann könnt Ihr Euch schlafen legen. Wie klingt das?»

«Mhm», bringe ich mühsam hervor.

«Sollen wir für Euch noch etwas aus Eurer alten Suite holen lassen? Eure Koffer sind dort. Sie wurden von der Sommerresidenz hergebracht.»

«Nein», flüstere ich, und dann stocke ich, als mir bewusst wird, was sie gesagt hat. Sie erwarten, dass ich hier schlafe. Bei Benedict. Als wären wir noch zusammen. Als würde er mich noch lieben. Als würden wir uns nicht gegenseitig verabscheuen und als hätte ich keine Angst vor ihm.

Wie genau stellt er sich das vor?

Allein der Gedanke, mit ihm in einem Bett schlafen zu müssen, treibt neue Tränen in meine Augen. Ich kann das nicht. Ich kann nicht direkt neben Benedict liegen, während wir gleichzeitig so unendlich weit voneinander entfernt sind. Aber es führt auch kein Weg daran vorbei. Also konzentriere ich mich aufs Atmen und lasse mir von den beiden Frauen die Haare waschen. Sie helfen mir wieder aus der Wanne, wickeln mich in ein großes Handtuch und föhnen meine nassen Locken. Dann bringen sie mir auf meine Bitte einen Pyjama, den ich für eine sicherere Wahl halte als eines meiner Nachthemden, und verabschieden sich.

Ich verbringe übermäßig viel Zeit damit, mich anzuziehen und meine Zähne zu putzen. Als ich mich schließlich aus dem Badezimmer wage, ist das Schlafzimmer dennoch leer. Keine Spur von Benedict. Aber im Wohnzimmer brennt Licht.

Unsicher bleibe ich stehen und schließe die Tür hinter mir absichtlich lauter als nötig. Die Optionen, die ich habe, sind nicht gerade einladend. Entweder, ich lege mich ungefragt in *sein* Bett, oder ich gehe Benedict suchen. Dabei bin ich eigentlich froh, zumindest für den Moment allein zu sein.

Vermutlich geht es ihm genauso. Womöglich ist er gar nicht hier in der Suite und kommt erst ins Bett, wenn ich eingeschlafen bin. Aber das wäre mindestens ebenso merkwürdig, wie wenn wir gemeinsam ins Bett gehen würden. Vielleicht sollte ich einfach auf dem Boden schlafen. Damit wäre das Problem gelöst, oder?

Das Scharren eines Stuhls unterbricht meine Spekulationen. Aus dem Wohnzimmer nähern sich leise Schritte, und Benedict erscheint im Türrahmen. Sofort wird die Luft im Raum dünner, und ich schlucke gegen die plötzliche Enge in meiner Kehle an.

Offenbar hat er ein anderes Badezimmer genutzt, um sich bettfertig zu machen. Er trägt jetzt eine lockere dunkle Baumwollhose, die mir nur allzu vertraut ist, doch im Gegensatz zu sonst hat er sich ein Shirt übergezogen. Es scheint, als wären auch ihm seine üblichen Schlafgewohnheiten heute unangenehm. Seine Locken sind noch feucht und wecken in mir das Bedürfnis, sie ihm aus der Stirn zu streichen. Sein Blick jedoch ist so finster wie die Sommernacht vor den Fenstern. Er lässt ihn einmal flüchtig über meinen Körper wandern, dann nickt er hinüber zum Bett.

«Du schläfst hier», beschließt er.

Ein Schauer durchläuft meinen Körper. «Und du?», rutscht es mir heraus.

«Auf dem Sofa.» Er wendet sich ab, als wäre damit alles gesagt, und für ihn ist es das wohl auch. Mir hingegen liegen tausend Worte auf der Zunge, eines schmerzhafter als das andere.

«Ich kann auch auf dem Sofa schlafen», biete ich leise an und verfluche mich dafür. Von all den Themen, die ich ansprechen könnte oder sogar müsste, wähle ich ausgerechnet dieses.

«Nein.» Benedict klingt, als stünde diese Option völlig außer Frage. Ich verstehe nur nicht, warum. Wieso interessiert es ihn, ob ich bequem liege? Wenn er mich wirklich so sehr hasst, dürfte ihm mein Rücken doch egal sein.

«Warum nicht?», will ich vorsichtig wissen.

Er dreht den Kopf und mustert mich, sein Blick ebenso

kalt wie seine Stimme. «Weil ich dir nicht vertraue», verkündet er. Aus dem Augenwinkel sehe ich, wie er die Hände zu Fäusten ballt und sie langsam wieder löst. Meine Aufmerksamkeit bleibt an der Bewegung hängen, und erst jetzt bemerke ich den Schlüssel zwischen seinen Fingern.

Mein Herz setzt einen Schlag aus. Und plötzlich ergeben seine Worte Sinn.

«Du sperrst mich ein?», schlussfolgere ich.

Benedicts Gesicht bleibt hart. «Ich habe nie behauptet, du wärst frei. Immerhin hat deine neue Zelle ein riesiges Bett und ein Badezimmer. Dank mir später.»

«Sehr witzig», murmle ich, und schon wieder steigen mir Tränen in die Augen.

«Siehst du mich lachen?», erwidert er. «Du kannst froh sein, dass noch niemand dein Grab schaufelt. Gute Nacht.» Völlig ungerührt zieht er die Tür hinter sich zu und schließt sie von außen ab.

Einen Moment lang stehe ich reglos da und starre das Schloss an. Mit einem riesigen Kloß im Hals lausche ich auf die Geräusche auf der anderen Seite. Ich weiß nicht, was ich erwarte. Vielleicht, dass Benedict wiederkommt. Dass er die Tür öffnet und sich entschuldigt. Dass er mir glaubt. Mir verzeiht. Dass die letzten Tage nur ein böser Traum waren, wir Arm in Arm einschlafen und Lyra morgen früh summend zu uns in die Suite spaziert.

Aber nichts davon wird passieren.

Meine Knie werden weich. Ich schaffe es gerade noch, das Licht auszuschalten und mich bis zum Bett zu schleppen. Dort kauere ich mich zusammen und vergrabe mein Gesicht im Kissen.

Es riecht nach Benedict.

Und sein vertrauter Duft bringt auch den letzten Damm

in mir zum Brechen. Dabei muss ich stark sein. Vielleicht stärker denn je. Ich muss alles geben, um die Dinge wieder geradezurücken. Nicht nur die, die ich selbst zu verantworten habe, sondern auch die Taten meiner Familie. Lyra darf nicht verletzt werden. Die Menschen dieser Stadt müssen sicher sein. Der *Rote Regen* darf nicht noch mächtiger werden als ohnehin schon.

All das wird mich mehr kosten, als ich habe. Dennoch bin ich bereit, es zu geben. Denn wenn ich gerade zu einer Entscheidung fähig bin, dann ist es diese: Ich werde kämpfen. Ich werde tun, was in meiner Macht steht, um meine Fehler wiedergutzumachen.

Aber nicht heute Nacht.

Heute Nacht werde ich weinen und in meinem Selbstmitleid versinken. Ich werde mich selbst hassen und meinen Bruder noch ein bisschen mehr. Ich werde um all das trauern, was ich seinetwegen verloren habe, und zulassen, dass ein Teil von mir schmerzhaft stirbt.

## BENEDICT

Ich habe versagt.

Als Mann. Als Bruder. Als König. Auf ganzer Linie.

Es ist nicht nur ein einzelner Fehler, der mich hierhergeführt hat, sondern eine ganze Kette von ihnen. Eine nicht enden wollende Aneinanderreihung von falschen Entscheidungen und naiver Gutgläubigkeit, deren Anfang ich nicht einmal mehr ausmachen kann. Ich kann nicht sagen, wann und wo ich diese Fehler begangen habe. Ob ich es immer noch tue. Meine Fähigkeit, richtig und falsch voneinander zu unterscheiden, scheint nicht mehr vorhanden zu sein.

Die Grenzen sind verschwommen. Mein Urteilsvermögen lässt mich im Stich. Und egal, in welche Richtung ich gehe – jeder Schritt bringt mich näher an den Abgrund, der sich vor mir auftut.

Irgendwie schaffe ich es, immerzu das Gegenteil von dem zu erreichen, was ich will.

Ich wollte Lyra eng an meiner Seite behalten. Stattdessen ist sie fort, und ich sehe sie womöglich nie wieder.

Ich wollte Florence nie wieder an mich heranlassen. Stattdessen liegt sie ein Zimmer weiter in meinem Bett, und die leisen Schluchzer, die durch die Tür dringen, gehen mir verdammt noch mal unter die Haut.

Sicher will sie, dass ich sie höre. Vielleicht denkt sie, es würde etwas zwischen uns ändern.

Tut es nicht.

Es sorgt nur dafür, dass ich sowohl sie als auch mich selbst noch mehr hasse als ohnehin schon.

Ich kann noch spüren, wie Valerians Knochen unter meinen Fingern nachgeben. Höre seinen abgehackten Atem, seine schmerzerfüllten Schreie. Florence' Wimmern hallt mir weiterhin in den Ohren. Ihr Schluchzen. Ihr verzweifeltes Flehen.

Ich wollte diese Frau brechen. Ich wollte ihre Tränen sehen, wollte, dass sie dieselbe Angst um ihren Bruder empfindet wie ich um Lyra. Dieser Gedanke war das Einzige, was mir auch nur ein kleines bisschen Befriedigung verschaffen konnte. Denn ihre Antworten taten es nicht.

Doch jetzt kann ich nicht schlafen. Die Erinnerung an vorhin lässt mich nicht mehr los. Das Zittern ihres Körpers unter meinem lässt meine Haut noch immer kribbeln. Die Art, wie sie vor mir zurückgezuckt ist, als ich meinen Arm um sie legen wollte, hat meine Seele in Brand gesteckt. Und ihre letzten Worte auf der Fahrt hierher waren wie ein Silberdolch ins Herz.

*Wer bist du eigentlich? Ich erkenne dich nicht wieder.*

Ich mich auch nicht. Noch nie habe ich mich derart dafür geschämt, was für ein Mann ich geworden bin. Zu was für einem Mann *sie* mich gemacht hat.

Es ist ihre verdammte Schuld.

Wieder dringt ein ersticktes Schluchzen durch die schwere Eichentür, und ich gebe auf. Seit über einer Stunde wälze ich mich auf dem Sofa herum und versuche, mich davon abzuhalten, dieses Schlafzimmer zu betreten. Wenn ich wenigstens wüsste, was genau mich zu ihr zieht. Ich schätze, mich interessiert, wie Florence reagiert, wenn ich reinkomme. Ob sie weint, weil sie will, dass ich es höre, oder …

Fuck.

Sie hat mein Mitleid nicht verdient. Und der einzige Grund, weshalb ich das Bedürfnis habe, diese Tür aufzusperren, ist der, dass ich Beweise für ihre Lügen suche. Als hätte sie mir noch nicht genügend geliefert.

Widerwillig stehe ich auf und nähere mich dem Schlafzimmer. So leise wie möglich drehe ich den Schlüssel im Schloss und drücke die Tür auf.

Drinnen empfängt mich plötzliche Stille. Nur das leise Rascheln der Bettdecke ist zu hören. Im Halbdunkeln kann ich ihre Haare ausmachen. Sie hat das Gesicht im Kissen vergraben und rührt sich nicht mehr, doch ihr Körper bebt, als würden mühsam unterdrückte Schluchzer ihn zum Zittern bringen.

Also wollte sie nicht, dass ich sie weinen höre. Oder vielleicht will sie mich das auch nur glauben lassen, damit ich an meinen Überzeugungen zweifle. Sie wusste, was ich von ihr erwarte, und hat es gegen mich ausgespielt. Oder …?

Verdammt, woher soll ich wissen, was wahr ist und was nur ein Manipulationsversuch? Ich weiß, wie gut diese Frau schauspielert. Und dieses Wissen allein reicht aus, um ihr nie wieder vertrauen zu können.

Ich durchquere den Raum und gehe ins Badezimmer. Nicht, dass ich dort hinmüsste, aber ich will nicht den Eindruck erwecken, als hätte ich Florence gehört und wäre nur gekommen, um nach ihr zu sehen. Sie soll wissen, dass sie mir egal ist. Oder es zumindest glauben. Ganz so gut bin ich leider nicht darin, mich selbst zu belügen.

Ich wasche mir das Gesicht und lasse das Wasser dabei unnötig lange laufen. Als ich die Badezimmertür wieder öffne, höre ich noch ein leises Schniefen, das abrupt endet. Mein Inneres zieht sich schmerzhaft zusammen.

Florence wirkt so verdammt verzweifelt, und es kostet mich alles, sie nicht zu trösten. Noch vor wenigen Tagen hätte ich mich ohne jegliches Zögern oder Vorbehalte zu ihr gelegt, sie in meine Arme gezogen und ihr den Rücken gestreichelt. Ich hätte ihr sanft zugeredet, sie hin und her gewiegt. Ich hätte die ganze Nacht damit zugebracht, wenn ihr das geholfen hätte. *Alles*, damit es ihr gut geht.

Aber nun weiß ich, dass es Zeitverschwendung wäre. Dass sie weder Verständnis noch Trost verdient hat. Ich muss mir in Erinnerung rufen, dass ihre Trauer – wenn sie denn echt ist – nicht denselben Gründen geschuldet ist wie meine. Florence weint nicht, weil sie mich verloren hat, unsere Beziehung eine Lüge war oder Lyra in Gefahr ist. Florence weint, weil sie aufgeflogen ist und nun die Konsequenzen erlebt.

Ich zwinge mich dazu, sie zu ignorieren, durchquere

den Raum und sperre die Schlafzimmertür wieder hinter mir ab. Vielleicht war es ein weiterer Fehler, Florence ins Schloss zu holen. Es war impulsiv, schlecht durchdacht, und mir wird erst jetzt klar, was es wirklich bedeutet. Sie hierzuhaben wird noch so viel schwieriger als befürchtet.

Doch Lyra hatte nicht unrecht damit, dass Florence möglicherweise für Stabilität sorgen kann. Und jetzt, wo die Familie Hawthorne meine Schwester in ihrer Gewalt hat, bleiben mir kaum Alternativen. Ich brauche Florence an meiner Seite, ob ich will oder nicht.

Aber das bedeutet noch lange nicht, dass ich sie auch an mich heranlasse. Zwischen uns wird nie wieder mehr sein als aufgesetzte Zuneigung. Und diesmal wird sie wirklich nur gespielt sein.

KAPITEL SECHS

# EGGSHELLS

## FLORENCE

Ich will nicht aufwachen. Das weiß ich, kaum dass ich gegen fahles Morgenlicht anblinzle und Benedicts Schlafzimmer erkenne.

Mein Kopf tut weh, mein Mund ist trocken, und die Realität schwebt unheilvoll über mir, bereit, mich zu verschlingen. Irgendwann muss ich heute Nacht doch eingeschlafen sein. Nachdem Benedict wieder weg war, keine Tränen mehr übrig waren und ich einfach nur noch schweigend an die dunkle Wand gestarrt habe, seinen Duft in der Nase, den Schmerz der ganzen Welt in meiner Brust.

Letzterer ist auch heute noch da.

Ich fühle mich zu schwach, um aus diesem Bett aufzustehen und meiner neuen Wirklichkeit entgegenzutreten. Nicht bereit für alles, was mich erwartet. Für Benedicts Hass, für meine Schuld, für den verzweifelten Versuch, alles wiedergutzumachen.

Also bleibe ich liegen, halte die Augen fest geschlossen und hoffe auf ein weiteres bisschen Schlaf, das nicht kommt. Natürlich nicht.

Wie spät es wohl ist? Benedict war meist vor mir wach. Normalerweise hat er diese Zeit frühmorgens genutzt, um zu trainieren. Doch in den letzten Monaten hat er das häufig ausfallen lassen und stattdessen ein Buch gelesen, während ich noch in seinem Arm geschlafen habe. Ich öffne die Augen wieder und hebe den Kopf, um einen Blick auf seinen Nachttisch zu werfen. Kein Buch. Aber ein Wecker. Er zeigt kurz vor acht. Benedict muss wach sein.

Ich rolle mich auf den Rücken, unschlüssig, was ich nun tun soll. War Benedict vielleicht schon im Bad, während ich noch geschlafen habe? Hat er die Tür zum Rest der Suite für mich aufgesperrt?

Ich könnte es ausprobieren. Doch in diesem Moment erklingen Schritte aus dem Wohnzimmer. Sie nähern sich, dann klickt der Schlüssel im Schloss.

Unsicher ziehe ich mir die Decke bis unter das Kinn und richte mich ein wenig auf, sodass ich die Tür im Blick habe. Sie wird geöffnet, und der Schmerz schnürt meine Brust fester zusammen.

Natürlich ist es Benedict, der eintritt. Und offenbar ist auch er gerade erst aufgestanden, denn er trägt noch seine Schlafklamotten, und seine dunklen Locken sind zerzaust.

Er bedenkt mich mit einem abschätzigen Blick und steuert seinen Kleiderschrank an.

«Morgen», flüstere ich. Meine Stimme ist furchtbar rau, und ich muss mich räuspern. Wie verquollen mein Gesicht aussieht, will ich gar nicht wissen.

Benedict steht mit dem Rücken zu mir. Er dreht den Kopf, gerade so weit, dass ich seine Miene flüchtig im Profil sehen kann. Dann wendet er sich auch schon wieder ab. «Komm nicht auf Ideen, während ich im Bad bin», warnt er mich kühl und lässt mich allein im Schlafzimmer zurück.

Entkräftet lasse ich mich zurück auf die Matratze sinken, vergrabe meine Nase in der Bettdecke und nehme einen tiefen Atemzug. Nein, ich bin wirklich nicht bereit, aufzustehen. Es wäre mir am liebsten, ich könnte für immer in diesem Bett liegen bleiben.

Ich warte ab, bis Benedict das Bad wieder verlassen hat. Kommentarlos geht er zurück ins Wohnzimmer, lässt diesmal jedoch die Tür für mich offen. Ich lausche noch ein paar Minuten, dann ringe ich mich dazu durch, aufzustehen.

In den letzten Monaten hat sich fast meine gesamte Garderobe aus meiner Suite hierherverlagert. Insofern sollte ich eigentlich viel Auswahl haben – wäre da nicht das Problem, dass beinahe jedes Kleidungsstück mit Erinnerungen an Benedict verknüpft ist. Ich entscheide mich letztendlich für eine weiße Bluse mit einem braunen Rock und schließe mich damit im Bad ein. Mein Gesicht sieht wirklich schlimm aus, was leider auch kaltes Wasser nicht retten kann. Meine Augenringe sind dunkler denn je.

Rekordverdächtig. Und das, obwohl ich diese Nacht ausnahmsweise keine Albträume hatte. Das bisschen Schlaf hat dennoch nicht gereicht, um mich ansatzweise zu erholen, und ich bin sicher, dass mich die furchtbaren Bilder spätestens heute Nacht wieder verfolgen werden. Seit der Sommersonnenwende sind sie noch schlimmer als sonst. Früher habe ich von einem Monster geträumt, das mich zerfleischt. Jetzt hingegen bin ich dieses Monster jede Nacht selbst. Aber Benedict wird mich wohl nicht mehr vor ihnen beschützen. Im Gegenteil – vermutlich freut es ihn, wenn er mich nachts schreien hört.

Als ich wieder aus dem Bad komme, betritt gerade eine der Bediensteten von gestern Abend das Schlafzimmer. Sie hat einen Stapel frischer Bettwäsche und Handtücher auf dem Arm und lächelt mich aufmunternd an. «Guten Morgen, Miss Hawthorne. Das Frühstück ist im Wohnzimmer angerichtet. «Sie nickt zur Tür und legt die Wäsche auf dem kleinen Tisch in der Ecke ab.

Ich habe mich bereits in Bewegung gesetzt, doch als sie Anstalten macht, das Bett neu zu beziehen, bleibe ich stehen. «Das ist nicht nötig», entwischt es mir, und noch im selben Moment spüre ich, wie ich rot anlaufe.

Sie hält inne und sieht fragend zu mir hoch. «Verzeihung?»

Ich sollte das Thema einfach fallen lassen. Aber nun habe ich es ohnehin schon angesprochen, also ... «Lass das Bett ruhig so.»

«Es macht wirklich keine Umstände, Miss Hawthorne. Ich wechsle nur schnell die Wäsche und ...»

«Nein», höre ich mich sagen und schäme mich zugleich dafür. Wie erbärmlich. Aber ich kann nicht anders. Wenn sie den Bezug wechselt, ist auch Benedicts Duft verschwunden. Und den Gedanken ertrage ich nicht. «Bitte ... Könntest du die Bettwäsche noch ein paar Tage drauflassen?», frage ich leise. Die Tür zum Wohnzimmer ist nur angelehnt. Ich hoffe inständig, dass Benedict mich nicht hören kann.

«Ähm ... natürlich», erwidert sie etwas perplex, richtet sich aber auf und lässt von der Decke ab. «Dann werde ich das Bett nur machen, ist das in Ordnung?»

Ich nicke hastig. «Ja. Danke.»

«Keine Ursache, Miss.» Sie lächelt mich verhalten an und beginnt, die Kissen aufzuschütteln. Einen Moment lang verharre ich noch unschlüssig im Raum. Ich bin versucht, sie nach ihrem Namen zu fragen. Doch vermutlich wäre es nicht gut für sie, wenn ich mich mit ihr anfreunde. Ich muss unweigerlich daran denken, was mit Bonnie passiert ist. Und das war, als Benedict noch alles darangesetzt hat, mich zu beschützen.

Ohne ein weiteres Wort wende ich mich ab und lasse die Bedienstete in Ruhe ihre Arbeit machen.

Im Wohnzimmer ist der Tisch vor dem Fenster gedeckt. Morgensonne fällt durch die hohen Scheiben und hüllt den Raum in warmes Licht. Nur Benedicts Miene kann sie nicht erhellen. Er sitzt auf einem der Stühle, eine Zeitung in den Händen, und liest mit vor Wut verzerrtem Gesicht. Meine Anwesenheit ignoriert er geflissentlich.

Leise nehme ich ihm gegenüber Platz und schenke mir ein Glas Apfelsaft ein. Ich habe überhaupt keinen Appetit, aber nach den kargen Mahlzeiten der letzten Tage wäre es sinnvoll, etwas zu essen und zu trinken.

Aus dem Augenwinkel nehme ich wahr, wie die Bedienstete aus dem Schlafzimmer kommt und die Suite verlässt. Sie zieht die Tür hinter sich zu, und wir sind wieder allein.

Widerwillig nehme ich mir ein Brötchen aus dem Korb in der Mitte des Tisches und schneide es auf. Ich sollte mich auf meine Aufgabe konzentrieren. Darauf, wie ich Benedict, Lyra und den Menschen Londons helfen kann. Aber ich sehne mich so sehr nach einem Anflug von Normalität, dass ich das Thema noch einen Moment lang beiseiteschiebe. «Was steht in der Zeitung?», frage ich und greife nach der Butter.

Benedict atmet hörbar ein, sagt aber nichts.

«Strafst du mich jetzt mit Schweigen?»

Ganz langsam lässt er die Zeitung sinken und fixiert mich mit seinem Blick. «Was wird wohl darinstehen, Florence?», fragt er gereizt. «Etwas über eine gekidnappte Prinzessin, ein Attentat auf den König und einen drohenden Bürgerkrieg.»

«Sie schreiben darüber?», frage ich überrascht.

«Worüber sonst sollen sie schreiben? Das Wetter?»

«Ich ... Ich dachte, die Zeitungen schreiben nur, was du ihnen erlaubst.»

Benedict schnaubt, als wäre dieser Gedanke völlig abwegig. «Ich könnte genauso gut versuchen, die Vögel im Garten vom Singen abzuhalten.»

Irritiert runzle ich die Stirn. «Also wissen sie schon von Lyra? Woher?»

«Wenn ich das wüsste, hätten wir ein Problem weniger.»

Ich lasse mein Messer sinken und gebe es auf, mein Brötchen schmieren zu wollen. Mittlerweile hat sich mein Magen ohnehin wieder so sehr verknotet, dass ich vermutlich keinen einzigen Bissen herunterbekommen würde. «Und jetzt?», frage ich leise.

«Schadensbegrenzung», erwidert Benedict kühl.

Ich atme tief durch. Das mit der normalen Unterhaltung wird wohl nichts. Damit hätte ich rechnen müssen. «Und wie kann ich dabei helfen?»

Er mustert mich finster. «Für heute Nachmittag ist eine Pressekonferenz anberaumt. Zu deinem Glück bin ich nicht dafür bekannt, selbst zum Volk zu sprechen, also musst du dich auch nicht persönlich äußern. Eris wird den Leuten unsere Geschichte verkaufen. Du stehst mit mir im Hintergrund und siehst wenigstens halbwegs vertrauenswürdig aus. Aber so, wie ich dich kenne, sollte dir das nicht schwerfallen.»

Ich versuche, mir nicht anmerken zu lassen, wie sehr mich seine Worte treffen. Er würde es mir ja ohnehin nicht glauben. «Was genau soll ich machen?», frage ich stattdessen.

Er schüttelt den Kopf und wendet sich wieder der Zeitung zu. «Du musst nichts einstudieren.»

Das beantwortet meine Frage nicht. Was ich wissen will, ist, *wie* wir im Hintergrund stehen. Hand in Hand? Mit verliebten Blicken und zärtlichen Berührungen? Mir wird allein bei der Vorstellung übel vor Nervosität. «Ich muss trotzdem wissen, was ich zu erwarten habe», erkläre ich.

«Das erfährst du, wenn es so weit ist.»

Das ist doch nicht sein Ernst. «Und wieso nicht jetzt?», frage ich zunehmend gereizt. «Wenn du willst, dass ich den Leuten etwas vorspiele, musst du mir Zeit geben, mich darauf vorzubereiten! Ich muss wissen, ob wir … uns berühren. Oder uns küssen, oder …»

«Das tun wir sicher nicht», entfährt es Benedict. Er funkelt mich an. «Ich weiß es noch nicht genau. Aber ich denke, du bist in dieser Rolle geübt genug, um ein wenig zu improvisieren.»

«Es war keine Rolle!», widerspreche ich vehement, doch er tut so, als hätte er mich gar nicht gehört, und widmet sich wieder der Zeitung. Frustriert schiebe ich eine der Brötchenhälften auf meinem Teller herum. «Und was soll ich bis zur Pressekonferenz machen? Hast du eine Aufgabe für mich, oder bin ich nur eine Gefangene, die du hin und wieder den Kameras präsentierst? Ist dein Schlafzimmer meine neue Zelle?»

Benedict zuckt scheinbar unberührt mit den Schultern. «Gerade gibt es sonst nichts, was du tun kannst. Unserer Geschichte nach hat sich zwischen uns nichts geändert. Du kannst dich frei im Schloss bewegen. Nur mein Arbeitszimmer ist tabu. Und selbstverständlich darfst du niemandem von unserer … Abmachung erzählen. Deine Wachen werden dir außerdem nicht von der Seite weichen. Zu deiner eigenen Sicherheit, versteht sich.»

Eine *Abmachung* nennt er es. Das ist ein hübsches Wort für Gefangenschaft. Aber unter den Umständen kann ich mich kaum beschweren.

«Verstanden», sage ich also. «Und was ist mit Lyra?»

«Meine Leute suchen nach ihr. Solange wir sie nicht finden, können wir nur darauf warten, dass deine Eltern sich melden, was sie hoffentlich nach deinem Auftritt in der Pressekonferenz tun. Du wirst mit ihnen sprechen. Eris wird dich heute briefen.»

Tief durchatmend nehme ich einen Schluck von meinem Saft. Ich habe seit einem halben Jahr nicht mehr mit meinen Eltern geredet. Und auch der Brief, den Lyra ihnen überbracht hat, scheint nicht geholfen zu haben. Sie von einem Richtungswechsel zu überzeugen, wird schwer, wenn nicht sogar unmöglich.

Würden meine Eltern rational denken, wäre die Sache eigentlich leicht gelöst. Benedict ist der Einzige, der zwischen dem *Roten Regen* und der Krone steht. Sie sabotieren ihre eigenen Ziele, indem sie gegen ihn arbeiten, das müsste ihnen eigentlich klar sein. Doch ich fürchte, sie werden meine Argumente gar nicht erst anhören. Nicht mit all dem Hass, der in ihnen brennt. Nicht, nachdem ich sie verraten habe.

Trotzdem werde ich es versuchen. Verdammt, ich würde alles tun, um der Gewalt ein Ende zu setzen. Egal wie schmerzhaft es wird.

«Ich werde mit ihnen reden», verspreche ich. «Aber ich habe nicht viel Hoffnung, dass es etwas bringt.» Vielleicht bin ich zu ehrlich. Doch ich will Benedict nicht schon wieder falsche Versprechungen machen.

Raschelnd lässt er die Zeitung sinken. «Wieso?»

«Weil ich Lyra eine Nachricht für meine Eltern mitgegeben habe und sie sie trotzdem entführt haben.»

«Was auch immer du ihnen angeblich gesagt hast, war offenbar nicht überzeugend genug.»

Er fragt gar nicht erst, was darinstand. Er impliziert direkt, dass er es mir ohnehin nicht glauben wird. Ich schätze, das fasst unsere aktuelle Beziehung perfekt zusammen.

Ich schlucke gegen den Kloß in meinem Hals an und hebe das Kinn. «Wie geht es meinem Bruder?»

Benedicts Mundwinkel zuckt. «Atmet noch, soweit ich weiß.»

Wut flammt in mir auf.

Der Mann, den ich kannte, hätte nie so etwas zu mir gesagt. Ich erkenne ihn wirklich nicht wieder. Ist das meine Schuld? Habe ich ihn so sehr gebrochen, dass nichts mehr von seinem eigentlichen Charakter übrig geblieben ist? Oder ...

Valerians Worte hallen in meinem Kopf nach. Gemeinsam mit seinen Schmerzensschreien.

War Benedict vielleicht schon immer so? Habe ich etwas in ihm gesehen, das gar nicht da war? Habe ich mich an das Monster gewöhnt, das er ist? Hatte mein Bruder vielleicht die ganze Zeit über recht?

Nein.

Das kann einfach nicht sein. Es sind die Umstände, die aus Benedict diesen Fremden gemacht haben. *Ich* bin es, die all das Schlechte in ihm zum Vorschein bringt. Er ist immer noch derselbe, nur kann er es nicht mehr zeigen.

Ich schlucke jegliche Erwiderungen hinunter und schmiere nun doch mein Brötchen.

Benedict schweigt. Seine Anwesenheit fühlt sich erdrückend an, wie ein Gewicht auf meiner Brust. Doch schon nach wenigen Minuten faltet er die Zeitung zusammen und erhebt sich. Er hat wie üblich nichts gegessen. Und dieser Gedanke führt mich zu einem anderen ... Er hat schon seit einer Weile nicht mehr von mir getrunken. Zumindest wenn man von der Sommersonnenwende absieht, an der mein Blut vergiftet und dementsprechend vermutlich nicht gerade bekömmlich war.

Ich muss unweigerlich an den Moment zurückdenken, in dem Val den Dolch in Benedicts Brust gerammt hat. An die lähmende Panik und die allumfassende Angst davor, diesen Mann zu verlieren. Mein Herz zieht sich zusammen.

«Geht es dir wieder gut?», rutscht es mir heraus, und Benedict hält im Türrahmen zu seinem Arbeitszimmer inne. «Wegen des Gifts, meine ich», füge ich eilig hinzu, da sein finsterer Blick schon wieder einer Morddrohung gleicht.

«Es wirkte nur betäubend», gibt er kühl zurück. «Abgesehen davon war die Dosis viel zu schwach.»

Ich nicke knapp und wende mich von ihm ab. «Gut», flüstere ich, zu beschämt, es Benedict hören zu lassen, und gleichzeitig zu erleichtert, um es gar nicht auszusprechen. Hätte ich dieses verdammte Sektglas ganz ausgetrunken, hätte er sich vielleicht nicht gegen Vals Angriff wehren können und wäre jetzt nicht mehr hier. Es hätte noch so viel schlimmer kommen können.

Benedict verschwindet in sein Arbeitszimmer und schließt die Tür hinter sich. Offenbar war es sein Ernst, dass ich mich frei bewegen darf. Zum Glück. Ich bin so unruhig, dass ich mich zwingen muss, noch ein paar Minuten länger sitzen zu bleiben und mein Frühstück herunterzuwürgen.

Als ich wenig später draußen auf den Gang trete, habe ich sofort zwei Wachen an meiner Seite. Sie deuten eine Verbeugung an, und mir läuft ein kalter Schauder über den Rücken. Einer von ihnen war gestern mit mir im Tower. Ich kann immer noch seinen eisernen Griff um meinen Oberarm spüren. Er hat sich kein Stück gerührt, während Benedict Val vor meinen Augen gefoltert hat.

Ich schlucke und zwinge mich zu einem Lächeln. So will der König also sichergehen, dass ich mich an seine Regeln halte. Er stellt mir jemanden an die Seite, der die Wahrheit kennt. Jemanden, dem ich nichts vormachen kann.

«Ich möchte spazieren gehen», teile ich den beiden Männern mit.

«Nach Ihnen, Miss Hawthorne», erwidert die Wache von gestern. Mit einer ausladenden Handbewegung bedeutet er mir, vorauszugehen, und folgt mir schließlich mit höflichem Abstand.

Der Red Garden macht seinem Namen zu dieser Jahreszeit alle Ehre. Die Rosenbüsche stehen in voller Blüte und verbreiten einen beinahe benebelnden Duft. Über mir fängt das tiefrote Blätterdach des Blutahorns die sommerlichen Sonnenstrahlen ein, Vogelgezwitscher klingt durch den weitläufigen Park. Das frisch gemähte Gras unter meinen Schuhen ist noch nass vom Morgentau.

Bis vor Kurzem haben es die Gärten des Schlosses immer geschafft, mich zu beruhigen. Sie sind für mich zu einem Rückzugsort geworden. Und nicht nur sie. Wenn ich ehrlich bin, trifft diese Beschreibung auf das ganze Schloss zu. Das Crimson Heart wurde für mich zu einem Zuhause. Nun jedoch komme ich mir hier wie ein Fremdkörper vor, und an Ruhe ist mit all den Sorgen in meinem Kopf nicht zu denken. Erst recht nicht in Gegenwart der dunkelhaarigen jungen Frau, die gerade auf mich zusteuert.

Briana trägt ein schwarzes Sommerkleid, das sich stark von ihrer hellen Haut abhebt, und hat ihre Haare zu einem eleganten Zopf geflochten. Sie sieht ebenso wunderschön aus wie immer, aber ihr Anblick führt trotzdem dazu, dass ich am liebsten flüchten würde.

Ich habe keine Ahnung, wie ich ihr begegnen soll. Meine Rückkehr hat sich sicher schon im Schloss herumgesprochen – gemeinsam mit den falschen Fakten, die Benedict nach außen tragen will. Dass die Bediensteten unsere Geschichte nicht infrage stellen, wundert mich nicht. Selbst wenn sie Zweifel hätten, würden sie die kaum laut äußern. Aber Briana wird mit Lyra geredet haben, was bedeutet, dass sie unsere Lüge sicher längst durchschaut hat. Denn Lyra selbst war weit davon entfernt, mir zu vertrauen.

Wenn ich wenigstens Brianas Gesichtsausdruck lesen könnte. Sie hat die dunklen Brauen zusammengezogen, ihre blauen Augen wirken traurig. Aber sie scheint nicht wütend oder misstrauisch.

Sie erreicht mich, und ich setze zu einer Begrüßung an, doch da fällt sie mir bereits um den Hals. Überrumpelt stolpere ich einen Schritt zurück und drücke meine Freundin wie selbstverständlich an mich. Ihre Umarmung ist so fest, dass sie wehtut, aber um nichts in der Welt würde ich sie loslassen wollen. Zum ersten Mal seit Tagen ist da ein winziger Lichtblick in der Dunkelheit. Eine einzige Person, die mich offenbar nicht verachtet. Die Frage ist nur, warum. Kennt sie die Wahrheit über mich nicht, oder ist sie ihr egal?

«Bin ich froh, dass du wieder da bist», flüstert Briana und löst sich von mir. Sie lässt ihren Blick über meinen Körper wandern, als müsste sie sich versichern, dass es mir gut geht. «Lyra und ich haben uns solche Sorgen um dich gemacht. Und seit sie weg ist …» Sie bringt den Satz nicht zu Ende und schüttelt stattdessen nur den Kopf.

«Sorgen *um* mich?», frage ich verwirrt. «Aber … wieso das denn?»

Brianas Miene wird weicher, und ein schwaches Lächeln schiebt sich auf ihre Lippen. «Stur, wie wir sind, wollten wir einfach nicht glauben, dass du eine Mörderin bist.»

Ich spüre meine Mundwinkel verräterisch zucken. Doch schon im nächsten Moment werde ich wieder ernst. Ich bin keine Mörderin, aber zumindest anfangs wollte ich es werden. Die Wahrheit ist kompliziert, schätze ich. Aber darüber darf ich mit Briana gar nicht reden, oder? Benedict hat mir befohlen, unsere Abmachung für mich zu behalten, also lasse ich Brianas Worte unkommentiert im Raum stehen.

Sie wirft einen Blick über meine Schulter. Die Wachen halten gebührenden Abstand und warten deutlich außerhalb unserer Hörweite. «Lyra hat mir alles erzählt», gesteht sie leise. «Von dem Dolch und deinen ursprünglichen Plänen. Und auch von eurem Gespräch und dem Brief. Als Benedict gestern erfahren hat, dass sie deswegen weg ist, dachte ich, er geht dich einen Kopf kürzer machen. Wie hast du es geschafft, dass er dir glaubt?»

Ich schlucke. Das ist wohl der erste Test, den ich bestehen muss, wenn ich mir Benedicts Vertrauen zurückerkämpfen will. Obwohl ich so sehr mit Briana darüber reden will, darf ich sie nicht einweihen.

«Keine Ahnung», lüge ich unbeholfen. «Er hat einfach seine Meinung geändert. Vielleicht lag es an dem Brief …»

Briana hebt skeptisch die Brauen und macht damit mehr als klar, dass sie mir das nicht abkauft. «Ah ja», sagt sie langsam. «Also ist jetzt zwischen euch wieder alles beim Alten?»

«Ich … denke schon.»

Sie schnaubt. «Wow. Wie hast du es bitte geschafft, uns sechs Monate lang anzulügen, Flo? Ich glaube dir kein Wort. Ich kenne Benedict schon mein ganzes Leben. Er ändert seine Meinung nicht einfach so über Nacht. Erst recht nicht, wenn man bedenkt, wie sehr er dir seit der Sonnenwendfeier misstraut hat. Hat er dich hergebracht, damit du mit deinen Eltern redest? Oder will er dich gegen Lyra eintauschen?»

Ich stocke. Diese Option habe ich noch gar nicht in Erwägung gezogen. Könnte das Benedicts Plan sein? Wenn ja, wird er wohl enttäuscht. Meine Eltern haben schon oft genug bewiesen, dass sie bereit sind, mich zu opfern. Für sie gibt es eine ganze Reihe an Dingen, die wertvoller sind als das Leben ihrer Tochter.

«Ich verrate es niemandem», verspricht Briana mir eindringlich. «Ich mache mir nur Sorgen, verstehst du?»

«Um Lyra?», frage ich leise.

Sie seufzt. «Auch. Aber genauso um dich.»

Ich schüttle schwach den Kopf. «Meinetwegen ist sie überhaupt erst in Gefahr.»

Briana nimmt meine Hand in ihre und drückt sie sanft. «Das stimmt nicht. Es war ihre eigene Entscheidung, diese Nachricht zu überbringen. Und jetzt sag mir, ob Benedict immer noch plant, deinen Kopf auf der Tower Bridge auszustellen, oder ob zwischen euch wirklich alles in Ordnung ist.»

Ich schlinge unwillkürlich die Arme um mich, was vermutlich Antwort genug ist. «Er hasst mich», hauche ich trotzdem und schlucke gegen den Kloß in meinem Hals an. Die Worte liegen mir schwer im Magen, und gemeinsam mit dem Bild, das Briana mir eben in den Kopf gepflanzt hat, verursachen sie mir Übelkeit. Wenn all das vorbei ist – wie auch immer es ausgehen mag –, wird Benedict mir meine gerechte Strafe zukommen lassen. Die Zeit hier wird nicht nur die letzte sein, die ich mit ihm verbringe, sondern vielleicht auch das Ende meines Lebens.

Der Gedanke an meinen eigenen Tod ist surreal. Obwohl ich schon beim Beginn meiner Mission wusste, dass ich mein Leben riskiere, und in den letzten Tagen jede Minute mit meiner Hinrichtung rechnen musste, habe ich mich dennoch nicht ansatzweise an ihn gewöhnt.

«Wir kriegen das wieder hin», verspricht Briana mir.

«Das bezweifle ich», krächze ich.

«Ach was.» Sie drückt meine Finger fester. «Ich glaube dir, Florence», beschwört sie mich. «Ich sehe doch, dass du Benedict liebst. Du hättest ihm niemals wehgetan, und wir werden ihn davon überzeugen, okay? Irgendwie biegen wir das wieder gerade.»

Ich wünschte, sie hätte recht. Ich wünschte es mir so sehr. Aber ich fürchte, aktuell gehen die Chancen, dass Benedict mir je wieder vertraut, gegen null.

«Danke», flüstere ich deshalb nur und erwidere den Druck ihrer Finger. «Deine Freundschaft bedeutet mir wirklich viel, Brie. Aber wir müssen uns auf Lyra konzentrieren. Das ist gerade so viel wichtiger. Wenn ihr etwas passiert ...»

«Sie ist doch bei deinen Eltern», wirft Briana ein. «Würden sie ihr wirklich etwas antun? Und spätestens, wenn du mit ihnen redest, geben sie doch sicher nach und lassen sie frei. Oder ...?» Der hoffnungsvolle Unterton in ihrer Stimme bricht mir das Herz.

«Ich weiß es nicht», gestehe ich leise. «Ich habe jahrelang die Augen davor verschlossen, wie ... radikal sie sind. Und vor wie wenig sie zurückschrecken.»

Briana verzieht das Gesicht und erwidert nichts. Einen Moment lang schweigen wir, die Stille zwischen uns schwer von der Sorge um unsere Freundin.

«Sie werden ihr nichts tun», beschließt Briana dann mit fester Stimme. «Lyra ist ihr Druckmittel. Solange sie denken, dass sie ihnen von Nutzen ist, werden sie sie nicht anrühren.»

Zumindest das stimmt vermutlich. Meine Eltern tun nichts aus einer Laune heraus. Sie denken und handeln strategisch. Welches Ziel auch immer sie mit Lyras Entführung verfolgen – sie brauchen sie dafür lebendig, sonst wäre sie längst tot und die ganze Stadt wüsste davon. Trotzdem bleibt da dieser schwere Stein in meiner Magengrube.

«Fühlst du dich bereit für die Pressekonferenz später?», wechselt Briana das Thema. «Das ganze Schloss spricht schon davon.»

Ich lache freudlos auf. «Na großartig. Nein. Ich fühle mich überhaupt nicht bereit.»

«Du musst ja gar nichts sagen», beruhigt sie mich und hakt sich bei mir unter. «Komm, ich lenke dich ab, bis es so weit ist. Das geht schnell vorbei, mach dir keine Sorgen.»

Ich lasse mich von Briana weiter durch den Garten führen, doch mich abzulenken schafft sie nicht. Wie auch, mit allem, was passiert ist. Mein Kopf ist so voll wie noch nie zuvor. Und so gern ich ihr glauben würde – ich bezweifle, dass in den nächsten Wochen irgendetwas schnell vorbeigehen wird. Erst recht nicht, wenn es Benedicts Anwesenheit erfordert.

## BENEDICT

Der Saal unter uns ist zum Bersten gefüllt. Das verrät das Stimmengewirr, das zu uns auf die Empore dringt und sich wie ein Hintergrundrauschen über uns legt. Es ähnelt dem Murmeln eines Theaterpublikums vor Beginn einer Aufführung – mit einem entscheidenden Unterschied.

Selbst einem Durcheinander wie diesem haftet ein gewisser Ton an. Mal schwingt Aufregung in den Stimmen mit, mal Vorfreude, mal Gelassenheit.

Hier ist es Unruhe, die sich in der Menge festgesetzt hat und allmählich auch meinen Körper in Besitz nimmt.

Sie frisst sich tief in meine Knochen und macht es mir fast unmöglich, meine ohnehin schon rasenden Gedanken zu kontrollieren.

Ich wage einen Blick über die Balustrade. Unter mir erstreckt sich ein Meer aus Kameras und Mikrofonen.

Verdammt.

Ich bin kein Mann des Volkes. Ich richte meine Entscheidungen danach, was am besten für mein Land ist, nicht nach meinen eigenen Interessen, doch es liegt mir fern, dafür nach Bestätigung zu haschen. Oder um Verständnis zu bitten.

Keine Interviews. Keine Neujahrsansprachen oder andere Lächerlichkeiten. Das letzte Mal, dass ich eine Pressekonferenz gehalten habe, war nach dem Tod meiner Eltern. Und ausgerechnet die Frau, die mich diesen Verlust endlich hat überwinden lassen, ist nun der Grund, dass erneut royales Blut vergossen wurde – und das war womöglich nur der Anfang. Wenn ich eine Lehre aus Florence' Verrat mitnehme, dann ist es die, dass ich mich nie wieder verletzlich zeigen darf. Mein naives Vertrauen in sie war ein fataler Fehler.

Ich hatte wirklich gehofft, nie wieder eine Meute von Journalisten in mein Schloss lassen zu müssen. Die Aufmerksamkeit behagt mir nicht, die Berichterstattung noch weniger. Und es ist in der aktuellen Lage ein immenses Sicherheitsrisiko. Der einzige Grund, weshalb ich zugestimmt habe, ist die Tatsache, dass die Ankündigung sehr kurzfristig war und nur geladene Gäste Zutritt haben. Das macht es schwierig, wenn nicht sogar unmöglich, einen Anschlag zu planen. Hoffe ich …

«Wir haben alles gesichert», ertönt Eris' Stimme neben mir, und ich wende mich zu ihr um. Ihre finstere Miene spiegelt meine Stimmung wider, dennoch schwingt in ihren Worten felsenfeste Überzeugung mit. «Alle Anwesenden wurden gründlich kontrolliert, Ein- und Ausgänge sind streng bewacht. Es gab keinerlei Komplikationen oder verdächtige Vorfälle.»

Ich nicke nur knapp. Wenn es sein muss, vertraue ich Eris bereitwillig mit meinem Leben. Es ist der Rest dieser verdammten Welt, der mir Sorgen bereitet. «Wo ist Florence?»

«Auf dem Weg. Sie sollte in wenigen Minuten hier sein.»

«Gut.»

Erstaunlich, was für eine riesige Lüge hinter einem derart kleinen Wort stecken kann. Nichts an Florence' Anwesenheit ist *gut*. Ich hasse alles daran. Insbesondere die Tatsache, dass es keine Alternative gibt. Ich brauche diese Frau jetzt an meiner Seite, ob ich will oder nicht. Das hat auch Eris begriffen.

«So ungern ich es sage, Benedict ... Es war die richtige Entscheidung, sie herzubringen.»

Ich schnaube leise. «Das wird sich zeigen.»

Was Florence anbelangt, gibt es keine richtigen Entscheidungen. Davon bin ich mittlerweile überzeugt. Und selbst wenn sie uns vordergründig hilft, wird sie mit Sicherheit einen Weg finden, um hinter meinem Rücken Unheil zu säen. Dass ich sie überhaupt aus den Augen lasse, ist grob fahrlässig. Aber ich bringe es nicht über mich, sie in meiner Nähe zu behalten. Ich schaffe es ja kaum, sie anzusehen. Und offenbar bin ich egoistisch geworden, denn ich stelle mein Befinden über das Allgemeinwohl.

«Wenn das hier funktionieren soll, musst du deine Mimik unter Kontrolle bringen», ermahnt Eris mich, und erst jetzt merke ich, wie stark ich die Brauen zusammenziehe.

Zur Antwort verdrehe ich nur die Augen. Ich war nie gut darin, den charmanten König zu geben. Um genau zu sein, habe ich mir selbst geschworen, es niemals auch nur zu versuchen. Kein Mann des Volkes, wie ich schon sagte.

Doch das war zu anderen Zeiten. Als besagtes Volk von mir noch nicht belogen wurde und die Krone auf meinem Haupt noch nicht so schwer wog. Nicht, dass ich sie außerhalb meiner Krönungszeremonie je getragen hätte ...

«Weißt du, was der Vorteil daran ist, Florence im Schloss zu haben?», fährt meine Rechte Hand fort. «Du kannst jederzeit von ihr trinken.»

«Nein.»

Frustriert seufzt sie auf. «Benedict ...» Eris unterbricht sich selbst, als sich die Tür hinter uns öffnet. Ausnahmsweise bin ich erleichtert, Florence zu sehen. Flankiert von ihren Wachen betritt sie die Empore und wirft einen unsicheren Blick über die Balustrade. Ihr Gesicht wird dabei noch bleicher, als es ohnehin schon war, aber solange sie nicht in Ohnmacht fällt, ist mir das herzlich egal. Sie ist nicht hier, um sich wohlzufühlen.

Mit einem Nicken in Richtung meiner Blutbraut beende ich das Thema endgültig. «Wir können anfangen.»

Eris mustert Florence prüfend, die vor uns stehen bleibt und nervös die Finger im Stoff ihres Rocks vergräbt.

«Vielleicht sollten wir vorher den Plan noch einmal durchsprechen», wirft meine Rechte Hand ein und bedeutet den beiden Wachen, Abstand zu nehmen. Sie ziehen sich zu den anderen an den Rand der Empore zurück.

Florence nickt. Ich schnaufe nur ungeduldig. Es ist nicht so, als wäre es besonders kompliziert. Und je schneller wir diese Sache hinter uns bringen, desto besser. «Was gibt es da zu besprechen?», will ich wissen. «Du», ich fixiere Florence mit meinem Blick, «bleibst an meiner Seite und tust so, als würdest du dort hingehören. Eris übernimmt den Rest. Du sagst kein Wort, sonst hat dein Bruder ein Problem. Verstanden?»

Florence presst kurz die Lippen zusammen. Es ist offensichtlich, dass ich sie mit meinen Drohungen verletze. Und obwohl mich diese Tatsache selbst schmerzt, kann ich nicht damit aufhören. Ich *will* ihr wehtun. *Das* ist aus mir geworden. Erbärmlich.

«Und wie tut man so, als würde man an die Seite eines Königs gehören?», fragt sie leise.

«Das sollte dir nicht schwerfallen», erwidere ich kühl. «Tu einfach so, als würdest du wieder in mein Bett wollen.»

Florence keucht überrumpelt auf, und Eris atmet tief durch. «Reißt euch einfach zusammen, in Ordnung? Benedict wird dir den Arm umlegen. Das ist ein moderates Level an Zuneigung, nicht zu viel für eine offizielle Veranstaltung, aber genug, um glaubwürdig zu sein. Verstanden?»

Florence' Blick huscht zu mir, und ich sehe einen Anflug von Panik darin aufblitzen. Doch dann nickt sie eilig und wendet das Gesicht ab. «Verstanden», murmelt sie.

Nun bin ich es, den Eris abschätzig mustert. Was erwartet sie? Dass ich noch einen Rückzieher mache? Ich wurde geboren, um Situationen wie diese über mich ergehen zu lassen. Dass ich das bisher selten tun musste, spielt keine Rolle.

«Ihr solltet proben», beschließt sie. «Wenigstens einmal.»

Ich will ihr widersprechen, doch es bringt wohl nichts zu diskutieren. Widerwillig strecke ich meinen Arm nach Florence aus und nicke ihr zu. Sie kommt näher und lässt zu, dass ich ihn um ihre Schultern lege. Ihr Körper ist steif wie ein Brett, und ich verspüre das Bedürfnis, ihr über den Rücken zu reiben, doch ich ignoriere es und halte Eris' Blick stand.

Sie hat unzufrieden den Mund verzogen. «Vielleicht kann man eure Gesichter auf Lyras Verschwinden schieben», murmelt sie. «Aber ihr müsst euch enger zusammenstellen.»

Florence zögert kurz und tritt dann näher zu mir, doch im selben Moment lasse ich sie los. «Können wir anfangen?»

Eris hebt vielsagend die Brauen, erwidert jedoch nichts. Sie weiß, wann sie mich besser nicht drängt. Und letztendlich bringt es auch nichts, so kurz vor der Konferenz noch unseren Auftritt zu proben. Es würde nur dafür sorgen, dass unsere Wachen anfangen, Fragen zu stellen.

Eris gibt diesen ein Zeichen und geht uns voraus in Richtung der Treppe. Florence und ich folgen ihr wortlos die Stufen hinunter, und ich bemühe mich, meine Wut auf sie wenigstens für einen Moment beiseitezuschieben.

Für England.

Für Lyra.

Kaum, dass wir für die Presse in Sicht sind, entlädt sich ein regelrechtes Blitzlichtgewitter auf uns. Aus dem Augenwinkel nehme ich wahr, wie Florence erneut zögert. Ich werfe ihr einen prüfenden Blick zu, doch sie fängt sich, reckt das Kinn und geht mit umso sichereren Schritten weiter. Wie so oft agiert sie mit der Anmut einer Königin. Und ich gebe es nicht gern zu, aber es ist Florence ein Leichtes, so auszusehen, als würde sie an meine Seite gehören. Sie hat mich vom ersten Tag an herausgefordert, war mir immer ebenbürtig. Und das kam mir richtig vor. Umso niederschmetternder, dass alles daran falsch war.

Hätte ich damals auf meinen Verstand statt auf meine Schwester gehört, wäre uns all das erspart geblieben. Ich wollte Florence nicht als meine Blutbraut auswählen. Viel zu stark war die Anziehungskraft, die sie auf mich ausgewirkt hat. Viel zu groß das Risiko, mich in dieser Frau zu verlieren. Letztendlich hat Lyra mich überredet. Gemeinsam mit meinem verräterischen Herzen.

Ich bleibe auf dem mittleren Treppenabsatz stehen und Florence tut es mir nach. Eris stoppt nur wenige Stufen weiter unten. Nah genug, um mit uns eine Einheit zu bilden, und weit genug entfernt, um den Leuten klare Sicht auf uns zu bieten. Ab jetzt wird jedes Fingerzucken, jedes Blinzeln analysiert. Und Florence weiß das.

Mir ist völlig klar, dass ich sie besser hierauf hätte vorbereiten müssen. Wir hätten es am Vormittag richtig proben sollen, nicht nur flüchtig. Hätten gemeinsam an unseren Rollen arbeiten müssen. Doch genau dieses Wort ist es, das mich davon abgehalten hat. *Gemeinsam.*

Eris wartet, bis Stille eingekehrt ist. Dann füllt ihre sichere Stimme den Raum, und ich bin wieder einmal froh, dass diese Frau auch als meine Pressesprecherin fungiert. Sie hat genug Ausstrahlung, um selbst die heikelsten Situationen unter Kontrolle zu behalten. Und es ist nur eine ihrer zahllosen Qualitäten.

«Aufgrund des großen öffentlichen Interesses an den Ermittlungen bezüglich des Attentats an der Sonnenwendfeier verkünde ich heute im Namen Seiner Majestät des Königs, dass Miss Florence Hawthorne, amtierende Blutbraut, in allen Belangen für unschuldig befunden wurde. Miss Hawthorne war nachweislich nicht an der Planung des Anschlags auf Seine Majestät beteiligt und wurde ebenso wie der König selbst Opfer der Machenschaften ihrer Familie.»

Florence versteift sich neben mir, und ich werfe ihr einen Blick zu. Sie hat die Hände vor dem Bauch verschränkt, doch auch das schafft es nicht ganz, das Zittern ihrer Finger zu verbergen. Widerwillig lege ich ihr meinen Arm um und ziehe sie vorsichtig an meine Seite. Sie lässt es über sich ergehen, versteift sich jedoch noch mehr. Das ist nicht gut. Ihre Befangenheit, wenn man es diplomatisch ausdrücken will, ist offensichtlich.

Ich streiche ihr über den Oberarm und beuge mich zu ihr herunter. Ihr vertrauter Duft nach Lavendel schlägt mir entgegen. Meine Kehle wird eng, mein Herz gerät in Brand. Trotzdem halte ich die Fassade aufrecht und drücke einen sanften Kuss auf ihr Haar. «Hör auf, so schuldig auszusehen», raune ich kaum hörbar und hebe den Kopf wieder.

Florence sieht zu mir hoch, und es kommt mir vor, als würde dieser Blick allein meiner Aussage ihre Berechtigung absprechen. Das warme dunkle Braun ihrer Augen lässt Florence wirken wie die Unschuld in Person. Vielleicht habe ich sie deshalb so lange unterschätzt. Weil ihr Aussehen ihren Plänen so grundlegend widerspricht.

Die Trauer in ihrem Blick legt sich wie ein schweres Gewicht auf meine Brust. Sie versucht sich an einem Lächeln, das ihre Augen nicht erreicht, und schüttet damit Benzin auf meine entflammte Seele, schürt ein Inferno, das all meine Überzeugungen verschlingt. Warum will ich sie jetzt küssen? Warum zieht mein Arm sie wie von selbst näher an mich? Warum ist ihre Nähe das Einzige, was meinen Schmerz zu lindern scheint, während sie doch gleichzeitig der Grund für ihn ist?

Ich halte Florence' Blick und versuche, meine Gefühle zu sortieren. Ich schiebe meine Wut über die Sehnsucht nach dieser Frau. Meinen Hass über meinen Schmerz. Die Wahrheit über ihre Lügen.

Erfolglos.

«Die Ermittlungen rund um Valerian Hawthorne dauern noch an», verkündet Eris soeben. «Er wird bis zu seinem Prozess im Tower festgehalten.»

Florence atmet geräuschvoll aus und senkt den Kopf. Kaum merklich lehnt sie sich an meine Brust. Es fühlt sich falsch und richtig zugleich an. Verboten und notwendig. Heilsam und zerstörerisch. Was passiert hier eigentlich? Ich sollte *ihr* wehtun, nicht andersherum.

«Es tut mir leid», flüstert sie kaum hörbar.

Ich würde gern etwas erwidern. Ihr klarmachen, dass ich ihr das niemals glauben werde. Doch das kann ich vor der Presse nicht, und so bleibt ihre Aussage wie dichter Rauch zwischen uns im Raum hängen, vernebelt mir gemeinsam mit Florence' Duft den Verstand.

Eris beendet unterdessen ihre Ansprache. Wir wussten, dass anschließend ungebetene Fragen kommen würden. Dennoch droht schon die erste von ihnen, mir den Boden unter den Füßen wegzureißen.

«Ist es wahr, dass die Prinzessin entführt wurde?», will einer der vordersten Männer wissen.

«Das ist korrekt», erwidert Eris ruhig.

Wir haben eine Lüge in Erwägung gezogen. Doch es schien uns in der aktuellen Situation keine gute Idee. Das würde Florence' Eltern nur in die Karten spielen. Ohne Zweifel würde, kaum dass wir öffentlich behaupten, Lyra wäre sicher im Schloss, ein Bild oder gar ein Video von ihr auftauchen, welches das Gegenteil beweist.

«Wie konnte sie aus dem Schloss entführt werden?», hakt der Mann nach.

«Wer sind die Entführer?», wirft ein anderer ein.

«Seit wann ist sie verschwunden?»

«Ist das Crimson Heart überhaupt noch sicher?»

Immer mehr Fragen werden laut, als hätte der Erste von ihnen eine Lawine losgetreten.

«Eure Majestät, was sagt Ihr zur Entführung Eurer Schwester?»

«Ist die Familie Hawthorne in die Entführung verwickelt?»

«Miss Hawthorne, möchten Sie sich äußern?»

Florence wendet das Gesicht von der Menge ab, was im Umkehrschluss bedeutet, dass sie es an meiner Schulter vergräbt. Gänsehaut kriecht mir über die Arme, und ich kann nicht einmal sicher sagen, ob es die gute oder schlechte Art ist. Ich will Florence loslassen, doch das kann ich vor aller Augen nicht. Also gewinnt der andere Teil von mir. Der, der sie noch näher bei sich haben will und mich dazu verleitet, meine Wange in einer scheinbar liebevollen Geste an ihren Kopf zu lehnen, während unaufhaltsam weitere Fragen auf uns einprasseln.

Mich packt dasselbe Verlangen wie gestern, als ich ihren Körper gegen die raue Kerkerwand gedrückt habe. Wenn Florence mir so nah ist, brodelt meine Wut plötzlich an die Oberfläche und entlädt sich in einem ungezügelten Bedürfnis, sie zu berühren, sie zu küssen, ihr die Kleider vom Leib zu reißen und sie gefügig zu machen. Als könnte ich alles vergessen. Als könnte ich uns noch retten, wenn ich mich nur genug in ihr verliere.

Es ist Bullshit.

Eris verschafft sich wieder Gehör, wobei es ihr diesmal schwerer fällt, die aufgeregte Presse zum Schweigen zu bringen. «Prinzessin Lyra wurde nicht aus dem Schloss entführt», verkündet sie harsch. «Der Palast sowie der König sind sicher. Allerdings können wir uns aus Sicherheitsgründen nicht weiter zu diesem Thema äußern, immerhin ist es unser aller größter Wunsch, dass die Prinzessin wohlbehalten zurückkehrt. Wenn Sie keine anderen Fragen mehr haben, ist die Pressekonferenz hiermit beendet. Ich danke Ihnen für Ihre Zeit.» Sie dreht sich um und zieht unzufrieden die Brauen zusammen, als sie Florence und mich eng umschlungen dastehen sieht.

Ich bin dankbar dafür, mich wieder von ihr lösen zu können, doch gleichzeitig fällt es mir schwer. Gemeinsam wenden wir uns von der Menge und dem Klicken der Kameras ab. Mit einer Hand an ihrem Rücken führe ich Florence die Stufen hinauf, und erst jetzt fällt mir auf, wie sehr mein Herz rast. Mein Blut kocht, und mein gesamter Körper steht unter Strom. Vielleicht liegt es an der Sorge um Lyra, die durch die Fragen eben noch größer ist als ohnehin schon. Das rede ich mir zumindest ein. Denn die Alternative wäre, dass Florence' Nähe diese Reaktion bei mir hervorgerufen hat, und diese Macht will ich ihr nicht zugestehen.

Kaum, dass wir sicher außerhalb der Sichtweite der Reporter sind, bringe ich Abstand zwischen uns. Sie schlingt die Arme um ihren Körper, als wäre ihr kalt ohne meine Wärme, und fällt ein wenig hinter uns zurück. Eris wirft mir einen vielsagenden Blick zu.

«Überzeugend genug?», frage ich sie leise.

Ihr Mundwinkel zuckt unzufrieden. «Ich hätte es euch beinahe selbst abgekauft.» In ihren Worten schwingt eine unverkennbare Warnung mit. Sie traut mir nicht, was meine Beziehung zu Florence angeht. Und ich kann es ihr nicht verübeln. Bereits vor Wochen hat sie mich gewarnt, und ich habe es ignoriert. Kein Wunder, dass sie sich nun um mein naives Herz sorgt, als wäre ich ein Zehnjähriger mit Liebeskummer. «Jetzt gibt es jedenfalls kein Zurück mehr», erinnert sie mich.

Ich werfe einen Blick über meine Schulter. Florence wird bereits wieder von ihren Wachen flankiert und hält den Kopf gesenkt.

Ja, jetzt muss ich sie wohl oder übel bei mir behalten, komme, was wolle. Zumindest für eine Weile. Bis die Lage wieder unter Kontrolle ist. Dann erst können wir darüber nachdenken, wie wir sie in einer ... nennen wir es *allgemeinverträglichen* Weise wieder loswerden.

Mein Herz verkrampft sich, doch ich ignoriere auch diesen Schmerz. Diese Frau hat keine Macht mehr über mich. Lyra und der Frieden in diesem Land sind meine obersten Prioritäten. Und Florence wird mich nicht von ihnen ablenken. Das schwöre ich mir.

# KAPITEL SIEBEN

# MONSTER

# FLORENCE

Halt den Dolch gut fest. So.» Die Hand meines Vaters liegt über meiner. Warmes Metall drückt sich in meine Handfläche. Seine Stimme ist sanft und ermutigend. «Sicherer Griff. Zähl die Rippen. Wo musst du ansetzen?»

Mit zitternden Fingern platziere ich die Spitze der Klinge auf der Brust der Übungspuppe, über der ich knie. Obwohl es nur Training ist, schlägt mein Herz heftiger. Mein Atem geht flach. Unbehagen liegt mir wie ein Stein im Magen.

«Was musst du jetzt machen?», will Dad wissen.

«Fest zustechen», flüstere ich.

«Wie fest?»

«So fest ich kann.»

Zum hundertsten Mal gehen wir den Ablauf gemeinsam in unserem Trainingsraum durch. Zum hundertsten Mal stelle ich mir vor, was ich bald außerhalb dieser Mauern tun muss. Male mir aus, wie warme Haut unter der Klinge nachgibt und heißes Blut meine Hände bedeckt.

«Zögerst du?», fragt mein Vater leise, und ich schüttle den Kopf.

«Niemals.»

«Und zweifelst du?»

Ich atme tief durch. «Es gibt nichts, woran ich zweifeln könnte.»

«Das ist mein Mädchen.» Er klingt so stolz. Dad streicht mir eine Strähne hinters Ohr, und ich schaue zu ihm auf. Er lächelt mich an, seine braunen Augen voller Wärme, und ich lächle zurück. «Du wirst das großartig machen», raunt er.

«Wird sie das?» Die Stimme meiner Mutter lässt mich

zusammenzucken. Wut und Misstrauen mischen sich unter ihre harschen Worte und fegen die Zuversicht davon, die Dad mir eben noch vermittelt hat.

Mum tritt neben uns und blickt auf mich herab. In ihren blauen Augen lodert eine Entschlossenheit, die mir schon immer gefehlt hat und mir vermutlich auch immer fehlen wird. Und ihrem wachsamen Blick entgeht nichts.

«Wie willst du den König töten, wenn deine Hände schon allein bei der Vorstellung zittern?», fährt sie mich an. «Wie willst du unseren Zielen gerecht werden, wenn du sie trotz allem immer wieder hinterfragst?»

*Ja, wie?*

Nein. Das stimmt doch gar nicht!

«Ich hinterfrage sie nicht!», rufe ich, doch Mum kniet sich neben mich und umfasst anstelle von Dad meine Hand, die noch immer den Dolch hält.

«Wenn du wirklich auf unserer Seite stehst, wird es Zeit, das zu beweisen.» Ihr vertrautes Parfum umspielt mich. Sie drückt meine Finger fester, und ich muss mich gegen ihren Griff stemmen, um die Waffe ruhig zu halten. «Zeig uns deine Dornen, Florence.»

Sie drückt meine Hand nach unten. Die Klinge schneidet in weiche Haut. Blut rinnt aus der kleinen Wunde, und erst jetzt nehme ich den warmen Körper unter mir wahr. Das stetige Heben und Senken eines Brustkorbs. Einen vertrauten Atem.

Ich blinzle und starre hinunter in ein Gesicht. Doch es ist nicht mehr das der Puppe. Nein, es ist mein Bruder, der da unter meiner Klinge liegt. Valerian hält meinen Blick, dasselbe entschlossene Funkeln wie bei Mum in den Augen.

«Tu es, Schwesterherz», raunt er.

Ich schreie auf und will den Dolch zurückziehen, doch

Vals Hand legt sich über Mums und meine. Sie drücken die Klinge immer tiefer in seine Brust. Mehr und mehr Blut fließt, und blendende Panik mach sich in mir breit. Ich will zurückweichen, doch Dad umfasst meine Schultern, hält mich an Ort und Stelle, zwingt mich, Val zu töten.

«Hört auf!», schreie ich heiser, doch sie ignorieren mich. Valerians Blick wird glasig. Langsam schließt er die Augen. «Nein! Was soll das? Mum! Mum, hör auf! Das ist Val!»

«Du hättest ihn ohnehin verraten», zischt sie an meinem Ohr. «Opfer müssen gebracht werden.» Mit einem letzten Ruck rammt sie den Dolch bis zum Ansatz in Vals Brust.

Ich schreie auf. Sein Blut fließt in Strömen über meine Finger, und gleichzeitig wandelt sich sein Gesicht. Seine Haare und Brauen werden dunkler. Locken kräuseln sich über seine Stirn. Aus Mums schwerem Parfum wird der Duft von Wald und Kaminfeuer, und als er nun die Augen öffnet, sind sie grün und nicht mehr blau.

Benedict starrt mich an, und der nächste Schrei bleibt mir im Hals stecken. Ich lasse den Dolch los, meine Familie mit einem Mal verschwunden. Da ist nur noch Benedict – leblos vor mir am Boden, sein Körper kalt, sein Blick starr, Blut überall.

Tot. Er ist tot. *Ich* habe ihn getötet.

*«Nein. Nein, nein, nein, nein! Ben! Bleib bei mir! Benedict, bitte …»* Er darf mich nicht verlassen, nicht schon wieder.

«Du hättest ihn ohnehin verraten», ertönt wieder die Stimme meiner Mutter, und ich weiß nicht mehr, von wem sie spricht, von Benedict oder Valerian. Ich weiß nicht, wessen Blut an meinen Händen klebt. Wessen Verlust mir gerade mehr die Brust zerquetscht. «Opfer müssen gebracht werden, Florence. Das hättest du von Anfang an wissen müssen.»

«Bitte nicht», stoße ich aus. Ich will Benedicts Gesicht mit meinen Händen umfassen, doch seine Wangen lösen sich unter meinen Fingern auf. Schwärze hüllt mich ein. Statt seiner warmen Haut spüre ich nur kühle weiche Seide.

Er darf nicht fort sein. Er darf nicht ...

«Florence.»

Ich schluchze auf. Es ist seine Stimme, die die plötzliche Stille durchdringt, doch sie ist eisig. Hart. Das Gewicht auf meiner Brust wird noch schwerer. Panik umspinnt mich mit unzerreißbaren Fäden, lässt mich an meiner Schuld ersticken. Ich habe das getan. Ihn getötet. Val verraten. Meine Eltern enttäuscht, unserem Ziel entsagt. Dieses Blut klebt zu Recht an meinen Händen.

«Florence. Wach auf, verdammt!» Benedicts Stimme ist nun näher. Jemand legt mir eine warme Hand auf die Schulter und rüttelt mich leicht. «Mach die Augen auf.»

Ich schnappe erschrocken nach Luft und blinzle irritiert. Licht blendet mich. Erst nach und nach erkenne ich Benedict, der sich über mich gebeugt hat, und nehme die weiche Matratze unter meinem Körper wahr. Ich hebe meine Hände vor mein Gesicht und atme erleichtert aus. Kein Blut.

Nur ein Albtraum. Schon wieder.

Aber Benedict ist wirklich hier, steht neben mir am Bett. *Lebendig.*

«Was ist?», bringe ich heraus und reibe mir über das Gesicht. Meine Wangen sind feucht, mein Puls rast, und ich verspüre das dringende Bedürfnis, mir die Decke über den Kopf zu ziehen. Doch etwas an der Situation irritiert mich und lenkt meine Aufmerksamkeit weg von der Erinnerung an den Traum. Die Vorhänge sind zugezogen. Dahinter scheint es dunkel zu sein. Und ein Blick auf den Wecker verrät mir, dass es kurz vor halb eins ist. Warum weckt Benedict mich mitten in der Nacht? Wohl kaum wegen des Traums.

Benedict richtet sich auf. Er trägt seine Schlafsachen, seine Haare sind zerzaust. Doch sein Blick wirkt nicht müde, sondern hart. Aus dem Wohnzimmer höre ich, wie die Tür zur Suite geöffnet wird. Aufgeregte Stimmen dringen zu uns ins Schlafzimmer. «Steh auf», fordert Benedict leise. «Deine Eltern wollen reden.»

Sofort bin ich hellwach. «Jetzt?», frage ich verwirrt und schlage die Decke zurück.

Er ignoriert die Frage einfach und verlässt ohne ein weiteres Wort das Zimmer. Ich schlüpfe in meinen Morgenmantel, wische mir noch einmal über das Gesicht und husche ihm nach.

Die anderen haben sich im Arbeitszimmer versammelt. Vier Männer in einer Mischung aus Schlafkleidung und Uniform bauen soeben Laptops und ein Telefon auf Benedicts Schreibtisch auf. Eris steht mit grimmigem Gesichtsausdruck dahinter. Sie ist die Einzige im Raum, die nicht aussieht, als käme sie direkt aus dem Bett. Ihre kurzen dunklen Haare sind ordentlich, ihre Uniform ist makellos, und ihr wachsamer Blick scannt mich, kaum, dass ich eintrete.

«Du weißt noch, was ich dir heute Nachmittag gesagt habe?», begrüßt sie mich.

Ich nicke nur.

Nach der Pressekonferenz hat Eris mir Regeln für ein mögliches Gespräch mit meinen Eltern eingebläut. Ich darf keine vertraulichen Informationen an sie weitergeben. Weder über die Zustände im Schloss noch meinen Deal mit Benedict. Und vor allem: keine Versprechungen machen.

Egal was sie fordern. Ich soll als ihre Tochter an die Vernunft meiner Eltern appellieren. Im Grunde genau das, was Lyra und ich bereits vorhatten und was ich mit dem Brief bereits versucht habe. Die Chance, dass das etwas bringt, ist also verschwindend gering, aber ich werde dennoch alles geben. Sonst ...

Ich habe keine Ahnung, was sonst passiert. Aber ich will es nicht herausfinden. Nicht, wenn ausgerechnet Lyra diejenige ist, die den Preis dafür bezahlen muss.

Eris wirkt skeptisch, fragt aber nicht weiter nach. «Wir sind hier und hören mit», lässt sie mich wissen. «Notfalls können wir eingreifen oder dir Zeichen geben. Versuch, das Gespräch möglichst lang zu halten. Das ist wichtig. Frag außerdem nach Lyra und nach einem Beweis, dass es ihr gut geht. Und denk daran, auf wessen Seite du stehst, Florence.»

Sie lässt den letzten Satz so mühelos wie eine Drohung klingen, dass sich mir die Nackenhaare aufstellen. Noch vor wenigen Stunden hat Eris öffentlich meine Unschuld bekannt gegeben, und doch würde sie sicher keine Sekunde zögern, mich zurück in den Tower zu sperren, sollte ich mich ihren Anweisungen widersetzen. Gut, dass wir die gleichen Ziele verfolgen und ich nicht vorhabe, sie zu hintergehen. Das müsste sie mir nur glauben.

«Verstanden», sage ich mit heiserer Stimme, auch wenn ich Angst habe, in diesem Gespräch zu versagen. Mein Kopf ist zu voll mit kreisenden Sorgen. Um Lyra, Benedict, meine Familie und das ganze verdammte Land.

Einer der Männer trägt mir den roten Samtsessel an den Tisch, auf dem ich früher oft gelesen habe, während Benedict gearbeitet hat. Zögerlich lasse ich mich darauf nieder und starre das Telefon vor mir an. Es ist ein hochwertiges, modernes Gerät mit viel zu vielen Knöpfen. Aber vermutlich muss ich dennoch nichts weiter tun, als den Hörer abzuheben.

«Sie müssten jede Minute anrufen», erklärt Eris. «Die Nachricht mit dem Zeitpunkt kam eben erst. Sie wollen uns möglichst unvorbereitet erwischen. Aber sie erwarten Benedict, nicht dich. Das ist unser Trumpf. Versuch, ihn zu nutzen.»

*Wie?*, will ich gerade fragen, doch da klingelt es bereits. Ich erstarre und schaue panisch auf. Meine Hände sind mit einem Mal schwitzig. Meine Kehle ist staubtrocken. «Ähm», bringe ich hervor.

Ich bleibe an Benedicts grünen Augen hängen, und obwohl sein Blick voller Abneigung ist, gibt er mir ein wenig Halt. «Geh ran», fordert er rau und tritt direkt neben meinen Sessel. Er ist sichtbar angespannt, seine Hände sind zu Fäusten geballt. Sämtliche Anwesenden scheinen sich ebenfalls zu versteifen, doch sie konzentrieren sich auf die Bildschirme vor sich, die ich von hier aus nicht sehen kann.

Mir bleibt keine Zeit, mich zu fragen, was dort so interessant ist. Stattdessen atme ich tief durch und nehme den Hörer ab. «Hallo?», krächze ich und lausche auf die Stille am anderen Ende. Benedict drückt einen Knopf am Gerät. Es raschelt. Dann tönt eine Männerstimme aus dem Lautsprecher durch das Zimmer.

«Florence.»

«Dad …» Ein Zittern ergreift von mir Besitz, und mein Kopf ist mit einem Mal wie leer gefegt. Ich weiß nicht mehr, was ich empfinden, geschweige denn sagen soll. Seine Stimme löst ein merkwürdiges Gefühl von Nachhausekommen in mir aus, gemischt mit Angst, Wut und Trauer. Die Erinnerung an den Albtraum legt sich wie ein Schatten über das Bild, das ich von meinen Eltern hatte, verzerrt es noch weiter. Über ein halbes Jahr habe ich die Stimme meines Vaters nicht gehört. Und ausgerechnet unter diesen Umständen finden wir nun wieder zusammen.

Oder auch nicht.

Dad klingt überrascht, jedoch nicht unbedingt auf eine positive Weise. Selbst in den winzigen zwei Silben meines Namens waren ihm seine Vorbehalte anzuhören.

Benedict drückt meine Schulter. Eine stille Aufforderung, etwas zu sagen. Aber was denn? Ich habe versucht, mir Worte zurechtzulegen, doch nichts davon erscheint mir jetzt noch richtig. Diese Situation ist so surreal. *Hallo, ihr habt meine beste Freundin entführt, könntet ihr sie bitte freilassen? Außerdem sorgt ihr gerade für einen Bürgerkrieg, also wenn ihr euch ein bisschen zurückhalten könntet …*

«Wie geht es euch?», höre ich mich sagen. Für Benedict und Eris ist das vermutlich die sinnloseste Frage, die ich hätte stellen können. Aber … ich möchte die Antwort wissen.

Mein Vater schnauft leise, und in diesem kleinen Laut schimmert etwas von seiner vertrauten Sanftheit durch.

Sofort fühle ich mich zuversichtlicher. Ich war immer *sein Mädchen*. Daran kann all das hier nichts ändern. Oder?

«Das sollte ich dich fragen, meinst du nicht?», erwidert er ruhig. Keine Spur mehr von seinem sanften Ton. «Wir haben monatelang in Angst gelebt, was man unserer Tochter antun könnte. Aber inzwischen bin ich mir ehrlich gesagt nicht mehr sicher, wie viel von ihr überhaupt noch in dir steckt.»

Ich ziehe scharf die Luft ein. Atme gegen den Stich an, den seine Worte mir versetzen. Aber ich bleibe ruhig. Bemühe mich um Sachlichkeit, auch wenn ich meinen Vater schon jetzt am liebsten anschreien würde. «Höre ich auf, eure Tochter zu sein, nur weil sich meine Ansichten geändert haben?»

«Nicht unbedingt», erwidert er. «Aber es gibt Grenzen. Unsere Tochter würde uns nicht verraten, Florence. Sie würde nicht hinter unserem Rücken eigene Pläne schmieden und unsere dafür gefährden.»

«Es ist kein Verrat!», entfährt es mir. «Ich habe versucht, mit Val – mit *euch* – eine Lösung zu finden! Das alles wäre nie so schiefgelaufen, hätte er sich nicht geweigert, mir zuzuhören! Was ihr tut, ist falsch! Und ich mache genau das, was ihr mir beigebracht habt, Dad! Ich kämpfe für die Menschen dieses Landes!»

Mein Vater atmet hörbar aus. Im Hintergrund ist ein seltsames Rauschen zu hören, abgesehen davon ist es still. Trotzdem bin ich mir sicher, dass meine Mutter auch da ist und zuhört. Sie war schon immer diejenige, die die Fäden in der Hand hielt. Der Kopf der Organisation, die Planerin. Val kommt ganz nach ihr.

Ich dachte, Dad und ich wären der Gegenpol dazu. Diejenigen, die die Pläne ausführen. Aber es wird immer klarer, dass ich die Einzige bin, die diese Pläne nicht in ihrer Gänze kannte. Sie haben sich zu dritt gegen mich verschworen, und ich war so naiv, es zu ignorieren.

«Lassen wir das, Florence», beschließt er kurzerhand. Er kehrt meine Worte einfach unter den Tisch, als würden sie ihn kein bisschen interessieren. «Gib mich an deinen Liebhaber weiter. Ich weiß, dass er zuhört.»

Benedict streckt bereits die Hand nach dem Hörer aus, doch ich wehre ihn ab. Zwar sind wir auf Freisprecher und er könnte einfach so reden, aber die Tatsache, dass ich dieses Stück Plastik in der Hand habe, gibt mir zumindest das

Gefühl, als hätte ich die Kontrolle. Und ich will sie nicht abgeben. Nicht mit der sengenden Wut, die sich in meinem Bauch ausbreitet.

«Nein, *ich* spreche jetzt mit euch!», fahre ich meinen Vater an und ignoriere Benedicts warnenden Blick. «Kommt ihr mir nicht mit *Pläne hinter dem Rücken schmieden*! Ihr wart es doch, die mich von Anfang an nur in das Nötigste eingeweiht haben, damit ich auch ja nicht die Chance habe, mir eine Meinung zu bilden! Tja, jetzt habe ich aber trotzdem eine! Und würdet ihr mir nur fünf Minuten zuhören, würdet ihr vielleicht merken, dass ihr gerade alles ruiniert! Ihr habt meine Nachricht doch bekommen! Die, die Lyra euch gebracht hat!»

«Ja, haben wir. Und sie zeigt nur allzu deutlich, dass wir dir nicht mehr vertrauen können.»

«Weil ich rational denke, im Gegensatz zu euch?»

«Ich bezweifle, dass da noch irgendein vernünftiger Gedanke in deinem Kopf ist. Ich weiß nicht, was dieser Mann mit dir gemacht hat, aber dein Bruder hat uns schon nach seinem ersten Besuch gewarnt, dass es Probleme geben könnte.»

Mein Blut kocht. Was *er* mit mir gemacht hat? Als wäre ich nicht in der Lage, selbst zu denken?

«Das einzige Problem ist, dass ihr mir nicht zuhört!», widerspreche ich weiter. «Ihr gefährdet sämtliche Menschen in dieser Stadt!»

«Es gibt immer einen Preis für Freiheit», sagt er ruhig.

«Aber ... doch nicht so!» Was soll denn das heißen? Dass er bereit ist, Unbeteiligte zu opfern?

«Wir machen die Regeln nicht», behauptet er steif. «Dein König macht sie.»

«Benedict versucht, die Leute zu schützen! Und ihr habt

trotz allem eine Wahl, wie ihr auf die Umstände reagiert! Du kannst nicht einfach jegliche Verantwortung von dir weisen!»

«Florence, du verschwendest deine Zeit. Und meine.»

Ungläubig schüttle ich den Kopf. Wie kann er so etwas sagen? «Also tut ihr meine Meinung einfach ab, als wäre sie bedeutungslos? Als wäre *ich* bedeutungslos? Ist es das, was ihr unter *Familie* versteht?»

«Opfer müssen gebracht werden, wie ich schon sagte. Wir wussten von Anfang an, dass wir dich verlieren könnten. Wir dachten nur, es würde auf eine weniger enttäuschende Art und Weise geschehen.»

Tränen steigen mir in die Augen. Ich blinzle gegen sie an und suche vergeblich nach Worten. Es muss doch eine Möglichkeit geben, sie zur Einsicht zu bringen! Sie haben mir mal vertraut, verdammt. Obwohl ... wenn ich daran denke, was Val zu mir gesagt hat, hat dieses Vertrauen vielleicht nie existiert. Ich war nie mehr als ein Mittel zum Zweck.

*Opfer müssen gebracht werden.*

Ich sehe wieder Benedicts lebloses Gesicht vor mir. Spüre Vals Blut an meinen Händen. Es war nicht nur ein Traum. Es war die Art meines Unterbewusstseins, mir zu sagen, dass meine Eltern vor nichts zurückschrecken. Dass ihre Ziele keine Grenzen kennen, weder moralische noch persönliche. Und ich sollte endlich lernen, das zu akzeptieren.

Hilfe suchend wende ich mich Eris zu, doch sie scheint mich gar nicht zu beachten. Ihre Aufmerksamkeit liegt auf den Bildschirmen, und einer der Männer tippt immer wieder hastig auf der Tastatur. Was machen sie da eigentlich? Sie werden wohl kaum mitschreiben, erst recht nicht, wenn ich gerade gar nichts sage. Was meinte Eris zu mir? Ich soll das Gespräch möglichst lang hinauszögern ...

Benedict drückt wieder meine Schulter. Ich schaue zu ihm hoch, treffe seinen misstrauischen Blick. Und endlich dämmert mir, was hier passiert. Sie versuchen, den Anruf zurückzuverfolgen, vermutlich um meine Eltern zu orten. Und wenn sie das erst geschafft haben …

Benedict zieht die Brauen zusammen, und für den Bruchteil einer Sekunde flackert Angst in seinen Augen auf. Er hat mich durchschaut. Er weiß, dass ich verstanden habe, was sie da machen.

Jede Sekunde, die ich länger mit meinem Vater rede, bringe ich meine Eltern mehr in Gefahr. Ich könnte dafür sorgen, dass er auflegt, um sie zu schützen, aber …

Es wäre die falsche Entscheidung.

«Wo ist Lyra?», wechsle ich das Thema.

«Ihr geht es gut», weicht er aus. «Noch. Solange dein König unseren Forderungen nachkommt.»

Ich lasse mir Zeit mit der Antwort, wenngleich sich dabei alles in mir schmerzhaft verkrampft. «Und was für Forderungen sind das?»

«Er hat einen Monat Zeit, um ein Gesetz zu erlassen, das die Menschen von ihrer Blutgabepflicht befreit. Außerdem fordern wir eine sofortige Gleichstellung vor dem Gesetz.»

Ich blinzle überrascht. «Euch ist doch klar, dass das so nicht funktioniert», erwidere ich. «Der Inner District braucht unser Blut zum Überleben. Und binnen eines Monats …»

«Das ist nicht unser Problem. Wenn er seine Schwester wiedersehen will, macht er es möglich. Ein Vögelchen hat mir gezwitschert, dass dem König sehr viel an ihr liegt.»

Ich erstarre, und ein kalter Schauder läuft mir über den Rücken. Benedicts Hand auf meiner Schulter verkrampft sich merklich.

Es ist meine Schuld, dass sie diese Information haben.

Ich habe es Val gesagt, bevor ich wusste, was ich da anrichte.

«Und wenn Benedict diese Forderungen erfüllt, lasst ihr Lyra dann frei?», will ich wissen. «Seid ihr dann zufrieden?»

«Nein», erwidert er unberührt. «Wenn er sie erfüllt, können wir anfangen, zu verhandeln.»

Natürlich. Ich hätte wissen müssen, dass sie sich nicht mit solchen Kleinigkeiten wie einer Gleichstellung zufriedengeben. Meine Eltern sind erst glücklich, wenn die Krone in Menschenhänden liegt. Vorzugsweise wohl in ihren eigenen.

«Ihr schürt einen Bürgerkrieg», versuche ich es anders. «Die Vampirrebellion hetzt bereits gegen Menschen, sie werden auf offener Straße ermordet. Ihr befeuert den Hass nur noch!»

«Hörst du eigentlich, was du da sagst, Florence? Du gibst nicht ernsthaft uns die Schuld dafür, dass diese Monster töten, wie es ihnen gefällt?»

«Ich meine doch nur …»

«Wir haben genug von deiner *Meinung* gehört», unterbricht er mich scharf. «Richte unsere Bedingungen aus. Wir sind hier fertig.»

Wieder schaue ich zu Eris. Die Frustration auf ihrem Gesicht ist nicht zu übersehen. Sie haben noch nicht bekommen, was sie wollten. Ich ebenso wenig. Dieses Gespräch macht alles nur schlimmer statt besser, und so kann ich das nicht stehen lassen.

«Warte!», entkommt es mir, bevor mein Vater auflegen kann. «Ich will mit Lyra reden. Ich will einen Beweis, dass es ihr gut geht.»

«Ich fürchte, du wirst dich auf unser Wort verlassen müssen.»

Panik steigt in mir auf, verknotet meine Eingeweide und sorgt dafür, dass ich immer schlechter Luft bekomme. «Dann gib mir Mum.»

«Sie möchte gerade nicht mit dir sprechen.»

«Warum?», bringe ich hervor.

«Ihre Enttäuschung ist zu groß.»

«Dad ...» Meine Stimme ist nur noch ein Flüstern.

«Leb wohl, Florence.»

«Ihr macht einen Fehler.» Benedicts Stimme dicht neben mir lässt mich zusammenzucken. Er hat sich zu mir heruntergebeugt, um zu sprechen, und sein Duft steigt mir in die Nase.

Einen Moment lang ist es still am anderen Ende der Leitung. «Nein», sagt mein Vater dann mit eisiger Stimme. «Unser einziger Fehler war es, unserer Tochter zu vertrauen.»

Mit diesen Worten legt er auf.

Benedict nimmt mir den Hörer aus der Hand und knallt ihn wütend zurück auf das Telefon. «Habt ihr sie?», will er an Eris gewandt wissen. Unverkennbare Panik schwingt in seiner Stimme mit.

Seine Rechte Hand schüttelt den Kopf. «Wir konnten das Gespräch bis zu einer Brücke in West Drayton zurückverfolgen. Eine Einheit ist bereits auf dem Weg dorthin, aber ich vermute, entweder haben sie uns mit dem Standort an der Nase herumgeführt, oder er ist längst weg, wenn sie dort ankommen.»

Benedict sieht aus, als würde er am liebsten etwas zertrümmern. «Geht», knurrt er, und sofort räumen die Männer hektisch die Technik ein. Nicht einmal Eris widerspricht. Sie legt ihm lediglich im Vorbeigehen kurz ihre Hand auf den Arm, murmelt ihm etwas zu und folgt anschließend ihren Leuten aus der Suite.

«Du auch», fährt Benedict mich an, kaum dass die Tür hinter ihnen zugefallen ist.

Ich schlucke und stehe aus dem Sessel auf, rühre mich aber nicht von der Stelle. «Es tut mir leid», sage ich ehrlich. Keine Ahnung, wofür genau ich mich entschuldige. Für meine Eltern. Für mein Versagen, auch wenn ich es wirklich versucht habe. Für seinen Schmerz. Für Lyras Angst. Für ... einfach für alles.

«Ach ja?» Er schnaubt. «Du hattest *eine* Aufgabe, Florence. Nur diese eine!»

Seine Anschuldigung trifft mich unerwartet. Er hat eben dabei zugehört, wie ich meiner Familie die Stirn geboten habe. Wie ich sie aktiv hintergangen habe, um meinen Vater länger am Telefon zu halten, damit sie ihn orten können. Und dennoch verurteilt er mich? «Was hätte ich denn machen sollen?», frage ich gereizt.

«Sie zurückbringen!», ruft Benedict wutentbrannt und macht einen energischen Schritt auf mich zu. «Du bist schließlich der Grund dafür, dass sie überhaupt erst entführt wurde! Verdammt, du bist der Grund für all meine Probleme, Florence!»

## BENEDICT

Florence zuckt zusammen, als hätte ich sie geschlagen. Dabei ist es nur die beschissene Wahrheit, die ich ihr entgegenschleudere. Lediglich die Konsequenzen ihres Handelns. Und sie hat kein verdammtes Recht dazu, derart getroffen auszusehen.

Das Gespräch mit ihrem Vater klingt noch in meinem Kopf nach, doch ich kann keinen einzigen klaren Gedanken fassen. War es echt? Oder war es Teil ihres Plans? Die Antwort interessiert mich gerade nicht mal. Meine Verzweiflung hat jede Zelle meines Körpers in Besitz genommen, und ich habe das Gefühl, als müsste ich an ihr ersticken, wenn ich meine Gefühle nicht herauslasse. Da ist zu viel Sorge um Lyra. Zu viel Angst vor meinem eigenen Versagen. Da ist Wut auf die ganze Welt, aber insbesondere auf Florence.

Sie reckt das Kinn, in ihrem Blick ein Anflug von Entschlossenheit. Die Geste wirkt zugleich unsicher und besorgniserregend. Was auch immer ihre Pläne sind, sie ist noch nicht fertig mit ihnen. Mit *mir*. Sie wird weiter versuchen, ihre Ziele durchzusetzen. Und das sollte mir vielleicht mehr Angst machen als alles andere, denn ich habe bereits am eigenen Leib erfahren, zu was diese Frau fähig ist. Allmählich habe ich das Gefühl, als wäre ich ihr nicht gewachsen.

«Ich wollte das alles nicht», sagt sie mit zittriger Stimme, und sofort will sich meine Wut in Mitleid wandeln. Wie so oft regt sich dieser nutzlose Teil in mir, der ihr glauben will. Der Florence ihre Lügen gierig von den Lippen leckt und sich von ihren braunen Augen ins Verderben locken lässt. Wenn ich könnte, würde ich ihn ebenso wegsperren, wie ich es mit ihr getan habe. Doch wie auch ihr kann ich ihm nicht entkommen. «Bitte glaub mir das doch wenigstens», fleht sie, und ich spüre die Mauern meiner Selbstbeherrschung immer weiter bröckeln.

*Glaub mir das doch wenigstens.*

Als wäre es nichts. Als wäre es *einfach*. Als hätte sie das verdient.

«Wie soll ich dir glauben, wenn du eine so verdammt gute Lügnerin bist?», donnere ich. Meine Gefühle entladen sich über ihr wie ein Gewitter. Keine Zurückhaltung mehr.

Nur noch diese giftige Verzweiflung, die mich näher zu ihr zieht. Schon wieder mache ich einen Schritt auf Florence zu, unfähig, meinen Körper in Schach zu halten, doch sie besitzt nicht einmal den Anstand, vor mir zurückzuweichen. Wir stehen direkt voreinander. Trotzig erwidert sie meinen Blick, und meine innere Zerrissenheit bringt mich langsam, aber sicher um.

Ich will sie schütteln.

Ich will sie in meine Arme ziehen.

Ich will sie beißen, sie küssen, sie ficken, ihr Stöhnen hören, ihr Lachen. Ich will alles, und ich will, dass es *aufhört.*

«Sag es mir, Florence!», knurre ich. Ich höre ein Flehen aus meiner eigenen Stimme heraus, und erst jetzt realisiere ich, dass es *das* ist, was ich wirklich will.

Ich will, dass sie mir einen Grund gibt, ihr wieder zu vertrauen. Ich will, dass sie die Zweifel, die bei dem Telefonat eben in mir aufkamen, nährt und aus den Rissen, die sie damit in meinen Überzeugungen hinterlassen hat, Schluchten macht. Ich will, dass Florence mir beweist, dass ich falschliege, verdammt. Nur leider glaubt der rationale Teil von mir nach wie vor, dass das unmöglich ist. Und ich war noch nie bekannt dafür, auf mein Herz zu hören, also werde ich jetzt sicher nicht damit anfangen. «Wie soll ich dir irgendetwas glauben, wenn du mir ein halbes Jahr lang etwas vorgespielt hast?», grolle ich dennoch.

Florence hält meinem Blick stand, in ihren Augen ebenso viel Verzweiflung wie in meinen. «Nichts davon war gespielt», stößt sie aus. «Ich wollte, dass es nur eine Rolle ist, aber es war immer mehr als das. Und seit der Sonnenwendfeier habe ich dich nicht ein einziges Mal angelogen. Es war alles die verdammte Wahrheit, Benedict.»

Sie legt ihre Hand auf meinen Unterarm, und ich starre sie an, einen Moment lang unfähig, ihre Worte zu verarbeiten. Dann schüttle ich entschieden den Kopf und trete von ihr weg. «Ich kann dir nicht mehr vertrauen.»

Florence atmet hörbar aus. «Sagt der Mann, der meinen Bruder gefoltert und mir mit dem Tod gedroht hat! Ich vertraue dir auch nicht mehr, Benedict. Zumindest nicht im Moment. Aber ich weiß, dass ich es wieder könnte. Wir haben beide Seiten voneinander kennengelernt, die besser im Verborgenen geblieben wären. Für die wir uns schämen. Das heißt nicht, dass unsere Fehler für immer zwischen uns stehen müssen!»

«Ich schäme mich nicht», lüge ich. «Ich würde es wieder tun, wenn ich es müsste.»

«Das stimmt nicht.»

«Natürlich stimmt es!», fahre ich sie an.

«Nein, tut es nicht! Weil ich dich kenne!» Florence fasst in mein Hemd, und mit einem Mal liegt ihre eigene Verzweiflung vor mir offen wie eine blutende Wunde. «Das würdest du nicht tun. Das bist alles überhaupt nicht du!»

«Fordere mich nicht heraus!» Ich greife nach ihrem Handgelenk, doch Florence kommt mir zuvor und stößt mich hart vor die Brust.

«Ich fordere dich nicht heraus, Benedict!», widerspricht sie aufgebracht. «Aber das im Tower warst nicht du! Ich weigere mich, das zu glauben, hörst du? Für so einen Mann habe ich nicht meine Familie verraten! Für so einen Mann habe ich nicht alles aufgegeben, woran ich mein ganzes Leben lang geglaubt habe! Ich habe meine verdammte Seele für dich in Fetzen gerissen, und ich weigere mich zu akzeptieren, dass ich mich in ein Monster verliebt habe!»

«Als hättest du das nicht von Anfang an in mir gesehen!», donnere ich, während mir ihre Worte noch wie ein Blitzschlag durch den Körper fahren. *Verliebt.* In ein *Monster.*

«Habe ich, ja!» Florence schreit beinahe und stößt mir erneut wütend vor die Brust. Ich federe es mühelos ab und ertappe mich dabei, wie ich ihr näher komme, statt vor ihr zurückzuweichen, sie zwischen mir und dem Schreibtisch einkeile. «Ich tat es vielleicht drei Wochen lang, bevor ich realisiert habe, dass in dir kein Funken Schlechtes steckt!», fährt sie atemlos fort und stößt mich wieder, doch diesmal weiche ich kein Stück zurück. Ihre Finger graben sich in mein Hemd, lassen nicht mehr los. «Und jetzt setzt du alles daran, mich vom Gegenteil zu überzeugen! Als würde es unsere Situation besser machen, wenn nicht ich allein die Böse bin!»

Noch einmal versucht sie, mich zu stoßen. Ich fange ihre Hände ab und halte sie so grob fest, dass Florence überrascht die Augen weitet. Mir entgeht die Verunsicherung nicht, die dabei durch ihren Blick huscht. Der leise Zweifel. Dieses winzige Körnchen Angst. Angst vor *mir.* Weil ich längst zu weit gegangen bin. Weil das Monster längst Realität ist.

«Ich tue das nicht für dich!», stelle ich klar, meine Stimme eine einzige Drohung. Ich kann nicht mehr verhindern, dass ich beinahe brülle. Es muss raus. Alles. Entweder das, oder ich beende diese Diskussion, indem ich sie zum Stöhnen bringe. «Ich tue das *wegen* dir! Weil du mir keine andere Wahl gelassen hast. Weil du mein Vertrauen erst erkämpft und dann in Stücke gerissen hast, verstehst du das!? Es ist mir scheißegal, was du von mir hältst! Es ist mir egal, wie viel du wirklich mit dem Mordanschlag zu tun hattest. Es ist irrelevant, Florence, weil ich nie wieder auch nur ein einziges Wort von dem glauben kann, was du sagst!»

«Ach ja?», schreit Florence zurück. «Weißt du was, Benedict? Ich hasse dich! Ich habe gelogen! Nichts von alledem war echt! Glaubst du mir das?!»

Ein weiterer Blitzschlag. Und dieser trifft mitten in meine Seele. Ich beiße die Zähne zusammen, mein Kopf mittlerweile ebenso verdreht wie mein Herz.

Florence nimmt mein Schweigen als Bestätigung. Mit einem resignierten Schnauben schüttelt sie den Kopf. «Tja!», stößt sie aus und blinzelt eine Träne weg. Sie entreißt mir ihre Hände. «Ich schätze, es kommt nicht darauf an, was ich sage. Sondern nur darauf, ob es das ist, was du glauben willst. Vielleicht solltest du aufhören, mir Fragen zu stellen, deren Antworten du ohnehin nicht hören willst.» Sie stößt mich mit der Schulter, um sich an mir vorbeizudrängen, und stürmt aus dem Zimmer. Ich erwarte, dass sie die Tür mit einem Knallen zuwirft. Doch sie fällt geradezu zaghaft ins Schloss und hinterlässt eine unbefriedigende Leere in meiner Brust.

Ich schlucke gegen meine trockene Kehle an, atme tief durch und versuche meinen rasenden Puls zu beruhigen. Ich muss Florence' Duft aus meinem Kopf bekommen, ihre Nähe, ihre Worte. Ihre Geständnisse ...

Scheiße, ich bin fertig.

Was passiert hier? In diesem Moment weiß ich nicht mehr, wem ich weniger vertraue – ihr oder mir selbst. Dieser Streit eben ...

Ist es wirklich möglich, dass sie derart gut schauspielert? Dazu das Telefonat mit ihrem Vater ...

Der Moment, in dem Florence erkannt hat, dass wir den Anruf zurückverfolgen, war ihr deutlich am Gesicht abzulesen. Kurz war da Schock. Dann Unsicherheit. Und anschließend nichts als Entschlossenheit.

Sie hat versucht, das Gespräch am Laufen zu halten. Wieso? Nur um mein Vertrauen zu gewinnen? Aber zu welchem Preis?

Sie hat damit effektiv die Sicherheit ihrer Familie gefährdet. Und die Tatsache, dass die Familie Hawthorne außerhalb unserer Reichweite ist, ist zugleich der Hauptgrund dafür, dass Florence im Moment sicher ist. Es ergibt rein strategisch keinen Sinn für sie, dieses Risiko einzugehen. Außer natürlich, sie wusste, dass wir erfolglos sein würden, und ihre Reaktion war nur gespielt. Ebenso wie der Streit mit ihrem Vater. Es *muss* Teil des Plans sein. Die ganze Geschichte war abgesprochen, von Anfang an. Deshalb bestätigen sich auch Florence' Lügen von allen Seiten. Was jedoch eine Frage offenlässt, die ich mir einfach nicht beantworten kann. Eine, die sie selbst in meinen Kopf gepflanzt hat, als hätte sie gewusst, dass ich daran zerbrechen würde …

Warum hat sie mich nicht getötet, als sie die Chance dazu hatte? Es hätte ihr so viele Probleme erspart. Hat sie sich einfach nicht getraut?

*Ich hasse dich. Ich habe gelogen. Nichts davon war echt. Glaubst du mir das?*

Nein, verdammt. Ich kann und will auch das nicht glauben. Doch das bedeutet nicht, dass ich ihren anderen Aussagen deshalb mehr Wahrheitsgehalt zuspreche. Ich bin einfach …

Überfordert.

Schwer atmend lasse ich mich auf den roten Samtsessel sinken und vergrabe das Gesicht in den Händen.

Sie wirft mir vor, sich in ein Monster verliebt zu haben. Dabei könnte ich dasselbe sagen. Ich habe mich in eine Mörderin verliebt, die sich hinter zarten Blicken und warmen Worten versteckt hat. Ich dachte, Florence wäre all das, was ich mich mein Leben lang nicht suchen getraut habe. Verdammt, diese Frau hat mich derart erfüllt …

Ich hätte ihr *alles* gegeben, um sie bei mir zu behalten. Auch wenn ich es nie ausgesprochen oder mir eingestanden habe, wusste ich doch längst, was ich will. Ich war bereit, diese Frau zu meiner Königin zu machen, sofern sie es gewollt hätte. Aber dazu kam es nicht. Ich habe Florence nicht alles gegeben – sie hat mir alles genommen. Und ganz egal, was die Zukunft bringt – diese Tatsache werde ich niemals vergessen.

Schwerfällig raffe ich mich auf und durchquere mit widerwilligen Schritten die Suite, bis ich vor der geschlossenen Schlafzimmertür stehe. Kein Laut dringt von innen zu mir heraus. Kein Schluchzen. Nicht mal das Rascheln der Bettwäsche. Aber das Wissen, dass Florence dort drin ist, ebenso aufgewühlt wie ich, bringt mich fast dazu, den Türknauf zu drehen. Einzig die Tatsache, dass ich nichts mehr zu sagen habe, hält mich davon ab. Denn wenn ich nicht rede, wird sie es tun. Und ich will ihre Entschuldigungen nicht mehr hören.

Sie hat recht.

Ich sollte aufhören, ihr Fragen zu stellen.

Entschlossen greife ich nach dem Schlüssel und sperre die Tür leise ab. Das Klicken ist das einzige Geräusch, das die Stille der Suite durchbricht.

Einen Augenblick lang verharre ich noch an Ort und Stelle, warte auf irgendeine Reaktion. Und als diese ausbleibt, wende ich mich endgültig ab.

KAPITEL ACHT

# IN FLAMES

# FLORENCE

Am nächsten Morgen drücke ich mich vor dem Frühstück mit Benedict. Ich habe die Nacht über kaum ein Auge zugetan und bin schon wach, als er bei Tagesanbruch das Schlafzimmer durchquert. Er sagt kein Wort, schaut mich nicht einmal an. Doch darüber bin ich ehrlich gesagt froh. Allein die Erinnerung an seinen sengenden Blick gestern Nacht bringt meinen Puls zum Rasen.

Ich kann Benedicts Herzschlag noch unter meinen Handflächen spüren, das Spiel seiner Muskeln, den Druck seiner Finger um mein Handgelenk. Der Hass in seinem Blick hat mich zerstört, und gleichzeitig war da diese Anziehung, die mich dazu verleitet hat, ihn zu berühren – und sei es mit Gewalt.

Irgendetwas stimmt mit mir nicht. Ich weiß nicht mehr, ob ich diesen Mann hassen oder lieben soll. Hoffentlich bringt ein bisschen Abstand meinen Kopf unter Kontrolle.

Ich tue die besorgten Nachfragen meiner Bediensteten, die mich noch im Bett vorfinden, mit der Ausrede ab, dass ich schlecht geschlafen habe, und warte darauf, dass in der Suite Ruhe einkehrt. Als wenig später die Tür von Benedicts Arbeitszimmer ins Schloss fällt, kann ich zumindest ein kleines bisschen durchatmen.

Auf Zehenspitzen schleiche ich zum Frühstückstisch, um meinen grummelnden Magen zu beruhigen, und verziehe mich dann schnell wieder ins Bett. Ich muss nachdenken. Einen Ausweg aus diesem Desaster finden. Was mir dabei leider gar nicht hilft, ist die Zeitung, die Benedict auf dem Tisch liegen gelassen hat und die ich aus einem

Impuls heraus mit ins Schlafzimmer nehme. Sie liefert mir einen besorgniserregenden Überblick über die Unruhen der letzten Tage.

Morde, Proteste, Streiks, Brandstiftung. Sowohl unter Menschen als auch unter Vampiren gärt Unzufriedenheit, und die wird teils mit legitimen Mitteln, häufig aber auch gewaltvoll ausgedrückt. Kaum vorzustellen, was passieren würde, wenn Benedict nun ohne Vorwarnung den Forderungen meiner Eltern nachkäme. Natürlich wären diese Änderungen generell richtig. Aber nicht so. Nicht ohne die Blutversorgung der Vampire zu gewährleisten.

Meine Eltern müssen doch ebenso mitbekommen haben, was gerade passiert. Warum wollen sie nicht sehen, dass sie mitverantwortlich für die Situation sind und die Spannungen durch Lyras Entführung nur weiter schüren? Andererseits haben sie mir ein Leben lang eingebläut, die Zeitungen würden nur die Propaganda der Vampire drucken. Vermutlich glauben sie kein Wort von dem, was dort steht, ganz egal, wie wahr es ist. Und zugegeben – zumindest was Lyras Verschwinden angeht, bestanden die Artikel zu neunzig Prozent aus Spekulation.

Ein Klopfen aus Richtung des Wohnzimmers lässt mich innehalten. Offenbar will jemand zu Benedict, doch der reagiert nicht. Ich ignoriere es und will mich bereits dem nächsten Zeitungsbericht widmen, als ich höre, wie die Tür der Suite geöffnet wird. Eris vielleicht? Ich glaube, bei Benedicts momentaner Laune würden sich die wenigsten trauen, ungebeten hereinzukommen.

Ich lausche darauf, ob sich die Person dem Arbeitszimmer nähert, doch entweder bewegt sie sich nicht, oder sie bemüht sich bewusst, kein Geräusch zu machen. Ein mulmiges Gefühl breitet sich in meiner Magengrube aus. Der

*Rote Regen* hat es schon einmal ins Schloss geschafft. Was, wenn …

«Florence?», zischt jemand, und ich zucke zusammen. Erleichterung durchströmt mich. Okay, das ist definitiv kein Attentäter.

«Brie?», frage ich unsicher zurück.

Nun erklingen leise Schritte. Briana steckt ihren Kopf zu mir herein und schaut sich zögerlich im Schlafzimmer um. «Störe ich?», will sie wissen.

«Nein.» Ich lege die Zeitung beiseite und rutsche ein Stück zur Seite, um meiner Freundin Platz zu machen.

Sie schließt die Schlafzimmertür hinter sich und setzt sich zu mir aufs Bett. Ihr Blick fällt auf den aufgeschlagenen Artikel über Lyra, und ihre Miene verfinstert sich. «Ihr habt heute Nacht mit deinen Eltern telefoniert, oder?», will sie sofort wissen. «Mein Vater hat so was angedeutet.»

Ich verziehe das Gesicht. «Ja.»

«Und?»

Missmutig presse ich die Lippen zusammen. Ich glaube, ich darf Briana nichts sagen. Das gäbe sicher Ärger mit Benedict, und davon habe ich wirklich schon genug.

«Komm schon, lass mich nicht hängen!», fleht sie. «Lyra ist meine beste Freundin, Flo. Die Unwissenheit macht mich fertig. Ich verrate auch niemandem ein Wort, ich schwöre es.»

Seufzend knicke ich ein. Wenn es jemand verdient hat, über die Lage informiert zu werden, dann ist es Briana. Ich fasse ihr das Telefonat von gestern in Kurzform zusammen, schaffe es dabei aber kaum, ihr ins Gesicht zu schauen. Es fühlt sich an, als hätte ich versagt. Ich hatte die Chance, meinen Eltern Vernunft einzureden. Und was habe ich stattdessen getan? Mich mit meinem Vater gestritten. Er hat mir mehr als deutlich klargemacht, dass ich sein Vertrauen verloren habe. Zähle ich für ihn überhaupt noch als Teil der Familie? Oder habe ich diesen Status mit meinem angeblichen Verrat verspielt?

Briana schweigt, als ich meine Zusammenfassung beendet habe, und in mir wächst das Bedürfnis, mehr zu sagen. Mich zu erklären. Mich zu entschuldigen.

«Ich weiß nicht, was ich noch tun soll», flüstere ich. Die Verzweiflung drückt mir die Kehle zu. «Niemand vertraut mir mehr. Ich wollte doch nur das Richtige tun. Warum ist das so schwer, Brie? Warum mache ich so verdammt viele Fehler?»

Briana nimmt meine Hand und lehnt sich tröstend an mich. «Man kann eben nicht alles richtig machen. Und deine Situation war nie einfach, Florence. Du warst von Anfang an in einer Zwickmühle, oder nicht? Gab es da überhaupt noch richtig und falsch?»

«Richtig vielleicht nicht», gestehe ich leise. «Aber falsch auf jeden Fall. Ohne meine Fehler wäre Lyra jetzt nicht in Gefahr, Val säße nicht im Tower und ...»

Ich stocke, als mir eine Idee kommt, die neue Hoffnung in mir aufkeimen lässt. Zugegeben, es ist nur ein winziges Samenkorn, und die Wahrscheinlichkeit, dass entweder Val oder Benedict es ohne zu zögern zertreten, ist hoch. Aber es ist eine Chance, um zu helfen. Ich muss es versuchen.

«Florence?», fragt Briana besorgt. «Alles okay?»

Kopfschüttelnd richte ich mich auf und schlage die Decke zurück. «Mir ist grad was eingefallen. Ich muss mit Benedict reden.»

«Jetzt?», fragt sie, einen leicht enttäuschten Unterton in der Stimme.

«Tut mir leid, aber ich will keine Zeit verlieren.» Ich

schlüpfe in meinen Morgenmantel, in Gedanken schon halb bei dem Gespräch, das mir gleich bevorsteht.

Briana nickt. «Hältst du mich auf dem Laufenden?», fragt sie leise und begleitet mich ins Wohnzimmer der Suite. Sie sieht so besorgt aus. Und das spornt mich nur noch weiter an.

«Mache ich», verspreche ich ihr und drücke sie fest zum Abschied. Sie verschwindet auf den Gang. Ich hingegen wende mich der Tür zu Benedicts Arbeitszimmer zu und atme tief durch. Ich fühle mich nicht bereit, ihm unter die Augen treten. Unsere Beziehung zueinander ist viel zu schmerzhaft geworden. Viel zu ehrlich. Und doch glaubt er mir kein Wort.

Was ich gestern alles gesagt habe ...

Es tat so verdammt weh. Am allermeisten die Lügen, die er so bereitwillig akzeptiert hat.

*Nichts davon war echt.*

Er hat mich angesehen, als hätte ich ihm damit endlich das gegeben, was er wollte. Als müsste er sich nun nicht mehr fragen, ob ich wirklich die Verräterin bin, für die er mich hält, weil ich ihm endlich alles gestanden habe.

Zur Hölle mit ihm. Dann ist es eben so. Er will mir nicht glauben, und ich werde aufhören, mich ihm zu erklären. Aber ich werde nicht aufhören, zu kämpfen.

Widerwillig klopfe ich gegen die schwere Holztür. Dahinter bleibt es still. So lange, dass ich fast schon glaube, Benedict wäre gar nicht da. Doch gerade als ich sicherheitshalber erneut klopfen will, wird mir geöffnet und er steht direkt vor mir. Schwarze Anzughose, helles Hemd. Seine kurzen Locken sind ordentlich nach hinten gestrichen, sein Bart ist frisch gestutzt.

Ich halte inne, eine Hand noch erhoben. Für einen Moment kann ich mich nicht rühren. Sofort ist da wieder diese Hitze zwischen uns. Dieses Verlangen danach, mich entweder in seine Arme zu werfen oder so lange auf seine Brust einzuschlagen, bis er aufhört, mich so anzusehen. Benedict mustert mich abschätzig, und mein Herz pocht noch heftiger als bei unserem ersten Tanz.

«Was willst du?», fragt er kühl.

Ich schlucke. Bisher habe ich mir noch keine Gedanken darüber gemacht, wie Benedict weiter mit Lyras Entführung umgehen wird. Nachgeben wird er sicher nicht, die Forderungen meiner Familie sind so einfach nicht erfüllbar. Und alles, was sie im Gegenzug in Aussicht gestellt haben, waren *Verhandlungen*. Aber wird er nun mit noch härteren Mitteln versuchen, die Prinzessin zu finden? Oder schlägt er einen ganz neuen Weg ein?

Vermutlich wird er es mir nicht verraten, wenn ich ihn frage. Aber ich glaube, dass keine dieser Optionen – egal, wie sie auch aussehen mögen – eine besonders gute Wahl ist. Meine Eltern zur Vernunft zu bringen war die einzige Hoffnung auf eine friedliche Lösung, die wir hatten. Nein, *haben*.

«Ich habe eine Idee, wie wir vielleicht noch mal mit meiner Familie reden können», setze ich an und bemühe mich, meinen Ton sachlich zu halten. Kein Streit diesmal.

«Was soll das bringen?», fragt Benedict. Nicht harsch, eher kraftlos. Ich weiß nur zu gut, wie sich die Angst um eine geliebte Person anfühlt. Aber für ein ganzes Land verantwortlich zu sein, alle Macht der Welt zu haben und doch nichts ausrichten zu können – das muss noch so viel belastender sein. Auch wenn er versucht, seine Gefühle vor mir zu verbergen, sehe ich ihm an, dass er leidet. «Sie nehmen dich offensichtlich nicht ernst», erinnert er mich. «Außer du möchtest mir doch gestehen, dass euer Streit gestern nur eine Show war, damit ich dir wieder vertraue.»

Ich schnappe nach Luft. «Was?»

Benedict mustert mich nur weiter verächtlich.

Das ist sein voller Ernst. Dieser ... «Es wäre sehr viel einfacher, dir zu helfen, wenn du nicht so verdammt misstrauisch wärst!», fahre ich ihn an. «Wie stellst du dir das bitte vor? Dass wir genau dieses Szenario von Anfang an in Erwägung gezogen und uns einen Plan dafür zurechtgelegt haben? Das ergibt doch gar keinen Sinn!»

Er schnaubt abfällig. «Schön. Wenn das gestern echt war, bleibt aber die Frage, wieso sie dir plötzlich doch zuhören sollten. Du verschwendest nur meine Zeit, Florence. Was Lyras Entführung angeht, bist du keine Hilfe.»

War Benedict schon immer so gnadenlos ehrlich und ich habe es nur einfach nicht gesehen? Oder ist auch das den jüngsten Ereignissen geschuldet? Ich schlucke meinen Protest hinunter, denn seine Frage ist leider berechtigt. «Es stimmt, dass sie nicht auf mich hören», gebe ich zu. «Aber das heißt nicht, dass wir sie nicht umstimmen können. Vals Worte hätten ein anderes Gewicht. Auf ihn würden sie hören.»

Benedicts Blick wird hart. Ein Muskel in seinem Kiefer zuckt gefährlich. «Dein Bruder hat mehr als deutlich gemacht, dass er uns nicht behilflich sein wird.»

«Ich weiß. Dass du ihm die Schulter gebrochen hast, hat ihn sicher auch nicht von deiner Güte überzeugt.»

Benedict presst die Lippen zusammen, und einen Moment lang lasse ich diese Anklage zwischen uns im Raum stehen. Da ist zumindest ein Hauch von Reue in seinen grünen Augen. Wenn auch nicht annähernd genug.

Dann fahre ich fort. «Aber ich könnte trotzdem versuchen, noch mal ruhig mit ihm zu sprechen. Selbst wenn die Wahrscheinlichkeit gering ist, dass es etwas bringt – es kostet uns nichts, oder?»

Er starrt mich an, seine Miene unnachgiebig. Ich brauche nicht nachzufragen, um zu wissen, dass er skeptisch ist. Doch er scheint unschlüssig, ob er seinem Misstrauen nachgeben soll. Denn würde er davon ausgehen, dass ich nur mit Val sprechen will, um mich gemeinsam mit ihm weiter gegen die Krone zu verschwören, hätte er sofort Nein gesagt.

Es ist ironisch. Benedict behauptet zwar, dass er mir kein Wort glaubt, doch diese Aussage ist selbst eine Lüge. Da ist dieser kleine Funken Unsicherheit, der zwischen seiner Wut und seinem Hass glimmt. Es ist nur ein Funke. Aber es ist ein Anfang.

«Ich muss das mit Eris besprechen», beschließt er nach einer gefühlten Ewigkeit.

«Okay», willige ich ein. «Wann?»

Mein Tonfall bringt ihn dazu, warnend die Augenbrauen zu heben. Doch die Situation ist zu dringend, um sich mit Höflichkeiten zu befassen.

«Wann?», wiederhole ich.

Benedict atmet hörbar aus, dann wendet er sich von mir ab. Er lässt die Tür offen stehen und wählt eine Kurzwahl auf dem Telefon, das noch immer auf seinem Tisch steht.

Während er offenbar darauf wartet, dass jemand abhebt, betrete ich ebenfalls den Raum. Benedict meinte zwar, das Arbeitszimmer wäre tabu, doch er wirft mir lediglich einen flüchtigen Blick zu und lässt mich gewähren. Ist ja auch nicht so, als könnte ich in seiner Gegenwart in geheimen Unterlagen stöbern. Wobei ich es auch für möglich halte, dass er gar nichts Wichtiges hier hat und mich nur bestrafen wollte, indem er mir das Harfespielen untersagt.

Ich trete neben das Instrument und streiche mit den Fingerspitzen über die goldenen Verzierungen, die sich am Rahmen entlang nach oben ranken. Dass Benedict mich hier spielen lassen hat, hat mir in den letzten Monaten geholfen. Mit Musik kann ich meine Gedanken besser ordnen oder sie ganz zur Ruhe bringen, um der Realität zu entfliehen. Doch das ist nicht alles, was mir diese Harfe bedeutet. Sie hat uns enger zusammengebracht. Hat eine Verbindung zwischen uns geschaffen, die es ohne ihre zarten Klänge vielleicht nicht gegeben hätte. Sie hat mich Benedict als den Mann sehen lassen, der er wirklich ist, und nicht als den König dieses Landes. Wenn ich sie anschaue, kommen mir all unsere gemeinsamen Momente unweigerlich wieder in Erinnerung.

«Hast du eine Minute?», reißt Benedicts Stimme mich aus meinen Gedanken. Ich schaue auf und treffe dabei seinen Blick. Schnell wendet er ihn ab, doch ich kann meinen nicht von ihm losreißen. Das heutige Bild verschwimmt mit denen von früher. Mit dem sanften Benedict. Dem liebevollen. «Florence hat einen Vorschlag», erklärt er ruhig. «Ich weiß nicht, was ich davon halten soll.»

Wieder sieht er zu mir. Und diesmal wendet er sich nicht ab. Meine Haut beginnt zu prickeln, und mir steigt unweigerlich Hitze in die Wangen.

«Ja», sagt er in den Hörer. «Wir warten so lange.» Er legt auf und wendet sich endlich wieder von mir ab.

Mir läuft ein Schauer über den Rücken. Zögerlich lasse ich mich auf den Hocker vor der Harfe sinken und verschränke meine Finger in meinem Schoß. «Kommt Eris?»

«Miss Hyll für dich», erwidert er mit dem Rücken zu mir.

«Verzeihung», bringe ich hervor. Ich muss an unser erstes Gespräch im Tower zurückdenken. Daran, wie er mir verboten hat, ihn Ben zu nennen. Schön. Wenn er auf diese Art Distanz schaffen will, kann er das haben. «Kommt Miss Hyll her, Eure Majestät?», frage ich pikiert.

Benedict versteift sich, und ich kann nicht verhindern, dass mir ein zufriedenes Schnauben entweicht. «Ja», erwidert er knapp und lässt sich auf seinen Stuhl sinken. Er sitzt mir zugewandt, bedenkt mich aber keines weiteren Blickes. Jetzt straft er mich also mit Ignoranz.

Wie würde er wohl reagieren, wenn ich anfange, auf der Harfe zu spielen? Würde er auch das unkommentiert lassen? Oder würde es ihn rasend machen? Ich traue mich nicht, es auszuprobieren. Benedict hat mir in den letzten Tagen oft genug gedroht, um mich weitestgehend davon abzuhalten, ihn absichtlich zu provozieren. Ich bin mir nicht mehr zu hundert Prozent sicher, ob er mir wirklich nicht wehtun würde.

Leider scheint es, als wäre ihn aus der Reserve zu locken die einzige Möglichkeit, ein wenigstens halbwegs offenes Gespräch mit ihm zu führen. Doch ebenso gut könnte es ein sicherer Weg sein, ihn endgültig zu verlieren.

## BENEDICT

*Eure Majestät.*

Ich wusste nicht, dass ich es so sehr hassen würde, diese Worte aus Florence' Mund zu hören.

Es hat mir einiges abverlangt, nicht auf die formelle Anrede zu reagieren. All meine Selbstbeherrschung ging dafür drauf, mir nicht anmerken zu lassen, dass sie mich allein mit diesen beiden Worten zerstören kann.

Verdammt.

Ich habe wirklich ein Problem.

Die paar Minuten, die wir auf Eris warten, verbringen wir in frostigem Schweigen. Ich versuche, mich auf die Unterlagen vor mir zu konzentrieren. Doch es ist beinahe unmöglich, wenn Florence nicht mehr als drei Schritte von mir entfernt an der Harfe sitzt und ich jeden Moment damit rechne, dass sie ihre Finger über die Saiten gleiten lässt.

Es hat verschiedene Gründe, weshalb ich sie nicht hier drin haben wollte. Sicherheit ist der kleinste von ihnen. In erster Linie wollte ich sie einfach nicht noch mal spielen hören. Denn genau damit hat sie sich schon einmal in mein Herz geschlichen.

Fast bin ich erleichtert, als es an der Tür klopft und Eris' Schritte durch die Suite hallen. Sie erscheint im Türrahmen und mustert das Bild, das sich ihr bietet, mit sichtlichem Missfallen. «Was ist das für ein Vorschlag?», fragt sie zur Begrüßung und verschränkt die Arme vor der Brust. Ihre Uniform spannt dabei an ihren trainierten Schultern.

Florence schaut etwas unschlüssig zwischen uns hin und her, und ich ergreife an ihrer Stelle das Wort. «Sie will ihren Bruder miteinbeziehen», erkläre ich. «Er könnte vielleicht für ein Umdenken bei ihren Eltern sorgen.»

Eris runzelt die Stirn. «Der Kerl ist in seinen Überzeugungen ungefähr so flexibel wie ein Zehn-Tonnen-Stahlträger.»

Ratlos schüttle ich den Kopf. «Sie ist seine Schwester.»

Zugegeben, wenn Florence' Geschichte, dass sie ihn von dem Anschlag auf mich abbringen wollte, wahr sein *sollte*, ist ihr Verwandtschaftsgrad offensichtlich kaum von Bedeutung. Aber in einer Sache hat sie recht – es kostet uns nichts, es zu versuchen. Denke ich. Mit gleich zwei Möchtegern-Assassinen zusammenzuarbeiten, stellt vermutlich immer ein gewisses Sicherheitsrisiko dar.

Eris taxiert Florence nachdenklich. Wir haben bereits in Erwägung gezogen, den Hawthornes einen Deal anzubieten und Valerian gegen Lyra einzutauschen. Letztendlich sprachen aber zu viele Faktoren dagegen – unter anderem die Tatsache, dass die Übergabe vermutlich nicht reibungslos vonstattenginge und wir damit einen Mann freilassen, der aktuell eine der größten Gefahren für den Frieden in diesem Land darstellt.

«Glaubst du wirklich, er würde dir helfen?», will Eris wissen. Die Skepsis ist ihr deutlich anzuhören, und Florence sinkt ein wenig in sich zusammen.

«Vermutlich nicht», gesteht sie. «Aber ich möchte es versuchen.»

Eris rührt sich nicht. Ein Zeichen dafür, dass sie nachdenkt. Und was auch immer sie gleich entscheidet, ich werde zustimmen. Ich bin so fertig damit, Entscheidungen zu treffen. Letztendlich reihe ich doch ohnehin nur Fehler an Fehler. Und vieles hiervon hätte vermieden werden können, hätte ich auf meine Rechte Hand gehört

Ich gestehe es mir nicht gern ein, doch mich hat seit gestern Nacht eine lähmende Hilflosigkeit befallen. Ich weiß einfach nicht, was ich noch tun soll. Im Endeffekt sind mir ohnehin die Hände gebunden, und ich kann nicht mehr tun, als nach bestem Gewissen auf die Dinge zu reagieren, die mir entgegenkommen.

Florence hält Eris' Musterung stand, aber mir entgeht nicht, dass sie dabei nervös ihre Hände knetet. Vielleicht verfolgt sie mit dem Vorschlag doch einen Plan. Wenn es nur um Lyra ginge …

Verdammt, dann wäre sie ebenso nervös. Denn wenn es wahr ist, dass ihr etwas an meiner Schwester liegt, dann wünscht sie sich ebenso verzweifelt wie ich, dass Lyra wohlbehalten zurückkommt.

Meine Gedanken drehen sich im Kreis, und das frustriert mich ebenso wie das Gespräch gestern. Dieser Vorschlag könnte Teil ihres Plans sein, mich glauben zu lassen, sie stünde nicht mehr auf der Seite ihrer Eltern. Doch Florence hat recht, wenn sie sagt, dass das ganz schön weit hergeholt ist. Warum nur sind sämtliche Erklärungen so plausibel, egal ob ich nun ihre Schuld oder ihre Unschuld damit rechtfertigen will? Ich muss aufhören, darüber nachzudenken. Es macht mich kaputt.

Eris wendet sich mir zu. «Einen Versuch ist es wert», verkündet sie, und ich atme tief aus. Glaube ich daran, dass Valerian uns helfen wird? Absolut nicht. Habe ich nun trotzdem Hoffnung? Ich fürchte schon. «Mir wäre es lieber, wir holen ihn her», fährt Eris fort. «Euch beide zum Tower zu bringen ist ein weitaus größeres Sicherheitsrisiko, und die Zellen hier im Schloss sind ohnehin leer.»

Ich nicke nur müde. «Das überlasse ich dir.»

«Gut. Ich leite gleich alles in die Wege. Aber vorher muss ich mit euch reden. Wenn wir ohnehin schon so kuschlig zusammensitzen.» Ihre Stimme trieft vor Sarkasmus, und ich hebe fragend eine Braue. Was kommt jetzt?

Florence richtet sich ebenfalls auf und strafft die Schultern. Doch Eris' Blick fixiert nun mich. «Gehe ich richtig in der Annahme, dass du immer noch nicht getrunken hast?»

Genervt beiße ich die Zähne zusammen. «Nächstes Thema.»

«Benedict. Ich bin sicher, Florence ist mehr als willig, durch ihr Blut deine Sicherheit zu garantieren.» Sie sagt es mit einem erwartungsvollen Unterton, der keinerlei Widerspruch zulässt. Florence blinzelt überrumpelt, was Eris nur noch weiter anspornt. «Du nimmst die Sache nicht ernst genug.»

Ich funkle sie an. Mehr sage ich dazu nicht mehr. Ich werde nicht mit ihr diskutieren. Und von Florence zu trinken steht nach den letzten Tagen endgültig außer Frage. Ich werde mich dieser Frau nicht nähern. Weder auf die eine noch die andere Weise. Ich werde auch ohne sie überleben. Das ist ein Fakt. Ich brauche die zusätzliche Stärke nicht, die ihr Blut mir verleiht. Ich habe bereits mehr als genug.

«Du bist ein sturer Bock», lässt Eris mich wissen und atmet frustriert aus. «Schön. Beim zweiten Thema wirst du mir aber zustimmen müssen. Außer du möchtest den nächsten Skandal riskieren.»

«Was?», knurre ich, und Eris hebt abschätzig die dunklen Brauen.

«Das halbe Schloss hat euch gestern Nacht streiten gehört. Ich schlage das nicht gern vor, aber ihr solltet heute einen gemeinsamen Spaziergang machen und euch als glückliches, versöhntes Pärchen präsentieren. Die Gerüchte verbreiten sich sonst schneller als ein Lauffeuer.»

Verdammt.

Damit hätte ich rechnen müssen. Seit dem Attentat haben meine Leute offenbar vergessen, dass das Wort Diskretion existiert. Ich würde zu gern herausfinden, wer von diesen verdammten Schlangen seine Klappe nicht halten kann, wenn er bei den Diensten vertrauliche Informationen aufschnappt. Vielleicht sollte ich rein provisorisch diejenigen, die gestern Nacht Wache gehalten haben, zu ein paar Tagen Küchendienst verdonnern.

«In Ordnung», erwidere ich nur, und zum Glück scheint das Eris zufriedenzustellen. Sie schenkt mir ein schmallippiges Lächeln und verabschiedet sich.

Florence rührt sich nicht von ihrem Hocker. Sie knetet wieder ihre Hände, ihr Gesicht ist gerötet. «Du ...», setzt sie an, unterbricht sich jedoch selbst und räuspert sich. «Ich meine, *Ihr* könnt jederzeit von mir trinken, Eure Majestät.» Ihre Stimme ist kaum mehr als ein Hauchen, und alles an diesem Angebot ist falsch.

Eine Mischung aus Wut und Verlangen breitet sich in meiner Magengegend aus. Florence weiß, dass ich den Titel nicht ausstehen kann. Sie spielt damit. Sie fordert mich heraus. So, wie sie es schon seit unserer ersten Begegnung macht. Weil sie weiß, dass ich darauf anspringe.

Und *ich* weiß, was es mit ihr macht, wenn ich von ihr trinke. Denn ganz egal, wie gut sie schauspielert ... Die Reaktionen ihres Körpers sind etwas, das sie nicht vortäuschen kann. Die Tatsache, dass ihre Nippel hart werden, wenn ich meinen Mund auch nur in die Nähe ihres Halses bringe. Die Art, wie ihr ganzer Körper jedes Mal weich und willig gegen meinen sinkt, ihr Herz schneller schlägt, ihr Atem unregelmäßiger geht. Die Feuchtigkeit, die sich zwischen ihren Beinen sammelt ...

Fuck.

Ganz egal, wer Florence wirklich ist, was für Werte sie hat, wo die Grenzen ihrer Moral sein mögen – sie hat es genossen.

Genau wie ich.

Ich schlucke und reiße mich von Florence' Anblick los. Meine Gedanken sind eindeutig zu weit abgedriftet. Mein

Schwanz ist hart, die Wut hat sich schwer in meinem Magen festgesetzt, und meine Frustration sitzt mir wie ein Splitter unter der Haut.

«Geh dich fertig machen», fordere ich und widme mich wieder meinen Unterlagen, um Florence nicht mehr ansehen zu müssen. «Außer du willst im Morgenmantel durch den Garten spazieren.»

Sie sagt nichts. Leise steht sie auf, verlässt das Zimmer und schließt die Tür hinter sich. Ich starre hinunter auf den Text, lese jedoch kein Wort davon. Eine Erkenntnis frisst sich gerade tief in meinen Kopf und gräbt dabei Erinnerungen aus, an die ich nicht denken will:

Manches war echt.

Ihr Stöhnen, ihr Zittern, ihr Flehen nach mehr.

Und das bedeutet im Umkehrschluss: Selbst wenn ich wollte, könnte ich Florence' harten Worten von gestern nicht glauben. Denn es *kann* eben nicht alles gelogen gewesen sein.

## FLORENCE

Der Spaziergang durch den Garten kommt meiner persönlichen Hölle gleich. Arm in Arm schlendern wir durch die Sommerhitze im Schatten der Bäume. Nach außen hin lässt Benedict sich nichts anmerken, doch ich spüre, wie angespannt seine Muskeln unter meinen Fingern sind. Wie sehr er das hier verabscheut. Wie sehr er *mich* verabscheut.

Immer wieder halten wir an und schauen uns scheinbar verliebt in die Augen. Benedict beugt sich zu mir herunter, sodass sein Duft nach Wald und Kaminfeuer meine Nase umspielt, und raunt mir völlig unromantisch ins Ohr, dass ich lächeln soll, damit es echt aussieht.

Die Minuten, in denen er mich in gespielter Zuneigung eng an sich zieht, sind zugleich die schönsten und die schrecklichsten. Und obwohl es mir vor dem Gespräch mit Valerian graust, bin ich froh, als ein Bediensteter uns im Garten entgegenkommt und uns darüber in Kenntnis setzt, dass mein Bruder im Schloss angekommen ist.

Benedict begleitet mich bis in den Kerker, wo Val in der hintersten Zelle auf einer Pritsche sitzt. Er hat die Ellbogen auf seinen Oberschenkeln abgestützt und mustert uns misstrauisch.

Dafür, dass Benedict ihn vor weniger als zwei Tagen so übel zugerichtet hat, sieht er überraschend gesund aus. Einige grünliche Blutergüsse zieren seinen Körper und sein Gesicht. Er wirkt ziemlich erledigt, doch seiner Schulter scheint es gut zu gehen. Sie müssen ihm Blut gegeben haben.

Zögerlich bleibe ich vor den Gitterstäben stehen und drehe mich zu Benedict um. Die Wachen haben wir an der Treppe zurückgelassen, und Benedict sieht aus, als würde er diese Entscheidung gerade anzweifeln.

«Darf ich zu ihm rein?», frage ich.

Sein Blick wandert zu mir, und er hebt langsam eine Braue, als könnte er nicht glauben, dass ich das wirklich gefragt habe. «Auf keinen Fall.»

Damit habe ich gerechnet. Wobei ich ehrlicherweise nicht unglücklich darüber bin, auf der freien Seite dieser Gitterstäbe zu bleiben. «Würdest du uns dann allein lassen?»

Wieder spreche ich ihn versehentlich informell an. Es ist einfach zu kompliziert, wenn ich vor den Bediensteten die

Geliebte spielen muss, während ich unter vier Augen permanent auf einem Drahtseil balanciere. Als ich Benedict vorhin angeboten habe, von mir zu trinken, hat er mich angesehen, als würde er mich jeden Moment zerfetzen. Oder mich verschlingen …

Ein leiser Schauer läuft über meine nackten Arme, und ich reibe mir mit den Händen darüber. Ich könnte die Gänsehaut auf die modrige Kälte hier unten schieben. Aber vermutlich wissen wir beide, dass das gelogen wäre.

Benedict scheint zu überlegen. Mir ist klar, dass er mir nicht ansatzweise genug traut, um mich einfach so mit Valerian plaudern zu lassen. Aber das hier funktioniert nur, wenn er mir einen Vertrauensvorschuss gibt. «Nimm es mir nicht übel», sage ich leise, «aber deine Anwesenheit trägt nicht gerade zur guten Stimmung bei.»

Benedict verzieht kaum merklich die Lippen, doch er kann mir nicht widersprechen. Das scheint er einzusehen, denn er wendet sich grimmig von uns ab. «Ich warte am Ausgang», lässt er mich über seine Schulter hinweg wissen, dann geht er den Gang entlang zurück zur Treppe.

Als ich ihn nicht mehr sehen kann, drehe ich mich wieder zu meinem Bruder um. Val hat alles mitangehört, rührt sich jedoch nicht. Er mustert mich mit gerunzelter Stirn.

«Hey», sage ich leise und trete näher an die Gitterstäbe heran. «Wie geht's dir?»

Das Licht hier unten ist schummrig, doch ich kann es dennoch in Vals blauen Augen lodern sehen. «Was mache ich hier, Flo?», fragt er, seine Stimme bedenklich ruhig.

Ich war auf dem Spaziergang zu sehr damit beschäftigt, meine Rolle zu spielen, um mir zu überlegen, wie genau ich meinen Bruder überzeugen soll. Allerdings fürchte ich, dass sich das selbst mit Tagen oder Wochen der Vorbereitung nicht geändert hätte. Hier gibt es keine Strategie. Nur Offenheit und eine große Portion Hoffnung.

«Ich wollte mit dir reden», setze ich an und wappne mich für die ersten verbalen Schläge. Ich weiß noch viel zu gut, wo wir unsere letzte Unterhaltung beendet haben. Val war gerade dabei, mir zu offenbaren, was er wirklich von mir hält. Nämlich nichts.

«Worüber?», entgegnet er nur kühl, noch immer ohne sich zu regen. Das irritiert mich. Ich hätte mit einem eher … bissigen Verhalten gerechnet.

«Gar keine Beleidigungen?», frage ich provokant und recke das Kinn. Diesmal bin ich bereit für das, was er austeilt.

Aber offenbar hat Val andere Pläne.

«Flo», murmelt er leise. «Du solltest mich vergessen. Warum bin ich jetzt hier?»

Seine Worte verwirren mich noch mehr. Vergessen? Er ist mein Bruder. Wie sollte ich das jemals können? «Weil ich dich brauche», antworte ich mit wackeliger Stimme.

Endlich regt Valerian sich. Er richtet sich schwerfällig auf und lehnt sich mit dem Rücken an die raue Steinmauer. «Ich glaube, dir ist entgangen, auf welchen Seiten wir stehen.»

«Auf wessen Seite stehst du denn?», frage ich.

«Das weißt du.»

«Nein, weiß ich nicht. Worum geht es dir hier, Val? Nur darum, dass Mum und Dad zufrieden sind?»

«Es ging nie um sie», erwidert er rau. «Sondern um die Menschen, Florence.»

Ich umfasse die kalten Gitterstäbe mit meinen Fingern und halte seinen Blick fest. «Dann stehen wir immer noch auf derselben Seite, Val.»

Er schweigt. Und meine Hoffnungen schwinden.

«Sag was», bitte ich.

Vals Mundwinkel zuckt. Wie in Zeitlupe löst er sich von der Wand, steht auf und kommt zu mir herüber. Seine Schritte wirken schleppend, was vermutlich der Erschöpfung geschuldet ist.

Ein kleiner Teil von mir will vor ihm zurückweichen. Das ist mein Bruder, ja. Aber es ist auch der Mann, der mich für schwach hält. Der mich benutzt hat. Der versucht hat, den Mann zu töten, den ich liebe.

Val erreicht mich. Er schließt seine Finger um meine an den Gitterstäben, und ich zucke zusammen. Doch er drückt nur sanft meine Hand, senkt den Kopf und lehnt seine Stirn an das kalte Metall. Er schaut zu mir herunter, und seine Augen sind trotz allem ein kleines Stück Zuhause.

«Du hast einen Fehler gemacht, Schwesterherz», flüstert er, und meine Nackenhaare stellen sich auf.

Ich schlucke gegen den Kloß in meiner Kehle an. «Das hast du mir inzwischen oft genug vorgeworfen.»

«Nein.» Er drückt noch mal meine Finger. «Hiermit. Lass mich einfach verrotten, hörst du? Es ist okay.»

«Was redest du denn da?», hauche ich.

Val verzieht das Gesicht. «Du darfst nicht zulassen, dass er mich benutzt, um dich zu kontrollieren. Du machst es ihm zu einfach, Flo. Je schneller du mich vergisst, desto besser für uns alle.»

Verwirrung macht sich in mir breit, bevor sich seine Worte langsam zu einem Bild zusammenfügen. Ich löse meine Finger von den Gitterstäben und verschränke sie stattdessen ganz mit Valerians. «Val, versteh das doch bitte», beschwöre ich ihn. «Benedict ist hier nicht der Böse. Er ist unsere einzige Hoffnung.»

«Brauchst du wirklich noch mehr Beweise dafür, was in ihm steckt?», knurrt mein Bruder. «Oder willst du es einfach nicht sehen?»

«Ich habe es gesehen», erwidere ich und ignoriere das Gewicht, das sich dabei auf meine Brust legt. «Aber das ist nur ein kleiner Teil von ihm, der verzweifelt versucht, das zu reparieren, was wir zerstört haben. Hätten wir ihn nicht hintergangen, würde er uns nicht so behandeln. Und hättet ihr euch zurückgehalten, so wie ich es verlangt habe, stünde dieses Land jetzt nicht kurz vor einem Bürgerkrieg. Glaubst du ernsthaft, dass das die bessere Alternative ist? Was meinst du, wer diesen Krieg verlieren wird? Sicher nicht die Vampire. Und wenn der *Rote Regen* es tatsächlich schafft, den Thron an sich zu reißen, herrschen danach tausendmal schlimmere Zustände als jetzt. Bist du wirklich so stur, dass du das nicht einsehen willst? Du nimmst so viele unschuldige Opfer in Kauf, Val. Und als wäre das nicht schlimm genug, werden sie auch noch umsonst sein.»

Er atmet hörbar aus und schüttelt schwach den Kopf. «Wann hast du eigentlich gelernt, so zu reden?»

Mir entkommt ein halbherziges, flüchtiges Lachen. «Das konnte ich schon immer, Val. Ihr wolltet mir nur nie zuhören. Ihr wolltet nie, dass ich mitspreche. Ehrlich gesagt ... wenn ich zurückdenke, kann ich mich an kein einziges Mal erinnern, an dem du, Mum oder Dad nach meiner Meinung gefragt haben.»

Val schweigt. Doch in seinen Augen sehe ich, dass er seine eigenen Erinnerungen durchgeht. Vielleicht wird ihm jetzt erst bewusst, wie wahr meine Worte sind.

«Sag was», bitte ich ihn erneut leise.

«Ich weiß nicht, was.»

Frustration macht sich in mir breit. Wäre eine Entschuldigung wirklich zu viel verlangt? Wenigstens ein winziges Zugeständnis, dass er mich ungerecht behandelt hat?

«Was genau möchtest du von mir?», fragt er rau. Noch immer hält er meine Hand fest, doch auch das macht mich nicht zuversichtlicher. Vielleicht ist die Kluft zwischen uns zu groß geworden. All die Jahre, in denen ich für Val nichts weiter als ein Mittel zum Zweck war, trennen uns. Er kann mich nicht respektieren, weil er nie gelernt hat, wie es geht.

«Deine Unterstützung», erwidere ich ruhig.

Zweifel schleichen sich in seinen Blick.

Ich presse die Lippen zusammen und weiche von den Gitterstäben zurück, löse meine Finger aus seinen. «Ich gebe dir ein bisschen Zeit, um darüber nachzudenken.»

Es hat keinen Zweck, weiter auf ihn einzureden. Außerdem habe ich eine Idee, wie ich ihn vielleicht ohne mein weiteres Zutun überzeugen kann.

«Frag nach mir, wenn du dich entschieden hast», sage ich. Langsam wende ich mich zum Gehen, werfe allerdings noch einen Blick über meine Schulter. «Und keine Angst, Val», versichere ich ihm. «Du bist hier sicher.»

Das hoffe ich zumindest, dennoch ich lege all meine Überzeugung in die Worte. Und bete, dass Benedict ebenso klar ist wie mir, dass Folter uns hier nicht weiterbringen wird.

Val erwidert nichts. Sieht mir nur verwirrt dabei zu, wie ich ihn in diesem Kerker zurücklasse.

Benedict wartet oben vor dem Eingang auf mich und hebt fragend die Brauen. Ich warte, bis wir außerhalb der Hörweite der Wachen sind. Das ist nun wirklich nichts, was sich herumsprechen muss.

«Ich habe ihm Zeit gegeben, um sich Gedanken zu machen», erkläre ich knapp und achte auf eine gerade Haltung, um Benedict mit so viel Autorität wie möglich in die Augen zu sehen. «Drei Bitten habe ich.»

Er legt kaum merklich den Kopf schief und nickt auffordernd. Seine sonst so harte Fassade scheint Risse zu bekommen. Vielleicht lässt dieser Funken Hoffnung, den ich verspüre, auch ihn weicher werden. Oder er hatte einfach keine Kraft mehr, um die Mauern aufrechtzuerhalten.

«Erstens erwarte ich, dass er gut behandelt wird. Keine Drohungen oder Folter mehr. Und Dr. Demenan sollte sich Vals Verletzungen anschauen. Zweitens braucht er eine Decke und etwas Vernünftiges zu essen. Und drittens soll ihm jemand jeden Morgen die aktuellen Zeitungen bringen.»

«Zeitungen?», wiederholt Benedict skeptisch. Dass ihn von diesen Punkten ausgerechnet der letzte zu Nachfragen verleitet, werte ich als gutes Zeichen.

«Ja. Er soll sehen, was in der Stadt passiert.»

Benedict schnaubt leise. «Wenn er dir auch nur ein bisschen ähnelt, wird er es ohnehin nicht glauben.»

Ich halte seinen Blick und bemühe mich darum, meine Stimme so fest wie möglich klingen zu lassen. Denn genau damit liegt Benedict mal wieder falsch. «Hoffen wir, dass er mir ähnlich ist, *Eure Majestät*», sage ich, und mir entgeht nicht, wie bei dieser Anrede ein Muskel in seinem Kiefer zuckt. Aber das bestärkt mich nur noch.

Das hier ist der richtige Weg. Ich lasse nicht zu, dass Benedict mich als unbedeutend abtut. Er wird sich mit mir und meinen Wahrheiten auseinandersetzen. Ob er will oder nicht.

Ich recke das Kinn. «Wenn mein Bruder auch nur ein bisschen ist wie ich, wird er seinen Fehler bemerken. Und dann alles tun, um ihn wiedergutzumachen.»

## KAPITEL NEUN

# BAD BAD BAD

# BENEDICT

Florence' Plan ist nicht aufgegangen. Fast eine Woche ist es her, dass sie mit Valerian gesprochen hat, und trotz allen Misstrauens glaube ich ihr, dass sie wirklich versucht hat, ihn zu überzeugen. Wir haben das Gespräch natürlich abgehört, und nichts deutet darauf hin, dass sie andere Ziele verfolgt haben könnte.

Trotzdem hüllt sich ihr Bruder nach wie vor in Schweigen. Ich habe nichts anderes erwartet. Das kleine Fünkchen Hoffnung, das in mir aufgeflammt war, ist kläglich eingegangen, und allmählich nimmt meine Frustration überhand.

Fast täglich sitze ich in Konferenzen mit den wichtigsten Personen dieses Königreichs, doch noch immer herrscht dort mehr Unsicherheit als Effizienz. Wir kommen nicht weiter. Meine Ratsmitglieder werden sich nicht einig, wie am besten mit der Situation verfahren werden soll, da jeder Vorschlag eine ganze Reihe an Risiken mit sich bringt. Und ein spontan angekündigter Besuch des Königs von Frankreich hat unsere Planung schließlich endgültig ins Chaos gestürzt, da sich nun alles darum dreht, ihn unsere Hilflosigkeit nicht sehen zu lassen.

Wäre es nach mir gegangen, hätte ich Lothaire ohne zu zögern abgesagt. Er hat sich den denkbar schlechtesten Zeitpunkt ausgesucht, um die Beziehung zwischen unseren Ländern wieder aufleben zu lassen. Und das ist sicher kein Zufall. Zweifellos wird sich unsere Lage auch in Übersee herumgesprochen haben. Ich nehme an, der König möchte sich nun selbst ein Bild davon machen, was sich hier zuträgt, um eventuelle Risiken für sein Land abzuwägen.

Oder auch Chancen, denn ich unterstelle ihm einen gewissen Machthunger. Er wird alle Schwächen, die er hier entdeckt, für sich zu nutzen wissen. Eine weitere Bewährungsprobe für mich. Als hätte ich nicht bereits genug am Hals.

Ich positioniere mich auf dem Treppenabsatz vor dem pompösen Eingangstor des Palasts und warte auf Lothaires Ankunft. Hinter mir versammelt sich eine ganze Schar an Wachen und Bediensteten. Eris stellt sich zu meiner rechten, Florence zu meiner linken Seite auf. Am liebsten hätte ich sie von unserem Besuch ferngehalten, um kein Risiko einzugehen, doch das würde nur noch mehr Fragen aufwerfen. Stattdessen hat sie in den vergangenen Tagen Unterricht zum korrekten Verhalten bei Hof bekommen. Wenn ich mich an einige unserer anfänglichen Unterhaltungen zurückerinnere, war das dringend notwendig. Und zusätzlich hatte es den Vorteil, dass ich Florence dadurch weniger in meiner Nähe hatte.

Mittlerweile hat sie ihre provokante Höflichkeit mir gegenüber perfektioniert. Außerhalb unserer Suite spielt sie die liebevolle Partnerin, doch sobald sich die Türen hinter uns schließen, durchzieht ihren Tonfall eine stechende Kälte, die mein Blut zum Kochen bringt.

Es kostet mich alles an Selbstbeherrschung, ihre Kommentare zu ignorieren, aber ich zwinge mich dazu. Florence ist in diesem Schloss nicht mehr als ein Mittel zum Zweck. Auch ihre Sturheit und meine unleugbaren körperlichen Reaktionen auf ihre Nähe können daran nichts ändern. Sie machen es mir nur unnötig schwer, mich zurückzuhalten.

Missmutig mustere ich Florence von der Seite. Sie hält das Kinn erhoben und den Blick nach vorn gerichtet. Ihre Locken sind zu einem aufwendigen Zopf geflochten worden, und sie trägt ein knielanges dunkelrotes Sommerkleid, das eine perfekte Mischung aus förmlich und leger ist. Sicher hat ihr Briana beim Aussuchen geholfen. Die beiden verbringen jede freie Minute zusammen, und es wundert mich, dass Morgan deshalb noch keine Bedenken geäußert hat. Immerhin weiß er als Ratsmitglied, dass die neue beste Freundin seiner Tochter nicht wirklich für unschuldig befunden wurde. In Anbetracht der Tatsache, wohin die Freundschaft mit Florence Lyra geführt hat, hätte es mich nicht gewundert, wenn er Briana den Kontakt verbietet – oder es zumindest versucht.

Ich lenke meine Gedanken zurück ins Hier und Jetzt. Der Konvoi aus zwei Limousinen und vier schwarzen SUVs, der unsere Gäste vom Flughafen abgeholt hat, kommt endlich in Sicht. Er hält am Fuß der Palaststufen, und sofort treten einige meiner Bediensteten vor, um den Insassen die Türen zu öffnen.

Lothaire steigt als Erster aus dem Wagen. Er ist unschwer zu erkennen an den langen blonden Wellen, die ihm bis auf die Brust fallen. Auch die Kleidung ist typisch für ihn. Das lockere Sakko seines dunkelroten Anzugs ist über und über mit goldenen Ornamenten bestickt. Es ist eine bestechende Mischung aus altmodisch und modern, die es schafft, den prunkvollen Stil seiner Vorfahren aufzugreifen, ohne dabei lächerlich auszusehen. Im Gegenteil sogar. Dieser Mann fordert mit einer solchen Selbstverständlichkeit Ehrfurcht ein, dass manche der Bediensteten in seiner Nähe scheinbar Angst haben, falsch zu atmen.

Ich trete die Stufen zu ihm hinunter, und er begrüßt mich mit einem strahlenden Lächeln, das den Rest seines Auftretens in den Schatten stellt. Dieser Mann sprüht vor Charisma, und ich habe mich bis heute nicht entschieden, ob ich das sympathisch oder verdächtig finde.

«Benedict!» Lothaire reicht mir die Hand, jedoch nicht annähernd so förmlich, wie es angemessen wäre. Stattdessen umfasst er meinen halben Unterarm und klopft mir mit der anderen Hand fast väterlich auf die Schulter. Das erste Mal, dass er mich so begrüßt hat, war kurz nach dem Tod meiner Eltern, und ich habe nichts dagegen gesagt. Soll er ruhig denken, ich würde seiner Freundschaft trauen. Seitdem hält sich diese Eigenart bei jedem unserer Zusammentreffen. «Wie schön, dich zu sehen», meint er an meinem Ohr, und es klingt kein Funken Missgunst in seiner Stimme mit.

«Es ist mir wie immer eine Freude, Lothaire», erwidere ich und zwinge ein Lächeln auf mein Gesicht. «Du hast dich in den letzten beiden Jahren nicht verändert, wie ich sehe.»

«Ganz im Gegensatz zu dir.» Lachfältchen bilden sich um seine blauen Augen, und er wirft einen Blick über meine Schulter, wo Florence mit Eris oben an der Treppe auf uns wartet. Die Neugier ist ihm deutlich anzusehen, doch er runzelt leicht die Stirn.

«Was ist?», frage ich locker.

Kopfschüttelnd konzentriert er sich wieder auf mich. «Seit ich von dieser Sache gehört habe, rätsle ich, was für eine Frau es wohl geschafft hat, dein steinernes Herz zu erweichen. Ich weiß nicht, was ich erwartet habe. Flügel vielleicht. Einen Heiligenschein. Oder dass sie zumindest genauso düster dreinschaut, wie du es immer tust.» Der scherzhafte Unterton in seiner Stimme schafft es nicht ganz, seinen Argwohn zu verbergen. Und er lenkt auch nicht davon ab, was ihn an Florence am meisten stören dürfte: dass sie ein Mensch ist.

Ich behalte das Lächeln auf meinen Lippen, auch wenn das kleine bisschen gute Laune, das ich eben noch hatte, zunichtegemacht wurde. «Ich fürchte, nichts davon trifft zu. Aber ich mache euch gleich bekannt.» Ein junger Mann, der hinter dem König aus dem Wagen steigt, zieht meine Aufmerksamkeit auf sich. Er mustert mich skeptisch aus braunen Augen, und ich selbst hebe beim Anblick seiner kurzen hellblonden Haare überrascht die Brauen.

«Ah», macht Lothaire, der meine Verwunderung bemerkt zu haben scheint. «Benedict, ich möchte dir meinen Sohn Sébastien vorstellen.»

«Eure Majestät.» Der Prinz von Frankreich verbeugt sich vor mir. Er hat die hochgewachsene Statur seines Vaters, doch sein Körper wirkt um einiges kräftiger. Seine helle Haut ist gebräunt von der Sonne Südfrankreichs und sein schlichter dunkelgrauer Anzug hat Lothaire vermutlich einen halben Nervenzusammenbruch gekostet.

Es wundert mich, dass der König seinen Sohn mitgebracht hat. Sébastien ist vierundzwanzig, und es ist das erste Mal, dass ich ihn zu Gesicht bekomme. Was bringt Lothaire dazu, seinen Thronfolger ausgerechnet jetzt mitzunehmen? Der Mann ist erst Mitte sechzig, noch jung für einen Vampir. Er wird wohl kaum in nächster Zeit abdanken.

«Willkommen in England», begrüße ich Sébastien. «Euer Vater hat schon viel Gutes von Euch erzählt. Fühlt Euch hier wie zu Hause.»

Eigentlich ist es gelogen. Lothaire hat in der Vergangenheit so gut wie nie über seinen Sohn gesprochen. Es gibt Gerüchte über ihr Verhältnis und auch über Sébastiens Mutter, doch ich hatte nie das Bedürfnis, ihn danach zu fragen oder gar Nachforschungen anzustellen. Dafür hat es mich nicht genug geschert.

Der Prinz verzieht das Gesicht, als wäre auch er sich meiner Lüge bewusst, und nickt knapp. «Danke, Majestät», murmelt er. Sein Blick wandert missmutig hoch zum Schloss.

Unterdessen steigen etliche weitere Personen aus den restlichen Wagen – Lothaires ranghöchste Bedienstete, seine Leibwache und mehrere *Femmes Rouges*, wie man in Frankreich Blutbräute nennt. Lothaire bringt zu jedem Besuch seinen halben Hofstaat und eine ganze Auswahl frischen Blutes mit.

Im Gegensatz zu mir ist er nicht an nur einen Menschen gebunden. Das Trinken von der Vene ist in Frankreich nicht nur dem König vorbehalten, sondern allen Adeligen erlaubt –auch von mehreren Menschen, sofern man es sich leisten kann. Lothaire stellt seine Dominanz gern damit zur Schau, einfach am meisten zu trinken. In meinen Augen ist das nicht unähnlich zu dem Verhalten, das man auch Samstagnacht in einem billigen Pub beobachten könnte, doch diesen Gedanken behalte ich besser für mich.

Gemeinsam steigen Lothaire und ich die Stufen empor, der Prinz und die Gefolgschaft hinter uns. Oben angekommen verbeugt Eris sich vor dem König, Florence macht einen tiefen Knicks.

«Ah, das ist sie also», meint er lächelnd und greift nach ihrer Hand. «Es ist mir eine Freude, Miss Hawthorne.»

Die Lüge geht ihm so leicht von der Zunge, dass selbst ich sie nur erahnen kann. Ich verspanne mich unweigerlich. Mit gespielter Gleichgültigkeit beobachte ich, wie Lothaire Florence den Handrücken küsst, und erwische mich dabei, wie ich viel zu genau darauf achte, ob seine Lippen ihre Haut berühren. Zu seinem Glück bleibt der König bei seinen guten Manieren und deutet den Kuss nur an. Und mich überkommt ein unerwarteter Schwall von Genugtuung, als ich in Florence' Gesicht schaue.

Sie überspielt ihre wahren Gefühle mit einem Lächeln, doch ich sehe ihr an, dass sie ihm am liebsten ihre Hand entreißen würde. Lothaire merkt nichts davon. Er kennt sie nicht, hat keinen blassen Schimmer, wie man diese Frau liest. Aber ich …

Verdammt.

Dachte ich gerade ernsthaft, ich würde Florence gut genug kennen, um sie zu durchschauen? Ich durchschaue rein gar nichts.

Zweifel machen sich in mir breit. Ich starre sie an und versuche, ihre Miene zu entziffern. Was davon ist wirklich gespielt? Das Lächeln für Lothaire? Der gequälte Ausdruck in ihren Augen, von dem ich dachte, nur ich könne ihn sehen? Beides? Nichts? Wann bin ich so naiv geworden?

Florence fängt meinen Blick auf und hebt fragend die Brauen. Ich wende mich ab und lotse Lothaire an ihr vorbei ins Schloss. Besser, ich lasse ihm erst gar keine Gelegenheit, ihr die Fragen zu stellen, die ihm sicher auf der Zunge brennen.

Mir wäre es lieber, wenn sie nicht Teil dieses Besuchs wäre. Doch seit ich sie durch die Pressekonferenz öffentlich an meine Seite gestellt habe, muss ich sie zumindest oberflächlich in derartige politische Angelegenheiten einbinden. Was auch der Grund dafür ist, dass ein Fotograf am Rand der Treppe neben uns hereilt und Fotos für die Presse schießt. Wir geben die Bilder, die gedruckt werden dürfen, selbst frei, und Florence muss auf ihnen präsent sein. Glaubwürdigkeit braucht mehr als leere Worte. Stabilität lässt sich nicht mit einem einzigen Presseauftritt erreichen. Die Kluft zwischen Menschen und Vampiren schließt sich nicht, nur weil ich meinen Arm um ihre Schultern lege.

«Ihr werdet gleich zu euren Suites gebracht, dann könnt

ihr euch von der Reise erholen», lasse ich Lothaire wissen, während wir gemeinsam die Eingangshalle betreten. «Ich schlage vor, wir essen heute Abend zusammen? Falls du unsere englische Küche erträgst. Ich befürchte ja, dass du irgendwann mit einem eigenen Koch und einem Koffer voller Schnecken hier ankommst.»

Lothaire hebt amüsiert die Brauen. «Es wird Zeit, dass du mal mir einen Besuch abstattest, Benedict. Danach wirst du mich anflehen, dir einen meiner Köche zu schicken.»

Mir entweicht ein Schnauben. «Was du lachend ablehnen würdest, nehme ich an?»

«Korrekt.» Er zwinkert mir zu. «Zu dem Abendessen sage ich natürlich nicht Nein. Miss Hawthorne wird uns sicher auch Gesellschaft leisten, nicht wahr? Ich kann es kaum erwarten, sie besser kennenzulernen.»

«Selbstverständlich», erwidere ich gezwungenermaßen und verkneife mir ein Zähneknirschen. Eigentlich wollte ich mir für Florence' Abwesenheit beim Essen eine Ausrede zurechtlegen, aber da er nun explizit nach ihr gefragt hat, wäre das unhöflich. Zudem würde es ihn misstrauisch machen – etwas, das wir uns momentan nicht leisten können. Mir bleibt also nichts anderes übrig, als den gesamten Abend mit dieser Frau zu verbringen und vor dem König Frankreichs so zu tun, als wären wir so verliebt wie nie zuvor.

## FLORENCE

Ich kann mich nicht entscheiden, ob ich Lothaire sympathisch finde oder er mir suspekt ist. Der König Frankreichs hat genug Charisma, um einen gesamten Raum allein zu unterhalten, doch man merkt ihm an, dass er nicht ohne Hintergedanken hier ist. Selbst ohne in die Strategieplanung zu seinem Besuch eingeweiht worden zu sein, weiß ich, dass sein spontanes Auftauchen mit den aktuellen Ereignissen zusammenhängt. Und offenbar bin ich für ihn von besonderem Interesse, denn er stellt mir schon das gesamte Essen über immer wieder scheinbar harmlose Fragen und beobachtet mich dabei mit Adleraugen.

Sein Sohn Sébastien hingegen schenkt der Unterhaltung kaum Beachtung. Die Hälfte der Zeit lässt er den Blick gelangweilt durch den Speisesaal wandern oder stochert in seinem Essen herum. Vielleicht hört er still zu. Oder er hat wirklich kein Interesse an dem Austausch. Letzteres wären schlechte Voraussetzungen für jemanden, der eines Tages ein Land regieren soll. Allerdings ist das bei Lothaires Alter noch eine ganze Weile hin. Genug Zeit für Sébastien, um sich auf seine zukünftige Rolle vorzubereiten.

«Gibt es Neuigkeiten von deiner Schwester?», fragt der König soeben, und Benedict versteift sich neben mir. «Wir hatten erwartet, sie wäre mittlerweile wieder sicher und wohlbehalten zurück im Palast. Sie und Sébastien hätten sich gut verstanden.»

Ein Muskel in Benedicts Kiefer zuckt, und ich muss mich zusammenreißen, nicht die Brauen zusammenzuziehen. Lothaires Worte klangen nicht unbedingt danach, als würde er Anteil an Lyras Schicksal nehmen. Eher als würde es ihn stören, dass sein Sohn sich nun nicht mit der Prinzessin vergnügen kann. Oder interpretiere ich zu viel hinein, weil mein Misstrauen allmählich die Oberhand gewinnt?

«Die Situation ist leider ein wenig kompliziert», knurrt Benedict durch zusammengebissene Zähne und ballt seine Hand auf der Tischplatte zur Faust. Eben wurden unsere Dessertteller abgeräumt, und ich hatte die Hoffnung, der

Abend würde damit ein Ende finden. Doch offenbar packt Lothaire die schwierigen Themen jetzt erst aus.

Ich spüre den Blick des Königs schon wieder auf mir, fast als wollte er sehen, wie ich reagiere. Es erinnert mich an den Wintersonnenwendball. An das erste Mal, dass ich meine Rolle spielen musste. An das Gefühl, beurteilt zu werden und kläglich zu scheitern. Denn damals wie heute lässt meine Performance zu wünschen übrig. Von dem verliebten Pärchen, das wir laut der Presse sein sollen, hat der König bisher wenig gesehen, und ich bin sicher, das ist ihm aufgefallen. Abgesehen von ein paar zurückhaltenden Berührungen hier und da haben Benedict und ich eine vorsichtige Distanz bewahrt. Eine *komfortable* Distanz. Eine, die nicht zu unserem Skript passt.

Zögerlich lege ich meine Hand auf Benedicts. Er zuckt bei der Berührung nicht einmal mit der Wimper, doch eine leichte Gänsehaut breitet sich auf seiner Haut aus und lässt auch mich erschaudern. Benedict lockert seine Faust für mich, drückt behutsam meine Finger und dreht den Kopf zu mir. Er schaut mir in die Augen, und Hitze breitet sich in meiner Magengrube aus.

Plötzlich weiß ich nicht mehr, was mein Plan war. Wie ich reagieren soll. Wie man sich in einer solchen Situation *normal* verhält. Benedict schenkt mir den Hauch eines Lächelns, und obwohl ich weiß, dass es nicht echt ist, beginnt mein Puls zu flattern.

Ich muss schlucken.

«Wart Ihr mit der Prinzessin befreundet, Miss Hawthorne?», will Lothaire wissen und zieht damit meine Aufmerksamkeit auf sich.

Widerwillig reiße ich mich von Benedicts Anblick los und schaue dem König Frankreichs ins Gesicht. «Ich *bin* mit ihr befreundet, Eure Majestät», erwidere ich bestimmt. «Lyra wird wohlbehalten zurückkommen. Ein anderes Szenario möchte und werde ich mir gar nicht erst ausmalen.»

Er hebt einen Mundwinkel. «Ihr solltet es ja am besten wissen. Immerhin sind es Eure Eltern, die sie festhalten, oder bin ich falsch informiert?»

Meine Brust wird eng. «Das ...»

«Sind vertrauliche Informationen», unterbricht Benedict mich sanft und drückt erneut kaum merklich meine Finger. «Tut mir leid, Lothaire, aber die Ermittlungen unterliegen strengster Geheimhaltung, um Lyras Sicherheit nicht noch weiter zu gefährden.»

«Ah, selbstverständlich», lenkt er ein. «Verzeihung, das war unhöflich. Manchmal geht meine grenzenlose Neugier einfach mit mir durch. Aber falls ich euch behilflich sein kann, ganz egal wie ...»

«Dann weiß ich, an wen ich mich vertrauensvoll wende», stimmt Benedict zu, hebt mit der freien Hand sein Weinglas und prostet Lothaire zu. «Auf gute Freundschaft. Es beruhigt mich, dich auf unserer Seite zu wissen.»

Lothaire lächelt, doch ich kaufe es ihm nicht ab. Der König von Frankreich erwidert die Geste und nippt an dem Blut in seinem Weinglas. Argwöhnisch beobachtet er, wie Benedict seinerseits einen großen Schluck nimmt. «Du hast heute einen ganz schönen Appetit», stellt er fest und lehnt sich in seinem Stuhl zurück.

Benedict schnaubt leise. «Das sagst du mir? Wie viele *Femmes Rouges* hast du diesmal mitgebracht? Fünf?»

«Drei», korrigiert er amüsiert. «Und eine für Sébastien. Aber deine Blutbraut sitzt direkt neben dir und du trinkst Glas Nummer vier?»

Ich versuche, mir nichts anmerken zu lassen, doch mir

ist es auch aufgefallen. Benedict trinkt mehr als sonst, vermutlich weil er sich noch immer weigert, mein Blut anzunehmen. Es wirkt nicht so, als würde er es dringend brauchen. Der Rest des Landes kommt schließlich gänzlich ohne Blut von der Vene aus. Aber irgendeine Bedeutung scheint es dennoch zu haben, sonst würde Eris nicht so darauf pochen, dass er von mir trinkt. Ich wünschte, er würde es tun. Dann wäre ich ihm wenigstens irgendwie von Nutzen, anstatt nur herumzusitzen und auf Neuigkeiten zu warten.

«Ich bevorzuge es, wenn meine Blutbraut bei Bewusstsein bleibt», kontert Benedict, löst unsere Finger voneinander und legt stattdessen seinen Arm auf die Lehne meines Stuhls. Seine Fingerkuppen streifen meine nackte Schulter. «Es wäre also kontraproduktiv, wenn ich sie zu jeder Mahlzeit mit auf die Getränkekarte setzen würde.»

Ich werfe ihm einen leicht irritierten Blick zu, nicht sicher, ob ich von diesen Worten nun beleidigt, besorgt oder erleichtert sein soll. Bräuchte er mehr, als ich ihm geben kann? Oder versucht er nur, Lothaire vom Offensichtlichen abzulenken?

«Das stimmt wohl», gibt dieser zu. «Ich habe mich schon immer gefragt, wie ihr mit nur einem einzelnen Menschen zurechtkommt. Und gerade deine Situation ist … speziell. Es muss schwierig sein, wenn aus der Dienstleisterin plötzlich mehr wird. Die Grenzen verschwimmen. Wie viel ist sie bereit zu geben, wie viel bist du bereit zu nehmen …»

«Warum sollte das schwierig sein?», komme ich Benedict zuvor, der noch nach einer Antwort zu suchen scheint. «Ich bin nicht zerbrechlicher geworden, nur weil der König nun mehr in mir sieht. Er kann weiterhin so viel von mir trinken, wie er möchte.»

Lothaire mustert mich mit einer Mischung aus Argwohn und Interesse. «Aber vielleicht hält er sich zurück, weil er Rücksicht auf Euch nehmen möchte.»

Ich lächle mild. «Sicher tut er das. Doch das liegt nicht an seinen Gefühlen für mich, sondern lediglich an seinem Charakter. Er unterscheidet nicht nach Rang oder Verhältnis, wenn es darum geht, anderen respektvoll gegenüberzutreten.»

Der König lacht auf. Selbst sein Sohn wendet sich uns zu und hebt skeptisch eine Braue. «Schau an, Benedict», meint Lothaire amüsiert. «Wer hätte gedacht, dass du es einmal schaffst, eine Frau derart um den Finger zu wickeln.»

Mir entweicht ein Schnauben. Benedict sagt nichts, sondern schüttelt nur schwach den Kopf. Er wirft mir einen warnenden Blick zu, doch ich ignoriere ihn geflissentlich.

«Um den Finger wickeln?», hake ich nach und setze mich gerader hin. «Könntet Ihr mir erklären, was Ihr damit meint, Eure Majestät?»

«Florence», murmelt Benedict kaum hörbar. Er legt seine Hand ganz auf meine Schulter, doch ich konzentriere mich nur auf Lothaire. Allmählich habe ich genug von seinen Fragen und unterschwelligen Provokationen.

«Nun.» Der König schwenkt das Blut in seinem Glas, seine Miene bleibt entspannt. «Damit meine ich, dass es unseren Charmeur hier sicher einiges an Anstrengung gekostet hat, Euch von seinem *Charakter* zu überzeugen.» Er zwinkert mir zu, und wenngleich ich zurücklächle, beginnt es in meinem Inneren zu brodeln. Es ist immer dasselbe mit diesen alten Männern.

«Damit beleidigt Ihr mich, Eure Majestät», erwidere ich ruhig.

Lothaires Miene wird ernster. Er hebt verwirrt die Brauen. «Inwiefern?»

«Ihr lasst es klingen, als wäre ich nicht mehr als ein naives Mädchen, das auf die Spielchen eines Mannes hereingefallen ist. Aber glaubt mir, ich bin weder um den Finger zu wickeln, noch hätte mein König das nötig gehabt. Ich bin durchaus in der Lage, einen Mann zu durchschauen. Egal, ob er dabei nun Höflichkeit vorgaukelt oder frei heraus fragt, was er wissen will.» Der letzte Satz ist an Pointiertheit kaum zu übertreffen, und ich denke, es ist klar, auf wen ich damit anspiele.

Benedict ist neben mir still geworden und rührt sich nicht mehr. Sébastien wirkt zum ersten Mal an diesem Abend interessiert. Und Lothaire starrt mich an, als wäre mir soeben ein zweiter Kopf gewachsen.

«Das klang fast, als wolltet Ihr mir etwas sagen», bemerkt er mit einem erwartungsvollen Unterton.

Ich ringe mir ein weiteres Lächeln ab. «Ich wollte andeuten, dass Eure Majestät sich nicht zu scheuen braucht. Es ist wenig verwunderlich, dass Ihr Fragen zu unserer Situation habt. Doch auch, wenn Eure Manieren vielleicht das Gegenteil von Euch verlangen, könnt Ihr diese gern direkt stellen. Es erspart Euch und uns viel kostbare Zeit.» Benedict drückt meine Schulter ein wenig zu fest, und ich wende mich kurzerhand ihm zu. «Möchtest du etwas sagen oder hast du einen Krampf in der Hand?»

Er funkelt mich an, doch bevor er auch nur den Mund öffnen kann, lacht Lothaire schallend auf. «Na sieh mal einer an.» Zufrieden grinsend schüttelt er den Kopf. «Ihr seid also doch kein schüchternes Mäuschen. Wenn Ihr so mit ihm sprecht wie mit mir, wundert es mich nicht, dass er sich für Euch entschieden hat. Jemand, der ihn herausfordert, ist genau das, was der Sturkopf braucht. Nicht wahr, alter Freund?» Er zwinkert Benedict zu, und die Spannung im Raum löst sich in Luft auf.

Nun lächle ich ehrlich. «Benedict tut gern so, als würde er es mögen, wenn ich schweige», lasse ich Lothaire hinter scherzhaft vorgehaltener Hand wissen. «Aber ich persönlich glaube ja, ihm gefällt nur die Illusion, mir einmal etwas entgegensetzen zu können.»

Lothaire lacht wieder. Benedict lehnt sich zu mir herüber und streift plötzlich mit seiner Nase meine Schläfe. Ich drehe ganz automatisch den Kopf und erstarre, weil sein Gesicht meinem dadurch so nah ist. «Kein Kommentar», raunt er leise.

Alles an dieser Geste ist intim. Ich spüre seinen Atem auf meinen Lippen, seine Hand brennt sich förmlich in meine Schulter, und für den flüchtigen Bruchteil einer Sekunde bin ich kurz davor, ihn zu küssen.

Was eindeutig keine gute Idee wäre.

Umarmungen, Händchenhalten, selbst Küsse auf die Wange können wir mittlerweile spielen, ohne dabei mit der Wimper zu zucken. Doch sollten meine Lippen Benedicts berühren, überschreite ich damit eine unsichtbare Grenze. Ich weiß nicht, was danach passieren würde. Würde er den Kuss erwidern, um das Bild aufrechtzuerhalten? Oder ist sein Hass mir gegenüber zu groß? Würde er mich vor Lothaires Augen von sich stoßen?

Nein.

Benedict tut alles für dieses Land. Alles, um die Stabilität zurückzugewinnen, die es meinetwegen verloren hat. Er würde den Kuss erwidern. Und diese Vorstellung raubt mir für einen Moment den Verstand.

Mit einem Mal spüre ich den Stoff von Benedicts Hemd

unter meinen Fingerspitzen. Ich weiß nicht, wie meine Hand dorthin gekommen ist, doch statt sie wegzunehmen, spreize ich langsam meine Finger über seiner Brust. Seine Haut ist heiß, sein Herzschlag schnell und kräftig.

Zu schnell ...

Mein Blick gleitet über Benedicts volle Lippen, seinen dunklen Dreitagebart, seine leicht zusammengezogenen Brauen. Wann hatte ich das letzte Mal die Gelegenheit, sein Gesicht in Ruhe aus dieser Nähe zu betrachten? Vermutlich in der Nacht vor der Sonnenwende. Als er schlafend in unserem Bett lag und ich mit einem Dolch in den Händen über ihm kniete.

Ich schaue ihm in die Augen und spüre, wie sich mein eigener Herzschlag beschleunigt. Der Raum verschwimmt, die Hitze von Benedicts Berührung breitet sich in meinem gesamten Körper aus.

Es wäre so leicht, jetzt einen Schritt weiter zu gehen. Es wäre richtig.

Aber nur für mich. Denn egal, wie heiß das Verlangen in Benedicts Blick gerade zu brennen scheint – er hat klargemacht, dass er mich nicht mehr will.

«Ich glaube, Seine Majestät mag mich», flüstere ich, laut genug, dass Lothaire mich hört. Ich hoffe, dass er uns mit einem Kommentar zu unserer Unterhaltung zurückführt. Erst als Benedict die Augenbrauen hebt, wird mir die Doppeldeutigkeit meiner Worte bewusst. Zwei Könige in diesem Raum. Und ich wünschte mir mehr als alles andere, ich wäre mit einem allein.

«Hm», macht Lothaire amüsiert und reißt mich damit endgültig aus dem Moment. Ich schließe die Augen. Benedict lehnt sich wieder zurück. Sein Atem verschwindet von meinen Lippen, und ich ziehe meine Hände zurück, um sie stattdessen in meinen Schoß zu legen. Als ich Benedict wieder ansehe, hat er das Gesicht bereits von mir abgewendet.

Ich widme mich dem König Frankreichs, der mir mit einem verschlagenen Grinsen zuprostet. «Ich fange zumindest an, es zu tun», greift er meine Worte von eben auf. «Auf Euch, Miss Hawthorne. Und auf Eure Liebe. Allmählich hat man dem armen Benedict die Einsamkeit angesehen.»

«Bitte?», fragt dieser kühl.

«Bitte was?», erwidert Lothaire belustigt. «Soll ich das ausführen?»

In diesem Moment schiebt Sébastien mit einem lauten Scharren seinen Stuhl zurück und steht vom Tisch auf. «Eure Majestät, wenn Ihr mich entschuldigen würdet.» Er blickt leicht finster in die Runde. «Es war ein langer Tag.»

«Natürlich», antwortet Benedict, seine Stimme verdächtig rau. «Eine gute Nacht.»

Der Prinz nickt uns knapp zu. «Danke. Die wünsche ich Euch auch.» Er wendet sich ab, geht mit zügigen Schritten zur Tür und verschwindet auf den Gang.

Lothaire steht ebenfalls auf. «Einen Moment», bittet er uns. «Ich habe noch eine Kleinigkeit mit meinem Sohn zu besprechen.» Er folgt ihm aus dem Saal und lässt Benedict und mich allein.

Sofort löst Benedict die Hand von meiner Schulter und fährt mich scharf an. «Wozu hat man dir eigentlich die letzte Woche über Unterricht gegeben?»

Wut flammt in mir auf. Ich habe nichts falsch gemacht. Im Gegenteil. *Ich* war es, die Lothaires Skepsis unserer Beziehung gegenüber zerstreut hat. «Oh, Verzeihung», schnaufe ich. «Wäre es Euch lieber, er würde uns weiter unterschwellig ausfragen?»

«Lieber, als dass du mich blamierst?», erwidert Benedict

wütend. «Ja. Ich bin es gewohnt, mit Leuten wie Lothaire umzugehen, Florence. Sie sind berechenbar. Du hingegen bringst alles durcheinander, nur weil du deine verdammte Zunge nicht zügeln kannst.»

Ich funkle ihn an. «Er wirkte eben um einiges lockerer als zu Beginn des Abends. Inwiefern stellt das jetzt eine Herausforderung für Euch dar? Sicher, dass Ihr nicht einfach eingeschnappt seid, weil der König mich unterhaltsamer findet als Euch, *Eure Majestät*?»

Benedicts Blick glüht förmlich vor Zorn. «Lothaire findet alles mit Brüsten unterhaltsamer als mich. Wenn es dir darum geht, leiste ihm einfach in seinem Bett Gesellschaft.»

«Gute Idee, vielleicht mache ich das», zische ich. «Ich wette, Lothaire weiß genau, was er tut. Ich war furchtbar einsam die letzten Wochen. Meine Hand braucht dringend eine Pause. Und da du mir nicht behilflich sein willst ...»

«Hör auf», fordert er harsch.

«Verzeihung, ich hatte ja ganz vergessen, dass Ihr meine Wahrheiten nicht vertragt.»

Benedicts Arm schlingt sich plötzlich wieder um meine Schultern. Mit einem Mal liegt seine andere Hand schwer auf meinem nackten Knie. Mein Kleid ist ein wenig hochgerutscht, und er lässt seine Finger ein paar Zentimeter unter den Stoff wandern. Sie schmiegen sich heiß an die Innenseite meines Oberschenkels, senden einen Stromstoß durch meine Mitte und fegen jeglichen klaren Gedanken aus meinem Kopf. Benedict beugt sich näher zu mir, fesselt mich mit seinem Blick, und ich öffne unwillkürlich die Beine.

«Willst du eigentlich, dass ich die Kontrolle verliere?» Seine Stimme ist kaum mehr als ein Knurren. Eine dunkle Drohung, die einen Schauer durch meinen Körper schickt.

Ich nehme Benedicts Berührung überdeutlich wahr. Seine rauen Fingerkuppen wandern in Zeitlupe über meine Haut, und er spreizt mit kaum merklichem Druck meine Beine weiter. Meine Brust wird eng, und Feuchtigkeit sammelt sich in meinem Slip. Erregung nimmt mich ein, lässt mein Herz schneller schlagen und vernebelt mir den Kopf immer weiter. Ich sehne mich nach mehr. Diese winzige Berührung reicht bereits aus, um jeden Widerstand in mir zu brechen.

Und das macht mir Angst.

Ich will die Beine wieder schließen, doch Benedict scheint meine Gedanken zu lesen. Er schiebt seine Hand noch ein wenig höher. Sein Daumen fährt mit festem Druck über die Innenseite meines Oberschenkels, und ich stocke.

«Antworte», fordert er rau und lehnt seine Stirn an meine Schläfe.

«Ich will eine ganze Menge von dir», höre ich mich hauchen. Ein Teil von mir schämt sich, ihn auf diese Weise herauszufordern. Aber es ist die verdammte Wahrheit. Alles in mir sehnt sich nach Benedict. Danach, dass er seine Berührungen endlich wieder hinter geschlossenen Türen fortführt und sie nicht nur für die Öffentlichkeit inszeniert. Nach mehr von seiner Zuneigung, nach sanften Worten oder meinetwegen auch groben. Nach irgendetwas, das unseren Gefühlen füreinander, all dem Hass, all dem Verlangen, ein Ventil gibt.

Ich kann nicht so weitermachen – mit dieser eisigen Kälte zwischen uns, die langsam, aber sicher mein Herz gefrieren lässt. Ich will ihn zurück oder wenigstens eine Illusion davon. Ich will seine Zähne an meinem Hals, seine Lippen auf meinen, ihn in mir. Ich will alles, was er mir zu geben bereit ist, weil selbst das kleinste bisschen so viel besser ist als nichts.

Benedict hebt den Kopf. Er schweigt, doch sein Blick zieht mich förmlich aus. Er lässt ihn über mich wandern, in seinen grünen Augen ein Verlangen so dunkel wie die Nacht selbst. Tief atmet er ein und lehnt sich wieder zu mir. Sein vertrauter Duft umfängt mich. Schwer, holzig und absolut benebelnd. «Was genau?»

«Alles, Benedict», flüstere ich und öffne meine Beine ein wenig weiter. Eine Einladung. Eine Bitte. Gerade ist er mir so nah wie seit der Sonnenwende nicht mehr, und ich klammere mich an seinem Unterarm fest, als könnte ich ihn so davon abhalten, sich wieder von mir zu entfernen.

Benedicts Finger zucken, doch er bewegt seine Hand nicht weiter. «Ich weiß, was du vorhast», raunt er mit heiserer Stimme, weicht jedoch nicht zurück. Mittlerweile ist er wieder nah genug, dass sein Atem meine Lippen streift, und es kostet mich all meine Selbstbeherrschung, die Distanz zwischen uns nicht als Erste zu überwinden.

«Ich habe nichts vor», bringe ich heraus.

«Und warum machst du dann die Beine breit?», grollt er. «Tu nicht so, als hättest du keine Hintergedanken.»

«Du hast angefangen», erinnere ich ihn atemlos, auch wenn ich mir nicht sicher bin, ob das wahr ist. Ich habe keine Ahnung mehr, wie wir in dieser Situation gelandet sind. Ich weiß nur, dass mein Inneres in Flammen steht und jedes von Benedicts Worten nur noch mehr Öl ins lodernde Feuer kippt. «Du hast angefangen, weil du es auch willst», behaupte ich mit zitternder Stimme.

Ich weiß nicht, wen ich hier zu überzeugen versuche. Ihn, mich selbst oder doch uns beide.

«Alles, was ich will, ist, dich endlich loszuwerden», fährt

er mich an, und dennoch wandert seine Hand weiter, seine Nasenspitze streift meine.

Meine Finger graben sich fester in seinen nackten Unterarm. «Du lügst.»

Benedicts Miene verhärtet sich. «Du musst es ja wissen.»

«Du bist immer noch wütend», stelle ich leise fest.

Seine Augen weiten sich, als könnte er nicht glauben, dass ich das sage. «Natürlich bin ich das. Du hast mich verraten, Florence.»

«Trotzdem hältst du dich zurück.»

Benedict runzelt die Stirn, und ich schlucke, die Wahrheit viel zu lose auf meiner Zunge.

«Das musst du nicht. Ich kann deine Wut ertragen. Wenn du mich bestrafen willst, dann tu es. Nur bitte nicht mit noch mehr Schweigen. Gib mir irgendetwas, Benedict, und wenn es dein Hass ist.» Meine Stimme bricht. «Ich kann das so nicht mehr. Ich brauche dich, Ben.»

Ein Muskel in seinem Kiefer zuckt. Seine Hand gleitet höher, und ich ziehe überrascht die Luft ein. «Du bist nicht in der Position, um Forderungen zu stellen.»

«Ich weiß», flüstere ich.

Der Druck seiner Finger verstärkt sich, und mir entweicht ein leises Wimmern. «Und trotzdem kannst du dein vorlautes Mundwerk nicht halten», haucht er. Ich glaube, seine Lippen streifen dabei meine, doch die Berührung ist so zart, dass ich sie mir ebenso gut eingebildet haben könnte. «Was muss ich tun, um dir Manieren beizubringen?» Seine Stimme klingt hasserfüllt und doch voller Verlangen. Seine Finger streifen meinen Slip, und ich kann nicht anders, als meine schmutzigen Gedanken auszusprechen.

«Bestraf mich», flehe ich leise und dränge mich Benedicts Hand entgegen. Seine Finger drücken sich gegen meine Mitte, und ein kehliger Laut entkommt ihm, als er zweifelsohne die Feuchtigkeit dort bemerkt.

«Du bist der Teufel», keucht er und beginnt gleichzeitig, mich durch den dünnen Stoff zu reiben.

Ich stöhne auf, jeder Muskel meines Körpers angespannt. Wie paralysiert sitze ich da, Benedicts Lippen nur Millimeter von meinen entfernt, das langsame Kreisen seiner Finger die Erlösung, nach der ich mich schon so lange sehne. «Bitte», bringe ich atemlos heraus.

Ein winziger Teil von mir fragt sich, was wir hier eigentlich machen. Warum ich zulasse, dass wir unsere Beziehung auf eine körperliche Ebene reduzieren, wo wir doch eigentlich lernen sollten, einander wieder zu vertrauen. Doch ein viel größerer Teil von mir verzehrt sich nach mehr.

«Bitte was?», fragt Benedict rau und schiebt meinen Slip zur Seite.

«Gib mir mehr», stöhne ich. «Was auch immer du willst.»

Er schluckt hörbar, und ich schließe für einen Moment die Augen, überwältigt vom Gefühl seiner rauen Fingerkuppen auf meiner empfindlichen Haut. «So fordernd. Wenn du mich fragst, hätten dir ein paar weitere Wochen im Tower gutgetan», raunt er.

«Du hättest mich vermisst», flüstere ich und schaue blinzelnd zu ihm auf.

«Ich könnte in meinem eigenen Bett schlafen, wenn du nicht hier wärst», erinnert er mich.

«Es ist genug Platz für uns beide.»

Benedicts Blick wird so dunkel, dass sich alles in mir zusammenzieht. «Das willst du nicht», raunt er. Die Hand, die auf meiner Schulter lag, wandert in meinen Nacken, umfasst meinen Zopf und zieht mit festem Griff meinen Kopf zurück.

«Doch.»

«Ach ja? Sobald ich mit dir in diesem Schlafzimmer allein bin, werde ich dir dein verdammtes Kleid vom Leib reißen, und du wirst mich für jede noch so kleine Unannehmlichkeit der letzten Wochen entschädigen. Ich werde dich so hart ficken, dass du nicht mal mehr daran denken kannst, mich zu hintergehen, Florence. Es wird Zeit, dass du vor deinem König in die Knie gehst.»

Ohne Vorwarnung dringt er mit zwei Fingern in mich ein. Ich stöhne auf und dränge ihm mein Becken entgegen. Die Vorstellung, dass er genau das tut, was er mir gerade beschrieben hat, raubt mir jeglichen Rest Verstand. Ich erschauere und spreize meine Beine weiter, versuche, Benedicts Finger tiefer in mich aufzunehmen, ihn zu härteren Stößen zu bewegen.

«Bitte», bringe ich hervor. Ich spüre die Feuchtigkeit aus mir heraussickern, und schon jetzt balanciere ich am Rande eines Orgasmus. Meine Gedanken verselbstständigen sich. Ich stelle mir vor, wie wir das hier in seinem Schlafzimmer fortführen. Wie Benedict mich auf alle viere zieht, seine Faust in meinen Haaren vergräbt, meine Beine auseinanderdrückt und sich von hinten in mich stößt.

Ich will das. Ihn. Alles, was er mir zu geben bereit ist. «Ben …»

Ich lehne mich ihm entgegen, meine Lippen streifen seine, doch er hat meinen Zopf um seine Faust gewickelt und hält mich so zurück. «Benimm dich», knurrt er und krümmt seine Finger in mir.

«Bitte», flehe ich erneut. «Ich mache alles, was du willst, wenn du mich dafür fickst, Ben.»

Ihm entweicht ein ersticktes Stöhnen, und er stößt tiefer in mich. «Fuck, Florence. Du bist …»

Ein Räuspern unterbricht ihn, und die flüssige Lava, die eben noch durch meinen Körper geflossen ist, wird zu Stein. Benedict hält mitten in der Bewegung inne, und wir drehen beide den Kopf. Lothaire lehnt mit verschränkten Armen im Türrahmen und mustert uns mit gehobenen Brauen, eine Spur Belustigung auf seinem Gesicht.

Oh Gott.

Wie lange steht er da schon?

Benedict zieht langsam seine Hand zurück, und ich lasse hastig seinen Arm los, um mein Kleid zurechtzurücken. Trotz der Situation vermisse ich augenblicklich das Gefühl seiner Finger in mir. Am liebsten würde ich den König Frankreichs ohne weitere Erklärung aus dem Saal schicken und mit Benedict genau dort weitermachen, wo er uns gerade unterbrochen hat. Doch dieser hat bereits wieder seine unnahbare Maske aufgesetzt und würdigt mich keines Blickes mehr. Selbst ohne ihn anzusehen weiß ich, dass er diesen Ausrutscher bereut. Sein gesamter Körper ist angespannt, und die Hand, die eben noch zwischen meinen Beinen war, hat er so fest zur Faust geballt, dass die Adern auf seinem Unterarm deutlich hervortreten.

«Störe ich?», will Lothaire amüsiert wissen. «Es hat leider etwas länger gedauert, aber offenbar habt ihr euch die Zeit angenehm vertrieben.» Sein Grinsen ist geradezu lasziv, und ich spüre, wie ich dunkelrot anlaufe. Ich hatte ihn und das Abendessen völlig vergessen. Und offenbar ging es Benedict genauso, denn er bringt zur Abwechslung nicht einmal einen frostigen Spruch heraus.

«Wir hatten nur eine kleine … Auseinandersetzung», behauptet er und setzt sich aufrechter hin. Zu unserem Glück steht der König auf der anderen Seite des Tisches, was heißt, dass er eben nicht unter mein Kleid sehen konnte und auch die Beule in Benedicts Hose nicht bemerkt. Gott sei Dank …

«Möchtest du noch etwas trinken?», fragt Benedict den König und tut dabei so, als wäre nichts gewesen. Ich hingegen kann nicht mal daran denken, jetzt noch Konversation zu machen.

Dankenswerterweise schüttelt Lothaire den Kopf und streicht sich die Haare hinters Ohr. «Ich denke, ich lasse euch beide allein. Wie mein Sohn schon sagte, es war ein langer Tag. Das Bett ruft.» Er zwinkert uns zu und wendet sich zum Gehen. «Wir sprechen morgen, Benedict. Miss Hawthorne. Gute Nacht.»

Er zieht die Tür mit einem lauten Klacken hinter sich zu, und ich sinke auf meinem Stuhl in mich zusammen. Wo ist dieses verdammte Loch im Boden, wenn man es gerade braucht?

Ich traue mich kaum, zu Benedict hinüberzuschauen. *Bestraf mich.* Sind diese Worte eben ernsthaft aus meinem Mund gekommen? Mein Körper prickelt immer noch, wenn ich daran denke, was er zu mir gesagt hat. An seine Drohungen, die doch eigentlich Versprechungen waren. Die Erinnerung jagt einen angenehmen Schauder über meinen Rücken.

Benedict löst sich aus seiner Starre, und mein Körper spannt sich erwartungsvoll an. Doch anstatt sich wieder mir zuzuwenden, steht er auf und schiebt seinen Stuhl ordentlich zurück an den Tisch. Enttäuschung durchfährt mich. «Wir gehen», fordert er schroff und mustert mich finster.

Ich schrumpfe unter seinem Blick zusammen. Das letzte bisschen Hoffnung, das ich hatte, zerfällt zu Staub.

Etwas wacklig komme ich auf die Beine und streiche

mit zitternden Fingern mein Kleid glatt. Ich möchte nicht wissen, wie ich aussehe. Und als Benedict mir seinen Arm anbietet, um zumindest den Anschein des glücklichen Pärchens zu wahren, weiß ich nicht, ob ich dankbar sein oder ihn verfluchen sollte.

Vermutlich wird es für uns nie wieder mehr geben als das. Nie mehr als dieses Schauspiel, mehr als unsere Reue. Aber wie soll ich meine Sehnsucht nach ihm überwinden, wenn ein *Wir* dennoch immerzu so erreichbar scheint?

Vielleicht hatte Benedict recht. Ein paar weitere Wochen im Tower hätten mir gutgetan.

# KAPITEL ZEHN

# WICKED

# FLORENCE

So unangenehm es auch war, dass ausgerechnet der französische König Benedict und mich in dieser peinlichen Situation überrascht hat – es war vermutlich das Beste, was hätte passieren können. Taten sprechen mehr als Worte, besonders wenn sie nicht für fremde Augen bestimmt sind. Unser Gespräch hat Lothaire offenbar nicht gehört. Alles, was er mitbekommen hat, war Benedicts Hand unter meinem Kleid, und falls er zu diesem Zeitpunkt noch Zweifel an unserer Beziehung hatte, dann haben sie sich mit Sicherheit in Luft aufgelöst. Vermutlich hat er Benedict noch einige unangenehme Fragen zur aktuellen Situation im Land gestellt, doch nur zwei Tage nach unserem Abendessen ist er wieder abgereist.

Wenigstens an dieser Front gibt es also keine Probleme. In der vergangenen Woche habe ich einiges über die französische Politik gelernt. Das Land ist ein wertvoller Verbündeter Englands, obwohl die Beziehungen nicht ganz reibungslos verlaufen. Den Menschen dort geht es auch nicht besser als uns hier, mit dem kleinen Unterschied, dass es ihrem König egal ist. Zwar gibt es auch gute Ansätze – beispielsweise die Tatsache, dass die Blutgabe freiwillig ist und vergütet wird –, doch die Umsetzung scheint nicht gut zu funktionieren. Letztendlich sind Menschen immer die Schwächeren. Und wenn in Frankreich ein Vampir entscheidet, sich einfach zu nehmen, was er will, schert sich die Polizei wenig darum.

Trotzdem haben mich diese Informationen dazu gebracht, ein paar Ideen zu spinnen, wie die Lage in unserem Land diesbezüglich fairer gestaltet werden könnte. Vielleicht ist diese Hürde gar nicht so hoch, wie wir dachten. Ich müsste nur Benedict oder seine Berater dazu bringen, mich anzuhören. Doch das allein wird vermutlich schwieriger, als überhaupt eine funktionierende Lösung zu finden.

Es ist so frustrierend. Hätte Valerian mich mit seinem erfolglosen Attentat nicht enttarnt, könnte ich normal mit Benedict reden und ihm von meinen Ideen erzählen. Stattdessen würdigt er mich keines Blickes, wenn wir allein sind. Und seit dem Ausrutscher mit Lothaire tut er so, als wäre ich giftig.

Hitze kriecht mir in die Wangen, wenn ich an den Abend zurückdenke. Ich schäme mich. Nicht dafür, was passiert ist, sondern dafür, dass ich wirklich dachte, es könnte etwas ändern. Die letzten Nächte lag ich stundenlang wach, weil ein Teil von mir trotz allem geglaubt hat, Benedict könne doch noch ins Schlafzimmer kommen und seine Versprechen wahr machen.

Missmutig greife ich erneut in die kleine Papiertüte, die ich vorhin aus der Küche geholt habe, und streue eine Handvoll halb aufgetauter Erbsen vor mir in den Matsch. Sofort stürzt sich ein Dutzend Enten auf das Futter. Ich sitze auf einer Bank vor dem Teich, versteckt hinter mittlerweile verblühten Rosenbüschen, nicht weit vom königlichen Gewächshaus.

Im Frühsommer war ich oft mit Lyra hier. Es ist ihr Lieblingsort im Garten, was vermutlich an den Tieren liegt. Sie wurden von der Prinzessin regelmäßig gefüttert. Warum auch immer es unbedingt gefrorene Erbsen sein müssen …

Meine Finger sind schon ganz taub von der Kälte. Noch dazu macht mich dieser Ort ohne Lyra traurig. Sie hatte für jedes der Tiere einen Namen, und bis zuletzt habe ich es nicht geschafft, alle richtig zuzuordnen. Die Enten sehen verdammt noch mal alle gleich aus. Meine letzte Theorie war, dass Lyra nur so tut, als könne sie sie auseinanderhalten, um mich damit aufzuziehen. Das sähe ihr ähnlich.

Eines der Weibchen ist näher gekommen, stupst mit seinem Schnabel gegen die Sohle meines Schuhs und versucht, an eine Erbse zu kommen, die ich offenbar fallen gelassen habe. Schnaubend streue ich ihr noch ein paar weitere hin – heimlich, damit es die anderen nicht sehen. «Bist du Mathilda?», frage ich sie leise.

Sie frisst die Erbsen und schaut dann aus dunklen Knopfaugen zu mir hoch. Fast fragend legt sie den Kopf schief und fixiert schließlich die Tüte in meiner Hand. Vielleicht-Mathilda stößt ein knappes, geradezu aufforderndes Quaken aus, und ich muss lachen. «Du hattest schon genug.»

Sie schnattert aufgebracht und stupst erneut mit ihrem Schnabel meinen Schuh an.

«Sind in diesem Schloss eigentlich alle so fordernd?», frage ich sie. «Du kommst ganz nach deinem König. Und deine Prinzessin hat dich offensichtlich zu sehr verwöhnt.»

Sie starrt mich nur weiter an. Seufzend streue ich ihr noch mehr gefrorene Erbsen hin und beobachte, wie sie sich auf das Futter stürzt.

Wie tief bin ich eigentlich gesunken? Ich unterhalte mich mit einer Ente. Aber Briana ist für ein paar Tage zu Besuch bei ihrer Verwandtschaft, und das bedeutet, ich habe niemanden zum Reden. Niemanden, um das aussichtslose Durcheinander mit Benedict aufzuarbeiten.

Wieder einmal überkommt mich Sehnsucht. Mittlerweile habe ich die Erinnerung an das, was zwischen uns passiert ist, so oft in meinen Gedanken durchgespielt, dass es sich detailgetreu in mein Gehirn eingebrannt hat. Meine Bettwäsche wurde längst gewechselt, und trotzdem meine ich, an ihr noch immer Benedicts Duft wahrzunehmen. Offenbar sehne ich mich so verzweifelt nach seiner Nähe, dass ich schon halluziniere. Erbärmlich.

«Miss Hawthorne?» Juanitas Stimme reißt mich aus meinen Gedanken. Sie ist heute als eine meiner Wachen eingeteilt, aber offenbar wurde sie trotz ihres hohen Rangs nicht in die Wahrheit über meine Rückkehr ins Schloss eingeweiht. Auch bei ihren Schichten ist immer einer der Männer aus dem Tower an ihrer Seite. Die beiden wechseln sich ab, sodass konstant einer von ihnen ein Auge auf mich hat. Ich vermute, Benedict stellt mit ihnen sicher, dass ich mich an unsere Abmachung halte und niemandem etwas sage. Außerdem verhindert er so, dass ich die unwissenden Wachen dazu überrede, mich für ein paar Minuten allein zu lassen. Allerdings kann die Anwesenheit des Mannes nicht verhindern, dass Juanita weiterhin freundlich zu mir ist und mich immer wieder mit einem warmen Lächeln bedenkt. Nur jetzt nicht, doch vielleicht liegt das an meiner eigenen schlechten Laune.

«Ja?», frage ich und schütte die restlichen Erbsen aus der Tüte. Ich sitze schon eine Weile hier, aber den Frieden, den ich gesucht habe, habe ich nicht gefunden.

Ich langweile mich seit Wochen und fühle mich noch dazu furchtbar nutzlos. Wenn ich wenigstens etwas tun könnte, was mir Freude bereitet. Harfe spielen, ein Konzert besuchen oder Benedict bei irgendetwas behilflich sein …

Seufzend stehe ich auf. Ich sollte nicht von unmöglichen Dingen träumen.

«Euer Bruder hat nach Euch verlangt», lässt Juanita mich wissen.

Ich wirble zu ihr herum. «Wirklich?»

Val hat sich Zeit gelassen mit seiner Entscheidung. So lange, dass ich sein Schweigen bereits als Absage gewertet habe. Dass er sich nun doch noch meldet …

Es muss nichts heißen. Aber vielleicht ist er zur Vernunft gekommen? Mein Bruder hat einen verdammt dicken Schädel. Da kann es schon mal länger dauern, bis er bereit zum Umdenken ist. Oder aber er hat uns nur hingehalten, um meinen Eltern Zeit zu schinden.

«Hat er sonst noch irgendetwas gesagt?», will ich wissen und eile Juanita voraus zurück zum Schloss. Sie folgt mir dicht auf den Fersen, ebenso wie meine andere Wache, die sich nun aus dem Schatten der Bäume löst.

«Nein, Miss. Nur, dass er Euch zu sprechen wünscht. Allein.»

Mein Magen verkrampft sich. Mit zügigen Schritten steuere ich auf den Eingang zu. Es dauert nicht lange, bis wir den Kerker erreichen und meine Wachen gemeinsam mit den Kerkerwachen oben an der Treppe zurückbleiben. Ich straffe die Schultern, atme noch einmal durch und gehe zum Ende des Ganges.

Kaum, dass ich vor den Gitterstäben von Vals Zelle haltmache, steht mein Bruder von seiner Pritsche auf. Er sieht besser aus als bei unserer letzten Begegnung. Seine Verletzungen scheinen verheilt, er ist frisch rasiert und seine Augen wirken nicht mehr so müde. Hinter ihm liegt nicht nur die warme Decke, um die ich gebeten habe, sondern auch ein bequem aussehendes Kissen. Auf dem Boden daneben stapeln sich die Zeitungen, die wir ihm haben bringen lassen. Hat er sie gelesen? Konnten sie ihn überzeugen? Oder hat er mich fast zwei Wochen warten lassen, nur um mir zu sagen, dass ich zur Hölle fahren soll?

Ich möchte nicht so von ihm denken. Aber nach allem, was passiert ist, traue ich es ihm zu.

Mein Bruder bleibt vor mir stehen, und ich mustere sein Gesicht. In seinen blauen Augen kann ich nichts lesen. Sein Blick wirkt sanft, doch zugleich ist er finster. Als säße ihm dieselbe Zerrissenheit in den Knochen, die ich gerade fühle.

«Hey», sage ich leise und versuche mich an einem Lächeln. Es ist mir früher nie schwergefallen, mit Val zu reden. Doch wir hatten auch nie ein derartiges Misstrauen zwischen uns hängen. Er hatte mich noch nie zuvor so sehr verletzt. «Wie geht's dir?», frage ich vorsichtig.

Er zuckt mit den Schultern. «In Ordnung, schätze ich. Deine Ärztin musste ein paar Knochen richten, aber sonst ...»

Ich verziehe das Gesicht. «Das klingt schmerzhaft.»

Val atmet hörbar aus. «War es. Aber sie hat mir Schmerzmittel gegeben. Es hätte schlimmer sein können.»

«Gut», erwidere ich überfordert. Ich weiß nicht, was ich sonst sagen soll. So viel hängt von Vals Entscheidung ab. Ich bringe es einfach nicht über mich, das Thema mit Small Talk noch weiter hinauszuzögern.

Meinem Bruder scheint es ähnlich zu gehen. Er runzelt die Stirn und mustert mich nachdenklich. «Ich habe dich in der Zeitung gesehen», meint er. «Mit dem französischen König.»

«Und?», will ich vorsichtig wissen.

Val reibt sich das Kinn. «Manche von den Zeitungen sehen dich schon als neue Königin», fährt er fort. «Andere stellen dich als den Teufel in Person dar.»

*Du bist der Teufel.*

Die Erinnerung an Bens Worte durchfährt mich ohne jegliche Vorwarnung, und ich blinzle sie energisch weg.

«Vielleicht liegt das daran, dass sie deinetwegen denken, ich sei eine Attentäterin», entgegne ich etwas schärfer als beabsichtigt.

«Das solltest du auch sein», erwidert Val leise.

«War ich aber nie.» Zumindest, wenn man es genau nimmt. Ich bin diesen letzten Schritt nie gegangen.

Val mustert mich nachdenklich. «Mir ist klar, dass ihr momentan nur eine Show abzieht, um die Leute zu beruhigen», meint er. «Aber war es echt?»

«War was echt?», frage ich irritiert.

«Das, was der König deiner Meinung nach für dich gefühlt hat.»

Mir entweicht ein leises Schnauben. «Das habe ich dir schon an der Sonnenwende gesagt.»

«Aber glaubst du es jetzt immer noch?», will er wissen. «Nach allem, was seitdem passiert ist ...»

«Ich glaube es nicht nur», sage ich. Meine Stimme zittert vor unterdrückter Wut, weil Val es wieder einmal mit so wenigen Sätzen schafft, mich kleiner zu machen, als ich bin.

Aber nicht diesmal.

«Ich *weiß* es, Val.» Ich schüttle den Kopf und verziehe gequält das Gesicht. «Benedicts Liebe war die aufrichtigste Zuneigung, die mir jemals jemand entgegengebracht hat.»

Ich könnte noch mehr sagen.

Darüber, dass sich seine Arme mehr wie zu Hause angefühlt haben als je irgendein anderer Ort. Darüber, dass mich noch nie jemand so gesehen und bedingungslos angenommen hat wie er mich. Doch ich verkneife es mir. Ich möchte diese Unterhaltung nicht schon wieder mit implizierten Anschuldigungen beginnen.

Val scheint zu überlegen. Er verschränkt die Arme, und ich wappne mich für das, was er gleich sagen wird.

«Es hätte funktionieren können», stellt er schließlich fest. «Der Plan, den du hattest. Ihn auf unsere Seite zu ziehen und so etwas zu bewirken. Du hattest recht, Flo. Es wäre der bessere Weg gewesen.»

Ich starre meinen Bruder an, völlig überrumpelt von diesem Zugeständnis. Wann war das letzte Mal, dass Val mir recht gegeben hat? Ich kann mich verdammt noch mal nicht daran erinnern. «Danke», bringe ich misstrauisch hervor.

Val seufzt. «Ich nehme an, das ist jetzt keine Option mehr?» Wenn ich mich nicht irre, ist da tatsächlich ein Hauch Hoffnung in seiner Stimme.

Ich lache bitter auf. «Nein.» Ganz egal, wie nah Benedict mich körperlich an sich heranlässt, sein Vertrauen werde ich so schnell nicht zurückgewinnen.

Val streicht sich die Haare nach hinten und fixiert mich mit einem ernsten Blick. «Also gut, Schwesterherz», sagt er leise. «Was soll ich machen?»

Es ist das erste Mal, dass ich den Besprechungsraum des königlichen Rats von innen sehe. Das Zimmer hat Ähnlichkeit mit einer kleinen Bibliothek – hohe Bücherregale reihen sich an den Wänden, dunkles Holz dominiert die Einrichtung, über dem großen ovalen Tisch in der Mitte hängt ein prunkvoller Kronleuchter. Es ist eine warme, gemütliche Einrichtung, und der Eindruck wird vom Sommerregen, der gegen die Fenster prasselt, nur noch verstärkt. Die Stimmung im Raum stellt dazu den größtmöglichen Kontrast dar. Sie ist zum Zerreißen gespannt.

Benedict hat diese spontane Sitzung einberufen, nachdem ich ihm von Vals Zugeständnissen berichtet habe. Das

Gespräch mit meinem Bruder ist noch keine zwei Stunden her, und ich sitze mit den höchsten Beratern der Krone an einem Tisch. Die meisten der Anwesenden habe ich bereits kennengelernt oder zumindest gesehen. Eris ist unter ihnen, ebenso wie Brianas Vater Morgan Farrell als königlicher Schatzmeister. Leider gehört dem Rat auch Phinneas an, der noch immer die Schlosswache leitet und mich bei unserer ersten Begegnung mit seinen menschenverachtenden Kommentaren provoziert hat.

Es wundert mich, dass sie ihn nach dem Mordversuch an mir nicht ausgewechselt haben. Immerhin hat er es zu verantworten, dass der *Rote Regen* unbemerkt die Schlosswache infiltrieren konnte. Eine Weile saß er deshalb sogar im Tower, doch offenbar wurde er für unschuldig befunden. Wer weiß, vielleicht ist er das auch. Ich traue ihm trotzdem nicht über den Weg.

Ich beschließe, Phinneas nicht zu genau zu mustern, und lasse den Blick stattdessen über die restlichen Ratsmitglieder schweifen. Natürlich hält es niemand für nötig, mir die übrigen Männer und Frauen am Tisch vorzustellen. So wichtig bin ich dann doch nicht. Ich bin nur hier, weil ich gebraucht werde, um eine neue Strategie im Umgang mit unseren Eltern zu entwickeln. Genauso wie mein Bruder, auf den wir noch warten.

Endlich öffnen sich die schweren Flügeltüren des Besprechungszimmers. Val tritt ein, flankiert von vier Wachen. Er trägt Handschellen, doch sonst lässt nichts mehr darauf schließen, dass er die letzten Wochen in einer Zelle verbracht hat. Seine Haare sind zwar noch immer etwas zu lang, aber gewaschen und ordentlich nach hinten gekämmt. Man hat ihm sogar einen Anzug besorgt. Vermutlich käme es nicht besonders gut an, den Ratsmitgliedern einen schmutzigen Gefangenen als neuen Hoffnungsschimmer vorzustellen.

Val nimmt neben mir auf dem letzten freien Stuhl Platz. Seine Wachen überprüfen noch einmal seine Handschellen, dann verlassen sie den Raum und schließen die schwere Tür hinter sich. Ich muss mir ein Schnauben verkneifen, weil mir diese Vorsichtsmaßnahme so lächerlich vorkommt. Als könnte Val gegen ein Dutzend Vampire, darunter Benedict selbst, ohne Waffe irgendetwas ausrichten.

Verstohlen schaue ich zum König hinüber, der zu meiner anderen Seite sitzt. Sein Blick ist ebenso finster wie der meines Bruders, welcher die Anwesenden mit sichtlichem Argwohn beäugt. Ich verschränke meine Finger ineinander, um mich davon abzuhalten, nervös auf die Tischplatte zu trommeln.

«Sind alle so weit?», zieht Eris die Aufmerksamkeit auf sich und erntet ein zustimmendes Murmeln. Sie sitzt zu Benedicts rechter Seite und lässt abschätzig den Blick über die Ratsmitglieder wandern. «Gut. Sie haben alle das Briefing erhalten. Mr. Hawthorne hat uns seine Unterstützung in Bezug auf Prinzessin Lyras Entführung zugesichert. Es ist jetzt an uns, zu bestimmen, wie diese Unterstützung aussehen soll. Unsere Hoffnung ist es, die Hawthornes durch ihn zu einem Umdenken zu bewegen. Halten Sie das aktuell für realistisch, Mr. Hawthorne?» Sie fixiert Val mit ihren braunen Augen.

Er runzelt die Stirn. «Unsere Eltern werden meiner Meinung misstrauen, weil sie anzweifeln, dass ich Ihnen aus freien Stücken helfe. Dazu kommt, dass sie in der aktuellen Situation die Oberhand haben, wenn ich richtig informiert bin. Die geben sie nicht einfach so auf. Sie werden also nur verhandeln, wenn Sie ihnen entgegenkommen.»

«Die Oberhand?», wiederholt Phinneas empört. «Das kann man wohl kaum sagen.»

Val dreht den Kopf zu ihm und hebt verächtlich eine Braue. «Nicht? Warum ist die rechtmäßige Thronerbin dann noch nicht zurück im Schloss?»

Phinneas' Gesicht läuft rot an. «Falls die Prinzessin überhaupt noch lebt, meinen Sie.»

Aus dem Augenwinkel sehe ich, wie Benedict unter dem Tisch die Hände zu Fäusten ballt. Auch ich verkrampfe mich bei diesen Worten. Phinneas hat wahrlich ein Talent dafür, Dinge zu sagen, die niemand hören will.

«Tut sie», erwidert Val jedoch unberührt. «Meine Eltern kennen Lyras Wert. Tot bringt sie ihnen nichts.»

«Und wie sollen wir ihnen Ihrer Meinung nach entgegenkommen?», ergreift Eris wieder das Wort, bevor Phinneas Gelegenheit zu einer Erwiderung hat. «Sie wollen die Blutgabepflicht abschaffen und Gleichstellung vor dem Gesetz. Diese Forderungen sind utopisch.»

«Sind sie das?», gibt Val zurück.

«In dem zeitlichen Rahmen, den sie fordern, schon», werfe ich ein. «Aber auf lange Sicht ist das bitter nötig.»

Phinneas lacht auf. «Warum überrascht es mich nicht, dass solche aufrührerischen Aussagen von Ihnen kommen, *Miss Hawthorne*?» Er spuckt meinen Namen förmlich aus.

Ich verkneife mir eine Erwiderung darüber, wie wenig überrascht ich von *seinen* Aussagen bin, und schenke ihm nur einen herablassenden Blick. Benedicts Finger zucken, er sagt jedoch nichts. Vorbei sind die Zeiten, in denen er hinter mir stand. Und das weiß auch Phinneas.

«Es würde vielleicht helfen, einmal die Perspektive derer zu berücksichtigen, die Tag für Tag die Konsequenzen Eurer Politik zu spüren bekommen», verkünde ich und lasse den Blick über die Anwesenden schweifen. «Derjenigen, die unterdrückt werden, in Armut leben und immer den Kürzeren ziehen, weil Ihr es unter Eurer Würde empfindet, ihre Rechte zu respektieren.»

«Es gibt Gründe dafür, wie unsere Gesellschaft funktioniert», gibt Phinneas zurück.

«Und welche sollen das sein, abgesehen von einem verlorenen Krieg vor fünfhundert Jahren, Eurer Bequemlichkeit und dem Wunsch, Eure Privilegien zu behalten?»

Phinneas öffnet den Mund und holt Luft, sein Gesicht wutverzerrt, doch Benedict fällt ihm ins Wort. «Genug!»

Empört drehe ich mich zu ihm um. Mir ist klar, wie viel mittlerweile zwischen uns steht. Aber gerade von ihm hätte ich erwartet, dass er mir trotz allem zuhört und nicht das ignorante Arschloch raushängen lässt. Offenbar habe ich mich …

«Florence hat recht.»

*Getäuscht.*

Ich blinzele. Benedict trifft flüchtig meinen Blick, widmet seine Aufmerksamkeit dann jedoch seinen Ratsmitgliedern. «Aufstände wie diese entstehen nicht ohne Grund», fährt er fort. «Ein Großteil unserer Bevölkerung ist menschlich. Diese Leute sichern mit ihrem Blut unsere Existenz, erfahren im Gegenzug aber keinerlei Wertschätzung. Und warum? Aus Rache. Weil wir auf die Morde, die früher an unseresgleichen begangen wurden, mit Unterdrückung geantwortet haben. Aber das ist weder gerecht, noch können wir ewig so weitermachen. Was gerade in diesem Land passiert, zeigt mir, dass ich versagt habe. Denn als König kann ich meine Politik nicht auf eine Minderheit ausrichten und dabei den Rest meines Volkes ignorieren.»

«Mit Verlaub, Eure Majestät», wirft einer der älteren

Männer ein. «In der aktuellen Situation, wo die Lage zwischen Menschen und Vampiren ohnehin angespannt ist …»

«Ist es umso wichtiger, dass wir ein Statement setzen», unterbricht Benedict auch ihn. «Die Vampire dieser Stadt werden die Menschen nicht respektieren, solange die Krone es nicht tut. Und ich habe es satt, mich aus der Verantwortung zu ziehen, Herold.»

Ich kann den Blick nicht von Benedict losreißen. Sein Gesicht ist ernst, sein Tonfall eindringlich. Und mit jedem Wort, das er sagt, verliebe ich mich von Neuem in diesen Mann.

Ja. Ich hatte recht. Benedict hätte sich überzeugen lassen, wäre ich nicht aufgeflogen. Er wäre auf meiner Seite gewesen. Er hätte meine Vorschläge angehört. Und gemeinsam hätten wir das Potenzial gehabt, dieses Land zu verändern. So, wie meine Familie es von Anfang an wollte – nur auf eine völlig andere Art und Weise.

Ich glaube, Val denkt gerade etwas Ähnliches, denn ich höre ihn zu meiner Linken tief durchatmen.

«Und was schlagt Ihr jetzt vor, Eure Majestät?», fragt eine der Frauen skeptisch.

Völlig unvermittelt dreht Benedict den Kopf zu mir. Er trifft meinen Blick und lässt ihn nicht mehr los. Seine grünen Augen nehmen meine gefangen, und die Intensität, mit der sie mich mustern, schickt Gänsehaut über meine Arme und meinen Nacken.

«Ich wette, Florence hat Vorschläge», sagt er leise. «Habe ich recht?»

Ich spüre, wie sich die Aufmerksamkeit sämtlicher Anwesenden auf mich legt. Meine Brust wird eng, doch ich recke das Kinn und schaue entschlossen in die Runde. «Ein Vergütungssystem könnte funktionieren», erkläre ich ruhig. «Es würde die Blutgabepflicht vorerst abmildern, weil es zumindest eine Entlohnung gäbe. Und damit könnte man auch nach Abschaffung der Pflicht gewährleisten, dass weiterhin genügend Blut gespendet wird, weil es dann einen Anreiz gibt. Die Lebensqualität der menschlichen Bevölkerung würde steigen und die Schere zwischen Arm und Reich würde kleiner werden.»

Benedicts Gesicht bleibt unlesbar. Doch er wirkt nicht abgeneigt, und das verbuche ich zumindest als kleinen Erfolg. «Morgan?», adressiert er seinen Schatzmeister. «Deine Einschätzung?»

Ich reiße meinen Blick von Benedict los, um Morgans Reaktion zu beobachten. Brianas Vater wirkt überrumpelt und schüttelt nur schwach den Kopf. «Das ...», beginnt er, setzt dann aber noch einmal neu an. «Wir sprechen hier von gigantischen Ausgaben, die jährlich auf uns zukommen würden. Das ist völlig unwirtschaftlich.»

«Ihr könntet an anderer Stelle Steuern erhöhen», werfe ich ein. «Die Vampirbevölkerung lebt in Luxus. Sie können das Geld entbehren, ohne um ihren Wohlstand fürchten zu müssen.»

Morgan runzelt die Stirn. «Das würde für Aufruhr sorgen, Miss Hawthorne.»

«Das mag sein. Allerdings für einen unberechtigten. Und es wäre eine faire Lösung.»

«Aber in der aktuellen Lage ...» Erneut schüttelt er den Kopf. «Es würde Öl ins Feuer gießen. Miss Hawthorne, mit Verlaub – dieser Vorschlag ist ebenso utopisch wie die Forderungen Ihrer Eltern.»

Enttäuschung überkommt mich. Es wäre ja auch viel zu einfach gewesen.

«Ist eine Übergangslösung denkbar?», will Eris wissen.

Benedict lehnt sich in seinem Stuhl zurück. Auch er scheint zu überlegen. «Wir könnten die Steuern später anheben und die ersten Monate aus der Staatskasse zahlen. Das gibt uns die Möglichkeit, die neue Politik schonend einzuführen, aber die positiven Effekte greifen sofort. Morgan, ich möchte verschiedene Modellierungen auf meinem Tisch, so früh wie möglich. Dann können wir die Kosten und den Umfang der Steuererhöhungen besser einschätzen. Wäre das eine Verhandlungsgrundlage für eure Familie?» Er wendet sich Val und mir zu.

Mein Bruder und ich tauschen einen skeptischen Blick. Es wäre ein Anfang. Aber leider ist dieser Vorschlag nur das Allernötigste und zudem etwas, das Benedict ebenso schnell rückgängig machen könnte, wie er es beschlossen hat.

«Wenn du dazu noch ein Gleichstellungsgesetz in die Wege leitest, lassen sie vielleicht mit sich reden», meine ich vorsichtig.

«Solche Gesetze erlässt man nicht eben über Nacht», gibt Morgan zu bedenken. «Sie müssen gründlich ausgearbeitet, abgewägt und letztlich akzeptiert werden, Miss Hawthorne.»

«Deswegen sagte ich ja, ihr sollt den Prozess in die Wege leiten», erwidere ich freundlich, wenn auch irritiert. Dass ausgerechnet er versucht, meine Vorschläge abzublocken, habe ich nicht erwartet.

«Meine Eltern werden die Prinzessin keinesfalls freilassen, bevor es offiziell ist», wirft Valerian ein. «Es verschafft uns allerdings einen zeitlichen Puffer, in dem sie zumindest keine überstürzten Entscheidungen treffen.»

Ein abfälliges Schnauben ertönt von der anderen Seite des Tisches. «Das ist doch ...», setzt Phinneas an, doch Benedict unterbricht ihn abermals, seine Stimme nun schärfer als vorhin.

«Ich würde dir empfehlen, deine Worte weise zu wählen, Phinneas. Du tendierst dazu, dich mit ihnen zu blamieren.»

Verdammt, es ist wirklich kein Wunder, dass ich mich in diesen Mann verliebt habe. Ich beiße mir auf die Lippe, um mein Schmunzeln zu verbergen, und beobachte mit Genugtuung, wie Phinneas' Gesicht die Farbe einer Tomate annimmt.

«Eure Majestät, bei allem Respekt», ruft er. «Ihr könnt nicht ernsthaft ein Gleichstellungsgesetz erlassen wollen? Was für eine Gleichstellung soll das sein? Ihr vergleicht Spatzen mit Adlern!»

Benedict hebt die Brauen. «Bei allem *Respekt*, Phinneas. Männer wie du sind der Grund dafür, weshalb wir diese Probleme überhaupt erst haben. Du redest von Spatzen? Der einzige verdammte Spatz, den ich sehe, bist du! Und wenn du nicht zu einer Lösung beitragen möchtest, tu uns allen einen Gefallen und geh. Den Rest würde ich bitten, noch für eine Diskussion mit *fundierten* Argumenten zu bleiben.» Er macht eine kurze Pause, dann wendet er sich mir und Val zu. «Florence, Mr. Hawthorne.» Er sagt unsere Namen mit einem Hauch Feindseligkeit, doch vielleicht bilde ich mir das nur ein. Sein Gesicht jedenfalls ist erstaunlich neutral dafür, dass er soeben einen seiner engsten Berater hart in seine Schranken gewiesen hat. «Euch würde ich bitten, ebenfalls zu gehen. Alles Weitere ist vorerst vertraulich.»

Ich schürze frustriert die Lippen, nicke aber. Widerwillig erhebe ich mich und verabschiede mich mit einem Knicks von den Ratsmitgliedern. Valerian hält sich nicht mit Höflichkeiten auf. Ohne die Vampire noch eines Blickes zu würdigen, folgt er mir auf den Gang, wo unsere Wachen uns in Empfang nehmen.

«Ich würde meinen Bruder gern noch zu seiner Zelle begleiten», lasse ich Juanita wissen.

«Natürlich, Miss Hawthorne.»

Gemeinsam machen wir uns auf den Weg zurück zum Kerker. Es dauert nicht lange, bis Valerian und ich wieder allein sind – er hinter den Gitterstäben, ich vor ihnen.

Mein Bruder reibt mit finsterem Gesichtsausdruck seine Handgelenke, auf denen die Handschellen rote Striemen hinterlassen haben, und zieht sein Jackett aus. «Nächstes Mal bringe ich einen Staubwedel für die alten Herren mit», murmelt er und wirft es achtlos auf seine Pritsche.

Mir entweicht ein Schnauben. «Hast du gerade wirklich einen Scherz gemacht?» Einen schlechten, wohlgemerkt, aber trotzdem …

«Es kommt vor», erwidert er trocken.

«Ja, ungefähr so oft wie eine totale Sonnenfinsternis.»

Val verdreht die Augen und lässt sich auf seine Pritsche sinken. Ich bleibe etwas unschlüssig vor den Gitterstäben stehen und fahre mit den Fingerspitzen über das kalte Metall. Die Besprechung lief besser, als ich erwartet hätte. Doch noch immer sind so viele Sachen ungewiss.

«Ich vertraue ihnen nicht», lässt Val mich wissen. «Die Hälfte dieser Leute hat doch nur darauf gewartet, dass der König einknickt und sie ihren eigenen Willen durchsetzen können.»

«Gut möglich», gestehe ich. «Aber solange Benedict die Änderungen unterstützt, haben wir eine Chance, dass sie umgesetzt werden. Und er wird nicht einknicken, glaub mir.»

«Wenn du das sagst, werde ich mich wohl darauf verlassen», meint er, doch ich höre ihm seinen Widerwillen an.

Zögerlich verschränke ich die Arme vor der Brust. Es wäre ein Leichtes, den neu gewonnenen Frieden zwischen uns einfach als solchen zu akzeptieren. Doch noch immer sind zu viele Dinge unausgesprochen. Zu viele Fehler unentschuldigt. «Weißt du», setze ich an. «Das hast du schon mal gesagt, und es war gelogen. Ist es diesmal die Wahrheit?»

Valerians reuevoller Blick ist vermutlich Antwort genug. Doch ich will es aus seinem Mund hören. Ich will wissen, ob er es wirklich eingesehen hat oder nur so tut, als ob. «Ich habe Fehler gemacht», gesteht er. «Und glaub mir, Flo, ich bereue sie.»

Es ist keine richtige Entschuldigung. Aber er nimmt es vermutlich als solche wahr. Wer hätte ihm beibringen sollen, seine Fehler einzugestehen? Unsere Eltern, die der festen Überzeugung sind, nie etwas falsch zu machen? Daher gebe ich mich vorerst mit seinen Worten zufrieden. Eine Frage brennt mir allerdings auf der Zunge, seit ich Benedict in diesem Verhörraum gegenübersaß. Und ich muss sie einfach stellen, denn solange ich keine Antwort darauf habe, kann ich Val nicht unbefangen gegenübertreten. Die Zweifel werden sich langsam, aber sicher durch meine Eingeweide fressen, bis sie die Bindung, die wir einst hatten, endgültig zerstört haben.

Die Wahrheit jedoch könnte dasselbe tun.

Nur schneller. Schmerzvoller.

«Val?», frage ich leise und umfasse einen der Gitterstäbe.

Er hebt fragend die Brauen, und sein Anblick lässt mich beinahe zurückrudern. Seine Miene zeigt den vertrauten Ernst, mit dem ich all die Jahre aufgewachsen bin, doch sein Blick wirkt seltsam gelöst. Mitfühlend. Bedauernd. Als wäre Valerian zum ersten Mal in unserem Leben mehr Bruder als Rebell.

Mit einem Mal habe ich einen dicken Kloß im Hals. Mühsam schlucke ich dagegen an, straffe die Schultern und presse die Worte hervor, vor denen ich mich fürchte. «Hättest du mich wirklich 'rausgeholt?», frage ich heiser. «Wenn ich Benedict getötet und diese Kerze ans Fenster gestellt hätte – wärst du gekommen, um mich nach Hause zu bringen, oder war das auch nur eine Lüge?»

Er schweigt. Nur einen Moment lang, und doch beginnt in meinem Inneren alles zu bröckeln. Ich schaue in Vals blaue Augen und spüre nichts als sengenden Schmerz.

«Ich war da, Flo», meint er schließlich leise. «Ich habe auf dich gewartet. Und ich war bereit, alles zu tun, um dich rauszuholen.»

Mein Herz weiß, dass er die Wahrheit sagt. Doch es ahnt auch, dass er noch nicht fertig ist, und so bleibt da dieser eiserne Griff um meinen Brustkorb. «Aber?», flüstere ich.

Val schluckt, und ich sehe ihm an, wie er seine Worte abwägt.

«Die Wahrheit», fordere ich leise.

Er verzieht den Mund. «Ich war mir nicht sicher, ob ich es schaffe», gesteht er. «Die Sicherheitsvorkehrungen der Residenz waren immens.»

Meine Finger zittern. Ich lasse die Arme sinken und balle die Hände an meinen Seiten zu Fäusten. «Warum hast du mir das nicht gesagt?»

Scheinbar hilflos schüttelt Val den Kopf. «Hättest du mir noch vertraut, wenn ich das getan hätte?»

«Ja», erwidere ich, ohne zu zögern, und dieses kleine Wort scheint all den Schmerz seines Verrats in sich zu vereinen. «Ich habe dir *immer* vertraut, Val», bringe ich hervor und blinzle gegen die Tränen an, die mir in die Augen steigen. «Mein ganzes Leben lang. Bedingungslos. Bis du es mich bereuen lassen hast.»

Valerian lässt die Schultern sinken, und mit einem Mal wirkt er müde. Geradezu zerbrechlich. «Es tut mir leid», sagt er rau. «Du hättest mehr verdient als uns, Florence.»

Ich atme tief durch und schließe für einen Moment die Augen.

«Ja», flüstere ich schließlich und spüre, wie sich diese neu gewonnene Wahrheit schwer in meinen Magen legt. «Ich fürchte, damit hast du recht.»

# KAPITEL ELF

# LOVE SURROUNDS YOU

# BENEDICT

Ich höre Florence bereits auf dem Flur. Die zarten Klänge der Harfe dringen selbst durch die dicken Steinmauern des Palasts, und jeder Ton bringt mein Inneres mehr aus dem Gleichgewicht.

Mittlerweile ist es ein paar Stunden her, dass ich sie und Valerian aus dem Besprechungssaal geschickt habe. Ich habe dort weitergearbeitet, um ihr noch eine Weile länger aus dem Weg zu gehen. Es gab längst Abendessen, draußen ist es stockfinster geworden. Nur der Regen prasselt weiterhin unaufhörlich gegen die Fenster des Schlosses, ein dumpfes Hintergrundrauschen, das die Musik unterlegt.

Es war eine Herausforderung, meine Ratsmitglieder von Florence' Ideen zu überzeugen, aber letztendlich gab es kaum Gegenargumente, die über den reinen Wunsch, die eigenen Privilegien zu erhalten, hinausgingen. Die Aussage, wir hätten es schon immer so gemacht, hat für mich keinen Wert. Fortschritt braucht Veränderung. Und ich glaube, es wird dringend Zeit, ein paar meiner Berater zu ersetzen.

Was Florence angeht ... sie scheint uns tatsächlich eine Hilfe zu sein. Und ich weiß nach wie vor nicht, wie ich mit ihr umgehen soll. Valerians Zelle wird abgehört, und natürlich haben Eris und ich dem Gespräch der beiden gelauscht, bevor wir den Rat einberufen haben. Etwas Verdächtiges konnten wir nicht entdecken. Im Gegenteil. Florence bisherige Aussagen wurden noch einmal bestätigt. Sie ist wirklich auf unserer Seite. Und dieser Gedanke hat mich in den vergangenen Stunden fast rasend gemacht.

*Benedicts Liebe war die aufrichtigste Zuneigung, die mir jemals jemand entgegengebracht hat.*

Der Satz ist mir unter die Haut gekrochen und sitzt dort nun wie ein schmerzender Splitter. Ich höre ihn immer und immer wieder, und mit jedem Mal hasse ich ihn mehr. Benedicts Liebe *war*. Vergangenheitsform. Denn Florence hat sie zerstört.

Es hätte alles so einfach sein können, hätte sie mich nicht verraten. Sie wäre so vollkommen perfekt für mich, könnte ich ihr vertrauen. Doch genau das schaffe ich nicht mehr. Egal, was sie sagt oder tut – es scheint immer das Falsche zu sein. Sie spricht voller Wärme von meiner Liebe, wenn ich doch eigentlich will, dass sie von ihrer spricht. Sie spielt das Lied meiner Mutter allein in meinem Arbeitszimmer, wenn sich doch alles in mir danach sehnt, dass sie es für mich spielt. Diese Melodie, die nur uns beiden gehört. Die ich mit ihr geteilt habe, weil ich der festen Überzeugung war, sie hätte diesen Teil von mir verdient.

Und jetzt …

Jetzt weiß ich nicht mehr, was ich glaube. Meine Überzeugungen sind in diesem Chaos aus Gefühlen untergegangen. In meiner Liebe, meinem Hass. In meinem Schmerz und meiner Wut. Wut auf Florence, aber noch mehr Wut auf mich selbst. Weil ich trotz all meiner guten Vorsätze nicht verhindern kann, dass sich jeder meiner Gedanken um diese Frau dreht.

Frustriert betrete ich meine Suite und steuere auf das Arbeitszimmer zu. Warum muss sie ständig meine Regeln brechen? Warum hört sie nicht auf, mich begehren zu lassen? Florence ist der reinste Widerspruch. Sanft und zugleich bestimmt. Warm und doch kalt. Perfekt und dennoch ein Fehler. Ich halte ihre Nähe nicht mehr aus. Sie vergiftet meine Seele mit ihrer goldenen Zunge, ihre Blicke stecken mein Innerstes in Brand. Aber sie lässt mich nicht vom Haken. Spielt leichtfertig mit dem Monster in mir, das ich so sorgsam zurückhalte.

*Bestraf mich.*

Wenn ich an diese Worte denke, zieht sich in mir alles zusammen. Sie hat mit ihnen einen Schalter umgelegt, der sich nun einfach nicht mehr zurückstellen lassen will. Als hätte es mich nicht ohnehin schon all meine Selbstbeherrschung gekostet, nicht nachts zu ihr in dieses Bett zu steigen. Nein, Florence muss mich auch noch darum *bitten*. Und dass sie sich jetzt ohne meine Erlaubnis Zutritt zu meinem Arbeitszimmer verschafft hat, ist nur eine weitere Provokation.

*Ich tue alles, wenn du mich dafür fickst.*

Wenn das dafür sorgen würde, dass sie endlich aus meinem Kopf verschwindet, würde ich sofort nachgeben. Aber machen wir uns nichts vor ... ich täte es nicht, um irgendetwas zu bewirken. Ich täte es, weil ich es *will*. Weil sich alles in mir nach Florence sehnt, ganz egal wie falsch es ist. Weil mein Kopf und mein Herz sich bekriegen, seit sie die beiden auseinandergerissen hat, und sich ein Teil von mir einredet, es wird besser, wenn ich mich meinem Verlangen einfach hingebe.

Ich trete in den Türrahmen zum Arbeitszimmer, fest entschlossen, Florence rauszuschmeißen. Doch als ich sie sehe, stocke ich. Sie hat den Blick gesenkt und scheint sich voll und ganz auf die Saiten zu konzentrieren. Ihre Wangen sind feucht. Tränen schimmern in ihren Augen.

Der Anblick trifft mich unvorbereitet. Er lässt das Bedürfnis, sie in meine Arme zu schließen, sie zu trösten, beinahe übermächtig werden. Ich kann es nicht ertragen, sie so zu sehen. Kann nicht ertragen, was aus uns geworden ist. Und doch will ich kein Mitgefühl mit ihr empfinden. Zorn ist einfacher als Liebe, also wähle ich stattdessen ihn.

Ich entledige mich meines Sakkos, mache einen Schritt in den Raum hinein und hänge es über die Lehne meines Stuhls. Vielleicht wird es Zeit, diese verdammte Harfe ein für alle Mal zu entsorgen. Alles, was dieses Instrument tut, ist, mich mit Sehnsüchten zu füllen, die niemals gestillt werden können.

«Was an *das Arbeitszimmer ist tabu* hast du nicht verstanden?», frage ich, und Florence zuckt zusammen. Sie bleibt mit ihren Fingern an den Saiten hängen und schaut erschrocken zu mir auf, ihre Rehaugen derart unschuldig, als hätte sie nicht einmal in Erwägung gezogen, dass ich irgendwann zurückkommen könnte. Mein Blut beginnt zu kochen.

«Ich schnüffle nicht», verteidigt Florence sich und wischt sich über die feuchten Wangen. «Ich wollte nur spielen, okay?» Sie setzt die Finger wieder an die Saiten, doch ich mache einen drohenden Schritt auf sie zu. Auf keinen Fall wird sie diese Melodie noch einmal anstimmen. Als wüsste sie nicht, was dieses Instrument, dieses Lied mit mir macht.

«Lass das», fahre ich sie an.

Florence hebt die Brauen, und Trotz schimmert in ihrem Blick. «Seid Ihr schlecht gelaunt, *Majestät?*»

Ich spüre einen Muskel in meinem Kiefer zucken, so sehr bringt mich diese Anrede aus der Fassung. «Provozier mich nicht.»

Sie blickt mich nur herausfordernd an, anstatt etwas zu erwidern.

Meine Stimme wird ungewollt lauter. «Wieso sitzt du hier, obwohl ich es dir ausdrücklich verboten habe? Du kannst dich nicht mal an eine einzige Regel halten, oder?»

Florence richtet sich auf. «Ich dachte, das mochtet Ihr an mir. Aber falls sich das geändert hat, fällt Euch sicher ein Weg ein, mich gefügig zu machen. Ich kann sehr gehorsam sein, wenn man mir einen guten Grund dafür gibt.»

«Und ich kann sehr grausam sein, wenn man mich dazu zwingt.» Heiße Wut treibt die Drohung über meine Lippen. Ich bin kurz davor, Florence im Nacken zu packen und von diesem Hocker hochzuziehen. Ich werde sie *umbringen.* Sobald ich die Erinnerung an ihr Flehen und Stöhnen aus meinem Kopf vertrieben habe und nicht mehr Gefahr laufe, sie stattdessen über meinen Schreibtisch zu beugen.

«Das hast du sehr deutlich gemacht, ja», fährt sie mich an. Sie steht auf und kommt zu mir, ein Hauch ihres Lavendeldufts steigt mir in die Nase. «Möchtest du mir auch die Schulter brechen? Mich foltern? Würde dir das Freude bereiten?»

*Bestraf mich.*

Ich würde sie niemals verletzen. Doch es gibt andere Möglichkeiten, sie zu bestrafen. Mein Schwanz wird hart, wenn ich nur daran denke.

«Du weißt, dass ich keine Freude daran hätte», schieße ich zurück.

«Tue ich das?»

«Hör auf damit, Florence!»

«Womit? Du hast doch angefangen! Du bist hier reingestürmt wie ein verwundeter Eber, nur weil du nicht mit meiner Nähe klarkommst!»

«Hier geht es nicht um deine Nähe», knurre ich, doch Florence lacht bitter auf.

«Natürlich tut es das! Glaubst du, ich hätte nicht bemerkt, dass du mir aus dem Weg gehst?»

Meine Finger zucken verräterisch. «Vielleicht weil du so verdammt nervst.»

Florence' Gesicht verzieht sich vor Wut. Sie stößt mich vor die Brust und funkelt mich an. «Oder weil du ein verdammter Feigling bist, Benedict! Du hast so eine Angst vor dem, was noch zwischen uns ist, dass du dich nicht mal traust, von mir zu trinken! Der arme kleine König lebt lieber mit seiner Verdrängung, statt sich seinen Gefühlen zu stellen. Du bist erbärmlich.»

Meine Hand findet so schnell Florence' Hals, dass sie überrascht nach Luft schnappt. Ihre Augen weiten sich, und sie klammert sich instinktiv an meinem Handgelenk fest. Vielleicht glaubt sie, ich würde wirklich zudrücken. Vielleicht ist ihre Meinung von mir so weit gesunken, dass ich für sie nicht mehr als ein gewalttätiger Wichser bin. Wenn dem so ist, sollte sie vielleicht aufhören, mich verdammt noch mal zu provozieren.

«Wie hast du mich genannt?», grolle ich und bringe ihr Gesicht näher an meines. Ich könnte sie jetzt küssen. Und verdammt – genau das will ich. Mehr als irgendetwas sonst.

«Ich glaube, du hast mich mehr als deutlich verstanden», keucht Florence. Sie hält weiterhin meinem Blick stand, und aus der flüchtigen Angst, die eben noch über ihr Gesicht gehuscht ist, ist nun eine reine Herausforderung geworden. Eine, die ich jeden Moment annehme, wenn diese Frau nicht sofort verschwindet.

Ebenso ruckartig, wie ich sie gepackt habe, lasse ich sie wieder los. «Raus hier», fahre ich sie an und weise mit dem Kinn zur Tür.

Florence fährt sich mit den Fingerspitzen flüchtig über

den Hals, reckt jedoch das Kinn. «Angst vor meinen Wahrheiten, Eure Majestät?»

Das reicht.

Ich mache einen Schritt auf Florence zu, der sie unweigerlich rückwärts drängt. Sie stößt mit dem Rücken gegen eines der Bücherregale und atmet erschrocken ein. Aus der Hitze unserer Auseinandersetzung wird ein Knistern auf meiner Haut, ein Glimmen in meiner Magengrube, ein Glutnest in meinem Scheiterhaufen von einem Herzen. Florence und ich sind nur einen Windstoß von einem Waldbrand entfernt, und doch rücke ich nicht von ihr ab. «Entweder du gehst jetzt», raune ich dunkel, «oder du gehst auf die Knie.»

Florence erschaudert. «Ich …»

Sie kommt nicht dazu, den Satz zu beenden. Ich habe bereits in ihre Haare gegriffen und dränge sie grob nach unten. Ohne ein weiteres Wort lässt sie sich vor mir auf dem Teppich nieder und schluckt, als sie die Beule in meiner Hose bemerkt.

«Was?», frage ich harsch und lasse sie los. «Hat es deinem vorlauten Mundwerk die Sprache verschlagen? Worauf wartest du? Verschwinde oder öffne meine Hose.»

Florence zögert nur den Bruchteil einer Sekunde. Sie öffnet mit fahrigen Bewegungen meinen Gürtel und widmet sich dann meiner Anzughose. Ich knöpfe unterdessen mein Hemd auf und ziehe es mir über den Kopf. Wenn Florence' Lippen gleich um meinen Schwanz liegen, will ich nicht riskieren, dass mir der Stoff die Sicht versperrt. Sie schiebt meine offene Hose und meine Boxerbriefs ein Stück nach unten und macht Anstalten, meinen Penis zu umfassen.

«Stopp», befehle ich ihr, und sie erstarrt. Fragend schaut sie zu mir hoch, in ihren Augen sowohl Unsicherheit als auch Verlangen. Letzteres scheint zu überwiegen, denn sie leckt sich geistesabwesend über die vollen Lippen. «Deine Hände», fordere ich rau und ziehe meinen Gürtel aus meiner Hose. Florence hält mir ihre Arme entgegen, und ich wickle das Leder zweimal um ihre Handgelenke, bevor ich es festziehe.

Ihr bleibt nicht viel Zeit, um sich mit den Fesseln anzufreunden. Mit einer Hand umfasse ich meinen Schaft, mit der anderen greife ich wieder in Florence' Haare und führe ihre Bewegung. Sie wehrt sich nicht. Ihre Lippen schließen sich um meinen harten Schwanz, und wir stöhnen beide auf.

Diese verdammte Frau ...

Ihr feuchter, warmer Mund lässt mich auch den Rest meiner Selbstbeherrschung vergessen. Ich vergrabe beide Hände in ihren Locken und stoße mich in sie. Immer fester, immer tiefer, bis aus ihrem gedämpften Stöhnen ein ersticktes Würgen wird. Erst dann ziehe ich ruckartig ihren Kopf zurück und lasse sie nach Luft schnappen. Speichel läuft ihr übers Kinn, und eine Träne hängt in ihren Wimpern. Trotzdem begegnet sie meinem Blick und sagt kein Wort, als würde sie nur auf meinen nächsten Befehl warten. Ich kann nicht mehr denken, wenn sie mich so ansieht. Bevor ich es mir anders überlegen kann, habe ich Florence bereits auf die Beine gezogen und sie mit dem Rücken zu mir gegen die Kante meines Schreibtisches gedrängt. Ich reiße ihr das Kleid buchstäblich vom Leib und zerre ihr den Slip von den Hüften. Meine Finger fahren zwischen ihre Beine, und ich stöhne gequält auf.

Florence ist nicht nur feucht. Sie ist *nass*. Der Beweis ihrer Erregung sickert bereits an ihren Schenkelinnenseiten hinunter und benetzt meinen ohnehin schon feuchten

Schwanz, als ich mit diesem nun von hinten durch ihre Schamlippen fahre. Sie stöhnt auf und versucht, mir entgegenzukommen, doch ich drücke ihre Hüfte mit meiner fester gegen den Tisch und halte sie bewegungslos.

Einen Moment lang genieße ich das Gefühl, sie so vollständig zu kontrollieren. Ihr ganzer Körper zittert vor Lust. Doch anstatt ihr zu geben, was sie will, streiche ich nur träge über ihre nackten Brüste und zwirbele mit leichtem Druck ihre harten Nippel. Langsam senke ich den Kopf, streiche mit meiner Nase über ihren Hals und atme ihren Duft ein. Das Verlangen nach ihrem Blut überrollt mich. Und obwohl ich sie gerade ganz und gar in meiner Hand habe, ist es doch Florence, die gewonnen hat. Die mich regiert statt andersherum, weil ich weiterhin davor zurückschrecke, von ihr zu trinken.

Fuck. Das muss sich ändern. Hier und jetzt. Ich werde mir nehmen, was ich will. Sie, ihr Blut, ihren Körper. Auch wenn ich mir nicht sicher bin, ob ich je wieder aufhören kann, wenn ich mich ihr jetzt hingebe.

Florence legt beinahe erwartungsvoll den Kopf schief, und ich muss unweigerlich an unseren ersten Biss denken. Ich habe immer ungern von Menschen getrunken. Jeder meiner vergangenen Blutbräute war die Angst vor mir deutlich anzumerken, ganz egal wie vorsichtig ich mit ihnen umgegangen bin. Auch Florence war so. Anfangs. Bevor andere Gefühle überhandgenommen haben.

Noch immer kann ich ihr Blut schmecken. Ihren viel zu schnellen Puls unter meinen Lippen spüren. Das Gewicht ihres Körpers, als sie sich haltsuchend an mir festgeklammert hat.

Mit jedem Biss schien ihr Widerstand gegen mich zu schwinden. Und seit ich realisierte, dass nicht Angst Florence zum Zittern bringt, sondern pures Verlangen, erhitzte ihr warmes Blut auf meiner Zunge jedes Mal meinen gesamten Körper.

Es war kein Verlangen nach dem König. Keines nach Macht oder Geld. Es war Verlangen nach mir allein.

Ich spüre, wie sich meine Fangzähne ausbilden. Mein Schwanz zuckt zwischen Florence' Beinen, und sie wimmert leise.

«Letzte Chance, Stopp zu sagen», lasse ich sie wissen, und ich erkenne meine eigene Stimme nicht wieder. Sie klingt wie Drohung und Versprechen zugleich, rau und dunkel. «Diesmal werde ich nicht sanft sein.»

«Okay», flüstert sie.

*Okay.*

Nichts hieran ist okay. Doch das interessiert mich schon lange nicht mehr. Ich schiebe Florence' Beine auseinander und fahre erneut mit der Eichel durch ihre feuchten Schamlippen.

«Gut», raune ich ihr ins Ohr. «Dann sei ausnahmsweise ein braves Mädchen und schrei für mich.» Ich versenke meine Zähne tief in Florence' Hals und stoße gleichzeitig hart in sie. Sie schreit auf, windet sich, doch ich halte sie mit eisernem Griff gefangen. Ich spüre ihre Enge um meinen Schwanz – wie sie sich vor Überraschung anspannt, eine Anspannung, die sich mit jedem meiner schnellen Stöße allmählich weiter löst. Ihr Blut benetzt meine Zunge, und ich bin wie in einem Rausch. In gierigen Schlucken trinke ich von ihrem Hals, dann ihrem Nacken, ihrer Schulter. Ich verteile Bisse auf Florence' Körper, und jedes Mal stöhnt sie laut, das Geräusch eine Mischung aus Schmerz und Erregung. Dann beuge ich sie über die Tischplatte, ihre gefesselten Hände gefangen zwischen ihr und dem kalten Holz, und packe ihre Hüften, um sie noch härter zu nehmen. Ich ramme mich in sie, fülle jeden Millimeter von ihr mit meinem Schwanz. Wieder und wieder.

Es ist mehr Hass als Liebe. Mehr Strafe als Genuss. Trotzdem spüre ich nach ein paar Minuten, wie Florence kommt. Sie stöhnt meinen Namen, ihre Stimme bereits heiser vom Schreien, doch ich mache einfach weiter. Bis sie nur noch wimmert. Bis meine Wut verraucht und ich beginne, mich für jeden groben Stoß selbst zu verabscheuen. Erst jetzt ziehe ich Florence' Hüften ein wenig weg von der Tischplatte, greife um sie herum und reibe sie mit zwei Fingern. Ihr Stöhnen ist kaum mehr als ein Seufzen, doch sie kommt erneut und verkrampft sich dabei so heftig um meinen Schwanz, dass ich fast ebenfalls komme. Der letzte Rest Verstand in meinem Kopf hält mich gerade noch davon ab. Ich trage kein Kondom, verdammte Scheiße. Weil mein Gehirn offensichtlich nicht mehr funktioniert, wenn Florence in meiner Nähe ist.

Ich ziehe mich im letzten Augenblick aus ihr zurück und komme auf ihren Rücken, während ich gleichzeitig ihren Orgasmus mit meinen Fingern auf die Spitze treibe. Mein eigenes Stöhnen tönt durch das Arbeitszimmer und hinterlässt eine schwere Stille, die nur von unserem angestrengten Atem gefüllt wird.

Einen Moment lang stehe ich regungslos da und spüre meinem Orgasmus nach. Ich starre auf mein Sperma, das Florence' helle Haut ziert, spüre ihre Klitoris unter meinen Fingern pulsieren wie ein schlagendes Herz und fühle mich ... leer.

Meine Wut ist verschwunden, und zurück bleibt bittere Reue.

Was mache ich hier eigentlich, verdammt? Ich wollte

Florence nicht vögeln, geschweige denn schwängern. Die Tatsache, dass ich nicht einmal in Erwägung gezogen habe, ein Kondom zu benutzen, ist schon schlimm genug. Aber ich war grob. Vielleicht sogar übergriffig, denn auf einmal bin ich mir nicht mehr sicher, ob das hier eine gemeinsame Sache war oder ...

Verdammte Scheiße. Irgendetwas ist gerade gewaltig schiefgelaufen.

«Alles okay?», frage ich heiser und bücke mich nach den Resten ihres Kleids. Florence liegt noch immer schwer atmend auf der Tischplatte wie ein Häufchen Elend.

«Mhm», macht sie nur erschöpft.

Nicht beruhigend. Im Gegenteil. Vermutlich ist sie noch überforderter mit der Situation als ich. Zu Recht. Wie ich sie eben behandelt habe ...

Ganz egal, was Florence verbrochen hat, das hier war nicht in Ordnung.

«Tut mir leid», bringe ich hervor und wische ihr mit dem zerrissenen Stoff den Rücken sauber. Mein Blick fällt auf die Bisswunden an ihren Schultern, und sämtliche weiteren Worte bleiben mir im Hals stecken.

«Alles gut.» Florence' Stimme klingt zittrig, und ich zweifle unweigerlich an der Wahrheit ihrer Aussage. Nichts ist gut. Erst recht nicht zwischen uns. Warum hat sie nicht Stopp gesagt, verdammt? Warum habe ich mich nicht zurückgehalten? Wenn sie das nicht wollte ...

Am liebsten würde ich sie in meine Arme ziehen. Ihren Körper mit Küssen übersäen und meine Grobheit von eben wiedergutmachen. Doch das würde nur noch weitere Grenzen überschreiten. Sowohl ihre als auch meine eigenen.

Vorsichtig helfe ich Florence dabei, sich wieder aufzurichten. Sie bleibt mit dem Rücken zu mir stehen, und ich bin froh darüber, ihr noch nicht ins Gesicht sehen zu müssen. Darauf bedacht, sie möglichst wenig zu berühren, greife ich um sie herum und befreie ihre gefesselten Hände. Dann bücke ich mich nach meinem Hemd und lege es um ihre Schultern.

«Danke», flüstert sie. Sie dreht sich zu mir um, doch gleichzeitig wende ich mich ab und schließe meine Hose. Eben habe ich mich leer gefühlt. Jetzt bricht mit einem flüchtigen Blick von Florence alles, was ich verdrängen wollte, nur umso heftiger über mich ein.

«Ich gehe kurz duschen», höre ich mich sagen. Ohne auf Florence' Reaktion zu warten, flüchte ich förmlich aus dem Zimmer und verschwinde im Bad. Sie hätte jedes verdammte Recht dazu, als Erste zu duschen, doch ich ertrage gerade keine weitere Sekunde in ihrer Nähe. Das Chaos in meinem Inneren ist zu groß. Ich brauche einen Moment, um meine Gedanken zu sortieren. Kaltes Wasser, um meinen Kopf freizuspülen. Und mindestens eine geschlossene Tür zwischen dieser Frau und mir, um wieder Herr über meinen Körper zu werden.

Ich werfe meine Klamotten in die Wäsche und nehme die vermutlich kälteste Dusche meines Lebens. Es fällt mir schwerer als sonst, meine Emotionen beiseitezuschieben. Florence sollte hier bei mir sein. Ich sollte ihren schmerzenden Körpern mit Küssen übersäen und ihr die Erinnerung an meine groben Berührungen von der Haut waschen. Aber am Ende gewinnt doch wieder meine rationale Seite.

Dieser Abend war in jeder Hinsicht ein Ausrutscher, und nichts davon wird sich wiederholen. Ich werde sicherstellen, dass es Florence gut geht und sie nicht von mir schwanger wird, dann gehe ich schlafen. Die Wahrscheinlichkeit ist zwar gleich null – immerhin bin ich nicht in ihr gekommen, und eine Vampirschwangerschaft ist extrem selten –, aber ich will nicht, dass sie sich Sorgen macht. Und unter diesen Umständen sollten wir ohnehin kein Risiko eingehen. Das Chaos ist bereits groß genug.

Als ich nach ein paar Minuten aus dem Bad komme, sitzt Florence im Schlafzimmer auf dem Bett. Sie hat sich in mein Hemd eingewickelt, und ihr Gesicht ist gerötet. Ich mustere sie genauer. Sie sieht nicht aus, als hätte sie geweint, was mich allerdings wenig beruhigt. Ihr ist deutlich anzusehen, wie mitgenommen sie ist.

Ich fühle mich erbärmlich. Und die Tatsache, dass ich es versäumt habe, mir frische Klamotten mit ins Bad zu nehmen, und deshalb mit nicht mehr als einem Handtuch um die Hüften vor ihr stehe, macht es nur noch schlimmer.

«Ist wirklich alles in Ordnung?», frage ich und zwinge mich dazu, Florence' Blick zu treffen. Sie ringt sich ein Lächeln ab, und mein Magen verkrampft sich. Es wirkt ehrlich. Zweifelsohne geschafft, aber irgendwie auch ... glücklich.

«Ja», sagt sie leise.

Einen Moment lang stehe ich einfach nur vor ihr und starre sie an. Ich traue mich die nächste Frage kaum auszusprechen, doch ich muss es tun. Mein Kopf spinnt jetzt schon Albträume um ihre Antwort. «Habe ich dir wehgetan?»

Sie zögert. Und in mir bricht etwas.

«Also ja.»

«Es ist nicht schlimm», sagt sie sofort, doch ich höre sie kaum über das Rauschen in meinen Ohren. Mein Blick sucht ihren Körper nach Verletzungen ab und bleibt schließlich an ihrer rechten Hüfte hängen, wo der Saum meines Hemdes ein Stück hochgerutscht ist. Just in diesem Moment zupft Florence den Stoff zurecht.

Gänsehaut kriecht mir den Nacken empor. «Lass es mich sehen», bitte ich sie leise.

«Es ist schon ...»

«Florence.» Verdammt, warum redet sie es auch noch klein?

Sie verzieht leicht den Mund, widerspricht jedoch nicht mehr. Stattdessen steht sie auf und öffnet das Hemd, sodass ich ihren nackten Körper sehen kann.

Ich ziehe scharf die Luft ein.

Blutergüsse bedecken Florence' gesamten Unterleib. Ihre Beckenknochen, ihren Bauch, den Ansatz ihrer Oberschenkel – überall da, wo ich sie viel zu grob gegen die Tischkante gedrückt habe. Ich habe nicht einmal realisiert, wie fest ich sie dagegengestoßen habe. Ich war so in meinem eigenen Kopf gefangen, dass ich nicht gemerkt habe, was ich da tue.

Das ist also der Mann, der ich wirklich bin. Jemand, der sich mit Schmerzen rächt, statt ihr einfach den Rücken zuzukehren.

«Es tut wirklich nicht sehr weh», versichert Florence mir schon wieder, als hätte sie meine Gedanken gelesen.

Ich schüttle nur den Kopf, trete auf sie zu, öffne mit meinen Zähnen die Venen an meinem Handgelenk und biete ihr mein Blut an. Sie atmet tief durch, umfasst meinen Arm und führt ihn an ihre Lippen.

«Es tut mir leid», murmle ich, und weil ich feige bin, wähle ich dafür genau den Moment, in dem Florence mir nicht antworten kann. Das hier sollte nicht okay für sie sein. Sie sollte mich hassen – genau wie ich es gerade tue. Ich kann sie nicht mal mehr anschauen, verdammt. Meine Scham und meine Schuldgefühle fressen mich auf. Ich sollte ihr mein Blut nicht so bereitwillig geben, doch von mir aus könnte sie gerade so viel trinken, wie sie will. Je schneller ihre Verletzungen heilen, desto schneller verschwindet vielleicht auch dieses beklemmende Gefühl in meiner Brust.

Doch Florence nimmt kaum mehr als einen, vielleicht auch zwei kleine Schlucke, bevor sie sich von mir löst. Sie wickelt mein Hemd wieder um ihren Körper und öffnet den Mund, als wollte sie etwas sagen, lässt es aber dann doch.

«Ich lasse gleich morgen früh jemanden die Pille danach für dich besorgen», verspreche ich ihr. «Nur um sicherzugehen ...»

Florence zieht verwirrt die Brauen zusammen. «Oh ... okay.»

«Oh?», wiederhole ich.

«Nichts. Danke.»

Warum lügt sie mich jetzt an? Es ist nicht *nichts*. Sie wirkt völlig überrumpelt. «Willst du das nicht?», hake ich nach.

Verdammt, es fühlt sich an, als hätte man meine Emotionen gerade einmal durch einen Fleischwolf gedreht. Warum ist mein erster Impuls, zu denken, dass sie mir ein Kind anhängen will? Ich war derjenige, der das hier verbockt hat, nicht sie. Und auch wenn mir der Gedanke nicht gefällt, es ab hier dem Zufall zu überlassen, werde ich sie zu nichts zwingen. König hin oder her, es ist Florence' Körper, nicht meiner. Und ich werde ihr nicht vorschreiben, wie sie mit ihm umzugehen hat.

«Doch», lenkt sie eilig ein. «Natürlich. Ich habe nur bis eben noch gar nicht daran gedacht ...»

«Du kannst es dir überlegen», erwidere ich bemüht ruhig. «Ganz wie du möchtest.» Im Moment ist sie von meinem Verhalten offenbar komplett durch den Wind. Florence' braune Augen kommen einem Hilferuf gleich, so überfordert blinzelt sie zu mir hoch. Und ich bin schon wieder kurz davor, sie in meine Arme zu ziehen.

Auf keinen Fall.

Schnell wende ich mich dem Schrank zu und hole mir ein paar Schlafklamotten heraus. Dann öffne ich die Tür zum Wohnzimmer. «Falls du sonst noch etwas brauchst, lass es mich wissen», sage ich über meine Schulter und schaue noch einmal zu ihr.

Florence zieht die Brauen zusammen. «Was …?» Sie stockt und vergräbt die Finger im Stoff des Hemdes. «Kommst du nicht ins Bett?», presst sie hervor.

Ich erstarre. In meinem Magen bildet sich ein schmerzhafter Knoten. «Warum sollte ich?», frage ich mit rauer Stimme.

Sie lässt sich auf das Bett sinken, und ihr Gesichtsausdruck wandelt sich. Alle Wärme darin schwindet und macht Platz für eine Unsicherheit, die sie plötzlich voll und ganz einzunehmen scheint.

Ich weiß nicht, wie mir geschieht. Diese Frau war immer stark. Selbst wenn sie Angst hatte, Fehler gemacht hat, Grenzen überschreiten musste. Von Anfang an hat sie mir bewiesen, dass sie sich von nichts brechen lassen wird. Doch nun wirkt sie plötzlich klein und verletzlich. «Weil wir gerade Sex hatten?», fragt sie. Ein Zittern hat sich in ihre Stimme geschlichen, fast als würde sie sich vor meiner Antwort fürchten. Und scheiße, das tue ich auch.

Meine Kehle wird eng. Aber sie war es, die das eben Geschehene immer wieder herausgefordert hat. Und nur, weil wir mal mehr waren, heißt das nicht, dass Sex uns wieder dorthin zurückbringt. Ganz egal, wie sehr ich mir das selbst wünsche – so kann und darf es nicht sein.

«Das tut nichts zur Sache», erwidere ich, und Florence schluckt schwer. Sie umklammert den Hemdstoff fester. Die Knöchel ihrer Finger treten weiß hervor, ihr Blick wird hart und abweisend. Nur ihre Stimme bricht verräterisch.

«Also hast du mich benutzt, um dich besser zu fühlen.»

Es ist keine Frage. Sie sagt es mit vernichtender Sicherheit. Als wäre sie nach all den Monaten endlich in der Lage, mich zum ersten Mal klar zu sehen. Als fiele ihr nun wie Schuppen von den Augen, wer ich wirklich bin.

Ihr Tonfall versetzt mir einen schmerzhaften Stich. Und wieder bin ich das Monster. Wieso? Sie wollte es doch, verdammt. «Ich habe dir nichts versprochen», erinnere ich sie, und obwohl ich versuche, ruhig zu bleiben, schwingt ein leicht gereizter Unterton in meinen Worten mit. «Du hast es herausgefordert. Tu nicht so, als hättest du mich nicht ebenso benutzt wie ich dich.»

Florence blinzelt hektisch und wendet sich ab, doch ich habe die Tränen in ihren Augen bereits bemerkt. «Verstehe», presst sie hervor. Ich öffne den Mund, doch sie kommt mir zuvor. «Dann gute Nacht, Eure Majestät.»

Die Anrede presst mir jegliche Luft aus den Lungen. Und Florence' Tonfall tut sein Übriges, um mich zum Schweigen zu bringen. Sie klingt so bitter, dass es wehtut. Also sehe ich lediglich dabei zu, wie sie sich vor mir ins Badezimmer flüchtet, die Tür energisch hinter sich ins Schloss wirft und mich aussperrt.

Wahrscheinlich ein für alle Mal.

# KAPITEL ZWÖLF

# EVOL

## FLORENCE

Ich kann das nicht.
Nicht mehr.

Diese innere Zerrissenheit zerfleischt mich bei lebendigem Leib. Mehr denn je frage ich mich, wieso ich überhaupt so weit gegangen bin. Wieso ich es so weit habe kommen lassen. Mit jedem Schritt, den ich auf Benedict zugemacht habe, habe ich mich selbst bestraft. Und nun habe ich es geschafft, mich zu brechen. Ich habe den finalen Schlag auf mein rissiges Herz selbst gesetzt und es in tausend Trümmer gesprengt, indem ich mit Benedict diese letzte Grenze überschritten habe.

Warum? Ich wusste doch längst, dass Sex uns nicht wieder zusammenkitten kann. Und erst recht nicht, wenn er nur aus Hass geschieht. Aus Verzweiflung.

Aus der Unmöglichkeit, mehr zu sein.

Mir hätte klar sein müssen, dass dieser Abend für Benedict keine Versöhnung ist. Es war nur seine Art, die Spannung aufzulösen, die seit Wochen zwischen uns in der Luft hängt und uns das Atmen schwer macht. Trotzdem dachte ich für ein paar Minuten, es wäre mehr. Ich dachte, wir wären irgendwie wieder ... wir.

Bestimmt eine halbe Stunde lang stehe ich unter der Dusche und lasse das heiße Wasser meine Tränen fortspülen. Meine Haut brennt, doch ich kann Benedict trotzdem noch auf mir spüren. In mir.

*Das tut nichts zur Sache.*

Wie konnte ich so naiv sein, zu denken, er würde anders reagieren?

Vielleicht ist es Zeit, aufzugeben. Ich könnte meine Niederlage und Benedicts Verlust akzeptieren und mich auf das konzentrieren, was übrig bleibt.

Nur ... was soll das sein? Da ist keine Familie mehr, die mir Rückhalt bietet, kein Leben, in das ich zurückkehren könnte. Ich bin eine Gefangene. Eine Verbrecherin. Und damit voll und ganz Benedicts Willen ausgeliefert.

Dass ich niemand anderen habe, wäre vielleicht ein Grund, nur umso mehr um ihn zu kämpfen. Doch letztendlich ist es diese Tatsache, die mir endgültig den Kampfgeist raubt. Ich schaffe das einfach nicht allein. Ich bin ja kaum in der Lage, meine Tränen unter Kontrolle zu bringen und die Dusche zu verlassen.

Als ich mich endlich halbwegs beruhigt habe, trockne ich mich ab und schlüpfe in mein Nachthemd, das ordentlich zusammengefaltet auf der kleinen Kommode neben dem Waschbecken liegt. In den letzten Tagen war es zu warm, um weiterhin im Pyjama zu schlafen. Aber Benedict wirft ohnehin nie mehr als einen flüchtigen Blick auf meine Schlafklamotten, weshalb ich mir irgendwann keine Gedanken mehr darüber gemacht habe, was er wohl von ihnen hält.

Ich mache mich fertig fürs Bett, föhne meine Haare und komme dabei tatsächlich ein wenig zur Ruhe. Benedicts Bisse sind dank seines Bluts schon oberflächlich verheilt, und auch die Blutergüsse tun nicht mehr so weh wie vorhin. Vielleicht schaffe ich es dank meiner Erschöpfung ja tatsächlich einzuschlafen. Doch meine eben mühsam zusammengekratzte Beherrschtheit löst sich in Luft auf, als ich zurück ins Schlafzimmer komme und Benedict auf der Bettkante sitzend vorfinde.

Er trägt nun eine lockere Schlafhose sowie ein Shirt und hat die Ellbogen auf die Knie gestützt. Sein Blick schweift flüchtig über meinen Körper, um schließlich an meinem Gesicht hängen zu bleiben. Ich kann den Ausdruck darin nicht lesen. In seinen grünen Augen liegt zu viel auf einmal, um seine Emotionen zu entziffern. Und wie ich feststellen musste, bin ich ohnehin nicht besonders gut darin, ihn richtig einzuschätzen.

Verunsichert bleibe ich stehen. Ich dachte, Benedict hätte sich längst ins Wohnzimmer zurückgezogen und die Tür hinter sich abgesperrt. Stattdessen wartet er offenbar auf mich. Er richtet sich auf und nickt auffordernd hinüber zu meiner Seite des Bettes.

Ich rühre mich nicht von der Stelle. Eben war mir noch heiß von der Dusche. Jetzt jedoch bin ich wie festgefroren. «Was wird das?», will ich wissen.

Benedict verzieht kaum merklich den Mund. Ich sehe ihm an, dass ihm irgendetwas nicht passt. Die Frage ist nur, was. «Du wolltest, dass ich ins Bett komme», erwidert er ruhig.

Mir entweicht ein verzweifeltes Schnauben. «Ja. Aus freien Stücken», stelle ich klar. «Nicht, weil du dich dazu verpflichtet fühlst.»

«Das tue ich nicht.»

Ich schüttle den Kopf. Das glaube ich ihm keine Sekunde lang. Dieser Mann *lebt* für seine Verpflichtungen. Und ich – ob er will oder nicht – bin eine weitere davon. Er ist hier, weil er Schuldgefühle hat. Weil sein Verhalten seinem verdammten Anspruch an sich selbst nicht genügt. Aber das reicht mir nicht. «Und warum bist du dann hier?», frage ich. Er soll es verdammt noch mal zugeben.

Ein Muskel in Benedicts Kiefer zuckt. Er schweigt. Offensichtlich habe ich ihn ertappt, und ihm fällt kein Grund ein, den er mir auftischen kann. Er täte uns beiden einen

Gefallen, wenn er es einfach lässt. Dieses ewige So-tun-als-ob ist schon in der Öffentlichkeit schwer genug. Wir müssen es nicht auch noch hinter geschlossenen Türen fortführen.

«Vielleicht wäre es besser, wenn du gehst», sage ich leise.

Benedict schüttelt resigniert den Kopf und erhebt sich. Mit schmerzendem Herzen sehe ich dabei zu, wie er sich vom Bett entfernt. Doch statt an mir vorbei zur Tür zu gehen, bleibt er vor mir stehen. Er mustert mich einen langen Moment, wägt ab. «Ich will nicht gehen», murmelt er dann, und ich weiß nicht, was ich empfinden soll. Erleichterung? Zuneigung? Verzweiflung?

«Und was willst du stattdessen?»

Er atmet tief durch. Seine Finger streifen meinen Handrücken, und ich zucke zurück. Die Berührung ist warm. Tröstlich. Doch mit ihr stieben in meiner Magengrube tausend Schmetterlinge auf, die längst hätten tot sein sollen.

Benedict lässt die Hand sinken. Er versucht nicht noch einmal, mich zu berühren, doch er hält meinen Blick fest, und das fühlt sich beinahe ebenso intim an. Zur Abwechslung ist da kein Hass in seiner Miene, keine Abscheu. Er sieht mich an, weil er mich ansehen will, und das allein reicht, um mein naives Herz wieder in Aufruhr zu versetzen.

«Ich will dich in den Arm nehmen», erwidert er ruhig.

Nun bin ich diejenige, der keine Erwiderung einfällt. Seine Worte klingen aufrichtig, aber ich darf nicht zu viel hineininterpretieren. Sie bedeuten nicht, dass er mich wieder lieben will. Ebenso wie der Sex das nicht tat. Sie bedeuten nur, dass wir eine weitere Grenze überschreiten.

«Ich kann nicht», bringe ich hervor.

Benedict atmet tief durch. «Wieso?»

Mein Herz zieht sich schmerzhaft zusammen. «Weil ich mehr will als das.»

Er schluckt. «Mehr kann ich nicht.» Seine Stimme ist rau, und obwohl sie mich nicht überraschen, stechen die Worte.

«Ich weiß», flüstere ich.

Benedict fährt sich durch die noch feuchten Locken. Mit einem Mal wirkt sein Gesichtsausdruck gequält, und sofort habe ich Mitleid mit ihm. Auch wenn er derjenige ist, der einem *wir* im Weg steht – er tut es nicht mit böser Absicht. Er tut es, weil er nicht anders kann. Und vielleicht wünscht er sich ebenso wie ich, es wäre anders. Vielleicht stehen wir beide vor demselben Schmerz, nur auf unterschiedlichen Seiten.

«Es tut mir leid», raunt er, und diesmal bin trotz allem ich es, die nach seiner Hand greift. Seine warmen Finger schließen sich um meine, und mir brennen erneut Tränen in den Augen.

«Mir tut es leid», bringe ich hervor. «Alles ...»

Er schüttelt nur den Kopf und breitet den Arm für mich aus. Ich weiß nicht, ob es eine Einladung oder eine Bitte ist. Doch ich will auch gar nicht darüber nachdenken. Bevor mein Verstand einschreiten kann, lehne ich mich bereits an Benedicts Brust, und er streicht mir mit einer Hand über den Rücken. Erst zaghaft, fast als wäre es ein Versehen gewesen. Dann schließt er langsam, aber bestimmt beide Arme um mich. Drückt mich an sich. Hält mich fest.

Ich lehne mich stärker an ihn, atme zittrig ein und vergrabe das Gesicht an seiner Schulter.

Benedict ist warm. Sein vertrauter Duft umfängt mich. Sein Herzschlag untermalt meinen eigenen. Alles daran ist heilsam und schmerzhaft zugleich.

«Wir sind nicht gut füreinander», raunt er mit brüchiger Stimme.

Ich schlinge meine Arme enger um seinen Körper, klammere mich an ihm fest, aus Angst, er könnte mich sonst wieder loslassen. «Nicht mehr, nein», bringe ich hervor. Mein Herz reißt, doch es ist die Wahrheit. So verhasst und harsch sie auch sein mag. «Manchmal wünschte ich, du hättest meine Dornen bemerkt, bevor es zu spät war. Bevor ich so viel Schaden anrichten konnte ...»

Benedicts Lippen streifen meine Stirn. Er drückt mir einen Kuss aufs Haar und umarmt mich ebenso fest wie ich ihn.

Der Moment wirkt gläsern. Ich traue mich kaum zu atmen. Eine falsche Bewegung, und er könnte zerbrechen. Nichts als Scherben; das zwischen uns für immer zerstört. Dieser Augenblick mit Ben ist der womöglich letzte seiner Art. Ein flüchtiges Innehalten, ein kurzes Aufatmen, bevor wir auseinandergehen – diesmal endgültig. Doch obwohl ich das weiß, will ich es nicht wahrhaben. Und mein Herz scheint auch gar nicht in der Lage dazu, es zu verstehen.

«Bitte hass mich nicht mehr», hauche ich und blinzle gegen die Tränen an. Eine von ihnen löst sich und versickert in Benedicts Shirt.

Er lehnt seine Wange an meinen Kopf. Ich spüre seine Bartstoppeln sanft über meine Haut kratzen. «Ich glaube nicht, dass ich das je getan habe», erwidert er leise.

Hoffnung keimt in mir auf. Doch sie wird erstickt, kaum dass ich aufschaue und Benedicts Blick begegne. Er bleibt schmerzhaft distanziert.

«Leider ändert das nichts», meint er ruhig. Seine Stimme ist heiser.

Ich schlucke. «Weil du mir nicht verzeihen kannst.»

Er schüttelt den Kopf. «Weil ich dir nicht verzeihen *darf*, Florence. Du hast mich und dieses Land durch die Hölle geschickt. Und trotz allem bin ich immer noch so verloren in meinen Gefühlen für dich, dass ein Teil von mir all das noch einmal in Kauf nehmen würde, nur um dich zurückzubekommen. Aber das geht nicht. Nicht, wenn ein Königreich auf dem Spiel steht. Existenzen. Leben. Die Leute haben mehr auf diesem Thron verdient als einen liebestrunkenen Narren.»

Es ist das erste Mal seit der Sommersonnenwende, dass Benedict so mit mir spricht. Ruhig. Sanft. Besonnen. Und ausgerechnet das macht es mir unmöglich, ihm etwas entgegenzusetzen.

Es gibt nichts, was ich sagen kann. Keine Gegenargumente. Keine Rechtfertigungen. Alles, was ich erwidern könnte, wäre ein simples *Du hast recht*.

Also schweige ich. Denn diesen Satz bringe ich beim besten Willen nicht übers Herz.

«Weißt du, was das Schlimmste ist?», fragt Benedict leise und vergräbt eine Hand in meinen Haaren. «Ich glaube, ich habe deine Dornen von Anfang an gesehen. Ich wollte sie nur nicht wahrhaben. Ich dachte, der Rest von dir wäre es wert, mich eines Tages an ihnen zu schneiden.»

Meine Kehle wird eng. «Und, war er es?», frage ich erstickt, obwohl ich die Antwort doch kenne. Meine Lügen haben mehr zerstört als nur unsere Liebe. Sie haben ein ganzes Land in Gefahr gebracht.

«Ich bin mir nicht sicher», gesteht Benedict trotzdem und atmet tief ein. «Denn dieser Rest von dir ist jetzt verloren, und alles, womit ich zurückbleibe, sind blutende Wunden.»

«Ich bin nicht verloren, Benedict», flüstere ich, und weitere Tränen laufen mir über das Gesicht. «Ich bin genau hier. Bei dir.»

«Ich weiß nur nicht mehr, wer du wirklich bist», entgegnet er und streicht mir eine Strähne hinters Ohr. Er legt eine Hand an meine Wange und fährt sanft mit dem Daumen darüber. «Und wie auch immer die Antwort auf diese Frage lauten mag – die Florence, die du in meinen Augen warst, gibt es nicht mehr.»

Nun kann ich die Tränen endgültig nicht mehr zurückhalten. Sie laufen ungehindert, und ein Schluchzen entkommt mir. Benedict streicht mir über die Schläfe und meine Haare, und ich kralle mich so fest in den Stoff seines Shirts, dass meine Finger wehtun.

«Weißt du, was noch viel schlimmer ist?», bringe ich hervor, meine Worte kaum verständlich, weil Trauer und Verzweiflung sie fortzuspülen drohen. «Ich dachte immer, ich würde das alles für das Wohl der Allgemeinheit tun. Aber jetzt steht dieses Land in Flammen – meinetwegen –, und es könnte mich kaum weniger interessieren. Alles, worüber ich nachdenke, bist du. Ich wünsche mir nichts mehr als deine Vergebung. Deine Zuneigung. Wie egoistisch kann ein Mensch sein? Wie sehr kann man sich selbst verraten? Ich kann dich nicht mal dafür verurteilen, dass du mich nicht mehr willst. Ich weiß jetzt, dass ich dich ohnehin nie verdient hatte.»

«Sag das nicht», murmelt er.

«Wieso?», schluchze ich. «Es ist doch wahr. Und du hast es schließlich auch gemerkt.»

«Glaub mir, Florence, ich denke dasselbe oft genug andersherum. Das heißt nicht, dass es wahr ist. Du hattest mich verdient, ebenso wie ich dich. Und vielleicht tun wir das immer noch. Aber es geht nicht darum, einander zu verdienen. Es geht um Vertrauen.»

«Und das hast du nicht mehr», komme ich ihm schniefend zuvor. «Ich weiß.»

Benedict schweigt. Natürlich tut er das. Es gibt nichts mehr zu sagen – schon gar nicht das, was ich von ihm hören will. Trotzdem ringe ich verzweifelt nach Worten, um die Unterhaltung aufrechtzuerhalten. Den Moment weiter in die Länge zu ziehen. Nur fällt mir einfach nichts mehr ein.

«Lass uns schlafen», raunt Benedict schließlich.

«Sperrst du mich wieder ein?», frage ich mit brüchiger Stimme.

Er schüttelt den Kopf. «Wenn du willst, bleibe ich hier. Nur heute Nacht.»

Meine Brust wird noch enger. Trotzdem nicke ich. «Ja bitte», flüstere ich, und er löst sich von mir. Während ich mich ins Bett lege, macht er das Licht aus. Ich höre die Bettdecke rascheln, dann sinkt die Matratze unter Benedicts Gewicht ein wenig ein, und allein das fühlt sich so vertraut an, dass mir wieder die Tränen kommen.

Ich bleibe auf meiner Seite, aus Angst, ihn zu drängen. Doch Benedict hebt den Stoff unserer Decke an, und ich glaube zu erahnen, dass er den Arm nach mir ausstreckt.

«Kommen Sie her, Miss Hawthorne», raunt er mit einem seltenen Anflug von Humor in der Stimme, der es dennoch nicht schafft, seinen Schmerz zu verbergen. «Ich muss schließlich sicherstellen, dass Ihr Euch nicht nachts aus dem Bett schleicht.»

Ich schnaube leise, was in ein ziemlich erbärmliches Schniefen übergeht, rutsche aber an Benedicts Brust. Er schließt mich wieder in die Arme, und ich kuschle mich so eng an ihn, wie ich nur kann.

«Ich wünschte, das wäre ein Scherz», murmle ich und vergrabe die Nase an seinem Hals. Ihm so nah zu sein, im Dunkeln, unter dieser Bettdecke, weckt in mir unweigerlich ein Verlangen nach mehr. Danach, ihn zu küssen. Ihn auszuziehen. Seine nackte Haut auf meiner zu spüren und den groben Sex von vorhin mit zärtlichem auszugleichen. Doch ich schiebe es beiseite. Konzentriere mich auf Benedicts Atem, auf seine sanften Berührungen, seinen Herzschlag an meinem.

Er streicht mir durch die Haare und über den Rücken, und ich weiß jetzt schon, dass mich seine Wärme und die Erschöpfung bald in den Schlaf lullen werden. Dabei will ich seine Nähe auskosten, solange es nur geht.

«Das wünschte ich auch», raunt Benedict, und ein Schauder läuft mir über den Rücken. Er ist weiterhin so offen, so ehrlich. Es grenzt an ein Wunder, dass wir hier liegen. Dass das Glas noch nicht gebrochen ist, der Moment noch anhält.

Und schon mache ich einen weiteren Fehler.

Ich liege in Benedicts Armen und beginne, wieder zu hoffen. Zu hoffen, dass das hier vielleicht doch noch nicht das Ende ist, sondern der Anfang von etwas Neuem. Denn nach allem, was heute Nacht passiert ist, und allem, was er eben gesagt hat, kann ich Benedict Tudor nicht mehr aufgeben.

Ich atme tief ein, nehme seinen vertrauten Duft nach Wald und Kaminfeuer in mich auf und unterdrücke ein Seufzen.

«Du riechst nach zu Hause», gestehe ich flüsternd. Doch es ist nicht die ganze Wahrheit.

In Wahrheit riecht zu Hause längst nach ihm.

# KAPITEL DREIZEHN

# THROUGH THE DARK

## BENEDICT

Die Nacht mit Florence war ein Fehler. Oder zumindest glaube ich das, denn mit Sicherheit sagen kann ich es nicht. Dafür hat es sich viel zu gut angefühlt, sie in meinen Armen zu halten und ihren Atem an meinem Hals zu spüren, während sie langsam eingeschlafen ist.

Ein paar Stunden lang war es beinah wie früher. In der Dunkelheit meines Schlafzimmers hat sich die Vergangenheit in Luft aufgelöst. Zwischen den weichen Laken meines Bettes gab es keinen Verrat, keine Lügen, keine Feindschaft mehr. Da waren nur Florence und ich, einander wieder so nah, wie wir uns eigentlich nie hätten sein dürfen. Und mit dieser Nähe kamen auch all die verbotenen Gefühle wieder, die ich doch eigentlich beiseitegeschoben hatte. Sie hat die letzten Grenzen verwischt. Und mit unserer Ehrlichkeit wurde die Wahrheit nur noch schmerzhafter.

Die Lösung scheint so einfach. Ich müsste Florence nur verzeihen. Ihr eine Chance geben, über meinen Schatten springen, meine Vorsicht und mein Misstrauen ignorieren. Wir könnten all das hinter uns lassen und gemeinsam in eine hellere Zukunft blicken. Doch wie ich ihr bereits gesagt habe: Das kann ich nicht. Es gibt zu viel, was mich von dieser Vergebung abhält und vermutlich auch immer abhalten wird. Ich darf diese Frau nicht über mein Land stellen.

Ich mustere Florence von der Seite und versuche, die Sehnsucht in meiner Brust zu ersticken. Sie unterhält sich leise mit Valerian, und obwohl ich nah genug stehe, um jedes ihrer Worte zu verstehen, sind mir meine Gedanken völlig entglitten. Mein Blick bleibt an ihrem Hals hängen, wo die Bisswunde von dieser Nacht mittlerweile verheilt ist.

Am Morgen nach unserem Ausrutscher habe ich Florence noch einen Tropfen von meinem Blut gegeben, um den Heilungsprozess zu unterstützen. Dieselbe Menge, die all die Blutbräute vor ihr auch bekommen haben. Warum fühlt es sich bei ihr dann so an, als wäre es zu wenig?

Eris hatte recht. Ich hätte ihr nie mehr geben dürfen als nötig. Monatelang habe ich sie von mir trinken lassen, in der Hoffnung, dass sie dadurch sicherer ist. Rein rational betrachtet war es ein kleiner Preis für mich. Ich trage die Macht von vier Generationen in mir. Was sind da schon ein paar Schlucke Blut?

Doch ich kann es nicht länger rechtfertigen, Florence auf diese Weise zu beschützen. In der aktuellen Situation ist mein Leben wichtiger als ihres. Und da wir nun kein Paar mehr sind und sie als Verbrecherin gilt, werde ich mich wohl oder übel nach meiner Krone richten müssen statt nach ihrem Wohlergehen.

Florence trifft meinen Blick, und ich wünschte, ich hätte sie gar nicht erst angesehen. Das vorsichtige Lächeln, das sie mir schenkt, bevor sie sich wieder ihrem Bruder zuwendet, reicht aus, um mein Herz von Neuem in Brand zu stecken.

Ich vermute, so wird es von nun an eine ganze Weile lang sein. Das Feuer, das Florence in meinem Inneren gelegt hat, hat sich bereits zu tief gefressen, als dass man es noch löschen könnte. Diese Glut wird erst sterben, wenn nichts als Asche übrig ist. Und ich muss mich daran gewöhnen. Mich endlich zusammenreißen, verdammt. Diese Ablenkung kann ich mir gerade nicht leisten.

Ich löse meinen Blick von Florence und lasse ihn durch den Raum schweifen. Wir haben uns gemeinsam mit Eris in meinem Arbeitszimmer versammelt und warten ein weiteres Mal auf einen Anruf von Florence' Eltern.

Valerian hat uns eine neue Möglichkeit gegeben, um sie zu kontaktieren, nachdem meine Leute die letzte Verbindung komplett auf links gedreht haben. Er bestand jedoch darauf, dass das Telefonat nicht abgehört oder nachverfolgt wird. Und obwohl sie keine Möglichkeit hätten, es zu überprüfen, halten wir uns an die Abmachung. Wenn wir Frieden wollen, müssen wir Vertrauen aufbauen. Ehrlichkeit etablieren. Und ich will nicht das Risiko eingehen, die Familie Hawthorne in irgendeiner Form zu provozieren und damit möglicherweise Lyras Sicherheit zu gefährden. Wenn ihr etwas zustößt, werde ich mir das niemals verzeihen. Dass ihr Schicksal jetzt ausgerechnet in den Händen von Valerian liegt, stimmt mich nicht gerade hoffnungsvoll.

Schon bevor ich wusste, was für Absichten er hegt, hatte ich ein ungutes Gefühl bei ihm. Seit Florence völlig niedergeschlagen von diesem ersten Treffen mit ihm zurückkam. Dass er versucht hat, mir einen Silberdolch ins Herz zu rammen, hat mich auch nicht unbedingt für ihn eingenommen. Ich traue dem Kerl nicht über den Weg. Nur leider bleibt mir nichts anderes übrig, als mich dennoch auf ihn zu verlassen.

Endlich klingelt das Telefon, und sofort wandelt sich die Stimmung im Raum. Die unterschwellige Anspannung, die sich zwischen uns festgesetzt hat, wird nun greifbar. Eris versteift sich. Florence schlingt die Arme um sich selbst, und ich spüre, wie mein Brustkorb eng wird, als wäre darin nicht mehr genug Platz für meine Lunge. Einzig Valerian wirkt unberührt. Er nimmt ohne zu zögern den Hörer ab und aktiviert die Freisprechfunktion.

«Hallo?», fragt er.

Ein Rascheln ertönt in der Leitung. Dann verdächtig lange Stille. Wir haben die Hawthornes nicht vorgewarnt, dass ihr Sohn das Gespräch führen wird. Vermutlich hätte es ohnehin nur wie eine Drohung geklungen, und der Überraschungseffekt kommt uns im Idealfall zugute.

«Mit wem spreche ich?», ertönt die mir mittlerweile vertraute Stimme von Florence' Vater.

«Dreimal darfst du raten, alter Mann», erwidert Valerian mit einer Spur Belustigung. «Da ist man ein paar Wochen weg, und schon erkennst du die Stimme deines eigenen Sohns nicht mehr?»

«Valerian?», hakt Mr. Hawthorne irritiert nach. «Was zur Hölle wird das?»

«Wir dachten, es wäre Zeit für ein kleines Familientreffen. Florence ist auch hier.»

Mir entweicht ein leises Schnauben, und ich schüttle ungläubig den Kopf. So viel Humor hätte ich dem Kerl gar nicht zugetraut. Erst recht nicht in so einer unpassenden Situation.

«Hey, Dad», murmelt Florence. Die Zurückhaltung ist ihr deutlich anzuhören. Ich nehme an, das letzte Telefonat mit ihrem Vater sitzt ihr noch in den Knochen. Und wenn ich mich daran erinnere, wie er sie fertiggemacht hat, kriecht mir heiße Wut die Kehle hinauf. Je mehr ich darüber nachdenke, desto weniger glaube ich, dass all das Florence' Schuld war. Wären ihre Eltern anders gewesen – liebevoller, diplomatischer, weniger fanatisch …

Nein.

Dann wäre sie mir nie begegnet, oder? Und Florence hat rein gar nichts von ihren Eltern. Sicher, sie hatte ihre extremistischen Einstellungen übernommen, doch diese hat sie bereits abgelegt. Und abgesehen davon ist diese Frau das Gegenteil von böswillig. Sie hat nur das Wohl anderer im Sinn, fühlt sich schuldig, wenn ihre Gedanken mal nicht darum kreisen. Sie ist zart, aber doch stark. Eine Kämpferin, die für ihre Werte einsteht, koste es, was es wolle. Nicht einmal ihre toxische Familie konnte ihren guten Kern verderben. Auch wenn sie es weiß Gott versucht haben.

«Hol Mum», fordert Valerian seinen Vater auf. «Wir müssen reden.»

«Dich haben sie also auch gebrochen, was?», ist alles, was zurückkommt.

«Ich breche nicht», erwidert Valerian kühl. «Und ich habe keine Lust, alles zweimal durchzukauen. Wenn du jetzt also bitte Mum holen würdest ...»

«Ich höre zu», ertönt eine Frauenstimme. Sie klingt reserviert, wenn auch ein wenig besorgt. «Aber falls du vorhast, uns zum Aufgeben zu bewegen, spar dir die Mühe.»

Valerian verzieht das Gesicht. «Natürlich nicht», meint er seelenruhig. «Ich möchte euch einen Kompromiss anbieten.»

Wieder ein Zögern am anderen Ende. Offenbar haben wir sie erfolgreich überrumpelt, denn für diese Situation scheinen sie sich keine Handlungsstrategien zurechtgelegt zu haben.

«Sprich», fordert Mrs. Hawthorne schließlich. «Aber fass dich kurz.»

Angespannt hören wir dabei zu, wie Valerian seinen Eltern unsere Vorschläge und Argumente unterbreitet. Es ist so weit alles vorbereitet. Der Erlass zur Vergütung der Blutspenden braucht nur noch meine Unterschrift, dann können sie schon ab nächster Woche verpflichtend eingeführt werden. Auch ein erster Gesetzesentwurf für die Gleichstellung von Vampiren und Menschen liegt bereit. Hier ist der Weg etwas länger, da zunächst offiziell darüber abgestimmt werden muss. Doch in der Geschichte dieses Landes hat es noch keine Regierung gewagt, sich gegen ihren König zu stellen.

Ein Grund mehr, weshalb ich nicht zulassen kann, dass der *Rote Regen* meine Krone an sich reißt. Zu viel Macht ist damit verbunden. Der König hat theoretisch die Möglichkeit, sämtliche parlamentarischen Systeme im Land auszuhebeln. Die Leute vergessen nur allzu schnell, für welche Werte sie einstehen, wenn man ihnen mit Entlassung oder Schlimmerem droht. Wer auf diesem Thron sitzt, bestimmt maßgeblich das Schicksal Englands. Und die Tatsache, dass ich nur allzu oft daran zweifle, der Richtige für diese Rolle zu sein, zeigt vielleicht, dass ich es bin. Mir ist bewusst, welches Gewicht meine Entscheidungen haben. Ich treffe sie mit Bedacht. Und ich habe dabei stets das Wohl meines Volkes im Blick, nie mein eigenes.

«Wir haben die Oberhand», erinnert Mrs. Hawthorne ihren Sohn kühl, als dieser geendet hat. «Warum sollten wir uns mit weniger zufriedengeben als dem, was wir wollen?»

Valerian lächelt leicht, als hätte er mit genau dieser Antwort gerechnet. «Du weißt genauso gut wie ich, dass eure Forderungen unerfüllbar sind. Hält dich das wirklich davon ab, eine sinnvolle Entscheidung zu treffen? Du bist doch eine rationale Frau, Mum. Dieses Angebot ist gut.»

«Falls es je erfüllt wird», erwidert sie schroff. «Wovon ich nicht ausgehe. Immerhin höre ich hier nur von Plänen, keinen Taten.»

«Dir ist doch klar, dass man Gesetzesänderungen nicht von jetzt auf gleich umsetzen kann. Das braucht Zeit. Gib sie uns.»

«Und was erwartet ihr in dieser *Zeit* von uns? Wenn ihr glaubt, dass wir die Prinzessin gegen nicht mehr als ein paar Versprechungen eintauschen, muss ich euch enttäuschen.»

«Davon sind wir nicht ausgegangen», meint Val ruhig. «Primär wollen wir, dass ihr die Füße stillhaltet und nicht noch mehr Unheil in der Stadt anrichtet. Wir sprechen weiter, sobald die ersten Änderungen offiziell auf den Weg gebracht wurden. Klingt das für euch akzeptabel?»

Eine lange Pause am anderen Ende der Leitung. Dann tönt wieder Mr. Hawthornes Stimme aus dem Hörer. «Schön. Solange ihr eure Versprechungen haltet, werden wir unsere Pläne auf Eis legen. Aber der König soll bloß nicht glauben, dass er uns damit in der Hand hätte. Wir behalten uns vor, unsere Entscheidung zu ändern, sollte er uns Anlass dazu geben.»

Die Drohung in seinen Worten ist unverkennbar, doch ich bemühe mich, sie zu ignorieren. «Gut», verkündet Valerian bereits. «Dann meldet ihr euch, wenn die Vergütung der Blutgabe umgesetzt ist? Das sollte nächste Woche der Fall sein.»

«In Ordnung.»

Ich räuspere mich leise und ernte einen genervten Blick von Valerian. «Eine Sache wäre da noch», merkt er an. «Der König würde gerne seine Schwester sprechen. Er hat ein bisschen Sorge, ihr könntet sie umgebracht haben.»

Ich höre ein Schnauben am anderen Ende. Leises Getuschel. «Gebt uns einen Moment», fordert Mr. Hawthorne, und Stille kehrt ein. Ich vermute, dass er sein Mikrofon stummgeschaltet hat.

Mit angehaltenem Atem und einem mulmigen Gefühl in der Magengrube warte ich darauf, Lyras Stimme zu hören. Wie wird sie klingen? Sicher nicht so frech, wie ich sie in Erinnerung habe. Werde ich gleich wirklich mit meiner

Schwester sprechen oder mit einer gebrochenen Version ihrer selbst? Wer weiß, was sie ihr angetan haben. Womöglich wird sie nie wieder dieselbe sein wie früher.

Eine Berührung an meinem Arm lässt mich zusammenzucken. Irritiert drehe ich den Kopf. Florence steht neben mir und schaut zu mir hoch, ihre braunen Augen mitfühlend. Ihre Finger liegen auf meinem Unterarm. Sie drückt ihn sanft, dann lässt sie mich wieder los.

Ich wünschte, sie hätte ihre Hand dort liegen gelassen. Ihre Nähe ist überraschend tröstlich. Ich schenke ihr den Anflug eines Lächelns, bevor ich mich wieder auf das Telefon konzentriere. In der Leitung knackt es. Ein Rascheln ertönt. Dann …

«Ben?»

Mit einem Mal sind meine Knie weich. Die ganze Anspannung fällt schlagartig von mir ab, und ich habe Mühe, mich aufrecht zu halten. «Lyra», stoße ich aus und klammere mich an der Tischplatte fest. «Wie geht es dir?»

«Ach …» Sie wirkt ein wenig überfordert, und ihre Stimme klingt seltsam blechern. Es ist schwer, irgendetwas aus ihrem Tonfall herauszuhören, doch immerhin scheint sie gefasst. Kein Schluchzen. Kein Weinen. Das beruhigt mich ein wenig. «Entführt zu werden ist sehr viel weniger traumatisierend, als ich dachte», meint Lyra jetzt, und sowohl mir als auch Florence und Valerian entweicht ein Schnauben.

«Hast du auch eine ernsthafte Antwort für mich?», will ich sanft wissen. Dabei war dieser Witz doch das Schönste, was sie hätte sagen können, weil er mir zeigt, dass die Hawthornes meine geliebte Schwester nicht gänzlich brechen konnten.

«Noch alle Körperteile dran», meint sie mit einer Spur Schalk in ihrer Stimme. «Das Essen ist allerdings furchtbar. Wenn ich wieder zu Hause bin, werde ich mich drei Tage lang nur von Kuchen ernähren.»

Wehmut klingt in ihren Worten mit. Ich wünschte, ich könnte sie jetzt umarmen. Unser letztes Gespräch ging im Streit auseinander. Hätte ich gewusst, dass es das letzte Mal sein könnte, dass ich sie sehe, hätte ich besser über meine Worte nachgedacht.

«Ich sage der Küche, sie sollen schon mal mit Backen anfangen», verspreche ich ihr. «Irgendwelche konkreten Wünsche? Alles außer diesen Königskuchen ...»

«Königinnenkuchen», verbessert sie mich, und ich muss schmunzeln. «Du bist ja nur sauer, weil Florence die Bohne hatte.»

Ich werfe ebendieser einen Blick zu. Ihre Augen sind gerötet, und die Schuldgefühle stehen ihr förmlich ins Gesicht geschrieben. Ich schlucke schwer. «Stimmt», behaupte ich. «Aber wenn Kuchen wirklich dein einziges Problem ist, bin ich beruhigt.»

«Na ja ... Ich bin ein bisschen einsam», gesteht Lyra leise. «Aber sonst ist alles okay. Sie geben mir sogar Blut. Mach dir keine Sorgen.»

Ich muss schlucken. Keine Sorgen ... Das ist unmöglich. «Es tut mir so leid, Lyra», bringe ich hervor. «Hätte ich auf dich gehört, hättest du nicht auf eigene Faust losziehen müssen und das alles wäre nie passiert.»

«Schon gut.» Ich glaube, sie flüstert, denn ihre Stimme dringt nur noch kaum verständlich durch die Leitung. Irgendwas stimmt mit der Verbindung nicht. «Vielleicht hätte ich auch ein kleines bisschen auf dich hören sollen», gesteht meine Schwester kleinlaut.

«Es ist nicht deine Schuld», stelle ich klar. «Und ich habe meine Lektion gelernt, glaub mir. Aber darüber sprechen wir, wenn du wieder hier bist. Du musst nur noch ein kleines bisschen durchhalten, okay? Es wird alles gut.»

«Okay.» Sie zögert. «Ich hab dich sehr lieb, Ben», haucht sie dann.

Meine Augen beginnen zu brennen. Meine Kehle wird furchtbar eng. «Ich hab dich auch sehr lieb, Lyra.»

«Natürlich hast du das», scherzt sie halbherzig. «Wie könntest du nicht? Ich bin großartig.»

«Bist du», bestätige ich widerstandslos. Jemand zupft an meinem Ärmel, und ich brauche gar nicht erst den Kopf zu drehen, um zu wissen, wer es ist. «Florence möchte auch mit dir sprechen», lasse ich Lyra wissen.

«Okay», erwidert sie. «Gib sie mir.»

«Nicht nötig. Du bist auf Freisprecher.»

«Oh.» Sie stutzt. «Warte, heißt das, dieses Liebesgeständnis haben jetzt alle gehört?!»

«Ich fürchte schon. Wir teilen uns die Peinlichkeit, okay?»

Ich kann Lyras Augenrollen förmlich hören, doch sie lässt das Thema fallen. «Flo?», fragt sie stattdessen.

Ich mustere meine Blutbraut von der Seite und sehe, wie sie Tränen wegblinzelt. «Lyra, es tut mir so leid», beginnt sie. «Wenn ich gewusst hätte, dass ...»

«Schon gut», unterbricht meine Schwester sie. «Du hättest es nicht wissen können.»

«Ich hätte es aber ahnen müssen.»

«Was soll das denn heißen?», murmelt Val und kassiert von Florence einen finsteren Blick.

«Wer war das?», will Lyra wissen.

«Valerian.»

Sie stöhnt auf. «Er ist auch da?»

«Ist mir eine Ehre, Eure Hoheit.» Der Sarkasmus in Valerians Stimme ist nicht zu überhören, und er kassiert dafür von Florence prompt einen Ellbogen zwischen die Rippen.

«Super, ihr habt den Hund also aus dem Zwinger gelassen? Wie hat er das denn geschafft? Und warum darf ich mit euch telefonieren? Was ist hier eigentlich los?»

«Der *Hund* hat dieses Gespräch ermöglicht», erwidert Valerian, doch ich werfe ihm einen warnenden Blick zu. Er ist hier sicher nicht der Held.

«So reizend ich diese Unterhaltung auch finde», mischt sich Mr. Hawthorne ein, «ich muss sie leider unterbrechen.» Im Gegensatz zu Lyras klingt seine Stimme klar und deutlich. Hat er sie womöglich über ein zweites Telefon angerufen und uns über Freisprecher miteinander reden lassen? Es ergibt Sinn, dass er nicht riskiert, ihren Standort mit einem Telefonat zu verraten. Aber mir gefällt der Gedanke nicht, dass Lyra dementsprechend gerade in den Händen von mir völlig Fremden ist. Leute, die ich noch weniger einschätzen kann als die Hawthornes selbst.

«Lyra?», frage ich.

«Ich bin noch hier», kommt es blechern zurück.

«Lass dich nicht unterkriegen, okay? Wir sprechen bald wieder. Und dann bist du schneller zu Hause, als du dir einen Lieblingskuchen aussuchen kannst.»

«Buttercreme», sagt sie sofort, und mein Herz wird weich.

«Gib mir doch wenigstens eine Chance, meine Versprechen zu halten», ziehe ich sie auf.

«Vielleicht auch Cheesecake», lenkt sie ein, und ich mache mir eine gedankliche Notiz, das später direkt an die Küche weiterzugeben. Von jetzt an will ich jeden Tag frischen Kuchen in diesem Schloss – nur für den Fall, dass Lyra früher zu uns zurückkommt als erhofft.

«Bis bald», sage ich rau, und auch Florence verabschiedet sich. Valerian und Mr. Hawthorne wechseln ein paar knappe letzte Worte, dann ist das Telefonat beendet. Ich atme tief durch. Florence lässt sich auf einen der Stühle sinken. Eris löst sich von ihrer Position in der Nähe der Tür und nickt zufrieden.

«Das lief besser als erwartet», stellt sie fest, und ich kann ihr nur zustimmen. Auch Florence wirkt erleichtert. Valerian jedoch behält denselben kritischen Gesichtsausdruck bei, den er schon zur Schau trägt, seit Florence ihn aus dem Tower holen lassen hat.

Kaum zu glauben, dass wir all das ausgerechnet diesen beiden Menschen zu verdanken haben. Noch vor wenigen Wochen haben sie mein Königreich eigenhändig in Schutt und Asche gelegt. Und nun setzen sie es Stück für Stück wieder zusammen.

## KAPITEL VIERZEHN

# RUNNING

# FLORENCE

«Würdest du aufhören zu zappeln?», beschwert Briana sich und verstärkt ihren Griff in meinen Haaren. «Du machst mich ganz nervös.»

Ich sitze in ihrem Badezimmer auf einem Stuhl, während sie meine Locken in einen aufwendigen Zopf flechtet. Leider kriege ich es kaum hin, ein unruhiges Fußwippen zu unterdrücken. Stillsitzen war noch nie meine Stärke, erst recht nicht vor so wichtigen Anlässen wie diesem.

«Ich *bin* nervös», stelle ich klar, halte aber dennoch in der Bewegung inne und vergrabe stattdessen die Finger im Rock meines Kleides. «Ich habe so was noch nie gemacht, und die Tatsache, dass so viel davon abhängt, macht es auch nicht gerade einfacher.»

In einer halben Stunde werden Benedict und ich zu einem Fernsehstudio eskortiert, wo wir ein Interview geben. Es wird morgen ausgestrahlt, wenn die neuen Änderungen in Kraft treten. Der Rat hielt es für eine gute Idee, um die Bevölkerung ein wenig milder zu stimmen. Es ist ein Statement, das wir da setzen. Ein sehr viel stärkeres als die Pressekonferenz, bei der wir lediglich im Hintergrund standen. Ich trete nun stellvertretend für die Menschen dieses Landes auf und soll den Vampiren so demonstrieren, warum es richtig ist, uns mehr Rechte einzuräumen.

Sympathie ist essenziell. Sie sollen denken, der König hätte mit mir an seiner Seite eine gute und vor allem nachvollziehbare Wahl getroffen. Benedict und ich werden einige persönliche Fragen zu unserer Beziehung beantworten und die Liebe zwischen uns so echt wie möglich aussehen lassen – auch wenn sie das nicht mehr ist. Ob das jedoch gegen das tiefgreifende Misstrauen ankommt, das Vampire und Menschen trennt, ist fraglich.

Ich weiß nicht, was mich nervöser macht. Die Tatsache, dass ich dem ganzen Land etwas vorspielen muss, oder die, dass ich mich komplett in diese Lüge fallen lassen muss, damit es überzeugend wirkt. Die Nacht in Benedicts Armen liegt mir weiterhin im Magen – in Form von einer Million Schmetterlinge, die einen regelrechten Hurrikan verursachen, wann immer er mit mir in einem Raum ist. Und dieses Interview wird nicht helfen.

«Vielleicht ist es ganz gut, dass ihr gezwungen seid, Zeit miteinander zu verbringen», meint Briana. «Ihr habt kaum miteinander geredet, seit ihr Sex hattet.»

«Weil es nichts zu bereden gibt», erinnere ich sie. Ich habe mich bei ihr über das Dilemma mit Benedict ausgeheult. Briana ist allerdings felsenfest davon überzeugt, dass unsere Liebe noch eine Chance hat. Den Optimismus haben sie und Lyra gemeinsam. «Es ist schon alles gesagt», fahre ich fort. «Und das, was vor der Kamera passiert, wird sowieso nicht echt sein.»

«Wieso?», will sie wissen. «Wenn es sich echt anfühlt ...»

Ich stöhne auf. «Egal, wie es sich anfühlt, es hat keine Zukunft.»

«Seit wann bist du so eine Pessimistin?», will sie wissen. «Kein Wunder, dass Ben und du euch so gut versteht. Mr. und Mrs. Grumpy.»

«Ich bin Realistin», murmle ich und treffe Brianas Blick im Spiegel. «Und jetzt hör bitte auf, mir Sachen einzureden, die ohnehin nie passieren werden.»

«Schön», gibt sie nach. «Ihr kommt im Leben nicht mehr zusammen. So besser?»

Ich verdrehe die Augen, vergesse aber, was auch immer

ich erwidern wollte, da Briana in diesem Moment mit dem Kamm in meinen Haaren hängen bleibt. «Aua», beschwere ich mich.

«Ups. Entschuldigung. Deine Locken sind ganz schön widerspenstig.»

«Passt ja zu mir», entgegne ich sarkastisch, und Briana schüttelt schmunzelnd den Kopf.

«Ganz ehrlich, wenn Benedict dich nicht zurückwill, ist es sein verdammtes Pech. Nicht deins. Früher oder später wird er das merken.»

«Hm», mache ich nur knapp, um jede weitere Diskussion abzuwürgen. Aber ich wünschte wirklich, ich könnte Briana zustimmen.

Wir verlassen das Schloss auf dem üblichen Weg. Benedict und ich werden vom Eingangstor zu einem kleinen Konvoi bestehend aus einer Limousine und zwei SUVs begleitet. Wir nehmen auf dem Rücksitz der S-Klasse Platz, Eris steigt auf dem Beifahrersitz ein. Eine Trennwand schirmt uns von ihr und dem Fahrer ab, und zusätzlich zu den getönten Fensterscheiben vermittelt es mir das Gefühl, als wären Benedict und ich völlig allein in dem Wagen.

Unsicher schaue ich zu ihm hinüber. Er trägt einen schwarzen Anzug mit weißem Hemd, doch wie so oft keine Krawatte. Dieses kleine Detail erfüllt mich mit unerwartet viel Zuneigung. Ich mag diese Grenze, die er damit zieht. Zwar beugt er sich den Erwartungen, die an ihn und seine Rolle gerichtet werden, doch er ergibt sich ihnen nicht ganz. Es ist, als würde er allein durch diese fehlende Krawatte zeigen, dass hinter dem König auch noch ein Mann steckt.

«Wie lange fahren wir?», frage ich, als sich die Limousine in Bewegung setzt.

«Etwa zwanzig Minuten», erwidert Benedict ruhig.

«Ah», mache ich nur. Zwanzig Minuten sind ganz schön lang, um sich gegenseitig anzuschweigen. Aber ich habe nicht die Kraft, um sie mit Small Talk zu überbrücken, also schaue ich nur still aus dem Fenster, während die Stadt an uns vorbeizieht.

Trotzdem bin ich mir Benedicts Anwesenheit schmerzlich bewusst. Sein Duft füllt den Innenraum des Wagens und beherrscht schon bald jeden meiner Atemzüge. Ob er mir erlaubt, das Fenster aufzumachen? Vermutlich nicht. Eris würde die Krise kriegen und sich anschließend mit der Kindersicherung behelfen, um mich von weiteren solchen Ideen abzuhalten. Ich atme tief durch und verfluche mich selbst, weil ich dabei nur Benedicts Duft inhaliere.

Er reagiert nicht darauf. Aus dem Augenwinkel wirkt es, als wäre er ebenfalls auf den Ausblick konzentriert, doch die Stimmung zwischen uns ist so merkbar angespannt, dass ich mir das unmöglich einbilden kann.

«Wie fühlst du dich?», fragt Benedict nach ein paar Minuten.

Ich weiß nicht, ob ich erleichtert darüber sein soll, dass er das Schweigen bricht, oder nicht. Sein sanfter Tonfall jedenfalls weckt in mir unweigerlich das Bedürfnis, meinen Gurt zu lösen und zu ihm zu rutschen.

Ich belasse es dabei, den Kopf zu ihm zu drehen. Benedict mustert mich, und wie so oft in den letzten Wochen bin ich mir nicht sicher, ob es wirklich Sehnsucht ist, die ich in seinen grünen Augen erkenne, oder ob ich nur meine eigenen Gefühle auf ihn übertrage. Ob ich mir etwas herbeiwünsche, das gar nicht da ist.

Hilflos zucke ich mit den Schultern. Ich könnte ihm seine Frage nicht einmal ehrlich beantworten, wenn ich es wollte. Es gibt keine Worte, um zu beschreiben, was in mir vorgeht. Erst recht nicht, wenn er mich ansieht, als würde ihn mein Befinden tatsächlich interessieren, und mir zugleich klar ist, dass er sich nicht dafür interessieren *will*.

«Du wirst das gut machen», behauptet er und schenkt mir eines dieser falschen Lächeln. Wann hat er angefangen, sich so zu verstellen? Und warum? Der Mann, den ich damals kennengelernt habe, hat sich herzlich wenig um seinen finsteren Gesichtsausdruck geschert.

«Das hoffe ich», erwidere ich tonlos. Es wird mir nicht schwerfallen, so zu tun, als würde ich Benedict lieben, weil ich nichts davon spielen muss. Meine Gefühle für ihn sind stärker denn je. Doch es wird hart, dabei auch so zu tun, als wäre zwischen uns alles in Ordnung. Als würde mich seine Nähe nicht innerlich zerfleischen.

Inzwischen verabscheue ich diese neue Rolle, in die Benedict mich gedrängt hat.

«Wie lange müssen wir das noch machen?», frage ich leise und halte seinen Blick.

Sein Gesicht zeigt keine Regung. Und obwohl Benedicts Anblick vertraut ist, ist er mir zugleich fremd. Ich vermisse sein echtes Lächeln. Ich vermisse es so sehr, dass es wehtut. «Was?», fragt er ruhig.

«So tun, als hätten wir eine gemeinsame Zukunft?»

Er atmet tief durch. «Noch eine Weile.»

«Okay …» Ich schaue wieder aus dem Fenster und versuche, mich zusammenzureißen. Ich habe keine andere Antwort erwartet. Und dennoch trifft sie mich.

Es ist erstaunlich, dass trotz allem offenbar immer noch Hoffnung in mir wächst. Doch Benedict versteht es, jeden noch so kleinen Keimling auszugraben und vor meinen Augen zu zertreten.

«Wenn du das nicht kannst …», setzt er langsam an.

Fragend wende ich mich ihm wieder zu. «Was dann?»

Nun ist es an ihm, mit den Schultern zu zucken. Er wirkt erschöpft. Wenigstens bin ich nicht die Einzige, die das hier mitnimmt. «Ich weiß es nicht. Dann finden wir einen anderen Weg, schätze ich. Die neuen Gesetze könnten reichen, um die Menschen zu besänftigen, selbst wenn du nicht mehr an meiner Seite stehst.»

«Und wo wäre ich stattdessen?», frage ich vorsichtig. «Zurück im Tower?»

Sein Kiefer verkrampft sich. «Ich weiß es nicht», sagt er erneut. «Aber momentan habe ich nicht vor, dich wieder in eine Zelle zu sperren.»

Ich schüttle schwach den Kopf. Wenngleich meine Rolle an Benedicts Seite schmerzhaft für mich ist, ist sie wichtig für dieses Land. Wir müssen beiden Seiten, Menschen wie Vampiren, Einheit demonstrieren. Und vielleicht scheint auch eine masochistische Ader in mir durch, denn ich kann und will mir trotz allem nicht vorstellen, Benedict zu verlassen. Es mag naiv sein, wenn nicht sogar selbstzerstörerisch, aber ich habe diesen Mann lieber auf diese schmerzhafte Weise bei mir als gar nicht. Ich bin noch nicht bereit, ihn aufzugeben, ganz egal, wie verloren er für mich ist.

«Ist schon gut», bringe ich hervor. «Ich komme klar.»

«Ich nicht», gesteht er leise, und ich stocke. Benedict verzieht gequält den Mund. Sein Blick lässt mich nicht mehr los. «Ich hasse das, Florence», raunt er.

Einen Moment lang kann ich ihn nur überfordert ansehen. Tausend Worte liegen mir auf der Zunge. Keines davon fühlt sich richtig an. «Was soll ich darauf antworten?», frage ich schließlich. Wir haben bereits alles gesagt. Alles gehört. Alles verloren. Es ist nichts mehr übrig.

Benedict erwidert nichts, und ich schüttle schwach den Kopf.

«Ich helfe dir, solange du das möchtest», verspreche ich. «Egal, wie lange es dauert. Aber alles andere ... Du weißt, wie ich fühle. Der Rest liegt bei dir.»

Er öffnet den Mund, um etwas zu erwidern, doch ein plötzliches Hupen unterbricht ihn. Meine Aufmerksamkeit hängt noch gebannt an ihm, während Benedict einen irritierten Blick aus dem Fenster wirft. «Was ...»

Weiter kommt er nicht.

Ein ohrenbetäubendes Krachen erschüttert den Wagen, und ich werde mit voller Wucht zur Seite geschleudert. Plötzlich dreht sich alles, mein Kopf schlägt gegen die Fensterscheibe, der Gurt schneidet in meine Schulter und meinen Bauch, Glas splittert. Es dauert eine gefühlte Ewigkeit, bis wir endlich wieder stillstehen und ich die Kontrolle über meinen Körper zurückerlange.

In meinen Ohren klingelt es. Verwirrt blinzle ich und versuche, zu verstehen, was passiert ist. Ich schmecke Blut. Dann erst nehme ich allmählich den stechenden Schmerz wahr, der meinen gesamten Körper eingenommen hat.

Stöhnend schaue ich mich um und ignoriere dabei das Ziehen in meinem Nacken. Meine Seite des Wagens ist eingedrückt, ein Spinnennetz aus Rissen durchzieht das Sicherheitsglas der Fensterscheibe. Mein Arm und mein Kopf schmerzen am heftigsten von dem Aufprall, doch ich versuche, es beiseitezuschieben. Mein Blick folgt den Dellen an der Wagendecke entlang bis hinüber zu Benedict.

Offenbar hat sich das Auto überschlagen. Irgendetwas muss uns gerammt haben, doch es hat nicht direkt meine

Tür getroffen, sondern einen Teil weiter vorne. Sonst hätte die Wucht womöglich gereicht, um mich zu zerquetschen. Flüchtig frage ich mich, ob es Eris und dem Fahrer gut geht. Doch der Gedanke entgleitet mir. Benedicts Kopf lehnt reglos an der rissigen Fensterscheibe, und mein Körper setzt sich wie von allein in Bewegung.

Mit zitternden Fingern löse ich meinen Gurt und krabble über die Rückbank zu ihm. Dabei bemerke ich das Blut, das die mir abgewandte Seite seines Gesichts bedeckt. Ich muss gegen einen dunklen Schleier vor meinem rechten Auge anblinzeln und realisiere nur langsam, dass auch ich blute. Und dass mein Arm vielleicht nicht nur geprellt, sondern gebrochen ist, denn jede Bewegung, die ich mit ihm mache, brennt sich wie Feuer durch meinen Körper. Verdammte Scheiße.

«Ben», bringe ich hervor und streiche umständlich mit meiner gesunden Hand über seine Wange. «Hey!»

Er regt sich nicht, und Panik macht sich in mir breit. Was, wenn er …

Nein.

Das *darf* nicht sein. Ich kann ihn nicht verlieren. Ich kann nicht …

Nur ganz leise meldet sich mein Verstand. Benedict ist ein Vampir. Egal wie schwer er verletzt ist, das tötet ihn nicht. Er ist nur bewusstlos. Alles wird gut …

«Benedict», rufe ich drängend und klettere halb über seinen Schoß, um einen Blick auf seine Wunde werfen zu können. Blut rinnt an seiner Schläfe hinab, über sein Kinn und seinen Hals bis in seinen Hemdkragen. Ich komme mit meiner gesunden Hand nicht hin, ohne das Gleichgewicht zu verlieren, also hebe ich doch wieder meinen verletzten Arm. Mit schmerzverzerrtem Gesicht suche ich nach der

Platzwunde. Ich selbst bin auf meinem rechten Auge so gut wie blind, doch das ist mir vorerst egal.

Benedict stöhnt leise, und ich atme erleichtert auf. Allmählich verarbeitet mein Gehirn das Geschehene, und damit tun sich in rasender Geschwindigkeit Fragen auf.

Was ist passiert? Was ist mit Eris und unserem Fahrer? War es wirklich ein Unfall oder doch ein Anschlag?

Was mache ich jetzt? «Hey.» Ich streichle mit der gesunden Hand Benedicts Wange. «Bist du bei mir? Ben ...»

Er hebt schwerfällig den Kopf und blinzelt mir entgegen. Sein Blick wirkt benommen, er kann kaum die Augen offen halten. Offenbar hat er mehr abbekommen als ich. Verdammt ...

«Florence?», fragt er rau, als wäre er sich nicht sicher, ob er richtig sieht. «Was ...»

Die Tür wird aufgerissen, und ich sehe einen Fremden in Straßenklamotten vor mir stehen. Kurz hoffe ich, er hat den Unfall gesehen und ist zum Helfen gekommen. Doch dann hebt er die Hand, und etwas Metallenes blitzt darin auf.

Fuck.

Benedict versucht sich aufzurichten, doch ich drücke ihn unsanft zurück in den Sitz und dränge mich zwischen ihn und den Angreifer. Er hat einen Dolch. Und mir ist egal, ob dieser nun aus Silber ist oder nicht – auf keinen Fall lasse ich ihn an Benedict heran. Eher sterbe ich.

Reflexartig schlage ich den Arm des Mannes weg und positioniere mich so, dass ich Benedict vor ihm abschirme. Zum Glück erinnert sich mein Körper offenbar von ganz allein an das Kampftraining mit Val und meinem Vater. Irgendein Überlebensinstinkt erwacht in mir und klärt schlagartig meine Gedanken. Die Schmerzen sind vergessen. Neues Adrenalin rauscht durch meine Adern und bringt mein Herz zum Rasen.

Es kann kein Zufall sein, dass dieser Mann hier steht, kurz nachdem wir einen Unfall hatten. Es war ein Attentat. Sie wollen Benedict.

Nur über meine Leiche.

Ich stoße dem Fremden vor die Brust, versuche Abstand zwischen uns zu bekommen, doch er knurrt nur, greift mir in die Haare und versucht gewaltsam, mich von Benedict herunterzuziehen. Er bringt mich aus dem Gleichgewicht und reißt mich beinahe aus dem Wagen.

Mit aller Kraft stemme ich mich dagegen und halte mich in meiner Verzweiflung an Benedicts Kopfstütze fest. Es ist ein verdammter Fehler, das weiß ich. Mir bleibt nur noch mein verletzter Arm, um mich zu verteidigen. Aber ich bringe es nicht über mich, meine Position als Benedicts Schutzschild aufzugeben.

Er regt sich wieder unter mir. «Florence?», stöhnt er. «Was zur Hölle ist hier los?»

Ich bringe keine Antwort heraus. Ich versuche verzweifelt, mich mit meinem gebrochenen Arm aus dem Griff des Angreifers zu befreien. Aber er packt mich nur fester und schlägt meinen Kopf gegen den Türrahmen. Mir wird schwarz vor Augen.

«Nicht diesmal, Schlampe», höre ich ihn zischen. Dann bohrt sich eine eiskalte Klinge in meinen Bauch.

# KAPITEL FÜNFZEHN

# MARTYR

# BENEDICT

Ich habe ein Pfeifen in den Ohren. Mein Schädel dröhnt. Meine Sicht ist verschwommen. Florence kniet über mir und lehnt sich halb aus der Tür. Ihr Duft umspielt mich, ihre Nähe lässt automatisch Wärme in meiner Brust entstehen, und doch fühlt sich alles falsch an.

Ihr gegenüber steht ein Fremder. Sein Gesicht ist vor Wut verzerrt, und ich höre ihn etwas fauchen, das ich über den Lärm in meinem Kopf hinweg nicht verstehe. Dann sackt Florence plötzlich in sich zusammen.

Ich blinzle gegen meine Benommenheit an. Etwas Heißes sickert über meine Beine. Der Geruch von frischem Blut mischt sich unter den von Lavendel. Und allmählich dringt die Realität zu mir durch.

«Florence», höre ich mich wieder sagen und fange ihren leblosen Körper mit einem Arm auf. Der Mann vor ihr weicht zurück, stockt jedoch. Und erst als ich einen Blick über ihre Schulter werfen kann, sehe ich, was ihn zurückhält. Was er getan hat …

Ein Dolch steckt in Florence' Bauch. Und sie hält mit glasigem Blick und blutüberströmten Händen den Arm ihres Angreifers umklammert.

Sengende Wut schießt durch meinen Körper. Instinktiv greife ich um Florence herum und packe das Handgelenk des Mannes. Ich versuche, den Dolch so ruhig wie möglich zu halten, doch er wehrt sich, versucht, sich meinem Griff zu entziehen. Sein Blick trifft meinen, und aus seiner Entschlossenheit wird Angst. Ich starre ihn an. Meine eigene Panik um Florence schnürt mir die Kehle zu, doch alles, was ich an die Oberfläche dringen lasse, ich das Monster in meinem Inneren. Den Hass auf diesen Mann. Die Rachegelüste.

Ich packe das Handgelenk des Mannes noch ein wenig fester und drücke dann mit aller Kraft zu.

Ein Knacken ertönt, gefolgt von einem Schmerzensschrei. Vage nehme ich wahr, wie der Kerl die Waffe loslässt, doch ich gebe seinen Arm nicht frei. Ich bin noch nicht fertig mit ihm. Florence' Blut, das mit beängstigender Geschwindigkeit unsere Kleidung tränkt, lässt mich jegliche Zurückhaltung vergessen. Ich muss ihr helfen. Und das kann ich nicht, solange dieser Mann noch steht. Der Dolch in ihrem Bauch war sicher nicht für sie gedacht, sondern für mich. Ich habe eine verschwommene Erinnerung daran, wie Florence sich zwischen uns geschoben hat. Sie hat mich beschützt, obwohl ihr menschlicher Körper doch so viel gebrechlicher ist als meiner. Und jetzt? Stirbt sie. Meinetwegen. *Seinetwegen.*

Kann ich sie überhaupt noch retten? Da ist so viel Blut. Die Wunde ist zu tief. Sie wird es nicht schaffen.

Scheiße, ich ertrage das nicht.

Mit einem Mal schließen sich zwei Hände um den Kopf des Mannes und drehen ihn ruckartig zur Seite. Ein Knacken ertönt, ich lasse seinen Arm los. Dann sackt er auf dem schmutzigen Asphalt zusammen und gibt den Blick auf unsere Retterin frei.

Erleichtert atme ich aus.

Eris steht vor uns. Eine Hälfte ihres Gesichts ist blutüberströmt. Ihr Kiefer wirkt deformiert, als wäre er gebrochen, doch es scheint sie nicht einmal zu interessieren. Ihr Blick huscht prüfend über uns und bleibt dann an dem Dolch in Florence' Bauch hängen.

Ich schüttle den Kopf und versuche, meine Gedanken

zu klären. Meine verdammten Gefühle zu verbannen. Ich kann sie hier nicht brauchen.

Florence. Die Wunde. So viel verdammtes Blut ...

«Hilf mir», fordere ich Eris harsch auf. Es ist mir völlig egal, was außerhalb dieses Wagens passiert. Meinetwegen kann dort gerade ein Blutbad stattfinden – für mich zählt nur noch die Frau in meinen Armen, die sich nicht mehr rührt. Eilig schnalle ich mich ab und ziehe Florence behutsam an meine Brust. Ich hebe ihr Kinn und öffne dann mit meinen Zähnen die Adern an meinem Handgelenk.

Sie hat die Augen geschlossen und reagiert nicht. Atmet sie noch? Ihr Gesicht ist aschfahl, und die Panik in meinem Inneren verschlingt mich endgültig.

«Wach auf», bitte ich sie und drücke mein Handgelenk auf ihre leicht geöffneten Lippen. Noch immer sickert Blut aus der Wunde an ihrem Bauch. Zu viel. Viel zu viel. Der Dolch steckt noch immer dort, doch ich weiß nicht, ob ich ihn herausziehen soll oder nicht. Die Blutung würde dadurch vermutlich noch stärker. Andererseits kann die Wunde nicht heilen, wenn er dort steckt. Aber das ist wohl ohnehin irrelevant, denn obwohl mein Handgelenk auf Florence' Mund liegt, trinkt sie nicht. *Verdammt* ...

«Eris!», höre ich mich brüllen.

Ihr Gesicht erscheint vor mir, als sie sich zu uns in den Wagen beugt. «Was ist passiert?», fragt sie scharf und reißt gleichzeitig den Stoff von Florence' Kleid auf, um die Wunde zu begutachten.

«Hilf ihr einfach!», fordere ich statt einer Antwort. Verzweifelt senke ich den Kopf und drücke meine Stirn an Florence' Schläfe. Mein gesamter Körper ist wie gelähmt vor Angst. «Du musst trinken», flehe ich an ihrem Ohr. «Florence. Bitte. Du kannst jetzt nicht gehen, hörst du?»

«Benedict.» Aus dem Augenwinkel sehe ich, wie Eris versucht, den Dolch zu stabilisieren, und dabei Stoff auf die Wunde presst, doch das ist nicht genug. Tiefes Rot tränkt Florence' Kleid und meine Hose, den Sitz, unsere Hände …

Hinter Eris erklingen Schritte auf dem Asphalt, und sie wendet sich kurz ab, um ein paar Befehle zu bellen. Offenbar sind wir sicher. Doch Florence ist es nicht. Florence bezahlt für meine Sicherheit gerade mit ihrem Leben. Das darf sie nicht. So war das verdammt noch mal nicht abgemacht!

«Sie verliert zu viel Blut», höre ich Eris sagen. «Benedict. Es tut mir leid, aber …»

«Sie ist noch nicht tot!», fahre ich sie an. Dabei weiß ich das nicht mal. Sie könnte es sein. Ich bin mir nicht sicher, verdammt, aber wenn sie wirklich stirbt … *meinetwegen*, mit diesem Abgrund zwischen uns, dieser Kälte, dieser Reue …

Warum habe ich sie von mir gestoßen? Warum habe ich nicht auf mein beschissenes Herz gehört und ihr verziehen, als sie darum bat? Was hat mich davon abgehalten, abgesehen von meinen nutzlosen Prinzipien, meinem Stolz und der Angst, erneut verletzt zu werden? Ich darf sie nicht verlieren, das ist mir in diesem Moment so klar wie noch nie. Ich kann sie nicht gehen lassen, selbst wenn sie wollte. Weil mein egoistisches Herz sie braucht.

«Du musst trinken», flehe ich Florence an. Verzweifelt reibe ich über ihren Hals und versuche, ihren Körper so zum Schlucken zu bewegen. «Gib jetzt ja nicht auf», bringe ich hervor. «Du wolltest diese Zukunft, oder nicht? Ich gebe sie dir. Ich gebe dir *alles*, wenn du nur bleibst.» Mir entweicht ein Keuchen. Die Worte fühlen sich längst sinnlos an. Aber ich muss sie aussprechen. Muss es wenigstens versuchen. Meine Stimme bricht. «Ich glaube dir, Florence.

Und ich verzeihe dir. Verdammt, ich habe dir längst verziehen, ich wollte es nur nicht wahrhaben. Also bitte, trink ...»

«Benedict», versucht Eris es noch einmal.

«Nein!», keife ich sie an. Wut durchfährt mich wie ein Stromschlag. Auf sie. Auf mich. Auf die ganze Welt. Hätte Eris dieses Interview nicht vorgeschlagen, wäre das hier nie passiert. Hätte ich Florence mehr von meinem Blut gegeben, wäre sie vielleicht stark genug gewesen, um es zu überstehen. Wäre diese Welt nicht so verdammt ungerecht, dann ...

Ich spüre einen warmen Lufthauch an meinem Handgelenk. Florence atmet hörbar aus, und ich bin der festen Überzeugung, dass es ihr letzter Atemzug ist. Das letzte bisschen Leben, das endgültig ihren Körper verlässt. Das letzte Geräusch, das ich je von ihr hören werde.

Ich kann selbst nicht mehr atmen. Starre sie nur hilflos an. Versuche, nicht an Ort und Stelle zu zerbrechen, obwohl Florence' Tod meine gesamte Welt mit sich in den Abgrund reißt.

Doch dann ... schluckt sie. Und ich schluchze ungläubig auf.

Ich ziehe Florence enger an mich. «Mehr», fordere ich rau, senke den Kopf und küsse Florence auf die Stirn. Ihr Leben hängt weiterhin an einem seidenen Faden, doch ich klammere mich stur an dem Hauch von Hoffnung fest, den sie soeben gesät hat. «Bitte», flüstere ich und schließe die Augen. «War das etwa schon alles, Florence? Wo ist meine Rebellin hin, hm? Seit wann lässt du dich unterkriegen?»

Ich weiß nicht, ob sie mich hört. Aber sie trinkt noch einen Schluck, ebenso winzig wie der erste, und mit einem Mal rinnen Tränen über meine Wangen.

«Weiter.» Meine Stimme ist heiser. Meine Seele brennt.

Florence nimmt noch einen Schluck, diesmal kräftiger.

Ihre Lippen bewegen sich, und ich spüre, wie sie beginnt, schwach an meinem Handgelenk zu saugen. Merke, wie mein Blut ein kleines bisschen Leben zurück in ihren Körper bringt.

Ich wünschte, ich könnte ihr mehr geben. Ich wünschte, ich könnte stärker für sie bluten. Verdammt, ich würde dieser Frau mein schlagendes Herz geben, um sie zu retten. Doch stattdessen kann ich nur warten und bangen.

Florence trinkt weiter. Aber obwohl ihre Schlucke immer kräftiger werden, weiß ich, dass es womöglich nicht reicht. Sie verliert weiterhin viel Blut. Die Wunde ist tief und ihr Körper nach wie vor menschlich. Doch ich gebe erst auf, wenn ihr Herz aufhört zu schlagen.

«Weiter so», raune ich und drücke ihr wieder einen Kuss aufs Haar. Der metallische Geruch ihres Bluts füllt den Wageninnenraum. Dennoch nehme ich Florence' Duft wahr – ein Hauch von Lavendel. Unwillkürlich ziehe ich sie fester an mich.

Ich empfinde etwas für Florence, das ich vorher nicht für möglich gehalten hätte. Eine Liebe, die bis in meine Knochen reicht. Die so tief ist, dass ich sie bis an mein Lebensende in mir tragen werde. Nichts auf dieser Welt löst diese Frau jemals wieder aus meiner Seele. Kein Verrat, kein Tod, keine bittere Trennung. Sie wird mich auf ewig begleiten. Ganz egal, was jetzt passiert.

Florence trinkt weiter.

Schluck für Schluck für Schluck.

Langsam kehrt die Kraft in ihren Körper zurück, doch es ist nicht genug, und sie hat bereits eine große Menge meines Bluts getrunken. Wenn ich sie retten will, muss ich weitergehen. Mein Königreich verraten. Ihr etwas geben, das kaum weniger wert ist als mein schlagendes Herz.

Aber eben habe ich ihr alles versprochen. Und diesmal zucke ich nicht einmal mit der Wimper, bevor ich diese Grenze mit Florence überschreite. Es nicht zu tun, kommt mir nicht einmal in den Sinn.

«Benedict!» Eris' warnender Tonfall sagt mir, dass auch sie realisiert, was ich tue.

Ich werfe ihr lediglich einen flüchtigen Blick zu. «Kümmere dich weiter um die Wunde», fordere ich. «Der Dolch muss rechtzeitig raus.»

«Ist dir bewusst, was du gerade tust?», fährt sie mich an. «Du …»

«Es ist mir egal!», falle ich ihr ins Wort.

«Egal?!» Völlig entgeistert starrt sie mich an. So außer sich habe ich sie noch nie erlebt. «Du riskierst dein Leben! Die Krone! Die Sicherheit des gesamten Landes! Und für was? Für einen Menschen! Für eine Verräterin!»

«Sie ist mehr als das!»

«Wann begreifst du endlich, dass …»

«Ich liebe sie, Eris!», donnere ich. «Und ich bin nicht bereit, sie zu verlieren! Ich habe mein Leben für dieses Land gegeben, und ich werde es weiterhin tun. Aber wenn es die einzige Möglichkeit wäre, Florence zu retten, würde ich ganz England bereitwillig niederbrennen. Es ist mir egal, wie irrational es ist. Wie gefährlich. Wie *naiv*. Florence ist die eine Sache, die ich über dieses Königreich stelle – ob es dir gefällt oder nicht.»

Eris funkelt mich an, als würde sie mir am liebsten den Kopf abreißen. Doch sie rührt sich nicht und übt weiterhin Druck auf Florence' Wunde aus. «Ich hoffe, du hast dir das gut überlegt», zischt sie. «Du gibst ihr mehr Macht, als gut für sie ist.»

Florence' Schlucke werden drängender. Ein leises Stöhnen dringt aus ihrer Kehle, und sie hebt mühsam ihre Hände, um meinen Unterarm festzuhalten.

Das ist meine Kämpferin. Und obwohl ich gerade eine Entscheidung getroffen habe, die eigentlich völlig undenkbar ist, schleicht sich nun ein Lächeln auf meine Lippen.

«Nein», antworte ich Eris ruhig und lasse bereitwillig zu, dass Florence mein Handgelenk fester packt. Sich nimmt, was ihr gebührt. Mit mir eine Grenze überschreitet, die uns enger aneinanderbindet, als unsere Liebe es je könnte. «Ich gebe ihr nur, was sie verdient.»

# KAPITEL SECHZEHN

# DEADLY

# FLORENCE

Etwas stimmt nicht. Das ist der erste Gedanke, den ich zu fassen kriege. Ich blinzle gegen warmes Licht an. Über mir nehme ich die Decke von Benedicts Schlafzimmer wahr, unter mir die weiche Matratze seines Bettes. Fahler Sonnenschein kämpft sich seinen Weg durch die Vorhänge.

Es muss früher Morgen sein. Und ich habe keine Ahnung, was ich hier mache.

Schlafen vermutlich. Das wäre zumindest die logische Erklärung. Aber ... ich erinnere mich nicht daran, ins Bett gegangen zu sein. Mir ist nicht klar, wie ich überhaupt hierhergekommen bin. Das Letzte, was mir noch im Gedächtnis ist, ist ein Gespräch mit Benedict. Wir saßen im Auto, auch wenn ich auf Anhieb nicht weiß, wieso, und er hat irgendetwas gesagt, das mich traurig gemacht hat. Es immer noch tut.

Es fällt mir nicht mehr ein. Wohin wollten wir überhaupt?

Ein Termin ... Das Fernsehinterview. Aber ich weiß beim besten Willen nicht, wie der Dreh gelaufen ist. Was zur Hölle ist passiert? Und warum fühlt sich mein Körper zunehmend an, als hätte ich drei Nächte durchgefeiert?

Schwerfällig drehe ich den Kopf zur Seite und kriege prompt einen Schreck. Ich bin nicht allein im Bett.

Erst jetzt nehme ich den Duft von Wald und Kaminfeuer wahr, der mich einhüllt. Dazu die Wärme einer kaum merklichen Berührung an meiner linken Seite. Benedict sitzt neben mir, den Rücken an das Kopfteil des Bettes gelehnt. Er hat die Augen geschlossen, sein Kopf ist auf seine

Schulter gesunken, und selbst im Schlaf sind seine Brauen nachdenklich zusammengezogen.

Der Anblick ist vertraut und verwirrend zugleich. Was macht er hier? Verdammt, was mache *ich* hier? Irgendetwas ist wirklich gewaltig falsch.

Ich will mich aufrichten, doch ein scharfes Ziehen in meinem Bauch lässt mich mitten in der Bewegung innehalten. Mit einem leisen Ächzen stütze ich mich auf die Unterarme und atme gegen den Schmerz an. Leider ist er nur die Spitze des Eisbergs. Ich habe Muskelkater in sämtlichen Gliedmaßen, mir ist ein wenig schwindelig, und insgesamt fühlt es sich an, als hätte mich ein Lkw überrollt.

Stirnrunzelnd schlage ich meine Decke zurück, um der Ursache des Schmerzes nachzugehen, und stutze schon wieder. Ich kann mich nicht daran erinnern, diese Klamotten angezogen zu haben. Und als ich nun das Oberteil meines schwarzen Seidenpyjamas ein wenig hochziehe, ahne ich auch, warum dem so ist.

Eine längliche, etwa fünf Zentimeter große Narbe prangt neben meinem Bauchnabel. Sie ist gerötet, die Haut unregelmäßig, als wäre die Wunde gerade erst verheilt.

Okay. Wie lange liege ich hier schon? Und was zur Hölle ist davor passiert?

Allmählich bekomme ich Panik. Die Tatsache, dass ich mich an nichts erinnern kann, lässt meinen Kopf die schlimmsten Horrorszenarien spinnen.

«Benedict?», frage ich leise, und er schreckt aus dem Schlaf hoch. Blinzelnd schaut er sich um. Sein Blick findet meinen, und sein eben noch so angespannter Gesichtsausdruck weicht Erleichterung. Er atmet hörbar aus.

«Hey.» Seine Stimme ist heiser und gleichzeitig so sanft wie schon lange nicht mehr. «Du bist wach.» Einen Moment starrt er mich einfach nur an, als könnte er seinen Augen nicht trauen. Doch dann bemerkt er die Narbe an meinem Bauch, und sofort ziehen sich seine Brauen wieder zusammen. «Wie geht es dir?», will er wissen und mustert mich besorgt. «Hast du Schmerzen? Brauchst du was? Hêlîn hat dir ein paar Medikamente hiergelassen, aber ich kann sie auch persönlich herholen, falls du ...»

Ich richte mich weiter auf und lege meine Hand auf seine, überfordert von den vielen Fragen in meinem Kopf. Benedict hält inne und sieht hinunter auf unsere Finger. Verdammt ...

Einen Moment lang hatte ich vergessen, dass ich ihn so nicht berühren darf. Dass wir immer noch ... kaputt sind, wenngleich ich mich nicht daran erinnern kann, was zuletzt zwischen uns passiert ist. Was es auch war, es wird wohl kaum die Vergangenheit ungeschehen gemacht haben. Doch gerade als ich meine Hand zurückziehen will, verschränkt Benedict plötzlich seine Finger mit meinen.

Mein Herz macht einen nervösen Hüpfer. Und als er mir nun wieder ins Gesicht schaut, beginnt es unweigerlich zu rasen. Ich kann seine Miene nicht entziffern, doch es muss irgendetwas bedeuten, dass er mir freiwillig so nah kommt. Nur was?

«Was ist passiert?», bringe ich heraus und unterdrücke das Bedürfnis, seine Hand fester zu umklammern. Meine Brust ist seltsam eng. Es kommt mir vor, als wäre dieser Moment so flüchtig wie ein Atemzug. Als könnte Benedict mir wieder entgleiten, sobald ich ihn loslasse – diesmal vielleicht endgültig.

Ich verstehe nicht, woher diese plötzliche Zärtlichkeit kommt. Doch mein Herz saugt sie gierig in sich auf, als könnte es ohne sie nicht mehr überleben.

«Du erinnerst dich nicht?», fragt er rau.

Ich schüttle den Kopf, und Benedict fährt sich mit der freien Hand über das Gesicht.

«Fuck ...»

«Was ist passiert?», frage ich wieder, diesmal drängender. «Wieso ...» Ich stocke und schaue hinab auf die Narbe an meinem Bauch. Auf unsere verschränkten Finger. «Wir waren auf dem Weg zum Interview», stelle ich fest. «Und dann?»

Benedict ringt sichtlich nach Worten. Ich weiß nicht, ob ich ihn jemals so überfordert erlebt habe. «Es gab einen Anschlag», beginnt er schließlich.

Entsetzt starre ich ihn an. «Auf was?»

«Auf mich. Der *Rote Regen* hat einen Autounfall inszeniert. Sie wollten mich in dem anschließenden Chaos töten. Und sie hätten es auch geschafft, hättest du mich nicht mit deinem Leben beschützt.»

Mühsam setze ich mich auf und lehne mich neben Benedict ans Kopfteil des Bettes. Ich kann noch nicht ganz greifen, was all das bedeutet, aber zumindest das Offensichtliche fügt mein Kopf zusammen. «Daher die Narbe», schlussfolgere ich und befühle sie erneut mit meiner freien Hand. Die Haut ist empfindlich, aber alles scheint gut zu verheilen.

«Silberdolch», murmelt Benedict leise und folgt der Bewegung meiner Finger mit seinem Blick. Sein Gesicht verfinstert sich.

Ich würde ihn nur zu gern fragen, was es mit seiner plötzlichen Nähe auf sich hat. Doch ich traue mich nicht, es anzusprechen. Als wäre er ein scheues Tier, das ich mit einer unüberlegten Bewegung verschrecken könnte. «Seit wann liege ich hier?», will ich stattdessen wissen.

Benedict reißt seinen Blick von meinem Bauch los und schaut hinüber zu einem kleinen Wecker auf seinem Nachttisch. «Achtzehn Stunden», erwidert er ruhig. Meine Irritation ist mir wohl anzusehen, denn er fügt hinzu: «Ich habe dir Blut gegeben. Aber die Wunde war tief. Dein Körper brauchte Zeit, um sie zu schließen und die inneren Organe zu heilen, deinen Blutverlust auszugleichen, Knochen wieder zusammenwachsen zu lassen ...» Ein harter Zug legt sich um seine Mundwinkel. «Hêlîn musste deinen Arm richten.» Benedict atmet tief durch und drückt meine Hand fester. «Es tut mir leid, Florence.»

Ich runzle die Stirn. «Meine Verletzungen sind doch nicht deine Schuld.»

Er schüttelt den Kopf und mustert mich gequält. «Ganz egal, wessen Schuld es ist. Du glaubst nicht, wie sehr ich all das bereue. Wie ich dich behandelt habe. Dass ich dir nicht geglaubt habe. Dass ich unfähig war, deine Absichten und Beweggründe zu verstehen. Während du versucht hast, deine Fehler wiedergutzumachen, habe ich mit meinen erst angefangen. Und wenn ich nur ein bisschen Vertrauen in dich gehabt hätte ...»

«Habe ich mir bei dem Unfall den Kopf gestoßen?», unterbreche ich ihn, weil seine Worte mich fürchten lassen, dass ich womöglich halluziniere. Oder träume.

«Hast du», bestätigt Benedict alarmiert und richtet sich auf. «Wieso, hast du Kopfschmerzen? Hêlîn meinte, falls dir schwindelig wird, sollen wir sie sofort rufen. Du könntest ernsthafte Ver...»

«Benedict», unterbreche ich ihn wieder, doch er entspannt sich kein Stück. «Mir geht es gut», versichere ich ihm. «Ich habe gefragt, weil ich nicht verstehe, was du da sagst ...»

Er stockt. «Oh.» Fast schon befangen fährt er sich mit der freien Hand durch die Locken, und jetzt erst merke ich, wie erschöpft er aussieht. Er hat dunkle Ringe unter den Augen, und sein Gesicht wirkt eingefallen.

Achtzehn Stunden seit dem Anschlag.

So wie ich ihn kenne, hat er in all dieser Zeit kaum ein Auge zugetan und eben nur geschlafen, weil sich irgendwann selbst der König seiner Müdigkeit nicht mehr widersetzen kann.

«Wurdest du auch verletzt?», wechsle ich das Thema. Benedicts Worte klingen in mir nach, und sie schüren diese elende Hoffnung wieder, die mich jedes Mal aufs Neue zerstört. Ich bin noch zu benommen, um mit seinen sprudelnden Geständnissen klarzukommen. Zu fertig, um mich darauf einzustellen, wie sie wohl enden werden. Ich weiß ohnehin schon kaum, wie ich mich gerade fühlen soll. Benedict bringt meine Emotionen nur noch weiter aus dem Gleichgewicht.

Trotzdem streiche ich zögerlich mit dem Daumen über seinen Handrücken. Ich kann nicht anders, als mir auszumalen, was er wohl noch sagen wollte. Mich zu fragen, ob es diesmal nicht doch so endet, wie ich es mir wünsche.

«Mir geht es gut», erwidert er. Es ist nicht wirklich eine Antwort, aber ich lasse es ihm durchgehen. Nur sagt er sonst nichts.

Kann ich das andere Thema wirklich ruhen lassen? Im Gegensatz zu mir ist Benedict gerade weder verwirrt noch überrumpelt. Er weiß genau, was er da sagt. Er hatte achtzehn Stunden Zeit, um sich darüber Gedanken zu machen. Das heißt allerdings noch lange nicht, dass es auch Sinn ergibt. Wieso bin ich plötzlich die, die verzeihen soll, und nicht andersherum?

«Warum entschuldigst du dich bei mir?», hauche ich.

Benedict runzelt die Stirn. «Das macht man so, wenn man Fehler gemacht hat.»

«Du schuldest mir nichts», stelle ich klar. Meine Kehle wird eng. «*Ich* habe *dich* verraten.»

Er schüttelt den Kopf. Der Blick seiner grünen Augen wird weich – fast so, wie er mich vor der Sommersonnenwende angesehen hat. Seine Finger drücken erneut meine, und wenngleich seine Stimme leiser wird, verstehe ich seine Worte klar und deutlich. «Das ist nicht mehr wichtig, Florence», raunt er, und ein Schauer geht durch meinen Körper. «Wir haben einander verraten, aber wir haben einander auch gerettet.»

Einen Moment lang kann ich nichts erwidern. Ich starre Benedict an. Hoffnung und Zweifel liefern sich in meiner Brust einen erbitterten Kampf. «Und was genau bedeutet das jetzt?», flüstere ich. «Ich verstehe nicht ...» Ich unterbreche mich selbst.

Benedict atmet tief durch. «Es bedeutet, dass ich dich zurückwill. Sofern du mich nach all dem noch möchtest. Ich habe dich in den letzten Wochen wie Dreck behandelt. Und was ich deinem Bruder angetan habe ... Wenn du mir das nicht verzeihen kannst, werde ich das akzeptieren.»

Ich starre Benedict an und kann nicht glauben, was er da sagt. Ein Teil von mir will sich in seine Arme werfen und all unsere Probleme endlich vergessen. Doch das ließe sie nicht verschwinden. Es gibt gute Gründe dafür, dass wir getrennt waren. Ich kann mich nur zu gut daran erinnern, was er noch vor wenigen Tagen in genau diesem Bett festgestellt hat – dass er mir nicht vertrauen kann.

«Und wie soll das funktionieren?», flüstere ich. «Du vertraust mir nicht, also ...»

«Doch, das tue ich», widerspricht er mit fester Stimme.

«Seit wann? Was hat sich geändert?»

«Florence.» Benedicts Blick ist ernst und zugleich gequält. Er beugt sich ein wenig zu mir, und sein vertrauter Duft wird stärker, bringt meine Haut zum Prickeln. «Ich habe längst angefangen, dir wieder zu vertrauen», raunt er. «Ich wollte es nur nicht wahrhaben. Wir haben deine Gespräche mit Valerian abgehört. Dazu deine Vorschläge dem Rat gegenüber und dein Verhalten in den Telefonaten mit deinen Eltern ... Deine Absichten waren immer gut. Und nicht nur das, du hast mich mit deinem Leben beschützt. Wie könnte ich dir nicht vertrauen? Was auch immer deine Ziele sind – mir ist klar geworden, dass sie sich nie wieder gegen mich richten werden. Du bist nicht böswillig. Du versuchst lediglich, das Richtige zu tun. Und solange wir einander beschützen und respektieren, können wir über alles andere reden.»

Ich schlucke schwer. Es ist skurril, ihm etwas ausreden zu wollen, das ich mir so sehr wünsche. Aber ich kann mein Herz nicht so leichtsinnig riskieren. Nicht, wenn mein Verstand der festen Überzeugung ist, dass Benedict seine Meinung nur allzu schnell wieder ändern wird. «Aber meine Fehler sind nichts, was man einfach vergessen kann», flüstere ich. «Was ist, wenn sie weiterhin zwischen uns stehen?»

«Tun sie nicht», meint Benedict rau. «Weil ich das nicht mehr zulasse.»

Irritiert ziehe ich die Brauen zusammen. «Du kannst nicht einfach beschließen, dass du mir verzeihst.»

«Unterschätz mich nicht», murmelt er und beugt sich weiter zu mir herunter, um mir einen Kuss aufs Haar zu drücken.

Mein gesamter Körper kribbelt von dieser kleinen Geste, doch ich rühre mich nicht. Ich weiß nicht, was ich tun soll. Es fühlt sich an, als würde ich zum Sprung von einer Klippe ansetzen, ohne zu wissen, was sich am Grund befindet – rettendes Wasser oder harter Stein.

«Ich will dich nicht verlieren», flüstert Benedict an meinem Ohr. «Ich kann es nicht, Florence. Gestern habe ich deinen leblosen Körper in meinen Armen gehalten und dabei zugesehen, wie du verblutest. Ich dachte, du stirbst. Und ich habe keine Ahnung, was ich getan hätte, wenn das wirklich passiert wäre. Dich zu verlieren, hätte mich zerstört. Du hast dich so tief in mein Herz gegraben, dass es ohne dich nicht mehr schlägt. Der Zorn der letzten Wochen ist nichts gegen die Liebe, die ich für dich empfinde. Und solange du mich willst, werde ich alles tun, um dich an meiner Seite zu behalten. Es ist mir egal, ob ich es sollte. Ob es richtig oder vernünftig ist. Ich liebe dich, und ich werde nicht damit aufhören.»

Seine Stimme zittert, und ich wende ihm zögerlich das Gesicht zu. Tränen schimmern in Benedicts Augen, und er blinzelt sie eilig weg. Vorsichtig löse ich meine Finger aus seinen und lege meine Hand an seine Wange.

Seine Haut ist warm unter meiner, und ich streiche sanft über seine Bartstoppeln. Benedict lehnt sein Gesicht in meine Berührung, und ich rutsche näher an ihn heran.

Ich fühle alles gleichzeitig. Verlangen, Sehnsucht, Schmerz, Zwiespalt und diese endlose Zuneigung. In mir mischen sich Schuld, Scham und Reue. Und dennoch bleibt die Überzeugung, das Richtige getan zu haben – oder zumindest das, was ich für das Richtige hielt. Denn wie Briana es letztens gesagt hat: Es hätte kein richtig oder falsch gegeben. Vom ersten Moment an standen Benedict und ich auf unterschiedlichen Seiten. Die Frage ist jetzt, ob wir es immer noch tun. Oder ob wir es schaffen, uns gemeinsam für einen Weg zu entscheiden, der nicht nur uns, sondern auch unser Land wieder zusammenbringt.

Benedict rührt sich nicht. Er mustert mich aufmerksam, so etwas wie Furcht in seinem Gesicht. Sie waren nie weg – die Gefühle, die er für mich hatte. Er hatte sie nur tief in sich vergraben, versteckt hinter Zorn und Enttäuschung. Ich kann mir kaum vorstellen, wie viel es ihn gekostet hat, sie nun wieder an die Oberfläche zu lassen. Wie schwer es für ihn gewesen sein muss, mir trotz meiner Fehler und des Risikos für sein Land wieder zu vertrauen.

Es ist eine beinah grausame Ironie. Vor einem halben Jahr hätte ich alles dafür getan, eine solche Macht über Benedict zu besitzen. Jetzt hingegen schmerzt es mich. Nach allem, was ich ihm angetan habe, habe ich nicht annähernd das Gefühl, seine Liebe zu verdienen.

«Sag etwas», bittet er mich leise.

«Ich habe Angst», gestehe ich, nehme meine Hand jedoch nicht weg.

«Wovor?»

Ich muss schlucken. «Vor uns.» Mit zitternden Fingern streiche ich Benedict eine Locke aus der Stirn und fahre mit den Fingerspitzen über die Sorgenfalte zwischen seinen Brauen. «Davor, dass wir uns wieder so verletzen könnten. Davor, dass wir einander einfach nicht gerecht werden, egal wie sehr wir es versuchen.»

Er atmet hörbar aus, und ich glaube fast, einen Hauch Belustigung darin mitschwingen zu hören. «Wer sonst sollte mir gerecht werden, wenn nicht die Frau, die es geschafft hat, sich unter den unmöglichsten Umständen in mein Herz zu schleichen?»

Ich schüttle schwach den Kopf, doch ein Lächeln zupft an meinen Lippen. «Vielleicht war es Zufall?»

«Ich verliebe mich nicht durch Zufall, Florence», erwidert er ruhig. «Wir haben uns verletzt, weil wir uns nicht vertraut haben. Weil wir Angst hatten zu vertrauen. Aber die einzige Angst, die mich jetzt noch begleiten wird, ist die, dich zu verlieren.»

Mir steigen Tränen in die Augen, und Benedict legt einen Arm um mich, zieht mich ein wenig enger an sich. Die andere Hand hebt er zu meinem Gesicht und streicht mir mit dem Daumen über die Wange.

«Florence Hawthorne», sagt er leise, und seine Stimme aus schwarzer Seide lässt mich ebenso erschauern wie bei unserer ersten Begegnung. «Ich schwöre, dir zu dienen, bis das Schicksal uns scheidet.»

Einen Moment lang weiß ich nicht, wie ich die Worte einordnen soll. Doch dann erkenne ich vage den Schwur wieder, den ich Benedict vor etlichen Monaten selbst geleistet habe. Die Worte, die damals eine Lüge waren und nun die Wahrheit sind.

«Ben», flüstere ich, und eine Träne rollt über meine Wange. Er wischt sie weg, und gleichzeitig entwischt ihm eine eigene.

«Ich schwöre dir Treue und Verschwiegenheit bis ans Ende unserer Tage», fährt er mit fester Stimme fort. «Ich schwöre, dich ebenso zu achten wie meine Krone. Ich schwöre dir: Ich bin dein in Geist und Blute. Wenn du mich willst.»

Ich schmiege mich an Benedicts Brust und ziehe sein Gesicht zu mir herunter. Er lehnt seine Stirn an meine, sein Atem streift meine Lippen, sein Duft nimmt mich gefangen. Und mit einem Mal bin ich mir sicher, dass er recht hat. Dass wir es schaffen werden. Dass wir unsere Welten vereinen können, wenn wir einander mit Vertrauen begegnen und unsere Verschiedenheit respektieren.

«So nehme ich dich als mein», flüstere ich, und ich kann sein Lächeln zwar nicht sehen, es jedoch deutlich in meiner Handfläche spüren. Da ist sein Grübchen wieder, und ich realisiere erst jetzt, wie sehr ich es in den letzten Wochen vermisst habe. Fast so sehr wie ihn selbst.

Ich vergrabe meine Finger in Benedicts Locken und küsse ihn. Erst zaghaft, weil ich noch immer nicht glauben kann, dass das hier echt ist. Doch als er es erwidert, lasse ich meine Vorsicht hinter mir. Ich vertiefe den Kuss und gestatte meiner Sehnsucht, meine Ängste zu verschlingen.

Benedict streicht meine Haare zurück und zieht mich fester in seine Arme. Er tut es so behutsam, dass mir dabei beinahe erneut die Tränen kommen, und mein Herz ist hoffnungslos überfordert. Trotz des Glücksgefühls in meiner Brust kommen plötzlich all die Trauer und Verzweiflung der letzten Wochen wieder an die Oberfläche.

Wir waren so kurz davor, einander endgültig zu verlieren. Und die Tatsache, dass wir es doch nicht getan haben, kommt mir vor wie Wunder und Verbrechen zugleich. Gerade nehme ich mir etwas, das ich nicht verdient habe. Noch nicht. Irgendwann tue ich das vielleicht, und bis dahin halte ich daran fest, so gut ich kann. Nehme mir so viel von diesem Mann, wie er mir zu geben bereit ist.

Ich lasse meine Hand über Benedicts Hals nach unten wandern, doch er hält sie fest, bevor ich seine Brust erreiche, und löst sanft seine Lippen von meinen. «Du solltest etwas essen», murmelt er.

«Ich habe keinen Hunger», schwindle ich und ziehe sein Gesicht wieder näher zu mir heran. Doch gerade, als ich ihn küssen will, meldet sich mein Magen mit einem lauten Grummeln.

Frustriert stöhne ich auf. Großartig. Keine Chance, Benedict jetzt noch davon abzuhalten, mir etwas zum Essen zu besorgen. Aber obwohl ich ihn lieber bei mir im Bett behalten hätte, ist das vermutlich gut so. Ein bisschen Zeit und ein gutes Frühstück helfen meinem Kopf hoffentlich dabei, wieder geradeauszudenken, und außerdem würde ich gern duschen.

Erneut knurrt mein Magen. Benedict löst sich von mir, und ich versuche gar nicht erst, ihn davon abzuhalten.

«Irgendwelche Wünsche?», fragt er amüsiert, drückt mir noch einen Kuss auf die Schläfe und steht aus dem Bett auf.

«Obst?», frage ich hoffnungsvoll und schlage die Decke zurück.

«Alles, was du willst. Was wird das?»

Ich schwinge meine Beine aus dem Bett. «Ich gehe ins Bad.»

Benedict zieht skeptisch die Brauen zusammen.

«Mir geht es gut», versichere ich ihm.

«Ich lasse trotzdem nach Hêlîn rufen», beschließt er und beobachtet, wie ich mit steifen, aber sonst sicheren Schritten zur Badezimmertür schlurfe.

«Natürlich tust du das», erwidere ich betont locker. «Ich bin sicher, sie freut sich, dass du ihre Zeit verschwendest.»

«Wie habe ich deine große Klappe vermisst», meint er schnaubend und lächelt mich an. «Lass die Tür offen, wenn du badest oder duschst.»

«Wieso? Hast du Pläne?», ziehe ich ihn auf.

«Außer dich vor dem Ertrinken zu retten, falls du stürzt? Nein.»

Unbeeindruckt zucke ich mit den Schultern. «Schön. Ich

glaube, du schuldest mir sowieso noch eine heldenhafte Rettung.»

Benedicts Mundwinkel zuckt, doch er erwidert nichts mehr. Stattdessen verlässt er das Schlafzimmer und zieht leise die Tür hinter sich zu.

# KAPITEL SIEBZEHN

# CONTAMINATED

# FLORENCE

Ich nehme eine Dusche und esse anschließend unter Benedicts strenger Aufsicht Frühstück im Bett. Es dauert nicht lange, bis Dr. Demenan kommt und anfängt, jede meiner Gliedmaßen einzeln zu untersuchen. Mein Arm war wohl gebrochen, eine Schulter womöglich ausgekugelt, ein paar Rippen geprellt. Von der Stichwunde ganz abgesehen. Mittlerweile merke ich davon nichts mehr, und insgesamt fühle ich mich bereits um einiges besser als nach dem Aufwachen.

Benedict beobachtet trotzdem wachsam jede meiner Bewegungen, als würde er nur darauf warten, dass ich mich vor Schmerzen krümme. Seine Sorge um mich ist unverkennbar, aber als Eris an der Schlafzimmertür klopft und ihn sprechen will, lässt er mich widerwillig mit Dr. Demenan allein. Ich erhasche einen flüchtigen Blick auf seine Rechte Hand. Ihr Gesicht ist von Blutergüssen übersät, als wäre sie in eine heftige Prügelei geraten, und ich vermute, dass auch das bei dem Unfall passiert ist. Sie muss schlimme Verletzungen davongetragen haben, sonst wäre sicher schon alles verheilt. Im Gegensatz dazu überrascht es mich, dass ich schon wieder so fit bin. Mir war bisher nicht klar, wie wirksam Benedicts Blut wirklich ist. Vielleicht liegt es daran, dass er im Gegensatz zu allen anderen Vampiren dieses Landes von der Vene trinken darf. Das Gesetz soll seine Macht womöglich nicht nur demonstrieren, sondern sie auch erhalten.

Worüber sie wohl reden? Wie ist überhaupt die aktuelle Lage? Der Anschlag hat sicher all unsere Pläne durcheinandergebracht. Wurde die neue Regelung zur Blutgabe auch ohne das Interview in Kraft gesetzt, oder hat man alles auf Eis gelegt, bis sich die Situation beruhigt? Vielleicht sollten wir noch einmal mit Mum und Dad telefonieren. Ihnen versichern, dass wir uns weiterhin an die Vereinbarung halten, bevor sie voreilige Schlüsse ziehen. Mir wird schlecht, wenn ich mir vorstelle, zu welchen Mitteln sie als Nächstes greifen könnten.

«Florence?», reißt mich Dr. Demenans Stimme aus meinen Gedanken.

«Hm?», mache ich irritiert und wende den Blick von der Tür ab. Die Ärztin mustert mich streng. Ihre dichten dunklen Brauen sind skeptisch zusammengezogen.

«Hast du mir zugehört?»

«Ja», schwindle ich. Ehrlich gesagt sind meine Gedanken bereits nach den ersten dreißig Sekunden ihres Vortrags über meine Medikamente abgeschweift, aber ich lese nachher einfach die Beipackzettel. Allerdings habe ich gerade ohnehin nicht das Gefühl, irgendetwas davon zu brauchen. Mir geht es gut. Umso mehr stört mich die Bettruhe, die Dr. Demenan mir verordnet hat.

Sie schürzt misstrauisch ihre tätowierte Unterlippe, erhebt sich jedoch von meiner Bettkante und packt ihr Stethoskop zurück in ihre Tasche. «Ich schreibe es dir sicherheitshalber auf. Ruh dich gut aus», beschwört sie mich wieder. «Benedicts Blut ist keine Garantie dafür, dass du vollständig heilst. Solche schwerwiegenden Verletzungen können auch zu einem späteren Zeitpunkt noch Probleme bereiten. Falls du plötzlich starke Schmerzen hast oder dich erbrechen musst, lass nach mir rufen, ja?»

Ich ringe mir ein Lächeln ab. Eigentlich weiß ich es wirklich zu schätzen, dass man sich hier so gut um mich kümmert. Ich würde es nur bevorzugen, würde ich wenigstens ein paar Monate lang ohne lebensbedrohliche Verletzungen auskommen. «Danke, Dr. Demenan», sage ich aufrichtig.

Sie hebt die Mundwinkel, aber es will kein richtiges Lächeln werden. Ihr Gesichtsausdruck könnte alles bedeuten. Ihre Stimme jedoch ist überraschend sanft, als sie mir antwortet. «Nenn mich Hêlîn», bittet sie mich.

Ich runzle die Stirn. «Hat Benedict das angeordnet?»

Sie lacht heiser auf. «Seine Majestät weiß es besser, als mir vorzuschreiben, wer mich wie zu nennen hat.»

«Dann bin ich nur umso verwirrter», gestehe ich.

Ein amüsiertes Funkeln tritt in ihre dunklen Augen. «Was daran ist für dich verwirrend?»

Ich zögere einen Moment, entscheide mich dann aber doch für die ehrliche Antwort. «Die meisten Vampire in diesem Schloss mögen mich nicht besonders. Ich dachte, du würdest auch zu ihnen gehören.»

Dr. Demenan schüttelt den Kopf. «Ich muss dich nicht mögen, Florence. Was wiederum auch nicht heißt, dass ich dich nicht mag. Aber ich respektiere dich.»

«Wieso?», entwischt es mir. «Solltest du nicht ziemlich wütend darüber sein, dass ich Benedicts Leben in Gefahr gebracht habe?»

«Das war ich. Aber ich habe es auch verstanden.»

Ich schaue sie fragend an, und Dr. Demenan setzt sich seufzend wieder zu mir auf die Bettkante. «Als Kurdin weiß ich nur zu gut, wie sich Unterdrückung anfühlt, Florence. Ich komme aus einem Land, das auf dem Papier nicht mehr existiert. In dem unsere eigene Sprache verboten ist, unsere Namen zwangsgeändert wurden und man uns für unsere Kultur mit Gewalt bestraft. Ich verstehe, warum du so gehandelt hast. Aber glaub mir, wenn ich dir sage, dass du an der falschen Front kämpfst. Benedict ist nicht dein Feind.»

Kurz stocke ich. Mir war nicht klar, dass Hêlîn von meiner wahren Rolle wusste. Doch Benedict vertraut ihr, also ist es wohl nicht verwunderlich. «Ich weiß», erwidere ich leise. «Das habe ich längst gemerkt.»

«Gut.»

Ich atme tief durch. «Was du erzählst, klingt furchtbar.»

Hêlîns Gesicht wird weicher. Mit einem Mal wirkt sie geradezu wehmütig. «Das ist es auch.»

«Bist du deshalb nach England gekommen?», frage ich vorsichtig.

«So ist es.»

Ich zögere. «Und vermisst du deine Heimat?»

Nun ist die Trauer in ihren Zügen nicht mehr zu übersehen. Mir entgeht nicht, wie sie sich mit den Fingern flüchtig über die kleinen Symbole an Lippe und Kinn fährt, bevor sie ihre Hände miteinander verschränkt. «Jeden Tag», gesteht sie. Sie erhebt sich wieder und streicht ihre Bluse glatt. «Ruh dich aus. Sammele deine Kräfte. Und dann sieh zu, dass du dieses Land endlich vereinst. Schließlich wirst du noch einige Zeit an der Seite des Königs verbringen.»

Wie meint sie das?

Ich öffne den Mund, um sie zu fragen, doch Hêlîn hat sich bereits ihre Tasche geschnappt, wirft mir ein letztes warmes Lächeln zu und verlässt das Schlafzimmer. Ich höre, wie Benedict und Eris bei ihrem Eintreten ihre Diskussion unterbrechen, dann mischt sich Hêlîns Stimme in das Gespräch. Seufzend lehne ich mich in die Kissen zurück.

Was meinte sie damit, ich würde noch einige Zeit an Benedicts Seite verbringen? Es hat noch niemand ein Wort darüber verloren, was passiert, wenn meine Zeit als Blutbraut offiziell ein Ende findet.

Ehrlich gesagt weiß ich nicht einmal, was für Optionen

uns zur Auswahl stehen. Einen solchen Fall gab es in der Geschichte dieses Landes noch nicht. Ein Vampirkönig in einer Beziehung mit einem Menschen ...

Meine Kehle wird eng. Bisher habe ich nicht darüber nachgedacht, wie eine gemeinsame Zukunft aussehen könnte – und was die Unterschiede zwischen Benedict und mir wirklich bedeuten. Unsere Zeit schien immer endlich – begrenzt auf die wenigen Monate bis zur Sommersonnenwende. Ich habe mir nie erlaubt, mir vorzustellen, wie es danach sein könnte. Ohne die Erwartungen meiner Familie oder meine Geheimnisse zwischen uns. Und erst jetzt wird mir klar, dass auch unsere übrige Zeit endlich ist und wir uns schneller auseinanderleben werden, als uns lieb ist. Benedict hat sicher noch zweihundert Jahre vor sich. Ich hingegen sterbe viel früher als er. Zumindest wenn ich ein Mensch bleibe ...

Ich schüttle den Kopf und verbanne das Thema in den hintersten Winkel meines Kopfes. Das sind Sorgen für einen anderen Tag. Für eine andere *Zeit*, in der dieses Land nicht mehr kurz vor einem Bürgerkrieg steht.

Doch meine Gedanken hören nicht auf zu kreisen. Noch kann ich mir nicht vorstellen, mein menschliches Leben hinter mir zu lassen. Es ist eine Sache, einen Vampir zu lieben. Aber selbst einer zu werden, fühlt sich an, als würde ich nicht nur meine Familie, sondern mich selbst verraten. Als würde ich nicht nur die Menschen dieses Landes, sondern alles, wofür ich stehe, hinter mir lassen. Dazu bin ich nicht bereit.

Lieber genieße ich die Zeit mit Benedict, solange es möglich ist, und akzeptiere dann, dass er die zweite Hälfte seines Lebens mit einer anderen Liebe füllt. Falls wir überhaupt so lange zusammenbleiben.

Ich seufze. Hätte ich nicht größere Probleme, um mir den Kopf zu zerbrechen? Sicherlich. Aber ich kann nur an Benedict denken. Meine Sehnsucht nach seiner Nähe ist so stark, dass ich seine Anwesenheit im anderen Raum praktisch spüren kann. Was vielleicht auch daran liegt, dass das tiefe Timbre seiner Stimme selbst durch die geschlossene Tür zu hören ist und meinen Körper zum Kribbeln bringt.

Ich ziehe erneut den Saum meines Pyjamaoberteils hoch und betrachte die Narbe dort. Sie sieht schon deutlich besser aus als vorhin. Die Haut ist nicht mehr so rot, und das schmerzhafte Ziehen ist verklungen. Beim Duschen habe ich einen Bluterguss an meinem rechten Arm bemerkt, doch als ich nun meinen Ärmel hochschiebe, ist auch er schon halb verblasst. Es ist beinahe gruselig, meinem Körper derart beim Heilen zusehen zu können. Benedicts Blut leistet wirklich ganze Arbeit. Kaum zu glauben, dass ich anfangs dachte, es wäre dazu da, mich zu manipulieren, obwohl es doch offensichtlich in seiner Natur liegt, anderen zu helfen.

Die Tür wird geöffnet, und Benedict kommt zurück ins Schlafzimmer. Seine Stirn ist gerunzelt, als hätte das Gespräch mit Eris und Hêlîn ihn beunruhigt, doch seine Miene entspannt sich, als sein Blick meinen trifft. Wärme schleicht sich in seine grünen Augen, und er schenkt mir ein seltenes Lächeln.

Ich habe das vermisst. Ihn. Uns.

Und selbst wenn ich nur sechzig, fünfzig, vielleicht auch nur vierzig Jahre mit ihm habe, dann ist das bereits mehr, als ich mir je wünschen könnte.

«Was ist?», fragt Benedict und hebt eine Augenbraue.

Ich schüttle nur den Kopf und klopfe mit der flachen Hand auf die Matratze neben mir. Jetzt ist nicht die richtige

Zeit für dieses Thema. Es kann warten, bis sich die Dinge beruhigt und Benedict und ich uns wieder aneinander gewöhnt haben.

«Ah», macht er belustigt und streift seine Schuhe ab. «Du willst mich nur ins Bett kriegen.»

«Dringend», bestätige ich und hebe meine Decke für ihn. Benedict legt sich zu mir, und ich kuschle mich an ihn. Sein Körper ist angenehm warm, jedoch nicht so heiß, wie ich es von ihm gewohnt bin. Ob es daran liegt, dass er mir so viel von seinem Blut geben musste? Oder bilde ich mir das einfach nur ein?

«Was wollte Eris?», frage ich leise, den Kopf auf seiner Brust.

Er streicht mir sanft durch die Haare und zieht mir die Decke über die Schultern. Er schluckt, bevor er antwortet. «Sie hat den Anschlag untersuchen lassen, aber noch nicht viel herausgefunden. Offenbar war er nicht gut durchgeplant, sonst wären sie vermutlich erfolgreich gewesen. Es wirkte ein wenig überstürzt. Fast, als hätte der *Rote Regen* kurzfristig mitbekommen, was für Veränderungen wir mit dem Interview auf den Weg bringen wollen, und das war ihr verzweifelter Versuch, es zu unterbinden.»

«Klingt logisch», murmle ich.

«Ja. Das Bedenkliche ist, dass wir damit gerechnet und deshalb alles streng vertraulich gehalten haben. Trotzdem sind Informationen nach außen gesickert. Das bedeutet, diese Leute sind noch viel tiefer in unseren Reihen verankert, als wir dachten. Wir unterschätzen sie immer wieder.»

Meine Brust wird eng. Ich sollte wirklich aufhören, Zeit damit zu verschwenden, meine verbleibenden Jahre mit Benedict zu zählen. Falls der *Rote Regen* erfolgreich ist, haben wir vielleicht nur noch Tage oder Wochen. Und ich fürchte, sie werden nicht lockerlassen, bis entweder Ben oder sie selbst vernichtet wurden.

«Wer steht im Verdacht?», frage ich leise. «Die Ratsmitglieder wussten davon. Was, wenn es doch jemand von ihnen ist? Phinneas hat mehr als deutlich gemacht, dass er nichts von unseren Plänen hält. Es könnte eine Strategie sein, um von sich abzulenken. Wenn er laut genug schreit, denkt niemand, dass er es ist, weil man von ihm erwartet, sich unauffälliger zu verhalten.»

Benedict seufzt. «Das haben wir auch schon in Erwägung gezogen. Aber Eris ist sich sicher, dass er nichts damit zu tun hat. Und wir haben die Informationen über das Interview auch intern nicht weitergegeben. Der Termin war nur zwischen Eris, uns beiden und ein paar wenigen Leuten vom Fernsehsender abgesprochen. Die Wachen im Schloss wussten von nichts, die Eskorte wurde erst bei der Abfahrt gebrieft, und alle Beteiligten wurden einem Sicherheitscheck unterzogen. Ihre Diensthandys wurden abgehört für den Fall, dass sie unseren Standort weitergeben. Nichts. Die Sache war so geheim, wie es irgend ging.»

Ich runzle die Stirn. «Dann muss es beim Sender weitergegeben worden sein.»

«Vermutlich», murmelt er. «Eris versucht gerade, eine Liste von allen Leuten zu bekommen, die in die Pläne eingeweiht wurden, aber es braucht nur einer zu lügen oder einen Namen zu vergessen, und wir stehen mit leeren Händen da.» Er seufzt. «Ich weiß nicht mehr weiter. Wir haben keine konkreten Spuren, und der *Rote Regen* wird so lange im Verborgenen agieren, wie sie können. Sie hängen ihre Taten nicht an die große Glocke, so wie deine Eltern es getan haben. Sie warten auf ihren Moment, und wenn der gekommen ist, ist es längst zu spät, um etwas dagegen zu tun.

Unser einziger Vorteil ist, dass ihr erster Anschlag auf dich schiefging und wir dadurch vorgewarnt sind. Meine Eltern wurden völlig von ihnen überrumpelt. Bonnie hat mit ihrem Tod nicht nur dein Leben gerettet, sondern das von unzähligen. Meines eingeschlossen.»

Mir entweicht ein trauriges Schnauben. «Hoffentlich hat sie das nicht gehört», scherze ich, doch Schmerz mischt sich unter meine Worte. Damals habe ich Bonnie Rache geschworen. Doch seitdem habe ich nichts getan, um diesen Schwur zu erfüllen.

«Ja ... Sie war nicht gerade ein Fan von mir», bemerkt Benedict.

Überrascht hebe ich den Kopf und schaue ihn an. «Das wusstest du?»

Er schmunzelt. «Natürlich. Ich durchschaue die meisten Leute ganz gut, und sie hat sich keine Mühe gegeben, es zu verbergen.»

«Aber warum hast du sie dann trotzdem für dich arbeiten lassen?»

«Warum sollte ich nicht?», erwidert er etwas irritiert. «Es ist ihr gutes Recht, eine eigene Meinung zu haben. Solange sie trotzdem ihre Arbeit macht, sehe ich kein Problem.»

Ich blinzle verwirrt.

Benedict hebt amüsiert einen Mundwinkel. «Was?», will er wissen.

«Nichts. Manchmal bin ich einfach trotz allem noch überrascht davon, wie tolerant du bist.»

«Ich gebe mir zumindest Mühe», meint er trocken. «Sturheit ist der Tod jeglichen Fortschritts. Auch wenn man mir nachsagt, mein Schädel sei ziemlich dick ...»

«Das ist er», bestätige ich warm. «Aber ich schätze, er passt gut zu meinem.»

«Das stimmt wohl», murmelt Benedict und legt seine Hand an meine Wange. Seine Finger sind rau auf meiner Haut, doch die Berührung selbst ist sanft. «Du bist eine Rebellin durch und durch.»

«Und du magst es», flüstere ich und richte mich auf.

«Ich bin weit über Mögen hinaus.»

«Gut.» Ich beuge mich zu ihm hinunter und küsse ihn sanft. Er erwidert es, doch das beinahe schmerzhafte Sehnen in meiner Brust lässt davon nicht nach. Es wird nur immer stärker, je näher sich unsere Körper kommen.

Benedict seufzt auf. «Vielleicht sollten wir lieber reden, statt ...», murmelt er an meinen Lippen, doch er beendet den Satz nicht. Unterdessen lasse ich bereits meine Hand über seine Brust wandern und mache mich daran, sein Hemd aufzuknöpfen.

«Ich will nicht reden», flüstere ich und ziehe mit den Zähnen an seiner Unterlippe. Es ist mir egal, dass er recht hat. Ein paar Stunden lang möchte ich einfach so tun, als wäre alles in Ordnung. Als wären wir nur zwei Verliebte, losgelöst vom Rest dieser kaputten Welt.

«Du sollst dich ausruhen», erinnert Benedict mich leise, weicht ein wenig vor mir zurück und rollt sich auf die Seite.

Ich verdrehe die Augen. «Du bist unausstehlich.»

«Und du bist verletzt. Hêlîn hat dir Bettruhe verordnet.»

Ich lege meine Hand in seinen Nacken und ziehe sein Gesicht so nah zu mir heran, bis sein Atem meine Lippen streift. «Ich *bin* im Bett», flüstere ich, und ein Schauer geht durch seinen Körper. Vorsichtig hauche ich einen Kuss auf Benedicts Mund. Er vertieft ihn zwar nicht, doch seine Finger streichen kaum merklich über meinen Rücken.

«Ich glaube nicht, dass sie das so gemeint hat», murmelt er und zieht mich gleichzeitig näher an sich. Sein Herz schlägt an meiner Brust, als wäre es mein eigenes. Seine Wärme sickert in meine Glieder.

«Ich glaube nicht, dass mich das interessiert», erwidere ich, lege meine Hand flach auf seinen Oberkörper und befördere ihn mit einem schwungvollen Stoß wieder auf den Rücken.

Benedict keucht überrascht auf. Einen Moment lang starren wir uns völlig verdutzt an.

Ich habe damit gerechnet, dass er nachgeben würde. Aber nicht damit, dass ich es aus eigener Kraft schaffe, ihn derart mühelos auf den Rücken zu schubsen.

Ein Grinsen breitet sich auf meinen Lippen aus. Ich schwinge ein Bein über Benedicts Hüften und knie mich über ihn. Sanft umfasse ich seine Handgelenke und ziehe sie nach oben, sodass sie auf Höhe seiner Schultern ruhen und ich ihn gleichzeitig festhalten und küssen kann.

«Wie viel Blut hast du mir gegeben?», flüstere ich ihm ins Ohr und verteile kleine Küsse an seiner Schläfe hinab bis zu seinem Kiefer.

Benedict atmet hörbar aus. «Zu viel …»

«Willst du, dass ich aufhöre?»

Er dreht den Kopf, und seine Nase streift meine. Einen Moment lang zögert er. «Nein.»

Ich halte trotzdem inne. Mir kommt es so vor, als würde er sich nicht nur Sorgen um meinen Gesundheitszustand machen. «Was ist los?», frage ich vorsichtig.

Benedict schluckt. «Ich habe Angst, dir wieder wehzutun. Das neulich …»

«Du hast mir in dieser Nacht nicht wehgetan», unterbreche ich ihn. «Zumindest nicht auf eine schlechte Weise.»

Er verzieht das Gesicht. «Du hattest Blutergüsse. Ich

habe nicht mal gemerkt, wie heftig ich dich gegen den Tisch gedrückt habe.»

«Ich aber. Und hätte ich gewollt, dass du aufhörst, hätte ich es dir gesagt. Du hast mir sogar angeboten, Stopp zu sagen.»

Scheinbar hilflos schüttelt er den Kopf. «Das ist nicht dasselbe, wie um Erlaubnis zu bitten.»

«Benedict ...» Es rührt mich, dass er sich solche Gedanken macht. Sie beweisen mir nur einmal mehr, was für ein Mann er ist. Aber das, was letztens auf seinem Schreibtisch passiert, wollten wir beide. Und ich habe es mehr als herausgefordert. «Es ist alles in Ordnung», versichere ich ihm, beuge mich zu ihm herunter und hauche einen Kuss auf seine Lippen. «Und ich wäre dir sehr dankbar, wenn wir das bei Gelegenheit wiederholen könnten. Ich kann seitdem nämlich kaum noch schlafen.»

Benedict hebt die Brauen. Langsam befreit er seine Hände aus meinen, richtet sich auf und dreht mich mit geradezu schmerzhafter Vorsicht auf den Rücken. Er stützt sich über mich, und nun ist er es, der meine Handgelenke fixiert. Er drückt sie fest in die weiche Matratze, seine Erektion reibt dabei durch unsere Kleidung an meiner Mitte.

Sehnsuchtsvoll ziehe ich die Luft ein und recke mich ihm entgegen. Ich habe in den letzten Wochen sicher nicht nur Benedicts Körper vermisst. Aber gerade sehne ich mich schmerzlich danach, ihn wieder in mir zu spüren. Auf eine sanftere Art als neulich. Eine, die mehr auf Liebe als auf Hass basiert und uns endgültig wieder zusammenkittet.

Benedict mustert mich aufmerksam. Sein Blick hat sich verdunkelt, und in seinen Augen liegt nun dasselbe heiße Verlangen, das auch mich beherrscht. «Warum kannst du nicht schlafen?», will er mit rauer Stimme wissen und drückt sich fester zwischen meine Beine.

«Weil ich an dich denken muss», hauche ich und stemme mich probehalber gegen seinen Griff. Er lässt nicht locker. Stattdessen lässt er sein Becken leicht kreisen, und mir entweicht ein leises Stöhnen. «Benedict, bitte ...»

«Erklär es mir», fordert er. «Und zwar ganz genau. Woran hast du gedacht, wenn du nachts allein in meinem Bett gelegen hast?»

Hitze flutet meinen Körper und steigt mir bis in die Wangen. Benedict schmunzelt zufrieden. In aller Seelenruhe beobachtet er, wie ich rot anlaufe.

«Ich warte», raunt er und drückt mit einem Knie meine Beine weiter auseinander. Ich öffne sie bereitwillig für ihn. Mittlerweile ist seine Erektion steinhart, und ich bin so feucht, dass es in meinem Unterleib zieht.

Ich schlucke. «Ich habe mir vorgestellt, dass du ins Zimmer kommst», bringe ich atemlos hervor. «Dass du dich zu mir legst. Mich ausziehst ...»

Benedict richtet sich auf und kniet sich zwischen meine Beine. Er lässt meine Handgelenke los, und stattdessen fahren seine warmen Hände unter mein Pyjamaoberteil. Langsam schieben sie es hoch. «So?» Er zieht mir den seidenen Stoff über den Kopf. Sein Blick wandert über meine nackten Brüste, während seine Finger sich bereits an den Bändeln meiner Hose zu schaffen machen. Er löst die Schleife und zieht mich langsam aus.

Kühle Luft streicht über meine Haut, gemeinsam mit Benedicts sengendem Blick. Meine Nippel werden hart, und das Verlangen nach ihm ist beinahe unerträglich, doch ich rühre mich nicht. Ich liege reglos da und warte, während Benedict meinen nackten Körper mustert.

Er lässt sich Zeit, berührt mich nicht. Erst, als ich schon fast fürchte, er würde mich doch noch abweisen, streicht er mir sanft eine Strähne hinters Ohr. Seine Finger wandern weiter – über mein Schlüsselbein, meine Brüste, meine Taille hinab. Er fährt mit sanftem Druck die Innenseite meiner Oberschenkel nach und schließlich über die Narbe an meinem Bauch.

Einen Moment lang wirkt er gedankenverloren. Ich sehe, wie er zögert, doch es währt nicht lange. Sein Blick trifft wieder meinen. «Was dann?», fragt er dunkel.

Ich atme zittrig ein. «Dann hast du mich berührt», flüstere ich und schiebe ihm mein Becken entgegen. Doch statt seine Finger zwischen meine Beine wandern zu lassen, legt er sie sanft unter mein Kinn und fährt mit dem Daumen über meine Unterlippe.

«Und was hast du gemacht, während du dir all das vorgestellt hast?», murmelt er.

Mein Herzschlag beschleunigt sich, und meine Wangen beginnen zu brennen. «Ich glaube, das weißt du», hauche ich.

Benedicts Lippen verziehen sich zu einem Schmunzeln. Das Grübchen in seiner rechten Wange kommt zum Vorschein und bringt mich beinahe zum Schmelzen. «Nein, Florence», sagt er heiser. «Ich will es sehen. Zeig mir, was meine kleine Rebellin macht, wenn ich sie allein lasse.»

Unsicherheit überkommt mich, doch nicht genug, um mich davon abzuhalten, Benedicts Aufforderung nachzukommen. Zögerlich lasse ich meine Hände über meinen Körper wandern. Die eine zu meinen Brüsten, die andere zwischen meine Beine. Ich lasse meine Finger durch die Feuchtigkeit dort gleiten und umkreise anschließend langsam meine Klitoris. Allein die Tatsache, dass Benedict mir dabei zusieht, bringt mich beinahe um den Verstand. Er beobachtet mich, sein Blick so voller Verlangen, dass ich jeden Moment damit rechne, dass er sich auf mich stürzt.

Es macht mich mutiger, wenn er mich so ansieht. Ich dringe mit einem Finger in mich ein und stöhne leise auf.

Wie als Antwort geht ein Schauer durch Benedicts Körper. Er streicht über meine freie Brust und schüttelt tadelnd den Kopf. «Warum habe ich dich nicht stöhnen gehört, während ich da drüben wach lag und mir genau dasselbe vorgestellt habe?» Seine Stimme ist nur noch ein Grollen. Er nimmt meinen Nippel fest zwischen Daumen und Zeigefinger und entlockt mir damit ein weiteres Geräusch.

«Was hättest du getan, wenn du mich gehört hättest?», bringe ich hervor und lasse meine Finger wieder zu meiner Klitoris wandern. Es fühlt sich gut an, und dennoch unbefriedigend. Weil ich will, dass Benedict mich stattdessen so berührt. Dass er es ist, der mich zum Kommen bringt.

«Ich weiß es nicht», gesteht er leise. «Vielleicht wäre ich anderswo schlafen gegangen.» Er streicht über meine Brust und dann hinunter zu der Narbe an meinem Bauch. «Vielleicht hätte ich aber auch dem Monster in mir wieder die Kontrolle überlassen und dir dein zartes Herz noch mehr zerrissen.» Reue schimmert in seinen Augen.

«Du bist kein Monster», sage ich leise und richte mich auf. «Du bist du, und dieses *Du* ist ziemlich perfekt.»

Er atmet tief durch und schließt mich vorsichtig in seine Arme. «Danke», raunt er, senkt den Kopf und küsst mich. Seine Lippen sind warm und weich. Seine Berührungen sanft. Doch das Verlangen zwischen uns ist etwas anderem gewichen. Einem Gefühl, so einnehmend, dass es mir beinahe die Luft abdrückt.

Ich liebe diesen Mann, mit all seinen Fehlern.

Benedict vertieft unseren Kuss, und ich ziehe an seiner Unterlippe, knöpfe ungeduldig sein Hemd auf.

Er schiebt meine Hände schon wieder weg, doch bevor ich protestieren kann, berührt er mich endlich und lässt seine Finger durch die Feuchtigkeit zwischen meinen Schenkeln gleiten. Ich recke ihm mein Becken entgegen und seufze auf.

«Lass mich die Arbeit machen», verlangt er leise und reibt meine Klitoris. «Leg dich hin. Entspann dich ...» Langsam dringt er in mich ein und krümmt seine Finger in mir. Es fühlt sich unendlich gut an, aber es ist nicht annähernd genug. Es ist nicht das, was ich jetzt brauche.

«Nein», keuche ich und versuche wieder, ihm das Hemd auszuziehen. «Ich will, dass wir das zusammen machen. Dass wir beide die Kontrolle haben.»

Diesmal widerspricht Benedict nicht. Stattdessen zieht er sich das Hemd über den Kopf und erobert meinen Mund mit seinem. Ich verliere mich für einen Moment in dem Kuss, doch dann besinne ich mich, öffne seinen Gürtel und umfasse seine Erektion. Benedict stöhnt auf, löst sich widerwillig von mir und entledigt sich seiner Hose.

Ich lehne mich unterdessen über die Matratze, um ein Kondom aus seiner Nachttischschublade zu holen. Zumindest diesen Teil unseres Ausrutschers möchte ich nicht wiederholen. Seit ich im Tower war, habe ich die Pille nicht mehr genommen, und auch wenn das Risiko für eine Schwangerschaft verschwindend gering ist, will ich es kein zweites Mal eingehen.

Ich wende mich Benedict wieder zu und rolle ihm das Kondom über. «Setz dich auf deine Fersen», fordere ich leise, und als er gehorcht, knie ich mich über ihn. Seine Hände finden meine Taille. Er küsst meinen Hals und lenkt mein

Becken in die richtige Position. Ich lasse mich langsam auf ihn sinken und nehme ihn tief in mich auf.

Stöhnend lasse ich zu, dass er meinen Körper mit seinen Händen führt. Ich folge dem Druck seiner Finger und bewege mich auf ihm. Seine Härte in mir fühlt sich so gut, so richtig an, dass ich kaum noch klar denken kann.

Benedict lässt eine Hand an meiner Taille liegen, die andere wandert zwischen uns. Er macht dort weiter, wo er eben aufgehört hat, reibt mich im Rhythmus unserer Körper.

«Ben», stöhne ich. Ich lege meine Hände auf seine Schultern und klammere mich an ihm fest.

Sein Blick findet meinen, und er senkt den Kopf, bis unsere Nasenspitzen sich berühren. Unser Atem vermischt sich miteinander, während Benedict immer wieder tief in mich eindringt und seine Finger mich auf den Höhepunkt zutreiben.

Meine Gefühle übermannen mich. Nicht nur meine Lust, sondern alle. Die ganze schmerzhaft schöne Palette, die ich in den letzten Wochen so vergeblich zu unterdrücken versucht habe. Tränen brennen in meinen Augen. Ein Lächeln stiehlt sich auf meine Lippen.

«Ich liebe dich», keuche ich und streiche Benedict die dunklen Locken aus der Stirn.

Er küsst mich. Heftiger als eben, beinahe hungrig. Als hätte auch er viel zu lange hierauf gewartet. «Ich liebe dich auch», raunt er an meinen Lippen. «Und wenn du noch einmal in meinen Armen stirbst, suche ich dich höchstpersönlich in der Hölle heim.»

Mir entweicht ein atemloses Lachen. Nur er ist in der Lage, Worte wie diese derart liebevoll klingen zu lassen.

«Ich bin nicht gestorben», erwidere ich keuchend und schmiege mich enger an ihn.

«Nein.» Benedict küsst sich meinen Kiefer entlang zu meinem Hals. «Ich konnte nicht zulassen, dass du mich schon verlässt.»

Sein Daumen streicht kaum merklich über die Narbe an meinem Bauch, doch ich nehme es nur vage wahr. Ein Orgasmus bahnt sich in mir an, und gleichzeitig wird es immer anstrengender, mich auf Benedict zu bewegen. Dabei will ich noch längst nicht aufhören. Besonders nicht jetzt. Das Ziehen in meiner Mitte breitet sich soeben bis in meine Fingerspitzen aus.

«Ben», keuche ich und gerate für einen Moment aus dem Takt. «Kannst du ...»

Ich spüre, wie sein Griff um meine Taille fester wird. Er lehnt sich zurück und mustert mich prüfend. Ich blinzle ihn flehend an, und Belustigung macht sich auf seinem Gesicht breit. «Doch nicht so fit, wie du meintest?», zieht er mich auf, und ich atme frustriert aus.

«Bitte mach weiter ...»

Benedict richtet sich mit mir auf seinem Schoß auf und legt mich auf den Rücken. Er zieht sich dabei nicht einmal aus mir zurück, braucht lediglich beide Hände, um mich hochzuheben, bevor er mit neuer Intensität in mich eindringt und seine Finger wieder auf meine Klitoris legt. Ein wohliger Schauer geht durch meinen Körper. Ich schlinge meine Beine um seine Hüften und ziehe ihn so eng an mich wie irgendwie möglich. Der Orgasmus rauscht über mich hinweg, und noch währenddessen spüre ich, wie auch Benedict kommt. Er stößt noch einmal tief in mich, dann hält er keuchend inne und küsst mich.

Wir zittern beide. Vor Anstrengung. Vor Erregung. Benedict zieht sich aus mir zurück, legt sich neben mir auf die Seite und schließt mich eng in seine Arme.

«Alles in Ordnung?», raunt er und verteilt sanfte Küsse auf meinem Gesicht.

«Ja», seufze ich und schließe die Augen.

Er atmet tief durch und löst sich von mir. «Bin gleich wieder da.» Er steht aus dem Bett auf und zieht mir die Decke über die Schultern. Dann höre ich, wie er kurz ins Bad verschwindet.

In den wenigen Minuten, die er dort verbringt, holt mich die Erschöpfung endgültig ein. Nein, ich war wirklich noch nicht so fit, wie ich dachte. Aber dafür bin ich jetzt umso glücklicher.

Benedict kommt wieder und legt sich zu mir unter die Bettdecke. Ich kuschle mich an seine nackte Brust und atme seinen vertrauten Duft.

«Wie fühlst du dich?», fragt er, leise Besorgnis in seiner Stimme.

Ich seufze. «Gut.»

«Anders als sonst?»

Er streicht mir durchs Haar, und ich runzle verwirrt die Stirn. «Das ist eine komische Frage», nuschle ich.

Benedict zögert. «Bist du müde?»

«Mhm.»

«Okay. Dann reden wir später.»

Blinzelnd öffne ich die Augen und schaue zu ihm auf. «Reden worüber?»

Er verzieht kaum merklich den Mund, schüttelt jedoch den Kopf. «Ruh dich erst mal aus, Florence.»

«Falls du mich doch wieder loswerden willst, ist es jetzt leider zu spät», lasse ich ihn wissen und vergrabe mein Gesicht in seiner Halsbeuge.

Benedict umarmt mich fester. «Keine Sorge. Ich habe nicht vor, dich je wieder loszulassen.»

«Gut», murmle ich und atme tief ein. Verdammt, er riecht so unglaublich gut ... Daran werde ich mich nie gewöhnen. Ebenso wenig wie an das Gefühl, das dieser Duft in mir auslöst. Dieses verliebte Kribbeln, das mit jedem gemeinsamen Tag stärker wird, statt abzuflauen.

«Florence?»

Ich liebe es, wenn er meinen Namen so sagt. Ihn in seine Stimme aus schwarzer Seide hüllt und seine Gefühle darin mitschwingen lässt.

«Hm?» Ich bekomme die Augen nicht mehr auf. Meine Lider sind zu schwer, seine Wärme ist zu einlullend.

«Schon gut», murmelt er und drückt mir einen Kuss auf die Stirn. «Schlaf ruhig.»

Irgendetwas will er mir noch sagen. Natürlich. Wir haben über nichts geredet außer uns selbst. Nicht über das Land, nicht über die Pläne. Dabei ist das doch das Wichtigste. Wenn ich nur nicht so verdammt müde wäre ...

«Wasis mit dem Erlass?», brumme ich.

Benedict schnaubt leise. «Ich habe schon alles unterschrieben.»

Zufrieden reibe ich meine Nase an seinem Hals. «Also alles gut.»

«Ja ...» Er streicht mir scheinbar gedankenverloren durchs Haar. «Vorerst ist alles gut.»

Seine Stimme behält diesen seltsamen Unterton, doch ich dämmere bereits weg. *Alles gut.* Das reicht mir, um meine Sorgen noch für ein paar Stunden zu vergessen.

# KAPITEL ACHTZEHN

# TRAPPED

## FLORENCE

Im ersten Moment spüre ich den Schmerz kaum. Da ist nur das befremdliche Gefühl von kaltem Metall, das in meinen Bauch schneidet. Heißes Blut, das über meine Haut rinnt. Und dazu das völlig surreale Wissen, dass ich sterben werde.

Ich umklammere den Arm meines Angreifers und halte mich mit aller Kraft an ihm fest. Solange die Klinge in meinem Körper steckt, kann er sie nicht gegen Benedict verwenden. Solange nur ich sterbe und nicht er, hat dieses Land noch Hoffnung.

Ich höre seine Stimme an meinem Ohr, spüre seine Hände auf meinem Körper, doch ich kann nicht mehr reagieren. Schwärze hüllt mich ein, schluckt alles um mich herum. Was bleibt, ist seine Nähe. Benedict ist bei mir, hält mich fest, und ich schätze, für jemanden wie mich, die schuldig ist in so vielen Belangen, ist das mehr, als ich verdient habe.

Trotzdem würde ich ihm gerne noch etwas sagen. Etwas Wichtiges. Ich bekomme es nur nicht mehr zu fassen, und auch mein Mund gehorcht mir nicht mehr. Ein Keuchen ist alles, was noch aus meiner Kehle dringt. Ein letzter Atemzug, der irgendwo in der Schwärze verhallt. Ich spüre, wie Benedict mir entgleitet und ich immer tiefer in das Nichts rutsche, das mich umhüllt. Es ist Erlösung. Von all meinen Fehlern, meiner Reue, meinen Sorgen. Doch zugleich ist es klaffende Leere.

Ein Verlust.

Ein Abschied.

Eine Stimme wie schwarze Seide durchdringt die Dunkelheit. Ein süßlicher Geschmack liegt mir auf der Zunge.

Ein stechender Schmerz beherrscht plötzlich meinen Körper.

*Trink ...*

Benedicts Nähe holt mich wieder ein. Ich spüre seinen Körper an meinem, und obwohl ich nicht weiß, warum er das von mir verlangt, hinterfrage ich es nicht. Stattdessen schlucke ich mühsam.

Meine Kehle ist trocken, und mein gesamter Körper schmerzt von der winzigen Bewegung. Atme ich noch? Benommen schnappe ich nach Luft und wünsche mich sofort zurück in das warme Nichts.

«Mehr», verlangt Benedict rau.

Ich will nicht. Alles tut weh, und ein merkwürdiges Gewicht auf meiner Brust droht, mich zu ersticken. Doch Benedict klingt so fordernd, so bestimmt, dass ich dennoch gehorche.

Noch ein Schluck. Würzige Süße füllt meinen Mund, rinnt mir heiß die Kehle hinunter. Doch alles andere ist kalt. So verdammt kalt ...

«Weiter so.» Ich spüre, wie er mich aufs Haar küsst, und das lässt eine andere Art von Wärme in mir entstehen. Ich tue alles, wenn er mich so berührt. Alles, um nicht mehr ohne ihn zu sein. Also trinke ich weiter. Nehme immer tiefere, drängendere Schlucke.

Eine zweite Stimme erklingt, doch ich registriere sie kaum. Ich bin wie im Rausch, umklammere plötzlich Benedicts Handgelenk, nehme mir jeden Tropfen seines Blutes, den ich kriegen kann. Er muss es mir nicht mehr befehlen. Mein ganzer Körper verlangt danach, mehr von ihm zu trinken. Wenn ich aufhöre, sterbe ich, dessen bin ich mir seltsam sicher. Gerade brauche ich Benedict dringender als die Luft zum Atmen.

Während sich die Dunkelheit allmählich lichtet, verschwindet der Geschmack seines Bluts von meiner Zunge. Sein Handgelenk von seinen Lippen. Der Schmerz aus meinem Bauch. Nur seine Nähe bleibt. Eine stetige Wärme, die mir nicht von der Seite weicht.

Meine Finger ertasten nackte, glatte Haut. Benedicts gleichmäßiger Atem streift meine Stirn. Mein Gesicht liegt an seiner Halsgrube, und ich spüre seinen Puls unter meinen Lippen schlagen.

Langsam streiche ich mit der Hand über seinen Oberkörper. Ich fahre mit der Nase über Benedicts Hals und küsse ihn dort.

Ein müdes Brummen dringt aus seiner Kehle. Seine Arme schließen sich fester um mich, doch Hunger hat von mir Besitz ergriffen. Ich brauche mehr. Mehr von seinem Blut.

Ich küsse mich seinen Hals entlang, zurück zu der Stelle, an der ich seinen Herzschlag spüre. Sein Duft macht mich benommen, und das Verlangen danach, von ihm zu trinken, übernimmt vollends meine Gedanken. Meine Zähne kratzen sanft über Benedicts empfindliche Haut, bevor ich sie langsam in seinem Hals versenke.

Sein Keuchen durchdringt die Stille, doch er rührt sich nicht. Ich schmecke sein Blut wieder auf der Zunge und seufze erleichtert auf. Es schmeckt ebenso süß wie gerade. Ebenso unentbehrlich.

Ich trinke es gierig, schmiege mich enger an Benedicts nackten Körper, und während der Hunger allmählich schwindet, überkommt mich etwas anderes.

Verlangen.

*Lust.*

Benedicts Hand streicht über meinen Hinterkopf und

dann meinen Rücken hinab. Er atmet tief ein, und ich spüre, wie sich sein Oberkörper dabei stärker an meine nackten Brüste drückt.

Verwirrt halte ich inne. Warum sind wir nackt? Wo sind wir? Eben noch hatte ich ein Messer im Bauch, und jetzt …

Ich blinzle. Warmes Abendlicht blendet mich und erhellt Benedicts Schlafzimmer. Ich liege in seinem Bett, eng an ihn geschmiegt, mein Gesicht nah an seinem Hals.

Vorsichtig lehne ich mich ein Stück zurück. Eine Bisswunde ziert seine Haut. Der Geschmack seines Bluts füllt noch meinen Mund. Und als ich nun mit der Zunge prüfend über meine Lippen fahre, bleibe ich an zwei spitzen Zähnen hängen.

Mit einem Mal bin ich hellwach. Oder zumindest glaube ich das. Ich habe keine Ahnung mehr, was real ist und was nicht. Das hier kann es jedenfalls nicht sein. Ich kann nicht … Ich … Wie …

«Ben?», bringe ich erstickt hervor und versuche, mich aufzurichten. Aber er schließt seine Arme enger um mich, als wollte er mich bei sich halten, und ich bin erleichtert über das Lebenszeichen. Gleichzeitig bin ich verwirrt.

Ich schaue ihm ins Gesicht und treffe seinen Blick. Reue liegt darin.

«Es ist alles gut», behauptet er leise und reibt mir über den Oberarm, doch ich kann nur auf die Bisswunde an seinem Hals starren.

Entsetzt mache ich mich von ihm los und weiche zurück, während ich meine Zähne mit den Fingerspitzen abtaste. Sie sind wirklich da. Zwei scharfe Fangzähne, wie die eines …

Mir wird schlecht.

«Hilf mir», flüstere ich überfordert. Ich habe gerade sein Blut getrunken. Einfach so. Ich habe ihn *gebissen*. Ich …

Benedict richtet sich auf und zieht mich wieder an sich, streicht mir über den Rücken. «Atme erst mal tief durch. Es ist alles ...»

«Siehst du das nicht?», schreie ich und stoße seinen Arm weg. «Nichts ist gut! Ich ...» Ich bringe den Satz nicht zu Ende. Meine Atmung geht hektisch, und ich taste erneut über die spitzen Fangzähne. Mir entweicht ein verzweifeltes Schluchzen. Sie sind immer noch da. Und ich wache auch verdammt noch mal nicht auf. Benedicts Berührung fühlt sich bedenklich echt auf meiner Haut an. Ich spüre die weiche Matratze unter mir, den seidenen Stoff der Bettdecke, die kühle Luft des Schlafzimmers.

«Hey.» Benedict nimmt mein Gesicht zwischen seine Hände und zwingt mich so dazu, mich auf ihn zu konzentrieren. «Sieh mich an. Es ist alles gut.»

Ich kann nicht mehr atmen. Was redet er denn da? Nichts ist gut! Absolut gar nichts. Ich bin offensichtlich kein Mensch mehr. Ich habe im Schlaf sein Blut getrunken. Und ich verstehe einfach nicht, wie er so ruhig bleiben kann!

Außer ...

Ich starre ihn an. Meine Kehle ist mit einem Mal so eng, dass ich kaum ein Wort herausbekomme. «Benedict», flüstere ich und balle die Hände zu Fäusten.

Er verzieht gequält das Gesicht. «Florence, bitte ...»

«Was hast du getan?», stoße ich aus und mache mich ruckartig von ihm los. Auf einmal ergibt alles Sinn. Der Traum eben. Die Tatsache, dass sich sein Körper nun nicht mehr so warm anfühlt wie sonst. Hêlîns Worte, dass ich noch einige Zeit an Benedicts Seite bleiben würde.

*Wie viel Blut hast du mir gegeben?*

*Zu viel.*

«Es ging nicht anders ...»

«Du hast mich verwandelt?», schreie ich ihn an. Mein Puls beginnt zu rasen, fast als wollte mein Herz mich daran erinnern, wie lebendig ich bin.

«Nein», erwidert Benedict sofort und macht mich damit nur noch wütender. Warum lügt er mich an? Warum hat er es mir nicht gleich gesagt, verdammt?

«Du hattest kein Recht, das zu tun!», entfährt es mir. Tränen der Überforderung brennen in meinen Augen. «Ich wollte das nicht! Ich wollte nie ...»

«Ich habe dich nicht verwandelt», beharrt er energisch.

Ruckartig deute ich auf seinen Hals. «Und wie erklärst du dir dann das?» Die Wunde ist bereits fast verheilt, doch zwei dunkelrote Punkte beweisen weiterhin, was eben passiert ist. Verdammt, ich war nicht mal bei Bewusstsein, als ich von ihm getrunken habe. Ich bin gefährlich. Jemand, der sich selbst nicht unter Kontrolle hat. Ein Monster.

«Würdest du es mich bitte erklären lassen?», fordert Benedict. Er versucht, ruhig zu bleiben, doch auch seine Stimme hat einen harschen Unterton bekommen. «Wärst du ein Vampir, würdest du nicht mein Blut wollen, sondern das von Menschen», erinnert er mich. «Ich hätte dich gar nicht verwandeln können, Florence. Nicht, ohne dich schon vorher von mir trinken zu lassen. Das weißt du. Ich habe dir erklärt, wie es funktioniert. Du bist kein Vampir.»

Ich starre ihn an.

Benedicts Worte ergeben Sinn. Der Rest der Situation jedoch tut es nicht, denn er hat nicht erklärt, weshalb ich jetzt so bin. *Was* ich bin.

Benedict atmet tief durch. Seine grünen Augen mustern mich, sein Blick so voller Reue, wie ich ihn noch nie gesehen habe.

In mir zieht sich alles zusammen. Das war erst der Anfang seiner Erklärung. Und ich bin mir nicht sicher, ob ich das Ende hören will.

«Du hast mich also nicht verwandelt», wiederhole ich.

«Nein.»

Ich schlucke. «Und was hast du stattdessen getan?»

Er verzieht kaum merklich den Mund. «Mein Blut war die einzige Möglichkeit, dich zu retten. Aber die Wunde war zu tief. Es hätte nicht gereicht, dir eine kleine Menge zu geben. Du wärst verblutet, bevor die Wunde verheilt gewesen wäre. Also habe ich dich mehr trinken lassen.»

*Zu viel.*

Benedicts Stimme hallt durch meine Gedanken und jagt Gänsehaut über meine Arme. Mir kommt wieder in Erinnerung, wie ich das erste Mal von ihm getrunken habe. Er hat mich zurückgehalten, als ich damals in eine Art Rausch verfallen bin. Deswegen. Damit ich nicht so werde.

Okay. Durchatmen. Ruhe bewahren. Es wird nicht so schlimm sein ... Wäre das hier ein Problem, hätte er es mir sicher gleich gesagt und nicht gewartet, bis ich die Veränderung selbst bemerke. Also ist es bestimmt harmlos, nur eine temporäre Sache. «Wie lange dauert es, bis ich wieder normal bin?», will ich wissen.

Doch Benedicts Gesicht hellt sich nicht auf. Er schaut mich ebenso ernst an wie zuvor. «Es tut mir leid, Florence», sagt er leise. «Aber das hier ... ist dauerhaft.»

*Dauerhaft.*

Ich bin wie erstarrt. Panik breitet sich in meinem gesamten Körper aus, und ich starre Benedict entsetzt an. «Und was ist *das hier?*», stoße ich aus.

«Du bist immer noch ein Mensch», erklärt er. «Abgesehen von ein paar Eigenheiten. Man nennt es einen Blutschwur. Indem ich dir so viel von meinem Blut gab, habe ich dir permanent einen Teil meiner eigenen Macht übertragen. Einen Teil meines Lebens, so gesehen. Aber um ihn zu erhalten, bist du auf mein Blut angewiesen.»

Mein Hals ist trocken. Ich bringe die Worte kaum heraus. «Was meinst du damit, einen Teil deines Lebens?»

«Solange du an mich gebunden bist, lebst du deutlich länger. Und ich deutlich kürzer.»

Er hat mir etwas von seinem Leben geschenkt. Vielleicht sollte ich mich darüber freuen. Doch das schaffe ich nicht. Alles, woran ich denken kann, ist, dass er gelogen hat. Denn ich bin eben *kein* Mensch mehr. Ich bin etwas gänzlich anderes. Etwas, das ich definitiv nicht werden wollte. «Und was, wenn ich dein Blut nicht trinke?», frage ich zittrig. «Wenn ich diesen Blutschwur auflöse?»

Benedict zögert. «Dann stirbst du.»

Das kann nicht sein Ernst sein ...

«Das heißt, ich bin abhängig von dir», presse ich hervor.

«Ja.»

Er sagt es, als wäre es nichts. Als würde es nicht mein gesamtes Leben auf den Kopf stellen. Meine Zukunft. Ich weiß nicht, ob unsere Beziehung funktionieren wird. Ob wir es schaffen, unsere Liebe zu bewahren, egal was noch auf uns zukommt. Ich weiß nur, dass *ich* ohne ihn nicht mehr funktioniere. Mit einem Mal hat Benedict die volle Kontrolle über mich, und diesmal war ich nicht ansatzweise daran beteiligt, sie ihm zu überlassen. Ich habe keine Wahl mehr.

«Du wirkst wütend», stellt er besorgt fest, und mir entweicht ein Schnauben.

«Sollte ich Freudensprünge machen?», fahre ich ihn an. «Du hast mein Leben in der Hand, Benedict!»

Er runzelt die Stirn. «Ich würde das niemals nutzen, um

dir zu schaden, Florence. Du kannst jederzeit von mir trinken. Du hast mein Wort.»

«Das ändert nur nichts daran, dass ich ab jetzt auf dich angewiesen bin!»

«Warum ist das ein Problem?», fragt er irritiert. «Ich dachte, du liebst mich.»

«Das tue ich auch! Aber was, wenn das mit uns nicht funktioniert?»

«Das sehen wir, falls es dazu kommt.»

Ich schüttle den Kopf, unfähig, auch nur einen klaren Gedanken zu fassen. «Du hättest das nicht tun dürfen.»

«Es war der einzige Weg, dich zu retten», erwidert er gereizt. «Hätte ich dich sterben lassen sollen?»

«Das wäre zumindest natürlicher gewesen!», entkommt es mir.

Benedict zieht die Brauen zusammen. «Was zur Hölle redest du da eigentlich?»

«Keine Ahnung!», stoße ich frustriert aus. «Ich kann das gerade nicht.»

Ich will aus dem Bett aufstehen, doch Benedict hält mich sanft am Handgelenk zurück.

«Lass uns darüber reden. Ich ...»

«Ach, jetzt willst du reden?», unterbreche ich ihn scharf. «Nachdem du aufgeflogen bist? Du hast es vor mir geheim gehalten!»

«Du warst erschöpft und müde. Ich wollte nicht ...»

«Wir hatten Sex, Benedict!», schreie ich. «Du hattest jede Gelegenheit, mir stattdessen die Wahrheit zu sagen!»

«Ich habe es dir nicht gesagt, weil ich nicht sicher war, ob wir gebunden sind!», schleudert er zurück. «Verdammt, ich war mir bis eben nicht mal sicher, ob Blutschwüre überhaupt existieren oder ein Mythos sind, Florence.»

«Oh, großartig! Also bin ich ein Experiment!»

«Nein, du bist ein verdammtes Wunder!», donnert er. «Du warst so gut wie tot. Weißt du, wie dankbar ich war, als du die Augen aufgemacht hast? Weißt du, wie oft ich in den letzten vierundzwanzig Stunden auf dein Herz gehorcht habe, nur um sicherzugehen, dass es noch schlägt? Können wir uns nicht erst mal darüber freuen, dass du noch atmest, bevor wir uns den Kopf über mögliche Probleme zerbrechen?»

«Das sagt sich leicht, wenn du derjenige ohne Probleme bist!» Ich versuche, meine Stimme zu beherrschen, doch es ist unmöglich. Panik hat sich zu tief in mir festgesetzt. Ich weiß nicht mal, wovor genau ich Angst habe. Davor, was all das für mich bedeutet. Davor, Benedict eines Tages zu verlieren, auf die eine oder andere Weise, und dann zu sterben. Davor, was meine Familie zu dieser Veränderung sagt. Davor, dass ich nun endgültig nicht mehr zu ihnen gehöre.

Irrationalerweise ist es dieser Gedanke, der mir die größte Angst macht. Denn ein Teil von mir hat immer noch verzweifelt gehofft, eines Tages die Menschen zurückzubekommen, für die ich meine Eltern und meinen Bruder einst hielt.

«Ich habe keine Probleme?», wiederholt Benedict wütend. «Verstehst du nicht, was ich für dich getan habe? Ich habe dir nicht einfach nur die Hälfte meiner Macht gegeben. Ich gab dir die Hälfte eines Königreichs! Verdammt, in mir – und jetzt auch in dir – fließt das Blut von Generationen von Tudors. Weißt du, was ich tun musste, um dieses Erbe anzutreten? Ich habe neben der Leiche meines Vaters gekniet und sein Blut getrunken, selbst als sein Körper schon längst kalt war, um ja keinen Tropfen zu verschwenden. So wie er es bei seiner Mutter getan hat und sie bei ihrem Vater. Ich gab dir die Hälfte dieser Macht, obwohl es mich alles kosten könnte – und du sagst mir, du wärst lieber gestorben?»

Ich starre ihn an. Er hat ... was getan? Ist er deshalb so viel stärker als all die anderen Vampire? Weil er das Blut seines Vaters getrunken hat? Und jetzt hält er mir vor, diese Macht nicht zu wollen, obwohl ich doch nie um sie gebeten habe?

Ich kann das gerade nicht.

«Geh, bitte.»

«Florence, du ...»

«*Geh!*», fahre ich ihn an und ziehe mir die Decke enger um den Körper.

Benedict stößt einen ungläubigen Laut aus, steht jedoch aus dem Bett auf und nimmt sich einen Stapel Klamotten aus dem Schrank. «Wir reden später», beschließt er und lässt mich ohne ein weiteres Wort allein.

Verdammt.

Verdammt, verdammt, verdammt.

Tief atme ich durch und versuche, mich zu beruhigen. Mit mäßigem Erfolg. Alles, woran ich denken kann, ist die Tatsache, dass ich anders bin. Dauerhaft. Ohne wirklich zu wissen, was das bedeutet. Als wäre mein Leben nicht ohnehin schon in seinen Grundfesten erschüttert worden, indem ich mich in einen Vampir verliebte. Als wäre ich in den Augen meiner Eltern nicht ohnehin schon eine Verräterin.

Es ist, als hätte Benedict mit diesem Schwur auch die letzten Bande zu meiner Familie durchtrennt. Als wäre ich keine Hawthorne mehr, wenn ich kein normaler Mensch mehr bin. Außerdem kann ich doch unmöglich noch für die Menschen dieses Landes sprechen, wenn ich nicht mehr bin wie sie.

Ich muss hier raus.

Binnen kürzester Zeit habe ich mir Klamotten aus dem Schrank gewühlt und mich angezogen. Ich husche durchs Wohnzimmer und bin froh, dass Benedict sich in sein Arbeitszimmer zurückgezogen hat. Die Tür ist nur angelehnt, und ich halte mich gar nicht erst damit auf, ihm zu sagen, dass ich gehe. Ich kann ihn gerade nicht sehen. Ich bin unfassbar wütend auf ihn, egal ob das gerechtfertigt ist oder nicht.

Ja, vermutlich musste er das tun, um mir das Leben zu retten. Aber ich bin dennoch sauer. Ich hatte mich entschieden, mein Leben für seines zu opfern. Und letztendlich ist das genaue Gegenteil passiert.

Ein Teil seines Blutes.

Ein Teil seiner Macht.

Ein halbes Leben und ein halbes Königreich.

Ich weiß nicht mal, was ich damit anfangen soll. Es fühlt sich falsch und verschwendet an, dass ausgerechnet mir diese Dinge zuteilwerden.

Ich schlage die Tür von Benedicts Suite hinter mir zu und durchquere zügig den Gang. Sofort habe ich zwei Wachen auf den Fersen. Ich versuche, sie zu ignorieren, doch ihre schweren Schritte hallen viel zu laut auf dem Steinboden wider. Ich kann einfach nicht denken. Jedes Mal, wenn ich versuche, die Lage rational zu betrachten, ende ich bei meinen Ängsten, und dass ich regelrecht durchs Schloss gejagt werde, hilft dabei nicht gerade.

Ich bleibe stehen und wirble zu den Männern herum. Wie immer ist einer der beiden eine Wache aus dem Tower, und komischerweise befeuert das meine Wut nur noch mehr. Er hat Dinge gesehen, die nur zwischen Benedict und mir hätten bleiben sollen. Und nun kann er dabei zusehen, wie ich mich erneut wegen seines Königs auflöse.

«Lasst mich allein», fordere ich schroff.

Die beiden wechseln einen Blick und schütteln schließlich den Kopf. «Verzeihung, Miss Hawthorne, aber wir sind zu Eurem Schutz abgestellt», erwidert die Towerwache ruhig.

«Das ist mir egal.»

«Wir haben klare Anweisungen von Seiner Majestät.»

«Die offensichtlich nicht aktuell sind, denn *Seine Majestät* wird es sehr bereuen, wenn ihr mit mir diskutiert, statt mir meine Ruhe zu lassen!»

«Unsere Anweisungen bleiben bestehen, Miss.»

«Dann gebe ich euch hiermit die Anweisung, mich allein zu lassen!»

«Der König ...»

«Es ist mir verdammt noch mal egal, was der König sagt!», schreie ich ihn an und spüre Tränen in meinen Augen brennen. «Ich will keinen Geleitschutz!»

«Ihr seid aufgebracht. Vielleicht ist es besser, wir begleiten Euch zurück zu Eurer Suite.»

«Ich habe jedes Recht, aufgebracht zu sein! Und ich werde ganz sicher nicht ...»

Die Wache greift nach meinem Arm. Reflexartig wehre ich ihn ab und weiche einen Schritt vor ihm zurück, doch er setzt mir nach.

«Lass mich gefälligst ...», setze ich an, aber eine scharfe Stimme schneidet mir das Wort ab.

«Das reicht!»

Wir wirbeln herum. Eris kommt mit großen Schritten durch den Gang auf uns zu, ihr Gesicht finster. «Was ist hier los?» Sie mustert die Wachen vor mir auffordernd. Der Mann aus dem Tower verschränkt missmutig die Arme hinter dem Rücken, während der andere offenbar völlig überfordert mit der Situation ist.

«Miss Hawthorne möchte keinen Geleitschutz, Miss Hyll», erläutert Ersterer sachlich.

Eris wendet sich mir zu. Ihr Gesicht sieht nicht mehr ganz so schlimm aus. Die Blutergüsse gehen mittlerweile in eine grünliche Färbung über. Als ihr Blick meinen trifft, flackert etwas in ihren Augen auf, und neue Wut kocht in mir hoch.

«Du weißt es also auch», stelle ich fest. «Wie schön, dass der König und seine Rechte Hand besser über mich Bescheid wissen als ich selbst!»

Die Wachen tauschen einen Blick, und Eris' Miene verfinstert sich. «Ich würde es bevorzugen, wenn wir diese Diskussion zu einem anderen Zeitpunkt fortführen.»

Ich schnaube. «Und ich hätte es bevorzugt, gefragt zu werden, bevor …»

«Genug!», unterbricht sie mich. «Du bist wütend. Das verstehe ich. Ich bin es auch. Aber bevor du unüberlegte Entscheidungen triffst, würde ich dir empfehlen, dir über deine Situation bewusst zu werden. Und falls du letzten Endes wirklich den Tod bevorzugst, steht diese Entscheidung dir frei.» Sie wendet sich an die Wachen. «Lasst Miss Hawthorne allein.»

«Aber Miss Hyll …»

«Ihr habt mich gehört! Kehrt auf euren Posten vor der Suite des Königs zurück. Florence …» Sie nickt mir finster zu. «Handle weise.» Dann dreht sie mir den Rücken zu und geht mit den Wachen im Schlepptau in Richtung von Benedicts Suite davon.

Einen Moment lang schaue ich ihr nach, ein unheilvolles Schwelen in meiner Magengrube. Ihre Worte waren zugleich harsch und ehrlich – eine Kombination, die mir gerade nicht gut bekommt. Mit einem frustrierten Schnauben wirble ich herum und eile in die entgegengesetzte Richtung davon.

# KAPITEL NEUNZEHN

# THE CALLING

## BENEDICT

«Du hast es ihr also gesagt.» Eris' Stimme lässt mich den Kopf von den Unterlagen heben, die ich ohnehin nur gedankenverloren angestarrt habe. Ihr Blick ist finster, aber ich kann nicht so recht darin lesen. Vielleicht weil gerade sowieso nichts mehr Sinn ergibt. Ich habe nicht damit gerechnet, dass Florence derart wütend werden würde. Es ihr nicht sofort zu erzählen, war offensichtlich ein Fehler, aber sie kann mir doch nicht tatsächlich vorwerfen, ihr das Leben gerettet zu haben?

«Nicht direkt», erwidere ich ausweichend. Ich brauche gar nicht erst zu fragen, woher sie das weiß. Ich habe gehört, wie Florence eben wutentbrannt die Suite verlassen hat. Vermutlich ist sie ihr direkt in die Arme gelaufen.

«Was soll das heißen, nicht direkt?», hakt Eris nach und lehnt sich gegen den Türrahmen. Bei mir selbst wäre diese Pose nicht ungewöhnlich, aber meine Rechte Hand steht normalerweise in formvollendeter Befehlshaltung vor mir. Ich mustere sie besorgt. Der Heilungsprozess nach dem Unfall hat ihr einiges abverlangt. Der Transporter, der uns gerammt hat, hat frontal ihre Tür getroffen. Ehrlich gesagt ist es ein Wunder, dass sie danach noch stehen konnte und selbstständig aus dem Wagen kam.

«Sie hat es selbst gemerkt …» Ich reibe mir den Hals. Die Bisswunde ist längst verheilt, doch ich spüre Florence' Lippen noch immer dort. Immerhin verstehe ich jetzt, was sie daran findet, wenn ich von ihr trinke. Es war ein seltsam erregendes Gefühl, ihre Zähne in meinem Hals zu spüren und sie von meinem Blut trinken zu lassen. Ich habe überhaupt nichts dagegen, derjenige zu sein, der sie nährt.

Doch sie scheint das anders zu sehen, und das ... kränkt mich. Großartig.

Ein König mit Egoproblem ist genau das, was diesem Land noch gefehlt hat.

Eris starrt mich an. Sie sieht aus, als würde sie mich feuern, wenn sie könnte, und ich mache mich bereit für die nächste Standpauke. «Du hast es ihr also *nicht* gesagt», stellt sie vorwurfsvoll fest.

«Ich war mir nicht sicher, ob es Blutschwüre wirklich gibt», murmle ich. «Ich dachte, ich könnte noch warten, um sicherzugehen.»

Sie schüttelt schnaubend den Kopf. «Und wie hat sie es herausgefunden?»

Ich atme tief durch. «Sie wurde hungrig und hat mich gebissen ...»

Eris stöhnt auf und reibt sich die Stirn. «Ich schwöre bei Gott, Benedict, wenn du mir weiterhin solche Kopfschmerzen bereitest, verlange ich eine Gehaltserhöhung. Wo hast du in letzter Zeit deinen verdammten Verstand gelassen?»

«Ich dachte, wir könnten in Ruhe darüber reden, wenn sie sich erholt hat.»

«Ja, es scheint, als hättet ihr ein sehr besinnliches Gespräch geführt.»

Zerknirscht wende ich den Blick ab. «Sie braucht nur etwas Zeit.»

«Hoffentlich. Wenigstens habe ich auch gute Neuigkeiten für dich.»

«Die da wären?»

«Es ist möglich, den Schwur zu lösen, ohne sie zu töten.»

Ruckartig stehe ich aus meinem Stuhl auf. «Und wie?»

«Indem du sie verwandelst. Und das Beste ist: Laut den Rechercheergebnissen, die ich von der Bibliothekarin habe, bekommst du so sogar deine verdammte Macht wieder. Wenn du also mich fragst, solltest du Florence schleunigst von dieser Möglichkeit überzeugen.»

Seufzend setze ich mich wieder. «Das werde ich nicht schaffen.»

«Warum nicht?»

«Weil sie ein Mensch bleiben will. Und kein ...» *Monster*, sagt die Stimme in meinem Inneren, doch ich weigere mich zu glauben, dass Florence mich immer noch so sieht. Sie weiß, dass wir im Kern ebenso menschlich sind wie sie. Sie muss es wissen, denn wie sonst kann sie ernsthaft davon reden, mich zu lieben? «Kein Vampir», beende ich meinen Satz, doch in Eris' Gesicht sehe ich deutlich, dass sie meine Gedanken kennt.

«Du hast dich verwundbar gemacht», erinnert sie mich leise. «Ein großer Teil deiner Macht liegt jetzt in den Händen einer Frau, die gerade fast einen Faustkampf mit deinen Wachen ausgetragen hätte.»

«Sie hat was?», entfährt es mir.

«Ich kann nur für uns alle hoffen, dass ihr euch einig werdet», übergeht Eris meinen Kommentar. «Hast du ihr wenigstens erklärt, wie der Schwur funktioniert? Nicht, dass sie überstürzte Entscheidungen trifft ...»

«Habe ich», knurre ich. Gott, diese Unterhaltung bereitet *mir* Kopfschmerzen. «Und das wird sie nicht.»

«Wer weiß. Du hattest schon immer mehr Vertrauen in sie, als gut für dich war.»

«Hör auf», entfährt es mir.

«Womit? Damit, die Wahrheit zu sagen?»

«Damit, mir alles als Fehler auszulegen!»

«Willst du ernsthaft behaupten, dass der Blutschwur keiner war? Du hast dieses Königreich für Florence aufs Spiel gesetzt, ohne dass sie auch nur ansatzweise zu begreifen scheint, was das bedeutet!»

Ich beiße die Zähne zusammen. Eris trifft wie immer punktgenau meine wunden Stellen. Als wüsste ich nicht, was ich für Florence geopfert habe. Und es wurmt mich, dass sie so reagiert hat. Dass sie nicht zu sehen scheint, dass ich mir für sie wortwörtlich ein Stück meiner Seele herausgerissen habe.

Doch mir ist seit unserem Streit auch etwas klar geworden: Ich habe kein Recht, nun etwas von ihr zu erwarten. Weder Dankbarkeit noch etwas anderes. Sie hat nicht um dieses Opfer gebeten.

«Meine Entscheidungen waren sicher nicht immer richtig», gestehe ich. «Aber auch deine wären es nicht gewesen. Niemand weiß, wo wir jetzt wären, hätten wir anders gehandelt. Hätte ich Florence von Anfang an geglaubt, dass sie auf meiner Seite steht und nicht an dem Anschlag beteiligt war, wäre es vielleicht nie so weit gekommen.»

«Glaubst du ihr das denn? Kannst du mit vollkommener Sicherheit sagen, dass es die Wahrheit ist?»

Ich schüttle den Kopf. «Kann ich nicht. Aber das muss ich auch nicht. Ich vertraue ihr.»

Eris schweigt. Doch mir brennt eine Frage auf der Zunge, die mich nicht loslässt, seit ich Florence mein Blut und meine Macht gegeben habe. Die mich vielleicht nie wieder loslassen wird, weil ich mit diesem Blutschwur meine eigenen Überzeugungen so grundlegend erschüttert habe.

«Macht mich das zu einem schlechten König?», frage ich leise und treffe Eris' Blick.

Sie hält ihn, und ihre braunen Augen werden geradezu sanft. «Allein die Tatsache, dass du mir diese Frage stellst, beweist bereits das Gegenteil.»

«Tut sie nicht», erwidere ich. «Es geht nicht um Worte, sondern um Taten. Und meine waren in letzter Zeit geprägt von gefährlichem Egoismus.»

«Ich habe nicht gesagt, dass du perfekt bist», erwidert sie ruhig. «Und objektiv betrachtet möchte ich dir für gestern den Hals umdrehen.»

«Das wäre kontraproduktiv», gebe ich trocken zu bedenken und entlocke Eris damit tatsächlich ein seltenes Schmunzeln.

«Wenn ich dich aber als Person betrachte anstatt nur als König, kann ich deine Entscheidungen nachvollziehen», fährt sie fort. «Und dann bin ich mir trotz allem sicher, dass du das Beste bist, was diesem Land passieren konnte. Ich weiß, dass du dich zutiefst darum sorgst, wie es deinem Volk ergeht. Und ich kann dich nicht dafür verurteilen, dass du hin und wieder dein eigenes Glück in den Vordergrund stellst. Wenn ich ganz ehrlich bin – ich bin sogar froh, dass du das tust. Ich habe mir jahrelang gewünscht, du würdest dein Glück finden. Es wäre nur schön, wenn es ein wenig unproblematischer vonstattenginge.»

«Wo wäre da der Spaß», murmle ich sarkastisch, doch meine Brust wird dennoch leichter. Ich lege viel Wert auf Eris' Meinung. Seit ich denken kann, ist sie die Stimme der Vernunft an meiner Seite. Und die Tatsache, dass sie noch an mich glaubt, lässt mich zumindest hoffen, dass sie recht hat.

Nur …

«Ich weiß nicht, was ich jetzt tun soll», gestehe ich leise.

«Da fragst du die Falsche», erwidert Eris trocken. «Ich käme nicht mal mit dieser Frau zurecht, wenn mein Leben davon abhinge.»

Ich lächle schwach. «Bist du so überfordert mit ihrem Temperament?»

«Ich mag es nicht, wenn Leute ständig unberechenbare Dinge tun», erwidert sie frostig. «So wie du in letzter Zeit ...»

«Vielleicht musst du dich daran gewöhnen», warne ich, und sie seufzt auf.

«Ich hatte es befürchtet ...»

«Wo ist Florence jetzt?»

«Ich weiß es nicht. Hoffentlich noch nicht über die Schlossmauer getürmt. Aber ich habe eben alle Wachposten angewiesen, mir ihren Aufenthaltsort durchzugeben, wenn sie sie sehen. Sie ist sicher.»

Ich runzle die Stirn. «Was ist mit ihren eigenen Wachen?»

«Die habe ich vor deiner Tür abgestellt, damit sie sie nicht zerfleischt ...»

Mir entweicht ein Schnauben. Mit der Kraft, die ich Florence durch mein Blut gegeben habe, könnte sie das vermutlich sogar. Wobei ich nicht weiß, ob sie bereits vollen Zugang dazu hat. Womöglich dauert es eine Weile, bis ihr Körper sich an mein Blut gewöhnt und all ihre Verletzungen geheilt hat.

Es ist seltsam. Eigentlich sollte ich mir Sorgen darüber machen, dass so viel meiner Macht nun ihr gehört. Stattdessen beruhigt es mich. Denn egal, ob sie an mich gebunden ist oder nicht, Florence ist ein Teil von mir. Und ich mag es, sie in Sicherheit zu wissen, auch wenn ich nicht an ihrer Seite bin.

Ich atme tief durch und versuche, das Gefühl zu greifen, das in meiner Brust flimmert, seit Florence mich aus dem Schlafzimmer geschickt hat. Es ist fast, als könnte ich ihre Nähe immer noch spüren, nur auf Distanz. Da ist ein

Ziehen in meinem Inneren. Und ich wette, würde ich ihm folgen, käme ich bei ihr heraus. Oder vielleicht vielmehr bei dem Teil von mir, der nun in ihr lebt.

So oder so, jetzt ist nicht der Zeitpunkt, um das auszuprobieren. Florence braucht gerade Abstand, und mein Gefühl sagt mir zumindest, dass sie noch relativ in der Nähe ist. Also schiebe ich meine Sorgen darüber, dass sie ohne Schutz unterwegs ist, vorerst beiseite und versuche, mich auf etwas anderes zu konzentrieren.

## FLORENCE

Kaum, dass ich meine Wachen los bin, weiß ich genau, wo ich hin will. Neben Benedicts Suite gibt es in diesem Schloss nur noch einen Ort, an dem ich mich sicher fühle. An dem ich meine Ängste und Sorgen loswerden kann und immer ein offenes Ohr finde.

Kurz überlege ich, stattdessen Val im Kerker zu besuchen, verwerfe den Gedanken aber sofort wieder. Mein Bruder ist sicher nicht der Richtige, um mich darüber hinwegzutrösten, dass ich meine Menschlichkeit hinter mir lassen muss. Im Gegenteil. Vermutlich würde das nur all die alten Wunden zwischen uns wieder aufreißen.

Ich klopfe kurz darauf an die schwere Eichentür, und es dauert nicht lange, bis mir geöffnet wird. Briana wirkt erst freudig überrascht, mich zu sehen, doch binnen weniger Augenblicke wandelt sich ihre Überraschung in Besorgnis. Auf dem Weg hierher habe ich angefangen zu weinen, und gemeinsam mit meinen von Sex und Schlaf zerzausten Haaren gebe ich vermutlich ein ziemlich erbärmliches Bild ab.

«Was ist los?», grüßt sie mich und legt mir sofort eine

Hand auf den Arm. «Flo, warum weinst du?» Sie wirft einen Blick hinter mich auf den Gang. «Ist was passiert? Warum bist du allein?»

«Kann ich reinkommen?», bringe ich nur hervor.

«Klar!» Brie tritt zur Seite und schließt die Tür hinter mir. Dann zieht sie mich kurzerhand in eine Umarmung.

Ich schluchze auf und drücke sie an mich. Sie riecht gut. Vertraut. Und ich muss noch mehr weinen, weil ich so dankbar bin, sie an meiner Seite zu haben. Und dann noch ein bisschen mehr, weil ich Lyra vermisse.

«Flo, du machst mir Angst.» Sie streicht mir durch die zerzausten Haare. «Ist irgendwas mit Benedict?»

«Ihm geht's gut», schniefe ich und löse mich widerwillig von ihr, um mir über die nassen Wangen zu wischen. «Wir ... haben uns nur gestritten.»

«Oje.» Sie verzieht mitleidig das Gesicht. «Schon wieder? Hier, setz dich erst mal.» Sie lotst mich zum Sofa und reicht mir eine Box Taschentücher, von denen ich mir dankend eines nehme. «Worum ging es denn?», fragt sie vorsichtig. «Und was machst du überhaupt auf den Beinen? Ich dachte, du wärst verletzt.»

«War ich auch», gestehe ich und schnäuze mich. «Das ist auch der Grund, wieso wir uns gestritten haben ...»

Briana schaut mich nur fragend an, und ich schlucke. Bestimmt ist Benedict nicht begeistert, wenn ich ihr erzähle, was passiert ist. Aber er kann mir nicht alles vorschreiben, egal ob ich nun von seinem Blut abhängig bin oder nicht. Ich brauche jemanden, mit dem ich darüber reden kann. Eine objektive Meinung.

«Versprichst du mir, niemandem davon zu erzählen?», frage ich leise, und Brianas Augen weiten sich.

«Natürlich!»

«Wirklich niemandem, Brie. Das ist echt wichtig.»

«Wem sollte ich es denn erzählen? Lyra ist nicht hier. Jetzt sag schon. Ich mache mir Sorgen.»

Ich schlucke und schaue hinunter auf das zerknüllte Taschentuch in meinen Händen. «Benedict hat mir das Leben gerettet, indem er mir sein Blut gegeben hat», erkläre ich leise. «Und dabei hat er mich mit irgendeinem Blutschwur an sich gebunden, weshalb ich jetzt den Rest meines Lebens von ihm trinken muss, um nicht zu sterben.»

Briana ist bedenklich lange still. Widerwillig sehe ich auf und treffe ihren Blick. Sie starrt mich völlig entsetzt an.

«Er ... was?», bringt sie hervor. «Ein Blutschwur?»

Ich zucke entkräftet mit den Schultern. «Offenbar hat er mir so viel von seinem Blut gegeben, dass ein Teil von ihm dauerhaft in mich übergegangen ist ... oder so ähnlich. Ich bin jedenfalls ziemlich überfordert.»

Was leider auch nicht dabei hilft, meine Gefühle zu ordnen, ist die Tatsache, dass ich Benedict noch immer *spüre.* Seine Präsenz sitzt in meinem Hinterkopf wie ein nerviger Fleck auf einer Brille, der einfach nicht mehr weggeht. Sie wartet förmlich darauf, mich zu ihm zurückzubringen. Während mein Kopf dringend von Benedict wegwill, zieht es meinen Körper zu ihm zurück. Ganz toll ...

«Ich weiß nicht, was ich sagen soll», gesteht Briana.

«Ich auch nicht. Aber Ben hat anscheinend erwartet, dass ich vor Freude Luftsprünge mache ...»

«Also geht es ihm gut damit?», hakt sie nach.

«Keine Ahnung. Inzwischen vermutlich nicht mehr so. Er war sauer, dass er so viel für mich geopfert hat und ich es nicht wertschätze. Aber wie soll ich denn auch reagieren, wenn mir ohne Vorwarnung Fangzähne wachsen? Ich wollte das nie. Ich wollte ein Mensch bleiben!»

Sie runzelt die Stirn. «Hättest du denn ein Mensch bleiben können? Also ... wenn Benedict dir nicht so viel Blut gegeben hätte, hättest du dann überlebt?»

Meine Kehle wird eng. «Nein», hauche ich.

«Ist es dann nicht gut, dass er es gemacht hat?», fragt sie vorsichtig.

«Ich ... keine Ahnung.»

Briana lässt mir Zeit und wartet einfach schweigend ab, während ich grübele. Und je länger ich hier sitze, desto mehr verraucht meine Wut auf Benedict. Ich halte ihm immer noch vor, dass er mir nicht sofort die Wahrheit gesagt hat, aber der Rest?

Was er getan hat, mag irreversibel sein. Und es bedeutet, dass ich mein menschliches Leben nicht zurückbekomme. Doch letztendlich war ich es selbst, die es aufgab. Ich habe entschieden, mich für ihn zu opfern. Und auch wenn der Preis, den ich gezahlt habe, um ihn zu schützen, ein anderer war als der, den ich zu zahlen bereit war, liegt die Verantwortung dafür bei mir selbst. Benedict hat mir meine Wahl nicht genommen, sondern mir eine weitere geschenkt. Ich glaube, es ist gar nicht so sehr die Tatsache, dass er es getan hat, die mich so aufwühlt, sondern vielmehr die Konsequenzen, die damit einhergehen.

«Es macht mir einfach Angst», gestehe ich nach ein paar Minuten leise. «Ich weiß nicht, was ich fühlen soll. Ich habe mir nie vorgestellt, wie es wäre, etwas anderes als menschlich zu sein.»

«Potenziell kann das auch etwas Gutes sein, oder?», merkt Briana an. «Du wärst stärker, sicherer. Du wärst fast eine von uns. Du müsstest keine Angst mehr vor dem *Roten Regen* haben ...»

«Schon», gestehe ich ihr zu. «Aber es bringt nur mir allein Vorteile, nicht den anderen Menschen im Land. Außerdem bin ich jetzt weder Mensch noch Vampir. Ich gehöre zu keiner der beiden Seiten. Und ich kann mir denken, was meine Familie zu diesem Schwur sagen wird. Sie werden mich dafür verabscheuen ...»

«Nichts für ungut», meint Briana leise, «aber deine Familie ist ziemlich scheiße.»

«Ich weiß», flüstere ich. «Aber es macht mir trotzdem Angst. Abgesehen davon bin ich jetzt komplett abhängig von Benedict. Ich vertraue ihm zwar, aber unsere Beziehung stand durch seine Krone schon von Anfang an im Ungleichgewicht. Und das ist hiermit nur noch schlimmer geworden.»

«Habt ihr denn wieder eine Beziehung ...?», will Briana vorsichtig wissen.

Ich muss einen Moment lang nachdenken. Noch heute Morgen hätte ich überzeugt mit Ja geantwortet, doch jetzt habe ich das Gefühl, als stünde mein gesamtes Leben auf der Kippe.

«Ich glaube schon», sage ich leise. «Wir müssen das nur klären. Aber ich fühle mich noch nicht dazu bereit, mit ihm zu reden. Es ist gerade alles viel zu viel.»

«Das verstehe ich.» Sie zieht mich noch einmal in ihre Arme, und ich lehne mich dankbar an sie. «Willst du ein bisschen hierbleiben? Ich sage nur kurz meinem Vater Bescheid, dass er ohne mich essen soll, und organisiere uns Abendessen in die Suite. Und wenn du dich besser fühlst, kannst du in Ruhe mit Benedict reden.»

«Das klingt gut», murmle ich. Das Ziehen in meinem Inneren wird stärker, als hätte es meine Entscheidung mitbekommen und missbilligt sie, doch ich ignoriere es. «Danke, Brie. Ich weiß nicht, was ich ohne dich machen würde.»

Ihr Gesichtsausdruck wird beinahe mitleidig. «Ist doch selbstverständlich. So unter Freundinnen ...»

«Ja.» Ich lächle sie schwach an, und sie erwidert es. Es erreicht ihre Augen nicht ganz, doch vermutlich liegt das daran, dass sie ebenso wie ich eine andere Freundin vermisst. Ich wünschte wirklich, Lyra wäre hier.

Briana steht auf und geht hinüber zur Tür. «Ich beeil mich», verspricht sie.

«Und bitte denk dran – es darf wirklich niemand hiervon erfahren. Auch nicht dein Vater», erinnere ich sie noch mal.

Sie verdreht belustigt die Augen. «Versprochen. Meine Lippen sind versiegelt.» Dann huscht sie auf den Gang.

«Flo? Wach auf.»

Müde öffne ich die Augen und weiß einen Moment lang nicht, wo ich bin. Briana steht über mir. Es ist dunkel im Zimmer, doch irgendwo hinter ihr muss eine kleine Lampe brennen, die ein wenig Licht spendet. Mein Rücken tut weh, und als ich mich ächzend aufrichte, realisiere ich, dass ich auf Brianas Couch liege.

Ach ja ...

Wir haben uns nach dem Abendessen in Decken gekuschelt und geredet. Irgendwann muss ich eingeschlafen sein. Mittlerweile ist es draußen stockfinster. Regen peitscht gegen die Fenster, und ein Donnergrollen bringt das Schloss zum Vibrieren.

Ich reibe mir übers Gesicht, um die Müdigkeit zu vertreiben. Verdammt. Ich wollte nicht einschlafen. Benedict macht sich bestimmt Sorgen. Ich sollte mit ihm reden, statt mich so lange zu Briana zu flüchten. Es ist nicht fair von mir, diesen Streit derart ungelöst zwischen uns schweben zu lassen.

«Wie spät ist es?», murmle ich und sehe wieder zu Briana auf. Erst jetzt bemerke ich ihr Outfit. Sie trägt einen dunklen Umhang und schwere Stiefel. Ich stutze. «Ist alles okay?»

«Ja.» Überzeugt hört sie sich nicht an, und dass sie bei den Worten schwach den Kopf schüttelt, hilft auch nicht. «Tut mir leid, dass ich dich geweckt habe, aber ich muss dir was zeigen.»

«Was zeigen?», wiederhole ich verwirrt und schaue mich erneut im Zimmer um. «Mitten in der Nacht?»

«Es ist dringend. Hier.» Sie hält mir ebenfalls einen Umhang hin und nickt auffordernd zur Tür.

Ein mulmiges Gefühl macht sich in meiner Magengrube breit. «Was ist los?», will ich wissen. «Was musst du mir so dringend zeigen?»

«Flo ...» Sie tappt ungeduldig mit dem Fuß. «Vertrau mir einfach, okay? Es dauert auch nicht lange.»

Ich nehme den Umhang entgegen, mache aber keine Anstalten aufzustehen. Ich kann mir Brianas komisches Verhalten nicht erklären.

Doch ihr Gesichtsausdruck wird immer gequälter, je länger ich zögere. «Es geht um Lyra», flüstert sie. «Und jetzt komm endlich!»

«Lyra?» Sofort bin ich auf den Beinen. «Was ist mit ihr? Gibt es ...»

«Florence!», unterbricht sie mich, nimmt meine Hand und zieht mich zur Tür. «Du siehst es gleich.»

«Du machst mir Angst», gestehe ich, werfe mir aber dennoch den Umhang über.

Briana schaut mich entschuldigend an. «Es ergibt gleich

alles Sinn, okay? Und jetzt zieh deine Schuhe an. Wir müssen uns beeilen.»

# BENEDICT

Die Nacht draußen ist pechschwarz. Regen trommelt gegen die Fensterscheiben meiner Suite, der Wind heult um das Schloss wie ein wütender Dämon, und immer wieder grollt Donner durch die alten Mauern.

Seit Stunden sitze ich auf dem Sofa und starre die Tür an. Vermutlich sollte ich schlafen – mittlerweile ist es mitten in der Nacht. Aber ich will die Hoffnung nicht aufgeben, dass Florence doch noch zurückkommt. Unter anderen Umständen wäre ich sie längst suchen gegangen, doch ich bin mir sicher, dass sie bei Briana ist. Auf Nachfrage bei den Bediensteten habe ich erfahren, dass diese vorhin Abendessen für zwei in ihre Suite geordert hat. Und ich kann noch immer Florence' Präsenz spüren. Sie hat sich seit Stunden nicht geregt, bestimmt weil sie eingeschlafen war. Jetzt jedoch tut sich wieder etwas.

Ich wünschte, ich könnte die Empfindung besser deuten. Verlässt Florence die Suite und kommt zu mir oder dreht sie sich gerade nur im Schlaf auf die andere Seite? Ich habe keine Ahnung.

Unruhig fahre ich mir durch die Haare und gehe ins Badezimmer, um mir das Gesicht mit kaltem Wasser zu waschen. Es hilft mir, wach zu bleiben und klar zu denken – nur für den Fall, dass Florence gleich noch ein Gespräch führen möchte. Mein Blick bleibt an meinem Spiegelbild hängen, und ich verziehe das Gesicht.

Die letzten Tage und Wochen haben Spuren hinterlassen. Ausnahmsweise sehe ich nicht jünger aus, als ich bin. Und fühlen tue ich mich schon lange nicht mehr so. Vielleicht muss ich mich daran ohnehin gewöhnen. Immerhin habe ich Florence einen Teil meiner Lebenszeit geschenkt, und ich kann mir beim besten Willen nicht vorstellen, diesen zurückzunehmen. Sie wird sich nicht von mir verwandeln lassen, dessen bin ich mir beinahe sicher. Und die einzig andere Möglichkeit, mir wiederzubeschaffen, was ich ihr überlassen habe, wäre, sie zu töten. Ihr Blut zu trinken, so wie ich das meines Vaters getrunken habe.

Ich erschaudere, wenn ich daran zurückdenke. Die ersten achtzehn Jahre meines Lebens habe ich mich vor dem Tag gefürchtet, an dem ich die Macht meiner Familie auf diese Weise erhalten würde. Und die zwanzig danach habe ich mich dafür verabscheut, es getan zu haben. Florence wirkte ebenso entsetzt, als ich es ihr vorhin erzählt habe. Kein Wunder. Ich vermute, das ganze Land wäre zutiefst schockiert, wenn sie wüssten, wie die Tudors ihre Macht bewahren. Als würde es nicht reichen, dass der König der Einzige ist, der von der Vene trinken darf …

Ich atme tief durch und verlasse das Badezimmer wieder. Nachdem meine Gedanken eben so abgeschweift sind, brauche ich einen Moment, um mich wieder auf das leise Ziehen in meiner Brust zu konzentrieren. Doch was ich spüre, macht mich stutzig. Ich dachte, Florence würde womöglich zu mir kommen. Stattdessen scheint sie sich von mir wegzubewegen. Irgendwo unter mir. Besucht sie ihren Bruder im Kerker? Doch die Strecke kommt mir länger vor, als dass sie sich noch im Schloss befinden könnte. Fast, als wäre sie im Garten. Aber bei diesem Wetter …

Stirnrunzelnd öffne ich eines der Fenster und schaue hinaus. Regen peitscht mir ins Gesicht, während ich versuche, etwas zu erkennen. Keine Chance. Es ist zu dunkel, Florence zu weit weg, und außerdem versperren mir Bäume die Sicht auf den Großteil des Gartens.

Vielleicht trügt mich das Gefühl. Wir wissen schließlich noch nicht, was genau es zu bedeuten hat. Und wenn Florence erfährt, dass der Blutschwur wie eine Art Peilsender funktioniert, macht sie mich vermutlich einen Kopf kürzer. Ich hoffe also sehr, dass sie noch immer in Brianas Suite ist. Aber ich glaube es nicht.

Ich schüttle den Kopf und will das Fenster wieder schließen, als ich innehalte. Von hier aus kann ich einige der Wege in der Nähe des Schlosses überblicken, die insbesondere nachts regelmäßig patrouilliert werden. Auf einem von ihnen liegen zwei große dunkle Umrisse.

Mit dem Regen und der Dunkelheit ist schwer zu sagen, um was genau es sich handelt, doch ich könnte fast schwören, dass es Körper sind. Körper in schwarzen Uniformen. Zwei Wachen.

Meine Nackenhaare stellen sich auf. Was zur Hölle geht hier vor sich?

Ich wende mich vom Fenster ab, durchquere die Suite und will bereits die Tür öffnen, als ich vom Gang aufgeregte Rufe höre. Durch die dicken Wände dringen sie nur gedämpft zu mir durch, aber es reicht, um mir ein Bild der Lage zu machen. Dort draußen ist zweifelsohne ein Kampf losgebrochen. Doch er endet so schnell, wie er begonnen hat. Schon im nächsten Moment herrscht wieder Stille.

Ohne nachzudenken, schalte ich das Licht aus und positioniere mich hinter der Tür. Um eine Waffe zu holen, ist keine Zeit. Eine erste Person betritt bereits meine Suite, und anhand der Schritte erkenne ich, dass noch mindestens zwei weitere bei ihr sind.

Ich halte den Atem an. Die Angreifer bleiben einen Moment lang im Türrahmen stehen, um sich im dunklen Raum zu orientieren. Das Licht vom Gang wirft vier breite Schatten in den Raum, und ich sehe, wie sie still gestikulieren. Erst nach links, dann nach rechts. Sie teilen sich auf.

Verborgen in den Schatten hinter der Tür beobachte ich, wie sie den Raum betreten. Zwei gehen in Richtung meines Arbeitszimmers, die anderen beiden direkt an mir vorbei zum Schlafzimmer.

Bei vier gegen einen stehen die Chancen für mich nicht sonderlich gut. Erst recht nicht, wenn ich vor nicht mal zwei Tagen die Hälfte meiner Macht an Florence abgetreten habe.

Einen Moment lang spiele ich mit dem Gedanken, mich unbemerkt aus der Suite zu schleichen. Aber das hieße, die Angreifer weiter durch mein Schloss streifen zu lassen. Sie haben bereits mindestens vier meiner Wachen ausgeschaltet und werden nicht haltmachen, bis sie finden, was sie suchen: mich.

Ich folge den beiden, die ins Schlafzimmer gegangen sind, um mich nicht durch den Lichtkegel der offen stehenden Tür bewegen zu müssen. Der erste von ihnen betritt soeben das Badezimmer und knipst dort das Licht an. Den zweiten fange ich ab, bevor er die Badezimmertür erreicht. Meine Hände schließen sich so schnell um seinen Hals, dass er nicht einmal reagieren kann. Bevor er auch nur einen Ton herausbringt, habe ich ihm das Genick gebrochen und ziehe ihn mit mir in die dunkle Ecke neben der Badezimmertür. Sein Kollege hat nicht einmal etwas bemerkt.

«Leer», stellt dieser gerade leise fest. «Hast du unter dem Bett geschaut? Reece?»

Er kommt zurück ins Zimmer. Ich warte, bis er zwei

Schritte in den Raum hineingemacht hat, dann stoße ich den leblosen Körper auf ihn. Instinktiv versucht er, ihn zu fangen, und gerät dabei aus dem Gleichgewicht.

«Was …?»

Mein Schlag ins Gesicht lässt ihn zurückstolpern. Er stößt mit dem Hinterkopf am Türrahmen an und stöhnt auf. Nicht so still, wie ich es geplant hatte, aber daran kann ich jetzt nichts mehr ändern. Ich hake meinen Fuß unter sein Knie und bringe ihn mit einem gezielten Ruck zu Fall. Sein Kopf schlägt auf dem Fliesenboden des Badezimmers auf, und bevor er weiß, wie ihm geschieht, beende ich den Kampf mit einem harten Tritt auf seine Kehle.

Das Knacken geht mir durch Mark und Bein, doch ich verdränge mein Mitleid. In dieser Situation darf ich keine Gnade walten lassen. Erst recht nicht bei Männern, die in ein paar Stunden ohnehin wieder aufstehen werden. Ich habe die Fremden nur flüchtig berührt, aber ihre Körpertemperatur lässt darauf schließen, dass es Vampire sind.

Leider haben uns die anderen beiden gehört. Ihre Schritte poltern durch das Wohnzimmer auf mich zu. Kurzerhand packe ich den frei stehenden Kleiderständer neben der Tür, wirble zu ihnen herum und schlage zu. Holz splittert, und der Mann, den ich getroffen habe, geht stöhnend zu Boden.

Der andere springt über ihn und stürzt sich auf mich. Ich sehe eine Waffe in seiner Hand aufblitzen und schaffe es gerade noch, die Reste des Kleiderständers hochzureißen, um seinen Angriff abzuwehren. Er stolpert über den Arm seines Kollegen und taumelt zurück, doch bevor ich ihm nachsetzen kann, spüre ich einen stechenden Schmerz im Fuß.

Ich keuche auf und gehe beinahe in die Knie. Mein Bein gibt unerwartet unter mir nach. Ein kurzer Blick nach unten verrät mir, dass der Angreifer dort noch bei Bewusstsein ist. Und ich habe seinen Dolch tief in meiner Ferse stecken.

Fuck.

Aus dem Augenwinkel sehe ich, wie der Mann vor mir wieder zum Angriff ansetzt. Ich schlage erneut seine Hand beiseite und treffe ihn schließlich mit dem Kleiderständer so hart am Kopf, dass er zu Boden geht. Ohne zu zögern, ramme ich erst ihm und dann auch dem anderen, der sich eben aufraffen will, das abgebrochene Ende durchs Herz. Erst als ich sicher bin, dass sie sich nicht mehr rühren, und es auch auf dem Gang still bleibt, atme ich tief durch.

Ächzend humple ich zum Bett und setze mich auf die Kante, um mir meinen Fuß anzusehen. Der Dolch steckt immer noch in meiner Ferse und hat sicherlich meine Achillessehne verletzt – wenn nicht sogar durchtrennt. Ich kann den Fuß kaum belasten, ohne umzuknicken. Von den höllischen Schmerzen ganz zu schweigen.

Mit zusammengebissenen Zähnen ziehe ich die Waffe heraus, darauf bedacht, nicht noch mehr Schaden anzurichten. Obwohl es mich nur wenige Sekunden kostet, bin ich danach durchgeschwitzt und hätte am liebsten vor Schmerz gebrüllt.

Doch wer weiß, wie viele Attentäter noch im Schloss unterwegs sind. Im Idealfall waren es nur diese vier, aber ich bezweifle es stark. Es wäre zu einfach. Und allein die Tatsache, dass sie es bis zu mir geschafft haben, ohne einen einzigen Alarm auszulösen, ist zutiefst beunruhigend.

Ich wäge gerade ab, ob ich einen ihrer Silberdolche nutzen sollte, um sicherzustellen, dass sie nicht mehr aufstehen, als das Intercom-Panel im Wohnzimmer rot aufleuchtet und laut zu schellen beginnt. So viel dazu.

Ich humple zur Tür meiner Suite, deaktiviere den Alarm

und werfe einen flüchtigen Blick auf den Gang. Bis auf meine toten Wachen ist er leer, also drücke ich kurzerhand den Knopf, der mich direkt mit Eris' Handy verbindet. Während ich darauf warte, dass sie abhebt, spüre ich Florence' Präsenz nach. Der Schmerz vernebelt das Gefühl ihrer Nähe, doch ich nehme sie weiterhin wahr. Sie scheint sich nicht zu bewegen. Dabei sollte der Alarm sie doch eigentlich dazu bringen, Schutz zu suchen.

«Benedict?» Eris' Stimme tönt blechern aus dem Intercom, und Erleichterung durchströmt mich. Solange sie noch erreichbar ist, habe ich Hoffnung. Eris weiß, wie sie unsere Wache mobilisiert und einen Angriff wie diesen unter Kontrolle kriegt.

«Vier Angreifer in meiner Suite», lasse ich sie knapp wissen. «Die Wachen auf meinem Gang sind tot, im Garten auf dem Weg unter meinem Fenster liegen ebenfalls zwei Leichen.»

Eris flucht. «Sie sind offenbar im ganzen Schloss. Ich kann die Hälfte meiner Wachposten an den Eingängen nicht mehr erreichen. Geht es dir gut? Bist du verletzt?»

Ich ignoriere ihre Frage. «Wo ist Florence?», verlange ich stattdessen zu wissen.

«Ich weiß es nicht. Bleib, wo du bist. Ich schicke sofort einen Einsatztrupp zu dir und einen weiteren zu Brianas Suite.»

«Dort ist sie nicht mehr», knurre ich und humple ins Schlafzimmer. Bis unsere Wachen Florence gefunden haben, könnte es längst zu spät sein. Ich bin der Einzige, der sie aufspüren kann. Und ich werde ganz sicher nicht untätig hier herumsitzen, während das Crimson Heart im Chaos versinkt. «Sichere das Schloss ab», rufe ich Eris zu, während ich die Waffen meiner Angreifer einsammle und den Erste-Hilfe-Kasten aus dem Bad hole. Ich kann den Fuß immer noch nicht belasten, und das ist ein verdammtes Problem. «Falls jemand Florence findet, steht ihr Schutz an erster Stelle. Ich arbeite mich jetzt ins Erdgeschoss vor und schaue dann weiter.»

«Du gehst nirgendwohin!», fährt Eris mich an.

Ich ignoriere ihre Anweisung. Stattdessen setze ich mich auf die Bettkante und wickle mir den dicksten Verband um den Knöchel, den ich auf die Schnelle finden kann. Es wird zwar nicht beim Heilungsprozess helfen, aber vielleicht kann ich meinen Knöchel so weit stabilisieren, dass ich halbwegs normal laufen kann.

«Hörst du?», tönt es durch meine Suite. «Sei bitte dieses eine Mal vernünftig. In spätestens zehn Minuten ist der Einsatztrupp bei dir. Bis dahin ...»

«Eris», unterbreche ich sie harsch und stehe mühsam wieder auf. Ich humple zurück zum Intercom-Panel und versuche, mich mit dem Schmerz anzufreunden, der jeden Schritt begleitet. «Ich suche nach Florence», wiederhole ich hart. «Kümmer du dich um den Rest.»

Bevor sie antworten kann, lege ich auf und verlasse die Suite. Mein Hals wird eng, als ich über die Leichen meiner Wachen steige und einem von ihnen sein Handy abnehme, doch jetzt ist nicht die Zeit für Trauer. Ich spüre, wie Florence sich wieder bewegt. Das Ziehen in meiner Brust wird stärker, und Panik legt sich eng um meinen Brustkorb. Verdammt, wo steckt sie? Die Entfernung zwischen uns scheint jede Minute größer zu werden.

Und ich kann nur hoffen, dass ich sie finde, bevor es zu spät ist.

# KAPITEL ZWANZIG

# EVERYBODY WANTS TO RULE THE WORLD

# FLORENCE

Regen peitsch mir ins Gesicht, und der Wind reißt mir immer wieder die Kapuze des Umhangs vom Kopf. In der Dunkelheit sehe ich kaum, wo ich hintrete, und meine Schuhe sind mittlerweile klitschnass. Trotzdem zieht Briana mich unnachgiebig weiter durch den Garten, zwischen Büschen und Bäumen hindurch in Richtung der Schlossmauer.

«Brie!», rufe ich über ein Donnergrollen hinweg. Ich stolpere über einen Ast und lande nur dank ihres eisernen Griffs um meinen Arm nicht im Matsch.

«Leise!», zischt sie, drängt mich weiter vorwärts und schaut sich dabei zu allen Seiten um. Ich habe ein mulmiges Gefühl in der Magengrube, aber wenn es wirklich um Lyra geht, will ich auch keine Zeit mit Diskussionen verschwenden, also folge ich Briana einfach. Nur etwa zweihundert Meter weiter bleibt sie unter einem großen Blutahorn stehen, dessen dichtes Blätterdach den Regen wenigstens ein wenig abhält. Direkt vor uns befindet sich die Schlossmauer, die an dieser Stelle von Büschen zugewuchert ist. Keine Spur von Lyra.

Ich streiche mir die nassen Haare aus dem Gesicht und lasse den Blick durch den dunklen Garten schweifen. «Was tun wir hier?»

Briana greift nach meiner Hand. Sie sieht ernster aus, als ich es je erlebt habe. «Hör mir jetzt gut zu», beschwört sie mich. «Wir haben nicht viel Zeit. Hinter diesem Gebüsch gibt es eine Lücke in der Schlossmauer, durch die du durchpasst. So ist Lyra unbemerkt aus dem Schloss gekommen, bevor sie entführt wurde. Wir haben sie schon öfter benutzt, um uns nachts rauszuschleichen.»

Ich kann sie nur irritiert anschauen. Dafür hat sie mich hergebracht? Mitten in der Nacht, im strömenden Regen? Hätte sie mir das nicht auch in ihrer Suite erzählen können? «Und was soll ich mit dieser Information?», frage ich. Meine Anspannung wird immer stärker. Irgendetwas stimmt hier ganz und gar nicht, aber ich verstehe nicht, was es ist.

Brie lässt meine Hand los und greift unter ihren Umhang. Sie holt ein kleines Täschchen hervor und hält es mir hin. «Geld. Nimm es und buch dir davon ein Zimmer im Norwood Inn im Süden des Inner District. Sofern ich heute Nacht überlebe, komme ich spätestens übermorgen zu dir. Falls nicht, musst du selbst aktiv werden. In der Dassett Road steht ein kleines altmodisches Haus mit Blick auf den Tivoli Park. Dort wohnt ein Mann, der sich selbst der *Devilmaker* nennt. Er verwandelt Menschen gegen Bezahlung in Vampire. Benutz den Rest des Geldes für seine Dienste. Die Verwandlung löst den Schwur mit Benedict und sichert dein Überleben. Ich würde es ja jetzt tun, aber dafür haben wir keine Zeit.» Sie drückt mir die Tasche in die Hand und schiebt mich in Richtung der Schlossmauer.

Ich schüttle nur überfordert den Kopf. «Was zur Hölle redest du da eigentlich?!»

«Du musst hier weg, Flo. Jetzt.»

Mir entweicht ein ungläubiges Schnauben. «Du wirst mir schon ein bisschen mehr erklären müssen! Warum sollte ich das Schloss verlassen? Ich habe hier eine Aufgabe zu erfüllen. Mein Bruder ist hier. Benedict wartet auf mich.»

Brie weicht meinem Blick aus. «Wenn alles nach Plan läuft, sind sie schon tot.»

Ich starre sie an. «Was?»

Ich habe mich verhört, oder? Ist das ein Albtraum? Mein

Herz beginnt zu rasen, und mit einem Mal legt sich Angst eng um meine Kehle.

«Was für ein Plan?»

«Wir haben keine Zeit zum Diskutieren, Flo.»

«Du sagst mir jetzt sofort, was hier los ist!», fahre ich sie an. «Was. Für. Ein. Plan?»

In meinem Kopf spielt sich bereits ein Horrorszenario nach dem nächsten ab. Benedict mit einem Messer in der Brust, mein Bruder mit aufgeschlitzter Kehle. Panisch spüre ich dem Gefühl von Benedicts Nähe in mir nach und atme erleichtert auf. Es ist noch da. Das heißt, dass er lebt, oder? Aber was zur Hölle redet Briana da?

«Unser Plan, Benedict endlich loszuwerden.»

«*Euer* Plan?»

Ein Blitz erhellt für einen Moment Brianas Gesicht. Ich sehe Reue in ihren Augen, gemischt mit bitterer Entschlossenheit. «Ich bin Mitglied des *Roten Regens*, Flo.»

In mir gefriert alles zu Eis. «Was?», keuche ich. Ich muss träumen. Das kann nicht wahr sein. Doch das Donnergrollen, das in meinen Knochen vibriert, und die kalten Regentropfen auf meiner Haut fühlen sich nur allzu real an.

«Eigentlich sollte ich dich töten, als du geschlafen hast. Wenn sie erfahren, dass ich dir helfe, bin ich erledigt. Aber du weißt selbst, wie es ist, wenn man beginnt, jemanden entgegen der eigenen Überzeugungen zu mögen. Du bist meine Freundin, auch wenn du ein Mensch bist. Lyra kann ich nicht retten, weil sie Anspruch auf den Thron hat, aber du bist unwichtig genug, dass wir eine Chance haben. Sobald du ein Vampir bist, bist du sicher. Du kannst gehen. Du *musst*. Sonst …» Sie schluckt. «Sonst muss ich dich töten, Flo.»

Brianas Worte drücken mir die Luft aus den Lungen.

Haben sich Benedict und Lyra auch so gefühlt, als sie von meinem Verrat erfahren haben? Verdammt, sie ist meine Freundin. Ich habe mich ihr anvertraut! Wie kann …

Ich erstarre, als mein Verstand plötzlich die Puzzleteile zusammensetzt. Benedict wusste nicht, wie die Informationen über das Interview nach außen gelangen konnten, obwohl sie geheim gehalten wurden. Aber ich habe Brie davon erzählt. Und sie …

«Du hast mich ausgenutzt, um an Benedict ranzukommen!», stelle ich entsetzt fest. Das Attentat im Auto … es ist meine Schuld, weil ich die Klappe nicht halten konnte. Dabei wusste ich doch, dass ich mit den Informationen vorsichtig sein muss. Aber statt sie für mich zu behalten, habe ich Briana in alles eingeweiht, weil ich mich so allein gefühlt habe. Sie kennt die Wahrheit über unsere Beziehung. Wusste von all unseren Plänen. Sie weiß von dem verdammten Blutschwur …

Meine Kehle wird eng. «Du hast den *Roten Regen* ins Schloss gerufen, nicht wahr? Weil ich dir von dem Schwur erzählt habe.» Und davon, wie verwundbar Benedict nun ist, nachdem er mir die Hälfte seiner Macht gegeben hat. Ich habe auch das hier zu verantworten. Es ist meine Schuld, wenn er stirbt.

«Ich musste es tun», erwidert sie ruhig. «Die Gelegenheit war zu gut. Flo, ich weiß, dass du mich gerade hasst, aber du musst jetzt wirklich gehen.»

Ich denke gar nicht daran. «Was ist mit den Anschlägen auf mich?», frage ich atemlos. «Mit den Tabletten?»

«Das war ich», bestätigt sie widerwillig. «Damals kannte ich dich noch nicht. Aber wir haben jetzt keine Zeit, um darüber zu reden. Geh, bevor ich es mir anders überlege. Ich will dir wirklich nicht wehtun, Florence. Aber wenn du dich mir in den Weg stellst, bleibt mir nichts anderes übrig. Das hier ist wichtiger als unsere Freundschaft. Ich werde nicht Jahrzehnte an Arbeit für dich gefährden.»

«Also hast du Bonnie getötet?», stoße ich aus.

Briana greift erneut unter ihren Umhang und zieht einen langen silbernen Dolch hervor. «Geh. Sofort.»

Mir entweicht ein ersticktes Geräusch, irgendwo zwischen Schnauben und Wimmern. «Wie kannst du glauben, dass ich Benedict und Val einfach im Stich lassen würde?»

«Wir haben alle Mitglieder des *Roten Regens* mobilisiert. Die Herrschaft der Tudors endet heute Nacht. Du kannst dich entweder selbst retten oder mit Benedict sterben. Entscheide dich!»

Sie richtet den Dolch auf mich und macht einen drohenden Schritt auf mich zu. Einen Moment lang ziehe ich in Erwägung, gegen sie zu kämpfen. Doch ich bin mir nicht sicher, ob ich meiner Freundin wirklich ohne zu zögern wehtun kann, also weiche ich widerwillig zurück. Ich sehe ihr noch einmal in die Augen. Es fühlt sich an wie ein Ende. Und obwohl sich alles in mir dagegen sträubt, drehe ich mich um und flüchte in das Gebüsch vor der Schlossmauer. Nasse Zweige klatschen mir ins Gesicht, und ich rutsche auf dem nassen Boden beinahe aus. Ich taste nach der Mauer, und tatsächlich – da ist ein Loch, grade groß genug für mich.

«Gute Entscheidung», höre ich Briana sagen, und sie klingt tatsächlich erleichtert. «Denk dran: Norwood Inn. Wir können in Ruhe über alles reden.»

Ich bringe keine Erwiderung heraus. Mir brennen Hass und Enttäuschung in der Kehle.

Briana tritt näher. Ich höre ihre Schritte im Matsch. «Beeil dich», fordert sie, und mir bleibt nichts anderes übrig, als mich durch den dunklen, engen Spalt im Fels zu quetschen. Auf der anderen Seite ist die Mauer ebenso zugewuchert. Ich kämpfe mich aus dem Gebüsch und finde mich auf einem Grünstreifen wieder. Vor mir führt eine schmale Straße an der Schlossmauer entlang, gegenüber reihen sich alte Häuser. Ich stehe tatsächlich im Inner District.

Ob der *Rote Regen* durch diesen Spalt ins Schloss gekommen ist? Ich bezweifle es. Selbst für mich war es schon eng. Jemand mit Benedicts oder Vals Statur würde hier kaum durchpassen. Das heißt, sie müssen irgendwie an den Wachen am Tor vorbeigekommen sein. Aber wenn selbst die beste Freundin der Prinzessin dazugehört, ist das vielleicht gar nicht so schwierig, wie es klingt. Wir haben geahnt, wie gefährlich sie sind. Aber sie haben es dennoch geschafft, ein paar Trümpfe auf der Hand zu behalten. Und nun setzen sie alles auf eine Karte.

Brianas Worte hallen in mir wider und schicken Gänsehaut über meine Arme.

*Die Herrschaft der Tudors endet heute Nacht.*

Sie klang so überzeugt. Als wäre es unmöglich, dieses Schicksal noch abzuwenden. Und gleichzeitig war sie so verdammt erpicht darauf, mich in Sicherheit zu bringen.

Mit zitternden Fingern öffne ich das Täschchen, das Briana mir gegeben hat, und schaue hinein. Darin sind zahllose Scheine. Sie hat mir ernsthaft Geld gegeben, damit ich verschwinden und all das hinter mir lassen kann. Und sie hat herausgefunden, dass eine Verwandlung den Blutschwur bricht und ich so ohne Benedicts Blut überleben kann.

Ich atme tief durch.

Wenn Briana ernsthaft glaubt, ich würde Benedict und Val im Stich lassen, um mich selbst zu retten, kennt sie mich schlecht. Selbst falls sie wirklich bereits tot sein sollten …

Ich werde alles tun, um zu verhindern, dass der *Rote Regen* den Thron an sich reißt. Koste es, was es wolle.

Ich kauere mich vor das Loch in der Mauer und lausche. Brianas eilige Schritte sind im Matsch zu hören, doch sie werden immer leiser. Ich warte, bis sie verklungen sind, dann krieche ich zurück auf die andere Seite. Die Tasche mit dem Geld lasse ich im Gebüsch zurück. Als ich mir sicher bin, dass Briana außer Sicht ist, rapple ich mich auf und eile durch den Garten zurück zum Schloss.

Statt den Seiteneingang zu nehmen, durch den Briana und ich eben nach draußen sind, nähere ich mich einem der Haupteingänge. Erst jetzt fällt mir auf, dass ich noch keine einzige Wache gesehen habe. Zuvor war ich zu sehr damit beschäftigt, mich zu fragen, was zur Hölle Briana mir zeigen will, um die Hinweise auf den Angriff zu bemerken.

Spätestens als ich den Haupteingang erreiche, wird die Situation aber mehr als deutlich. Ein durchdringender Alarm klingt bis zu mir nach draußen. Eine der großen Flügeltüren steht offen, der Regen bildet Pfützen auf dem Steinboden der Eingangshalle. Das Wasser mischt sich mit frischem Blut. Leblose Körper liegen um die Türen herum verstreut. Viele von ihnen tragen die dunkle Uniform der Schlosswache, die Kleidung der übrigen ist uneinheitlich.

Der Anblick lässt mich erschaudern, doch ich zögere nicht. Hastig steige ich über die Leichen hinweg und bleibe drinnen stehen.

Ich spüre Benedicts Präsenz links von mir – irgendwo im königlichen Flügel. Doch aktuell bin ich nur ein paar Abzweigungen vom Kerker und somit von Val entfernt. Ich müsste in die entgegengesetzte Richtung, um ihn zu befreien, was bedeuten würde, dass ich Benedict später erreiche. Es ist Zeit, die der *Rote Regen* nutzen könnte, um ihn zu töten.

Doch mein Bruder sitzt eingesperrt in einer Gefängniszelle. Er hätte nicht einmal die Chance, sich gegen einen Angreifer zu wehren. Wenn der *Rote Regen* ihn dort findet, schlachten sie ihn ab wie Vieh. Das kann ich nicht zulassen.

Gerade als ich meine Entscheidung gefällt habe, höre ich von links Schritte über den Alarm hinweg. Mindestens zwei Personen nähern sich mir. Sie scheinen es eilig zu haben, und sofort schießt mein Puls in die Höhe.

Es könnte sich um Wachen handeln. Sie würden mich beschützen und mir helfen, Val zu befreien und anschließend Benedict zu suchen. Doch ebenso gut könnten es Fremde sein, die gleich um diese Biegung kommen. Und ich darf das Risiko beim besten Willen nicht eingehen.

Verdammt.

Ich eile in die entgegengesetzte Richtung davon und bemühe mich, so leise wie möglich zu sein. Der Alarm übertönt meine Schritte dennoch nicht ganz, und obwohl ich mich schnell um eine Ecke und somit außerhalb ihrer Sichtlinie flüchte, höre ich, wie sich die Schritte hinter mir beschleunigen.

Sie haben mich bemerkt.

Ohne zu zögern, renne ich los. Bei jeder Abzweigung erwarte ich, weiteren Vampiren in die Arme zu laufen, doch als ich vor dem Eingang zum Kerker herauskomme, finde ich stattdessen die Leichen von zwei Wachen. Ihr Blut hat eine Lache auf dem Boden gebildet, und ein Durcheinander aus Fußabdrücken hat das Rot über den Steinboden verteilt. Es sieht aus, als hätten die beiden keine Chance gehabt, und mein Herz zieht sich zu einem schmerzhaften kleinen Klumpen zusammen.

Diese Wachen haben auch Val beschützt. Doch die Tür zum Kerker ist noch zu. Vielleicht hat sich niemand die Mühe gemacht, dort runterzugehen, um einen Gefangenen zu töten. Sicher hatten sie Besseres zu tun, oder?

Ich gehe neben einem der Männer auf die Knie, darauf bedacht, möglichst nicht in das Blut zu treten. Hektisch suche ich an seinem Gürtel nach dem Schlüsselbund und nehme ihn an mich. Meine Verfolger kommen näher, doch ich hatte einen guten Vorsprung. So leise ich kann, schlüpfe ich in den Kerker und ziehe die Tür hinter mir zu. Ich schalte notgedrungen das Licht ein, haste die Treppenstufen hinunter und komme schließlich schwer atmend vor Vals Zelle am Ende des Ganges zum Stehen. Mir entkommt ein erleichtertes Wimmern, als ich meinen Bruder halb aufgerichtet auf seiner Pritsche liegen sehe. Er blinzelt mich verschlafen an.

«Flo?», murmelt er und mustert meine schmutzige Kleidung. «Was …?»

Ich suche bereits nach dem richtigen Schlüssel und werde Gott sei Dank schnell fündig. Hektisch sperre ich seine Tür auf.

«Tu so, als wäre ich bei dir in der Zelle!», fordere ich harsch. Ich habe eine vage Idee, wie wir meine Verfolger überwältigen könnten. Das Problem ist, dass wir für den Plan auch eine ganze Menge Glück brauchen. Die Vampire sind nicht nur stärker als wir, sondern auch bewaffnet.

«Hier kommen gleich Leute rein», erkläre ich weiter, während ich das Schloss der gegenüberliegenden Zelle aufsperre, sie betrete und die Tür wieder anlehne. «Wenn wir Glück haben, sind es Wachen», fahre ich atemlos fort. «Wahrscheinlicher ist aber, dass sie uns töten wollen. Lock sie zu dir rein, ich versuche dann, sie von hinten …»

Weiter komme ich nicht. Das Knarzen der Kerkertür lässt mich mitten im Satz innehalten. Im nächsten Moment kommen zwei Paar schwere Schritte die Treppe hinuntergepoltert.

Ich werfe Val einen panischen Blick zu, doch er ist bereits dabei, seine Klamotten und Kissen hinter sich auf der Pritsche zusammenzuraffen und zuzudecken. Er baut sich vor dem Bündel auf und lässt es damit so aussehen, als hätte ich hinter ihm Schutz gesucht. Besonders überzeugend ist es nicht – zumindest nicht, wenn man mich kennt. Aber es muss reichen.

Eilig klettere ich unter die Pritsche meiner Zelle und rutsche so nah an die Wand, wie ich kann. Mein Atem geht hektisch und viel zu laut, und ich zwinge mich, ruhiger zu atmen. Mein Herz hämmert mir dafür nur umso heftiger in der Brust.

Meine Verfolger lassen sich Zeit. Ihre Schritte sind langsamer geworden, und ich höre, wie sie beim Durchqueren des Ganges an den Türen der leeren Zellen rütteln. Offenbar sind auch sie auf die Idee gekommen, ich könne mich dort verstecken. Wenn sie gleich merken, dass die Tür zu dieser hier aufgesperrt ist, habe ich ein Problem.

Die Schritte kommen knirschend näher und halten schließlich direkt vor uns.

«Na, was haben wir denn hier?», ertönt eine spöttische Stimme.

Außer einem schweren Stiefel, der zwischen meiner und Vals Zelle auf dem Gang steht, kann ich von meinem Platz unter der Pritsche nichts erkennen. Doch die Ferse ist mir zugewandt. Der Mann spricht mit Val.

«Du hattest recht, Wes. Es war tatsächlich sein kleiner Blutbeutel. Und ihr Brüderchen ist auch da.»

«Beide Hawthornes mit einer Klappe?», fragt eine zweite Stimme, und der andere Mann tritt in mein Sichtfeld. «Wie nett. Wollt uns keine Umstände machen, was? Oh, hat sich das Mäuschen versteckt? Keine Angst, wenn dein Bruder sich benimmt, machen wir es kurz. Wir haben noch was anderes vor.»

Ich höre, wie Vals Zellentür geöffnet wird, und schiebe den Kopf unter der Pritsche hervor. Die zwei Männer stehen mit dem Rücken zu mir. Einer von ihnen betritt soeben Vals Zelle.

«Bleibt zurück», knurrt Val und hebt kampfbereit die Fäuste, doch er erntet dafür nur ein spöttisches Lachen.

«Eigentlich müssten wir euch unseren Dank aussprechen», bemerkt der, den ich für Wes halte, und bleibt ein paar Schritte von Val entfernt stehen. «Ihr habt unsere Pläne in den letzten Monaten zwar ordentlich durcheinandergebracht, aber uns auch großzügig in die Hände gespielt. Aber das ändert nichts daran, was ihr seid. Der König wird heute Nacht fallen, und wir haben in unserem Schloss keinen Platz für Ratten.» Er zückt einen langen Dolch. «Also. Sollen wir das schnell hinter uns bringen oder ein bisschen Spaß haben?»

«Fahr zur Hölle», spuckt Val aus und geht auf den Mann los. Ich rutsche ganz unter der Pritsche hervor und stürze zur Zellentür. Der andere der beiden Männer will gerade seinem Kollegen helfen, doch ich fange ihn noch im Gang ab. Mit einem gezielten Tritt in seine Kniekehle bringe ich ihn zum Sturz. Er landet auf den Knien und stöhnt überrascht auf, doch bevor er Gelegenheit hat, sich zu mir umzudrehen, habe ich ihn bereits an den Haaren gepackt und schlage seinen Kopf gegen die Gitterstäbe.

Meine eigene Kraft überrascht mich. Ich höre ein Knacken. Der Aufprall ist so hart, dass er in meinen Knochen vibriert. Aus dem Augenwinkel sehe ich, wie Wes irritiert den Kopf dreht und daraufhin von Val einen Schlag in die Magengrube kassiert. Er krümmt sich, und das ist alles, was mein Bruder braucht, um ihn auszuschalten. Mit zwei geübten Griffen hat er ihn mit dem Rücken zu sich auf den Knien. Die Waffe liegt längst in einer Ecke der Zelle. Ich schaue mit rasendem Herzen dabei zu, wie Val unserem Angreifer das Genick bricht. Der Mann unter mir rührt sich nicht mehr, doch ich halte immer noch seinen Kopf fest. Angewidert lasse ich ihn los, und er sackt leblos zur Seite.

Val richtet sich unterdessen auf und rollt die Schultern zurück. «Was zum Teufel ist hier los, Flo?», will er wissen. Er mustert den Mann zu meinen Füßen. «Und wo hast du das gelernt?»

Ich schüttle hilflos den Kopf, steige über den Mann hinweg in Vals Zelle und drücke meinen Bruder an mich. Er schließt mich eng in seine Arme, und für einen Moment atme ich einfach nur tief durch. «Das Schloss wird angegriffen», flüstere ich dann. «Der *Rote Regen* will Ben endgültig aus dem Weg schaffen.»

«Okay.» Val drückt mir einen Kuss auf die Schläfe und löst sich von mir. «Keine Sorge, ich passe auf dich auf.»

Natürlich. Er passt auf *mich* auf. Als wäre ich nicht hier, um das Gegenteil zu tun. Er zieht eine Jacke aus dem Deckenhaufen, schlüpft hinein und bückt sich anschließend nach dem Dolch in der Ecke.

«Was machst ...» Ich stocke mitten im Satz. Val hat die Klinge bereits in der Brust des ersten Angreifers versenkt und widmet sich dem zweiten. Ich schlucke und atme tief durch.

«Je weniger von diesen Monstern es gibt, desto besser», beschließt er und tastet die Leiche auf dem Gang nach Waffen ab. «Hier.» Er hält auch mir einen Dolch entgegen. «Nimm den. Zögere nicht, ihn zu benutzen, klar? Ich bring dich hier raus.»

«Wohin?», frage ich verwirrt.

Val runzelt die Stirn und richtet sich wieder auf. «Aus dem Schloss. Zu Mum und Dad. Nach Hause.»

Mir entweicht ein Seufzen. «Das ist nicht mehr mein Zuhause, Val.»

Er stutzt. «Natürlich ist es das.»

Ich weiß nicht, ob ich mich nun darüber freue, wie selbstverständlich er das sagt, oder mich ärgere, weil er es immer noch nicht versteht. «Sie vertrauen mir nicht mehr, und sie wollen mich sicher nicht bei sich haben. Abgesehen davon fliehe ich auf keinen Fall. Ich muss Benedict helfen.»

«Nein.» Das Wort kommt so schnell aus seinem Mund, dass ich einen Moment brauche, um es zu registrieren.

«Was?», frage ich ungläubig.

«Du musst niemandem helfen!», fährt Val mich an. «Und schon gar nicht ihm. Er kommt allein zurecht, und falls nicht, kannst du auch nichts ausrichten. Wir gehen.»

Okay, es ist offiziell: Mein Bruder kapiert wirklich gar nichts. «Du kannst ja gehen. Aber ich bleibe.»

«Florence.» Val packt meine Schultern und schaut mich eindringlich an. Auf einmal liegt Panik in seinen blauen Augen. Und ich kann mich beim besten Willen nicht daran erinnern, wann ich ihn das letzte Mal so gesehen habe. «Tu das nicht! Ich weiß, dass du ihn liebst, aber wenn das Schloss angegriffen wird, hat jemand wie du hier nichts zu suchen!»

«Jemand wie ich?», wiederhole ich scharf. «Was soll das

heißen, Val? Jemand, der schwach ist? Jemand mit Gefühlen?»

«Jemand, der menschlich ist!», korrigiert er mich harsch. «Jemand, der gerade mal fünfundzwanzig Jahre alt ist! Jemand, der sein ganzes verdammtes Leben wegwirft, wenn er hier sinnlos stirbt!»

«Es wäre nicht sinnlos!», stelle ich klar. «Benedicts Leben ist hundertmal wichtiger als unsere zusammen! Und darum geht es doch, oder? Um das Wohl der Allgemeinheit! Du warst jahrelang bereit, meinen Tod in Kauf zu nehmen, also seit wann hast du ein Problem damit, wenn ich mich opfere?»

«Keine Ahnung!», stößt er wütend hervor. «Vielleicht hatte ich das schon immer! Oder vielleicht habe ich einfach realisiert, dass du wichtiger bist als irgendwelche beschissenen Pläne! Macht es einen Unterschied? Lass uns einfach gehen, Flo.»

«Ich kann nicht, Val.»

«Natürlich kannst du! Ich lasse nicht zu, dass du ...»

«Nein!», schreie ich beinahe und mache mich von ihm los. Er weiß nicht, dass ich wirklich nicht kann. Ich kann nicht zurück in mein menschliches Leben. Ohne Benedict bleiben mir nur der Tod oder eine Verwandlung. Doch darum geht es nicht mal. Ich würde auch nicht gehen, wenn ich könnte. «Ich habe mich entschieden, Val, und es ist mir egal, ob du es gutheißt oder nicht! Es ist mir egal, wie gefährlich es ist. Es ist mir egal, ob ich dabei sterbe. Eine Hawthorne gibt nicht auf. Mein ganzes Leben lang habt ihr mir das eingebläut, und selbst wenn ihr mich nur noch als Verräterin seht, bin ich immer noch Teil dieser Familie. Ich habe gelernt, für meine Überzeugungen einzustehen und für das zu kämpfen, was mir wichtig ist. Wenn Benedict heute Nacht stirbt, dann stirbt auch unsere Hoffnung auf ein besseres England. Dann klebt das Blut eines ganzen Landes an unseren Händen. Wenn du das nicht einsiehst, brauchen wir auch nicht zu diskutieren. Ich kann nicht den Rest meines Lebens damit verbringen, auf dein Vertrauen zu warten. Auf deine Unterstützung. Auf deinen *Respekt.* Wenn er jetzt noch nicht da ist, dann wird er wohl auch nicht mehr kommen.» Ich wirble herum, um die Zelle zu verlassen. Mein Gesicht ist heiß, und Tränen brennen mir in den Augen, doch ich schaue stur nach vorn.

Mein Bruder zieht hinter mir die Luft ein, als würde er zu sprechen ansetzen, sagt aber doch nichts. Vielleicht ist auch ihm klar, dass wir uns längst alles gesagt haben. Wir kommen nicht mehr vorwärts. Stattdessen drehen wir uns endlos im Kreis, tänzeln um die Frage herum, an deren Antwort wir endgültig zerbrechen könnten.

Wie eisern sind seine Überzeugungen?

Und ist er bereit, sie für mich zu verbiegen, oder wird er ewig versuchen, mich in ihnen einzusperren?

Ich fürchte fast, Letzteres ist der Fall.

Frustriert laufe ich durch den Gang, die Kerkertreppe hinauf und schlage oben den Weg zum königlichen Flügel ein. Benedict ist jetzt das, was zählt. Ich kann ihn weiterhin spüren, also ist es noch nicht zu spät. Und zum ersten Mal bin ich wirklich dankbar für die Macht, die er mir geschenkt hat. Ich bin nicht das schwache Menschenmädchen, das Val noch immer in mir sieht. Und ich werde das nutzen, um ...

Ich nehme nicht mehr als einen Schatten wahr. Dann werde ich plötzlich hart gegen die Wand geschleudert. Der Dolch fällt mir aus der Hand, als mein Hinterkopf gegen den Stein schlägt und ein nur allzu vertrauter Körper meinen fixiert.

«Ich wusste, dass ich einen Fehler mache», ertönt Brianas Stimme an meinem Ohr. Sie greift grob in meine Haare und zerrt meinen Kopf zur Seite.

«Brie, bitte», bringe ich noch hervor, da vergräbt sie bereits ihre Zähne in meinem Hals.

Ich keuche auf vor Schmerz. Ihr Biss fühlt sich an wie Messerstiche. Mit Benedict hat es nie wehgetan. Es hat sich nie so gewaltvoll angefühlt, nie grausam. Weil er mich nie verletzen wollte – im Gegensatz zu Brie, die nun offensichtlich entschieden hat, mich ein für alle Mal aus dem Weg zu schaffen.

Sie wird mich töten, wie sie auch Bonnie getötet hat. So viel von meinem Blut trinken, bis ich …

Plötzlich reißt sie sich von mir los und wirbelt herum. Ich sehe etwas Silbernes aufblitzen, dann schlittert Vals Dolch klappernd durch den Gang. Briana hat seinen Arm gepackt, bevor er sie verletzen konnte, und auf das Knacken von Knochen folgt ein Schmerzensschrei. Sie zieht Val an sich, als wäre er nicht mehr als eine Puppe, und verbeißt sich in seinem Hals.

Panisch rapple ich mich von der Wand auf und werfe mich mit voller Kraft gegen Brianas Seite. Sie lässt Val los, der dabei zu Boden geht, gerät aber selbst kaum ins Wanken. Ich gehe erneut auf sie los, und sie wehrt meinen ersten Schlag mühelos ab. Mein Versuch, sie mit einem Fuß hinter ihrem Knie zu Fall zu bringen, bringt mich nur selbst aus dem Gleichgewicht. Verdammt, sie ist stark. Und mittlerweile liegt ein mordlustiges Funkeln in ihren blauen Augen.

«Briana, hör auf!», bitte ich dennoch.

«Ich habe dich gewarnt.»

«Du musst das nicht tun!»

«Du hättest einfach gehen sollen, Florence!» Briana verpasst mir einen Schlag in die Magengrube, und ich krümme mich vor Schmerzen zusammen. Sie will gerade zu einem weiteren ansetzen, als sie plötzlich rückwärts taumelt. Val liegt immer noch am Boden, Blut strömt aus der offenen Wunde an seinem Hals, doch er hat den Saum ihres Umhangs gepackt und zerrt unerbittlich an dem dicken Stoff.

Briana tritt nach ihm. Sie trifft ihn mit ihrem schweren Stiefel mitten ins Gesicht, doch er lässt nicht locker.

Ich stürze mich wieder auf sie und versetze ihr einen Schlag unter die Rippen, dann einen Tritt gegen ihr Knie. Es gibt unter ihr nach, und ich ramme ihr mit aller Kraft meinen Ellbogen gegen die Schläfe. Wie schon vorhin sind meine Schläge heftiger, als ich erwarte. Der letzte sorgt dafür, dass ihre Augen nach hinten rollen und sie leblos in sich zusammensackt. Doch Val tut es ebenso.

Ich stürze zu ihm und drehe seinen Kopf zur Seite. Die Wunde an seinem Hals ist schlimm. Briana hat die alte Narbe von damals wieder aufgerissen – von dem Angriff, der Val schon einmal fast das Leben gekostet hätte. Er blinzelt zu mir hoch, sein Blick trüb vor Schmerzen.

«Tut mir ... leid», keucht er angestrengt, doch ich schüttle den Kopf. Ich packe Brianas Arm und beiße in ihr Handgelenk. Einen Moment lang fürchte ich, es würde nicht klappen. Meine Fangzähne sind schon während meinem Streit mit Benedict wieder verschwunden, und ich habe noch nicht versucht, sie bewusst zu benutzen. Doch nun sind sie augenblicklich wieder da, durchtrennen Brianas weiche Haut und lassen ihr Blut über meine Zunge laufen.

Ich halte Val ihren Arm hin und hebe sein Kinn. «Trink.»

Völlig entsetzt starrt er mich an. Sein Blick hängt an meinem Mund. «Was zum Teufel, Flo ...»

Meine Brust wird eng.

Das ist er, der Moment der Wahrheit. Wen Val mich jetzt von sich stößt, verliere ich meine Familie ein für alle Mal.

«Trink», dränge ich ihn wieder. «Es heilt deine Wunde. Du verblutest sonst. Ich habe keine Zeit, dich zu verbinden, also ... bitte ...»

Ich würde gern mehr sagen. Ich würde gern alles erklären, aber mir fehlt die Zeit und die Kraft. Ich bringe Bries Handgelenk näher an Vals Mund und atme erleichtert auf, als er seine Lippen darum schließt. Er trinkt, sein Gesicht angewidert verzogen, doch während er immer tiefere Schlucke nimmt, versiegt der Blutstrom aus seiner Wunde allmählich. Nach dem fünften Schluck stoppe ich ihn. Ich denke, das reicht, und ich will nicht riskieren, dass er noch versehentlich an Briana gebunden wird.

Zitternd weiche ich ein Stück zurück und schaue prüfend an ihm hinab. «Das Knacken vorhin ...»

«Mein Arm», bestätigt er rau. «Ich hoffe, eure Ärztin lebt noch.» Sein Blick huscht wieder zu meinem Mund. «Waren das grade ...»

Ich schlucke. «Lange Geschichte ...»

Val holt tief Luft, und in diesen sich endlos dehnenden Sekunden bin ich der festen Überzeugung, dass er mich gleich wegschickt. Dann nickt er mir auffordernd zu und stützt sich ächzend auf seinen Unterarm. «Hilfst du mir auf? Ich habe gehört, wir müssen noch einen König retten.»

Überrascht hebe ich die Brauen, stehe aber sofort auf und ziehe Val an seinem gesunden Arm auf die Beine. «Ich dachte ...»

Er schüttelt frustriert den Kopf. «Du solltest mittlerweile wissen, dass mein Dickschädel einfach ein bisschen länger braucht, um die richtigen Entscheidungen zu treffen. Als ob ich meine Schwester in diesem Höllenloch allein lasse. Den Fehler habe ich schon mal gemacht. Ich werde ihn ganz sicher nicht wiederholen.» Er bückt sich nach meinem Dolch, der noch dort an der Wand liegt, wo Briana mich vor ein paar Minuten angegriffen hat, und wirft ihrem leblosen Körper einen Blick zu. «Sie ist nur bewusstlos. Wir sollten …»

«Töte sie nicht», entkommt es mir, bevor ich darüber nachdenken kann. Ja, sie hat mich verraten. Sie arbeitet für den *Roten Regen* und hätte uns getötet. Aber sie war meine Freundin. Ich kann nicht …

Val seufzt. «Ich werde das so was von bereuen», murmelt er, doch er wendet sich ab und holt auch seinen Dolch.

Ich bleibe unschlüssig vor Briana stehen und beobachte sie. Ihre Brust hebt und senkt sich. Mein Schlag mit dem Ellbogen war zwar heftig, aber sie ist nach wie vor ein Vampir und hat eben erst von meinem – und damit auch von Benedicts – Blut getrunken.

Trotzdem …

«Ich bin wirklich zu weich hierfür, oder?», stelle ich leise fest und wende mich Val zu.

Sein Gesicht wird sanft. Er reicht mir eine der Waffen und schüttelt schwach den Kopf. «Nein, Flo. Du bist genau richtig.»

## KAPITEL EINUNDZWANZIG

# SOMEWHERE FAR AWAY

# BENEDICT

Der verdammte Fuß wird mein Untergang sein.

Mir war klar, dass er langsamer heilen würde, als es meine Verletzungen sonst tun. Mir fehlt ein großer Teil meiner Macht, und wenngleich ich jedem normalen Vampir immer noch weit überlegen bin, stellt das für mich ein Problem dar. Ich kann meine Kräfte nicht mehr einschätzen. Und das sorgt dafür, dass ich immer wieder Fehler mache, die mich teuer zu stehen kommen.

Das Schloss wimmelt nur so vor Angreifern, und ich weiß nicht mal mehr genau, wo ich mich befinde. Alles verschwimmt in einem Strudel aus Kämpfen. Die Wände sehen alle gleich aus, die Leichen ebenso. Ich habe aufgehört, in die Gesichter meiner toten Wachen zu schauen. Mir ihre Namen in Erinnerung zu rufen. Trauer zu fühlen. Später werde ich jeder von ihnen gedenken. Falls ich überlebe.

Mittlerweile habe ich sicher fünfzehn Angreifer ausgeschaltet, doch auch zahllose Schläge eingesteckt. Meine Nase blutet, und mein rechtes Auge beginnt zuzuschwellen. Mein ganzer Körper schmerzt, ich glaube, ein paar meiner Rippen sind gebrochen. Eine meiner Handflächen wurde aufgeschlitzt, als ich eine Klinge mit der bloßen Hand abwehren musste, und eben habe ich beinahe einen Dolch in den Oberschenkel bekommen. Ich muss darauf hoffen, dass Eris' Einsatztrupp mich bald erreicht. Nur ist unklar, ob er überhaupt bis zu mir durchkommt. Ich habe das Handy benutzt, um noch einmal mit meiner Rechten Hand zu sprechen, aber es hat mich fast den Kopf gekostet, weil ich abgelenkt war und den Angreifer zu spät bemerkt habe. Inzwischen könnte ich ihr meinen Standort eh nicht mehr durchgeben.

Ich muss mich auf mich selbst verlassen. Florence scheint näher zu kommen, doch ich kann mich kaum noch auf das Gefühl konzentrieren. Die Schmerzen sind zu präsent, und ich brauche meine Sinne an anderer Stelle. In diesem Kampf beispielsweise.

Zwei Männer sprinten durch den Gang auf mich zu, und während ich dem ersten einen Kinnhaken verpasse, holt der zweite mit seinem Messer aus. Es gelingt mir, es ihm aus der Hand zu schlagen, da wirft er sich auf mich und reißt mich fast zu Boden. Ich schüttele ihn ab, muss dabei jedoch wieder meinen verletzten Fuß belasten. Fluchend knicke ich um und schaffe es gerade noch, den Angriff des ersten Mannes abzufangen. Ich packe sein Handgelenk, breche mühelos seine Knochen und nehme ihm mit meiner anderen Hand seine Waffe ab. Ohne zu zögern, versenke ich die Klinge in seiner Brust, reiße sie wieder heraus und wirble zu dem zweiten Mann herum.

Ich kassiere einen Schlag ins Gesicht, der meinen Kopf dröhnen lässt. Ich muss schwarze Schlieren vor meinen Augen wegblinzeln. Glücklicherweise habe ich den Mann schon entwaffnet. Seinen nächsten Schlag wehre ich ab, erwische seinen Arm und reiße ihn herum. Er prallt so heftig gegen die Wand, dass ich höre, wie die Luft aus seiner Lunge entweicht. Ich steche zu und beende auch sein Leben. Kaum dass die Klinge in seiner Brust steckt, atme ich keuchend aus und lasse mich auf den Boden sinken.

Scheiße.

Es nimmt einfach kein Ende.

Ich kann nicht verhindern, dass meine Angst um Florence meine Gedanken in Besitz nimmt. Immer wieder stelle ich mir vor, dass sie tot sein könnte. Vielleicht spielt mir mein Körper einen Streich, und ich bilde mir das Gefühl ihrer Nähe nur ein. Wie sollte sie solche Angriffe überleben? Welche Chance hat sie gegen ein Dutzend Vampire? Aber bevor ich ihre Leiche nicht mit eigenen Augen gesehen habe, gebe ich die Suche nach ihr nicht auf.

Ich raffe mich wieder auf und humple weiter durch das Schloss. Kurz darauf komme ich an eine größere Gabelung. Jetzt weiß ich immerhin wieder, wo ich bin. Wenn mich das Ziehen in meiner Brust nicht trügt, muss ich geradeaus weiter. Ich überlege, Eris anzurufen, als ich plötzlich von links meinen Namen höre.

«Benedict!»

Ich wirble herum. Morgan eilt auf mich zu, die Augen weit aufgerissen. Er hat Blut auf seinem Hemd und seinen Händen – offenbar wurde auch er angegriffen. Verdammt, der alte Mann hat in einem Kampf nichts zu suchen.

«Schließ dich in einem der Räume ein, Morgan», weise ich ihn an. «Es ist hier draußen nicht sicher.» Ich wende mich bereits wieder ab.

«Benedict, warte. Wo willst du denn hin?» Morgan beschleunigt sein Tempo.

«Ich muss Florence suchen», erkläre ich. «Du ...»

«Florence ist hier», unterbricht er mich atemlos, und ich stocke.

«Wo?», fordere ich und drehe mich wieder ganz zu ihm um.

Angestrengt deutet er hinter sich. «In meiner Suite. Briana hat sie zu mir gebracht.»

Ich runzle die Stirn. Mein Gefühl sagt mir deutlich, dass Florence sich nicht in dieser Richtung befindet. Aber wer weiß, wie vertrauenswürdig es ist. Und sind wir mal ehrlich – es ging noch nie gut, wenn ich auf meine *Gefühle* gehört habe. Rationalität ist meine Stärke. Ich bin lieber pragmatisch als emotional. Aber …

«Bist du sicher?», frage ich Morgan.

Er runzelt die Stirn und kommt vor mir zum Stehen. «Natürlich bin ich mir sicher, ich war eben noch bei ihr.»

Das Ziehen in meiner Brust wird stärker, fast als wollte es mir beweisen, wie real es ist. Aber das sorgt nur dafür, dass ich ihm noch weniger vertraue. Die ganze Zeit über hat es sich kaum verändert. Erst jetzt, wo ich es infrage stelle, bilde ich mir plötzlich ein, Florence näher kommen zu spüren.

Ich mustere Morgan. «Spürst du irgendetwas?»

Mein Schatzmeister sieht mich an, als hätte ich den Verstand verloren. «Verzeihung …?»

Ich schüttle den Kopf. «Vergiss es. Bring mich zu ihr.» Ich humpele einen Schritt auf ihn zu, und sein Blick fällt sofort auf meinen Fuß.

«Bist du verletzt? Komm, ich helfe dir.» Er greift mir unter den Arm, doch ich stocke wieder. Dieses Ziehen in meinem Inneren hört einfach nicht auf. Bilde ich mir das ein, oder höre ich Schritte über das Läuten des Alarms hinweg?

Doch.

Und sie kommen näher.

Ich mache mich von Morgan los und wende mich dem Gang zu, den ich eben entlang wollte, um Florence zu suchen. Ich könnte schwören, dass …

Eine Frau mit langen braunen Haaren kommt um die nächste Biegung geeilt, einen groß gewachsenen, grimmig dreinschauenden Mann im Schlepptau.

Florence.

Mir entkommt ein tiefer Seufzer, und die Erleichterung, die mich durchströmt, zwingt mich beinahe in die Knie.

Sie lebt. Ihr geht es gut. Sie ist *hier.*

«Benedict, pass auf!», schreit Florence atemlos, und ich humple ihr entgegen.

«Es ist alles gut», versichere ich ihr.

«Hinter dir!»

«Was …?»

Ich drehe mich um, und mein Blick trifft Morgans. Er ist mir gefolgt, einen seltsamen Ausdruck auf seinem Gesicht. Beinahe könnte es ein Lächeln sein, doch es wirkt nicht freundlich oder wohlwollend. Es wirkt … zufrieden. Und erst jetzt bemerke ich meinen Fehler.

Eine Klinge bohrt sich zwischen meine Rippen.

Tief in mein Herz.

«Benedict!», schreit Florence wieder, ihre Stimme voller Verzweiflung.

Ich falle vor meinem Schatzmeister auf die Knie, und noch bevor ich den Boden spüre, wird mir schwarz vor Augen. Das Letzte, was ich höre, ist Morgans heisere, spöttische Stimme, die mich in den Tod begleitet.

«Lang lebe der König.»

## FLORENCE

Eben noch habe ich Benedicts Namen gebrüllt. Jetzt sitzt mir ein Schrei in der Kehle fest. Es ist, als würde er mir die Luft abdrücken. Mich mit seiner Stille ersticken. Als säße meine gesamte schmerzende Seele plötzlich in meinen Lungen und hielte mich vom Atmen ab.

Ich nehme vage wahr, wie Morgan vor uns flüchtet. Mein Blick hängt an Benedict, der leblos auf den Boden gesunken ist. Ein Dolch steckt in seiner Brust, er rührt sich nicht mehr. Seine Augen starren leer an die Decke. Sein Brustkorb hebt sich nicht.

Ich falle neben ihm auf die Knie und umfasse sein Gesicht mit meinen Händen. «Ben», bringe ich hervor. «Ben!»

Er reagiert nicht. Und mir schießen Tränen in die Augen.

«Verlass mich nicht. Du darfst mich nicht verlassen, hörst du? Ben ...»

Eine schwere Hand legt sich auf meine Schulter und drückt sie sanft. Ich bringe es nicht über mich, zu Val aufzuschauen und den Blick von Benedict abzuwenden. Ich streiche über seine Schläfen, seinen Dreitagebart, seine vollen Lippen. Sein Gesicht ist vertraut und doch so fremd wie noch nie. Mir entweicht ein Schluchzen, und Tränen tropfen auf seine Wangen.

Das darf nicht passiert sein.

Eben war ich noch so erleichtert darüber, ihn gefunden zu haben. Und im nächsten Moment war er fort. Binnen Sekunden war jegliches Leben aus seinem Körper gewichen.

«Ben», flüstere ich wieder und wische ihm meine Tränen von der Wange. «Tu mir das nicht an.» Vorsichtig umfasse ich den Griff des Dolchs und ziehe ihn aus seiner Brust. Ich lasse ihn klirrend zu Boden fallen und drücke meine Hand auf die Wunde, als könnte ich sie so versiegeln, sein Herz wieder heilen.

Er rührt sich nicht. Bleibt reglos. Tot. Doch seine Haut ist noch immer warm. Und in meinem Inneren bleibt dieses merkwürdige Gefühl seiner Nähe, dem ich bis hierher gefolgt bin. Es ist schwächer als eben. Doch ein Körnchen davon bleibt zurück. Und das muss bedeuten, dass er noch lebt, oder? Dass ein Teil von ihm noch da ist. Dass er vielleicht doch wieder aufwacht. Er muss einfach. Verdammt, ich kann das alles nicht ohne ihn.

«Flo, da kommt jemand», warnt Val mich leise und zieht sanft an meinem Arm. «Wir müssen hier weg.»

Ich horche auf.

Tatsächlich. Über den Alarm hinweg nähern sich Schritte – und es sind nicht nur ein paar, sondern es klingt wie eine halbe Armee. Wenn das der *Rote Regen* ist, sind wir verloren. Ein für alle Mal.

Trotzdem schüttle ich den Kopf. «Ich kann nicht», flüstere ich.

«Flo, er ist tot ...»

Ich schlucke schwer, und weitere Tränen tropfen von meinem Kinn. «Dann bin ich es auch.»

«Was redest du denn da?», Val geht neben mir in die Hocke und legt seinen Arm um mich. «Komm mit. Bitte. Du kannst hier nichts mehr tun.»

«Du verstehst das nicht», schniefe ich. «Ich bin an Benedict gebunden. Ohne sein Blut sterbe ich.»

Val erstarrt. «Das hat dieser Bas...»

«Er musste es tun», unterbreche ich ihn. «Er hat mich gerettet, Val.»

Er schüttelt den Kopf. «Wir finden eine Lösung. Irgendetwas muss es geben, Flo. Ich lasse nicht zu, dass du stirbst, hörst du?»

Resigniert schaue ich zu ihm hoch. «Ich müsste mich ganz verwandeln lassen, Val.»

Mein Bruder stockt. Einen Moment lang wirkt er entsetzt, doch dann zwingt er sein Gesicht, wieder neutral zu werden. «Dann tun wir das eben.» Überraschung und Unglauben müssen sich auf meiner Miene abzeichnen, den Val spricht mit Nachdruck weiter. «Es ist mir egal, *was* du bist, Flo. Du bist immer noch meine Schwester.»

Er versucht wieder, mich auf die Beine zu ziehen, doch

ich mache mich von ihm los. «Ich kann trotzdem nicht weg. Ich kann ihn noch spüren. Er ...»

«Flo, bitte ...»

«Du musst gehen», unterbreche ich ihn. «Im Süden der Stadtmauer gibt es eine Stelle, die komplett zugewachsen ist. Dort ist ein geheimer Ausgang, ein Spalt in der Mauer. Es kann sein, dass du nicht durchpasst, aber auf der anderen Seite liegt eine Tasche voll Geld. Nimm sie und bring dich in Sicherheit. Sorg dafür, dass Mum und Dad Lyra nichts tun. Sie ist die Thronerbin, ihr müsst sie beschü...»

«Vergiss es. Ich lasse dich nicht allein», fällt er mir ins Wort und presst wütend die Lippen zusammen.

Ich schlucke. Die Schritte sind jetzt so laut, dass sie sicher jeden Moment um die Ecke kommen. Das hier könnte das Ende sein. Unsere letzten Augenblicke. Und vielleicht ist es egoistisch, aber ich bin froh, dass Val bei mir ist.

«Danke», flüstere ich.

Er beugt sich zu mir und drückt mir einen Kuss aufs Haar. «Schickst du mir bitte Briefe aus dem Himmel? Es wird sicher einsam in der Hölle.»

Mir kommen neue Tränen. «Du hast die Hölle nicht verdient, Val.»

Er atmet leise aus. «Lüg lieber nicht, sonst schicken sie dich mit mir nach unten.»

Der Alarm verklingt plötzlich, doch es wird kaum stiller. Die Schritte donnern mittlerweile förmlich durch den Gang. Ihr Echo hallt an den Wänden wider und bringt die Luft zum Vibrieren.

Schniefend vergrabe ich das Gesicht an Vals Schulter und streiche mit der Hand durch Benedicts Locken. «Ich kann ihn noch spüren», wiederhole ich. Neue Tränen versickern in Vals Shirt. «Es fühlt sich an, als wäre er immer noch da.»

«Vielleicht lebt er in dir weiter», raunt er mir ins Ohr. «Solange du hier bist, kann er niemals gänzlich fort sein.»

Die Schritte halten mit einem Mal inne.

«Benedict!»

Eris' Stimme füllt die plötzliche Stille. Ich drehe den Kopf und sehe sie an der Biegung des Ganges stehen, eine regelrechte Armee an Wachen hinter sich. Entsetzt mustert sie das Bild, das sich ihr bietet, dann stürmt sie auf uns zu und bringt so auch ihre Begleitung wieder in Bewegung.

«Was ist passiert?», verlangt sie zu wissen, doch ich bin unfähig, ihr zu antworten. Meine Gedanken hängen an Vals letzten Worten fest.

*Er lebt in dir weiter.*

Dieses kleine Körnchen von Benedict, das ich noch in mir spüre ...

Was, wenn das nicht seine Nähe war?

Was, wenn ich stattdessen sein Blut in meinem Körper spüre?

Was, wenn er wirklich noch in mir lebt?

Ruckartig richte ich mich auf und öffne mit den Zähnen mein Handgelenk. Ich greife Benedicts Kinn, öffne vorsichtig seinen Mund und träufle etwas von dem Blut zwischen seine Lippen. Der Silberdolch in seinem Herzen hat dafür gesorgt, dass sein Körper das Blut in seinen Adern nicht mehr nutzen kann. Aber wenn ich es schaffe, ihm meines zu geben ... Wenn ich ihm seine Macht zurückgeben kann, und sei es nur ein Teil von ihr ...

Ich höre aufgeregte Stimmen um mich herum, doch sie dringen kaum zu mir durch. Meine ganze Aufmerksamkeit gilt Benedicts reglosem Gesicht. Ich streiche über seinen Hals und versuche verzweifelt, ihn dazu zu bringen, zu schlucken. Nur einmal ... Immer mehr von meinem Blut tropft in seinen Mund.

«Trink», flehe ich ihn an. Meine Sicht verschwimmt. «Ben, bitte ...»

Eine Hand legt sich auf meine und zieht sie sanft von Benedicts Lippen weg. Ihre Haut ist von einem hellen Braun und mit vertrauten schwarzen Zeichen übersät. Blinzelnd hebe ich den Kopf und schaue in Hêlîns mitleidiges Gesicht.

«Er ist fort, Florence.»

Ich schüttle energisch den Kopf. «Ist er nicht. Ich spüre ihn noch. Ein Teil von ihm ist in meinem Blut. Er muss nur ...» Meine Stimme bricht. «Er muss nur ... zurückkommen», stoße ich aus und merke gleichzeitig, wie verzweifelt ich mich anhöre. Ich klammere mich an eine Hoffnung, die keine ist. Schluchzend lasse ich zu, dass Val mich eng an seine Brust zieht. «Er darf nicht tot sein», hauche ich. «Er darf einfach nicht ...»

Ein lautes Klappern lässt mich zusammenzucken. Ich schaue auf und sehe, dass Hêlîn ihren Arztkoffer neben sich geöffnet hat und darin herumwühlt. «Deine Idee ist nicht schlecht», erklärt sie und holt eine Spritze aus einem kleinen Plastikbeutel. «Es ist einen Versuch wert. Darf ich?» Sie streckt ihre Hand nach mir aus, und als ich nicke, ergreift sie meinen Arm und nimmt mir etwas Blut aus der Vene in meiner Ellenbeuge ab. Mit angehaltenem Atem sehe ich dabei zu, wie sie die Nadel anschließend zwischen Benedicts Rippen positioniert und ihm das Blut ins Herz injiziert. Hêlîn legt die Spritze beiseite, kniet sich über ihn und beginnt mit einer Herzdruckmassage.

Ich kann nicht hinsehen. Ich höre, wie eine von Benedicts Rippen unter dem Druck von Hêlîns Handballen bricht, und konzentriere mich wieder auf sein Gesicht.

Es ist meine Schuld. Dass er hier liegt, ist meine Schuld. Er würde vielleicht noch leben, wäre ich heute Nacht bei ihm geblieben. Hätte er nicht so viel geopfert, um mich zu retten. Wäre ich ihm nie begegnet.

Ich wollte sein Untergang sein. Ich wollte ihn sterben sehen. Und ich habe mein Ziel erreicht.

Wäre ich doch nie hergekommen. Ich wünschte …

Mein Atem stockt. Haben sich Benedicts Wimpern gerade bewegt? Oder war es nur ein Luftzug, der sie in Bewegung gebracht hat? Mein eigenes verzweifeltes Seufzen vielleicht …

Ich versuche, mein rasendes Herz zu beruhigen, doch dann passiert es wieder.

Seine Lider flattern. Es ist nur der Hauch einer Bewegung, und doch ist sie da. Ich spüre auf das Körnchen von Benedicts Nähe in meiner Brust und atme schluchzend aus.

Es ist größer geworden.

«Mach weiter», fordere ich Hêlîn auf und lege meine Hände wieder an Benedicts Wangen. Ich streiche über seine Haut, beuge mich über ihn, lege meine Stirn an seine. «Wach auf», fordere ich leise. «Benedict, wach auf …»

Sein Atem streift meine Wange. Träge blinzelnd öffnet er die Augen. Durch den Tränenschleier vor meinen Augen kann ich ihn kaum erkennen, doch ich lächle ihn trotzdem an. Das Gefühl in meiner Brust wird immer stärker. Ein Ziehen entwickelt sich daraus. Ein warmes Bedürfnis nach Nähe.

«Hey», hauche ich an Benedicts Lippen und küsse ihn sanft. Er erwidert es kaum merklich und atmet etwas tiefer ein.

Hêlîn hat mit der Herzdruckmassage aufgehört und horcht mit einem Stethoskop Benedicts Brust ab. Ich lege meine Hand an seinen Hals und fühle seinen Puls. Er ist schwach, aber da. Sein Herz schlägt wieder.

«Unglaublich», murmelt Hêlîn.

«Ben?», flüstere ich und mustere ihn besorgt. Er hat noch nichts gesagt. Seine grünen Augen irren scheinbar ziellos über mein Gesicht, und nun runzelt er verwirrt die Stirn.

«Bin ich tot?», fragt er mit kratziger Stimme.

Das letzte bisschen meiner Anspannung fällt von mir ab. «Nicht mehr», hauche ich und küsse ihn erneut.

Seine Lippen verziehen sich an meinen zu einem Lächeln. «Was soll das bedeuten?», raunt er, als ich ihn wieder freigegeben habe.

«So ganz habe ich das auch noch nicht verstanden ...», erwidere ich kopfschüttelnd.

Ich höre, wie Val jemandem mitteilt, dass Morgan hierfür verantwortlich ist. Vermutlich Eris, denn ihre Stimme hallt nun durch den ganzen Gang. «Sichert den Rest des Schlosses», befiehlt sie. «Bildet gemischte Gruppen. Immer Vampire gemeinsam mit Menschen. Haltet euch den Rücken frei, verstanden? Ich will keine Alleingänge sehen.» Die Armee, die Eris mitgebracht hat, scheint sich aufzulösen. Ihre Schritte eilen teils an uns vorbei, teils wieder den Weg zurück, den sie gekommen sind. Ich bin dennoch irritiert von ihren Worten.

Menschen ...?

Ich hebe den Kopf. Im selben Moment spüre ich, wie Val sich an meiner Seite versteift.

«Dad?», fragt er.

Ich wirble herum, und tatsächlich – da steht unser Vater inmitten des Treibens. Er hat seine roten Locken fest an seinem Hinterkopf zusammengebunden. Seine dunkle Kleidung ist voller Blut, und einzelne Sprenkel zieren seine hellen Wangen. An seinem Gürtel hängt das Schwert, das ich aus zahlreichen Trainingsstunden kenne, und er mustert uns mit einem prüfenden Blick.

«Ich dachte, ich finde euch nur noch tot», sagt er. Seine Stimme bricht mit dem letzten Wort. Langsam kommt er zu uns herüber.

Val erhebt sich. Benedict versucht sich aufzurichten, doch Hêlîn drückt ihn an der Schulter zurück auf den Boden.

Dad und Valerian fallen sich in die Arme. Ich jedoch bleibe an Benedicts Seite. Je länger ich meinen Vater mustere, desto ambivalenter werden die Gefühle in meiner Brust. Ich weiß nicht, ob ich ihn nun mehr hasse oder liebe. Und ich weiß auch nicht, wie er für mich empfindet. Was macht er hier nur? Doch bevor ich auch nur darüber spekulieren kann, hat Dad Val wieder losgelassen und bietet mir zögerlich seine Hand an.

Unsicher schaue ich zu Benedict. Er wirkt noch etwas benommen, nickt mir jedoch auffordernd zu. «Ich komme klar», behauptet er.

«Ich muss ihn ohnehin untersuchen», verkündet Hêlîn.

Widerwillig lege ich meine Hand in die meines Vaters und lasse zu, dass er mich auf die Beine zieht. Wir stehen uns gegenüber, zum ersten Mal seit über sieben Monaten, und ich …

Ich weiß beim besten Willen nicht, was ich fühlen soll.

Er zögert ebenfalls. Dann breitet er langsam seine Arme aus und zieht mich an seine Brust. Sein vertrauter Duft umfängt mich. Erinnerungen an zu Hause prasseln auf mich ein.

«Es tut mir leid», raunt Dad an meinem Ohr, und schon wieder kommen mir die Tränen. «Was ich am Telefon zu dir gesagt habe ... Was wir von dir verlangt haben ... Es tut mir so unendlich leid, Florence. Ich habe immer damit gehadert, dich so zu benutzen. Aber erst nach unseren Telefonaten habe ich angefangen, zu verstehen, was für ein Fehler es wirklich war. Du hast mir klargemacht, was wir da tun. Du und Lyra. Ich bereue es. Alles. So sehr, bitte glaub mir das.»

Ich nicke nur schwerfällig. Im Moment bin ich zu überrumpelt, um darauf zu reagieren. Ich weiß nicht, ob ich ihm vergeben kann. Vermutlich nicht so schnell, denn der Schmerz sitzt zu tief, als dass ich ihn einfach vergessen könnte. Dennoch ist es schön, von ihm umarmt zu werden. Seine Stimme wieder sanft zu hören statt grob und hasserfüllt. Nur Sinn ergibt es keinen.

«Was machst du hier?», frage ich und löse mich wieder von ihm. Hinter Dad erblicke ich zwei weitere Menschen. Alte Freunde der Familie, die vermutlich mit ihm und Mum untergetaucht sind, als unser Verrat an der Krone durch Val öffentlich wurde.

«Wir haben das Schloss überwacht», erklärt er. «Und in den letzten Wochen haben wir ein paar eigene Recherchen zum *Roten Regen* angestellt. Wir haben diese Gefahr offensichtlich unterschätzt. Genau wie ihr.»

Er wirft Eris einen Blick zu, die unzufrieden das Gesicht verzieht. «Ich werde mir einen Kommentar dazu sparen», verkündet sie und widmet sich stattdessen Hêlîn und Benedict.

«Sie scheint uns gegenüber noch etwas kritisch eingestellt zu sein», bemerkt Dad scherzhaft und schenkt mir ein Lächeln.

Eris fährt wieder zu uns herum. «Ihr habt unsere Prinzessin entführt!», faucht sie ihn an.

«Ja. Und das war offensichtlich auch gut so. Erstens war

sie deswegen heute Nacht nicht hier. Und zweitens war Lyra einer der Gründe für unser Umdenken. Sie ist ... anders, als ich dachte. Anders, als ich es bei einem Vampir überhaupt für möglich gehalten hätte. Ich kann mich ehrlich gesagt trotzdem nur schlecht mit dem Gedanken anfreunden, dass ich ausgerechnet euch helfe, aber ich schätze, dieses Land wäre hundertmal schlimmer dran, wenn der *Rote Regen* gewinnt. Wenn du der Überzeugung bist, dass der jetzige König zu Veränderungen bereit ist, dann will ich dir vertrauen, Florence.»

«Du *willst* mir vertrauen?», hake ich unwillkürlich nach. «Kannst du es denn auch?»

Er atmet tief durch. «Ich bemühe mich», meint er. «Gib mir noch ein bisschen Zeit ...»

«Und weiß Mum hiervon?», rutscht es mir heraus.

«Ja», erwidert er, ohne zu zögern. «Sie ... ist noch etwas skeptisch.»

«Oh, oh», murmelt Val.

Dad schüttelt den Kopf. «Ich komme schon mit eurer Mutter zurecht.»

«Mhm», machen Val und ich zeitgleich. Wir werfen uns einen belustigten Blick zu, doch mein Lächeln verblasst schnell. Das alles kommt so plötzlich, und seine Unterstützung scheint noch auf wackligen Beinen zu stehen. Dad weiß nicht, was ich bin. Und wenn er es erfährt, könnte sich seine Einstellung mir gegenüber schlagartig wieder ändern. Vielleicht behalte ich das besser für mich. Vorerst.

Ich schaue zwischen ihm und Eris hin und her. «Ist das Schloss wieder sicher?», will ich wissen.

«So gut wie», bestätigt sie. «Und bei der Menge an Leichen gehe ich davon aus, dass wir den Großteil des *Roten Regens* zerschlagen haben.»

«Briana meinte, sie hätten so gut wie alle mobilisiert», erinnere ich mich.

Eris nickt. «Wir haben sie vor dem Kerker gefunden. Sie ist in Gewahrsam.»

«Gut», sage ich leise.

«Hêlîn, mir geht es gut», beschwert Benedict sich. «Ich will mich nur aufsetzen, keinen Marathon laufen.»

«Es war ja zu erwarten, dass du ein furchtbarer Patient bist», stellt die Ärztin fest und rückt mit ihrem Stethoskop von ihm ab.

«Verzeihung, aber der nackte Steinboden ist nicht gerade bequem.»

«Deine Rippen muss ich mir trotzdem noch mal ansehen.»

Benedict stemmt sich ächzend auf die Unterarme und rutscht bis zur Wand des Ganges, um sich dagegenzulehnen. «Warte, bis ich dir von meinem Fuß erzähle», sagt er schwer atmend. Sein Blick trifft meinen, und obwohl er derjenige ist, der eben noch tot war, mustert er mich besorgt.

Ich setze mich neben ihn und lehne mich vorsichtig an seine Seite. Benedict legt mir seinen Arm um und zieht mich eng an sich.

«Wie fühlst du dich?», flüstere ich. Als wir uns das letzte Mal gesehen haben, haben wir erbittert über den Blutschwur gestritten. Doch gerade kann und will ich deshalb nicht mehr wütend sein. Ohne ihn wäre Benedict jetzt vermutlich nicht mehr hier. Und in Anbetracht der Ereignisse kommt es mir völlig irrelevant vor, ob ich nun sein Blut trinken muss oder nicht.

Ich bin einfach nur froh, ihn nicht verloren zu haben.

«War schon mal besser», murmelt Benedict und dreht den Kopf, um mich auf die Stirn zu küssen. «Ich muss mich bei dir entschuldigen. Ich hätte dir gleich sagen sollen, was ich getan habe, und es war absolut falsch von mir, im Gegenzug Erwartungen an dich zu stellen. Es tut mir leid, Florence. Aber ich bereue nicht, dich gerettet zu haben. Ich würde es wieder tun, selbst wenn du mich dafür hasst.»

«Ich hasse dich nicht», stelle ich klar und greife nach Benedicts Hand. Es ist das erste Mal, dass seine Haut kälter ist als meine, und ich verschränke vorsichtig unsere Finger miteinander. «Es war nur etwas viel auf einmal. Ich brauche einfach ein bisschen Zeit, um mich an den Gedanken zu gewöhnen.»

Benedict atmet tief durch. «Nimm dir alle Zeit der Welt.»

«Davon habe ich ja jetzt ohnehin mehr als geplant», scherze ich leise und streiche ihm mit der freien Hand eine Locke aus der Stirn.

Langsam senkt er den Kopf. Seine Nase streift meine, und ich spüre seinen Atem auf meinen Lippen. «Ich bin sicher, du findest gute Verwendung dafür. Ich habe noch ein paar eingestaubte Gesetze, die du feierlich abschaffen kannst.»

«Gibst du mir so viel Macht?», frage ich zögernd.

Benedicts Lippen streifen meine. «Ich gebe dir alles, worum du mich bittest. Und sei es mein schlagendes Herz.»

# EPILOG

# GOODBYE

# FLORENCE

Und du bist sicher, dass sie kommen?»

Mein Bruder wirft mir einen genervten Blick zu. «Wenn du mich das noch mal fragst, schreie ich.»

«Ich meine ja nur. Müssten sie nicht längst da sein?»

«Vielleicht hat eure Prinzessin verschlafen, und sie mussten sie erst wecken.»

Benedict dreht sich zu uns um und hebt eine Braue. «Das schließe ich persönlich nicht aus.» Trotzdem wippt er ungeduldig mit seinem frisch verheilten Fuß auf dem Boden.

Wir stehen auf der großen Steintreppe, auf der wir schon den französischen König empfangen haben, und warten auf Lyra. Nach dem Angriff auf das Crimson Heart vor etwa zwei Wochen hat sich die Lage in der Stadt etwas beruhigt. Der *Rote Regen* scheint zerschlagen, und die Beziehung zu meiner Familie hat sich verbessert. Benedict und ich haben unsere Versprechen gehalten und arbeiten konsequent daran, den Menschen im Land mehr Rechte einzuräumen.

Es ist ein langwieriger Prozess, der einiges an Kommunikationsgeschick benötigt. Nach dem Angriff auf das Crimson Heart lag es an uns, die Geschichte zu unseren Gunsten zu drehen. Der *Rote Regen* wurde unter anderem für die Morde in der Stadt verantwortlich gemacht, und über die Verhandlungen gegen die wenigen Mitglieder, die lebendig aufgegriffen wurden, wird öffentlich berichtet. Unterdessen wurden sowohl ich als auch meine Familie als Retter der Krone dargestellt. Man schreibt über mich, als wäre ich eine Heilige – der persönliche Schutzengel des Königs –, und das gibt uns die Chance, unsere Ziele voranzutreiben. Mein Ruf hilft anscheinend tatsächlich dabei, in der Vampirbevölkerung mehr Akzeptanz für Menschen zu erlangen. Und wenn die Mitglieder des *Roten Regens* verurteilt sind und Lyra wieder wohlbehalten im Schloss ist, werden sich hoffentlich allmählich auch die letzten Wogen glätten.

Val atmet tief durch und richtet seine Krawatte. Wir haben ihn nach dem Angriff in einer eigenen Suite untergebracht. Er war immer noch ein Gefangener und stand stets unter Bewachung, aber das wird sich gleich ändern. Wir tauschen ihn gegen Lyra ein und sprechen ihn gleichzeitig offiziell von seinen Verbrechen frei. Noch ein wichtiger Schritt hin zu mehr Akzeptanz.

«Sicher, dass du nicht mitkommen willst?», raunt er mir zu, und ich glaube, so etwas wie Hoffnung in seiner Stimme zu hören.

Benedict entfernt sich ein paar Schritte und gewährt uns damit ein wenig Privatsphäre, doch ich schüttle bereits den Kopf. Benedict hat mir angeboten, den Blutschwur zu lösen, indem er mich verwandelt, doch ich habe abgelehnt. Vorerst bleiben wir also aneinander gebunden, aber was mir anfangs Angst gemacht hat, fühlt sich inzwischen richtig an. Ich vertraue darauf, dass er den Schwur nicht nutzt, um mich in irgendeiner Form seinem Willen zu unterwerfen. Und da er auch weiterhin von mir trinkt, scheint es fast, als wäre alles im Gleichgewicht. Wir sind ein Team. Wir gehören zusammen. Zwar wird uns die Vergangenheit noch eine Weile nachhängen, aber wir funktionieren. Und ich bin zuversichtlich, dass das so bleibt.

Ich werfe einen Blick zum Schloss, bevor ich mich wieder meinem Bruder zuwende. «Das hier fühlt sich mehr wie zu Hause an», gestehe ich leise.

Val presst die Lippen zusammen, doch er nickt. «Verständlich. Ich dachte nur, ich frage noch mal. Zur Sicherheit …»

Ich muss schmunzeln. «Ihr könnt natürlich jederzeit zu Besuch kommen.»

Er hebt skeptisch eine Braue. «Mal sehen. Eure Gastgeberqualitäten waren eher durchwachsen.»

Schnaubend stoße ich ihn in die Seite, und er lacht auf.

«Na gut. Vielleicht mal auf ein Stück Kuchen. Was du und die Küche da vorbereitet habt, sieht aus, als wäre es ein Trauma wert.» Er zwinkert mir zu, und ich verdrehe die Augen.

«Du bist unmöglich.»

Val legt seinen Arm um meine Schulter und zieht mich an sich. «Ich werde dich auch vermissen», raunt er mir ins Ohr.

Kopfschüttelnd schlinge ich die Arme um seinen Körper und erwidere die Umarmung. Es ist längst nicht alles vergessen, was zwischen uns vorgefallen ist. Aber er ist und bleibt mein Bruder, und darüber bin ich froh.

Schritte erklingen hinter uns. Ich sehe Eris auf uns zukommen und löse mich von Val. «Sie sind gleich da», verkündet sie. «Eben haben sie das Tor passiert und sind in den gesicherten Wagen umgestiegen.»

Ich atme erleichtert aus und schaue zu Benedict hinüber. Sein Gesicht ist hart, doch ich sehe ihm an, dass er lediglich versucht, seine Gefühle unter Kontrolle zu halten. Wir haben seit dem Angriff fast täglich mit Lyra telefonieren dürfen, und jedes Mal hat es ihn merkbar mitgenommen.

Ich trete an seine Seite, verwebe vorsichtig unsere Finger miteinander und fange seinen Blick auf. «Sollen wir unten warten?»

Er nickt, und gemeinsam gehen wir die Stufen herunter. Val bleibt ein paar Schritte hinter uns, ebenso wie Eris. Am Fuß der Treppe bleiben wir stehen und warten auf Lyras Ankunft.

## BENEDICT

Es dauert nicht lange, bis der schwarze SUV zwischen den Bäumen erscheint. Er hält vor uns auf dem Kies, und ich drücke Florence' Finger fester.

Als Erstes steigt ihr Vater aus dem Wagen. Er lächelt uns milde an und reicht schließlich einer weiteren Person die Hand.

«Oh, *bitte*», höre ich Lyra schnauben und sehe, wie sie seinen Arm zur Seite drückt und selbstständig aus dem Wagen klettert. Sie trägt ein schlichtes graues Kleid, das ihr etwas zu groß ist und von dem ich mir sicher bin, dass sie es hasst. Ihre dunklen Locken fallen ihr offen über die Schultern, und ihre grünen Augen huschen suchend über die Szene, die sich ihr bietet. Beinahe sofort entdeckt sie Florence und mich, und ihr Blick hält uns fest.

Florence lässt meine Hand los und weicht kaum merklich zurück. Sie lässt mir den Vortritt, und nun fällt endlich diese verfluchte Anspannung von mir ab. Stattdessen prasseln all meine Gefühle gleichzeitig auf mich ein.

Lyra stürmt auf mich zu, und ich fange sie, schließe sie eng in meine Arme und hebe sie hoch. Sie riecht fremd, vielleicht ist sie auch ein wenig dünner als zuvor, doch ihr leises Schluchzen an meinem Ohr rückt all das in den Hintergrund. Ich habe meine Schwester wieder. Sie ist in Sicherheit.

«Hey», schniefe ich und kämpfe gegen meine eigenen Tränen an. Doch als sie nun das Gesicht an meiner Halsbeuge vergräbt, verliere ich. Meine Augen brennen verräterisch, und ich höre auf zu hinterfragen, ob ich es mir erlauben kann zu weinen. Ich tue es einfach.

«Ich hab dich so vermisst», flüstert Lyra, und ich drücke sie noch enger an mich. Es tut so unendlich gut, sie sicher in meinen Armen zu spüren.

Nach dem Tod unserer Eltern habe ich sie praktisch großgezogen. Ich war immer für sie verantwortlich – für ihren Schutz, ihr Wohlergehen, ihr Glück. Und in den Wochen seit ihrer Entführung habe ich mir geschworen, meine Aufgabe in Zukunft besser zu machen. Anders. Sie ist jetzt erwachsen. Es wird Zeit, dass ich das respektiere.

«Ich hab dich auch sehr vermisst», erwidere ich rau und streiche ihr übers Haar. «Das Schloss war furchtbar leer ohne dich.»

Lyra löst sich ein kleines Stück von mir und wischt sich hektisch über die Augen. «Ja, ihr habt euch sicher zu Tode gelangweilt. Mein aufrichtiges Beileid.»

«Wortwörtlich», murmle ich und ernte einen unzufriedenen Blick von ihr.

«Immerhin wissen wir jetzt, dass hier ohne mich gar nichts läuft. Da ist man mal zwei Wochen weg, und schon stirbst du.»

«Du hast vollkommen recht», erwidere ich ernst.

«Gut, dass wir uns einig sind.» Lyra lächelt mich schwach an und wendet sich dann Florence zu.

Sie hat die Hände im Rock ihres Kleides vergraben und wirkt befangen. «Ich hab dir einen Kuchen gebacken», begrüßt sie meine Schwester leise.

Lyra hebt skeptisch die Brauen, doch es schleicht sich

bereits ein Lächeln auf ihr Gesicht. «Was für einen Kuchen?», will sie wissen.

Florence räuspert sich. «Einen ‹*Tut mir leid, dass du meinetwegen entführt wurdest*›-Kuchen.»

Lyra presst die Lippen zusammen und verkneift sich offenbar ein Lachen.

«Erdbeersahne», fügt Florence trocken hinzu, und nun prustet Lyra doch los.

«Dich hab ich auch vermisst», stellt sie klar und fällt ihrer Freundin um den Hals.

Sie umarmen sich, und Florence wirft mir über Lyras Schulter hinweg ein erleichtertes Lächeln zu. Es mag noch etwas dauern, doch irgendwann wird alles wieder vollkommen in Ordnung sein. Dessen bin ich mir sicher.

Florence und Lyra lösen sich voneinander, und Mr. Hawthorne tritt näher zu uns. Er nickt seinem Sohn zu, der langsam die Treppenstufen hinunterkommt, und wendet sich dann an seine Tochter. «Deine Mutter lässt dich grüßen», erklärt er sanft.

Florence' Lächeln schwindet ein wenig. «Warum ist sie nicht mitgekommen?»

«Sie traut euch noch nicht ganz», gesteht er frei heraus. «Aber wir arbeiten daran. Vielleicht können wir euch ja mal einen Besuch abstatten, wenn sich alles etwas beruhigt hat.»

«Das wäre schön», erwidert sie ruhig.

Ihr Vater nickt. Einen Moment lang sieht er so aus, als wollte er seine Tochter umarmen, aber dann belässt er es doch bei einem traurigen Lächeln.

Florence zögert ebenso, doch auch sie scheint sich dagegen zu entscheiden. Ich kann es verstehen. Manche Wunden brauchen länger, um zu heilen.

Valerian jedoch tritt völlig unbefangen neben sie und zieht sie an sich. «Mach's gut, Schwesterherz», raunt er in ihr Haar. «Melde dich, falls du uns brauchst.»

«Mach ich», flüstert sie und lächelt die beiden zaghaft an. «Bis bald.»

Ihr Bruder geht voraus zum Wagen. Mr. Hawthorne hingegen bleibt noch einmal vor Lyra stehen. Er bietet ihr seine Hand an, und als sie diese zögerlich ergreift, legt er auch seine andere Hand über ihre. «Danke», sagt er leise. «Du hast mir geholfen zu sehen, was ich nicht sehen wollte.»

«Jederzeit», erwidert Lyra und ringt sich ein schwaches Lächeln ab. «Aber nächstes Mal bitte ohne Entführung?»

«Abgemacht.» Er lässt Lyras Hand los und wirft sowohl Florence als auch mir einen letzten Blick zu. «Passt auf euch auf.» Dann wendet er sich ab und steigt zu Valerian in den SUV.

Wir beobachten, wie der Wagen langsam über den Kiesweg davonfährt, und ich versuche, mich nur auf mein Bauchgefühl zu konzentrieren statt auf meinen Kopf. Ersteres sagt mir nämlich, ich soll ihnen vertrauen. Letzterer behauptet, ich hätte den Verstand verloren, diese beiden Männer frei in meiner Stadt herumlaufen zu lassen.

Lyra zuckt mit den Schultern und schüttelt den Kopf. «Dein Dad war erstaunlich nett, Flo», meint sie und wendet sich dem Schloss zu. «Ich glaube, ich könnte ihn mögen, wenn er das mit der Rebellion gegen die Krone lässt. Können wir rein? Ich will duschen, mir endlich wieder was Vernünftiges anziehen und diesen Kuchen essen, von dem du geredet hast. Und dann würde ich gerne Brie besuchen ...»

Mein Herz zieht sich sofort zusammen, doch sie scheint meine Gedanken zu ahnen.

«Ich weiß, sie ist nicht mehr meine Freundin. Mit Florence war das was anderes, okay? Ich will trotzdem hören, was sie sagt.»

«Ich organisiere dir eine Eskorte», verspreche ich.

Ich kann immer noch nicht glauben, dass ausgerechnet Morgan und Briana diejenigen waren, die die ganze Zeit über gegen uns gearbeitet haben. Morgan stand schon meinem Vater zur Seite. Ich dachte, er wäre meiner Familie treu ergeben. Doch offenbar war er schon damals heimlich Mitglied des *Roten Regens*. Vielleicht sogar einer der Mitbegründer. Mittlerweile wissen wir, dass er mit dem Mörder meiner Eltern in Verbindung stand, der damals seine Stellung als Vertrauter des Königs missbrauchte. Und wenn man den Aussagen der beiden glauben darf, ist Briana nicht Morgans leibliche Tochter, sondern seine.

Noch habe ich keine Ahnung, wie wir weiter mit ihnen verfahren sollen. Ich schätze, ein Gericht wird letztendlich über ihre Strafe entscheiden. Sicher ist nur, dass sie auf keinen Fall wieder auf freien Fuß kommen.

Lyra eilt bereits die Stufen zum Palast hinauf, doch ich bleibe noch einen Moment stehen und schaue ihr nach. Das hier ist nicht das Ende – im Gegenteil. Als König stehen mir noch zahllose Prüfungen bevor. Allen voran die Herausforderung, in diesem Land eine neue Ordnung zu etablieren.

Doch es kommt mir nicht mehr so unmöglich vor, wie es anfangs schien. Ich schätze, auch ich bin in den letzten Monaten gewachsen. Habe gelernt, besser mit meiner Krone umzugehen und hinter ihr zu stehen, statt sie nur zu tragen. Solange dieses Königreich in meinen Händen liegt, werde ich alles dafür geben. Ebenso wie für Florence.

Ich habe nicht vor, sie noch einmal zu verlieren. Und solange sie bereit ist zu bleiben, werde ich keine neue Blutbraut wählen. Sie an meiner Seite zu haben ist das größte

Geschenk von allen, und wer weiß ... Vielleicht ist sie irgendwann sogar bereit, den Thron mit mir zu teilen.

Doch eines steht längst fest: Sie ist meine Königin. Egal ob wir es offiziell machen oder nicht.

Florence schaut zu mir auf. In ihren braunen Augen spiegelt sich meine eigene Hoffnung, und ich lasse zu, dass ein Lächeln meine Mundwinkel hebt.

«Ich habe gehört, was du zu deinem Bruder gesagt hast», gestehe ich leise, und sie hebt fragend die Brauen.

«Was meinst du?»

«Du sagtest, es fühlt sich hier für dich wie zu Hause an.»

«Oh.» Sie scheint nicht zu wissen, was sie erwidern soll.

Langsam trete ich auf sie zu. Seit dem Tod meiner Eltern hatte dieses Schloss für mich jegliche Wärme verloren. Ich habe nur noch den kalten Stein gesehen, nicht mehr die liebevollen Erinnerungen. Ich habe hier gewohnt, aber doch nie richtig gelebt. Bis jetzt.

Ich nehme Florence' Gesicht zwischen meine Hände und senke den Kopf. «Du fühlst dich für mich auch nach zu Hause an», flüstere ich und spüre, wie ihre Finger in meinem Hemd Halt suchen. «Ich bin dein in Geist und Blute», erinnere ich sie rau und hauche einen Kuss auf ihren Mundwinkel.

«Bis das Schicksal uns scheidet?», fragt sie, und ich höre das Lächeln aus ihrer Stimme heraus.

«Nein.» Ich küsse sie erneut und streiche ihr die Haare aus dem Gesicht. «Bis mein Herz aufhört zu schlagen. Und selbst dann hast du meine Seele.»

Florence schiebt ihre Hände in meine Haare und vertieft unseren Kuss. Mein ganzer Körper reagiert auf ihre Nähe. Alles in mir singt vor Glück. Und noch nie habe ich mich so lebendig gefühlt wie in diesem Moment.

Florence löst ihre Lippen von meinen, lehnt sich zurück und schaut mir warm in die Augen.

«So nehme ich dich als mein.»

ENDE

# DANKSAGUNG

Es ist ein seltsames Gefühl, wenn etwas zu Ende geht, von dem man bis heute nicht ganz realisiert hat, dass es begonnen hat.

Vor etwa eineinhalb Jahren bin ich mit diesem Projekt die Reise angetreten. Eineinhalb Jahre, seit ich angefangen habe, meinen größten Traum zu leben:

Fantasy Romance für einen Verlag schreiben.

Wenn ich daran zurückdenke, wie lange ich der Überzeugung war, in diesem Genre niemals Fuß fassen zu können, fühlt es sich nur umso surrealer an, diese Zeilen zu tippen. Hinter mir liegen rund 850 Seiten einer Geschichte, die meine ganze Seele eingenommen hat, und vor mir liegen hoffentlich noch tausend weitere, die dasselbe tun werden. Alles dank ein paar wundervoller Menschen, die mir das hier möglich gemacht haben.

Liebe Sarah, dich als meine Agentin gewinnen zu können, war ein absoluter Glücksgriff. Aber noch mehr freut es mich, dich als Freundin zu haben. Danke, dass du von Beginn an so hinter mir und meinen Projekten gestanden hast. Danke für jedes Aufmuntern, jedes Krisenmanagement, jedes miteinander Freuen (und sei es über Bienchen-Sticker). Du hast meine Träume wahr gemacht, statt sie mir auszureden, und das bedeutet mir unendlich viel.

Liebe Anne, du hast dieses Projekt nicht nur mit deinem scharfen Blick besser gemacht, sondern ihm überhaupt erst die Chance gegeben, ein richtiges Buch zu werden. Danke, dass du an mich geglaubt und mir dein Vertrauen geschenkt hast. Danke, dass du mir diese Tür geöffnet hast, die ich so lange für verschlossen hielt.

Liebe Anke, danke für deinen Einsatz und deine unermüdliche Unterstützung dabei, Ben und Florence in die Welt zu entlassen. Und an dieser Stelle auch vielen Dank an den Rowohlt Verlag, der diesem Projekt so einen großen Vertrauensvorschuss gegeben hat.

Liebe Emy, danke für endlos viele gemeinsame Arbeitsstunden und noch mehr Freundschafts-Stunden. Auf dich kann ich immer zählen, und dein Rat bedeutet mir viel. Es ist schön, mich von dir so verstanden zu wissen und bei dir immer einen sicheren Hafen zu haben.

Lieber Ali, danke für zahllose lustige bis ernste Telefonate und dafür, dass du immer hinter mir stehst, um mich aufzubauen. Wenn du das hier liest, sitzt du hoffentlich gerade wieder auf meiner Couch. Und danke für die Whatsapp-Sticker. Die brauche ich für mein Seelenheil 😁

Liebe Ivy, danke auch für deinen Support, deine Freundschaft und die geteilte «Wer stiehlt mir die Show»-Liebe. Du bist der Fels in der Brandung, und du hattest ja doch recht, Matey – alles wird gut 😄

Liebe Anya, danke auch dir für so viele schöne Stunden und dafür, dass ich mit dir über alles reden kann. Bei dir finde ich immer Rat und Halt, egal wie oft mir die Branche den Boden unter den Füßen wegziehen will.

Liebe Franzi, Fam, Rabia, Marie, Jenny, Kim, Becca, Dina, Basma, Janine, Luise, Thorina, Ju und so viele mehr: Danke, dass ihr da seid und mich auf dieser Reise nicht nur begleitet, sondern mir auch den Rücken stärkt. Das Gleiche gilt natürlich für all meine Freund:innen, meine wundervollen Testleser:innen, meine tollen Bloggerinnen und meine Familie. Es ist schön, mit meinen Büchern nicht allein zu sein, sondern mich so geliebt zu wissen.

And dear Tim, if you ever read this: Thank you for everything. It means a lot having you by my side, and I'm so glad to have met you.

Und an euch, liebe Leser:innen:

Danke, dass ihr dieser Reihe eine Chance gegeben habt. Ich hoffe wirklich sehr, dass Benedict, Florence, Lyra und Valerian eure Herzen genauso erobern konnten wie meines, und ich freue mich darauf, noch viele weitere fantastische Liebesgeschichten mit euch zu teilen. Ohne euren Support, der schon Monate vor dem ersten Buch größer war, als ich es mir je zu träumen erhofft hätte, wäre es niemals so erfolgreich geworden. Und das schreibe ich, Wochen bevor Band 1 überhaupt erschienen ist. Denn schon jetzt bin ich einfach nur unendlich stolz darauf, was wir mit diesem Buch erreicht haben, und kann kaum erwarten zu sehen, wo es uns noch hinführt.

Ich hoffe, wir lesen uns bald wieder. Und wer weiß – vielleicht kämpfen wir ja schon bald gemeinsam um eine neue Krone …